契诃夫文集
汝 龙／译

人民文学出版社

11

Anton Tchekhov

契诃夫像

目　　次

[无题名的剧本]（四幕剧） ………………………………………… 1

在大道旁边（独幕戏剧小品） ……………………………………… 225

论烟草之害（独幕独白剧）（1886） ……………………………… 255

天鹅之歌（卡尔卡斯）（独幕戏剧小品） ………………………… 263

伊凡诺夫（四幕正剧） ……………………………………………… 277

蠢货（独幕笑剧） …………………………………………………… 367

求婚（独幕笑剧） …………………………………………………… 387

一个被迫当悲剧角色的人（别墅生活片段）（独幕笑剧） ……… 409

婚礼（独幕剧） ……………………………………………………… 419

题解 …………………………………………………………………… 439

［无题名的剧本］

四幕剧

剧 中 人 物

安娜·彼得罗芙娜·沃英尼采娃——年轻的寡妇,将军夫人。
谢尔盖·巴甫洛维奇·沃英尼采夫——沃英尼采夫将军与前妻所生的儿子。
索菲雅·叶果罗芙娜——他的妻子。
波尔菲利·谢敏诺维奇·格拉果里耶夫第一——地主,沃英尼采夫家的邻居。
基利尔·波尔菲利耶维奇·格拉果里耶夫第二——他的儿子。
盖拉西木·库兹米奇·彼特陵——地主,沃英尼采夫家的邻居。
巴威尔·彼得罗维奇·谢尔布克——地主,沃英尼采夫家的邻居。
玛丽雅·叶菲莫芙娜·格烈科娃——二十岁的姑娘。
伊凡·伊凡诺维奇·特利列茨基——退休的上校。
尼古拉·伊凡诺维奇——他的儿子,年轻的医生。
阿勃拉木·阿勃拉莫维奇·温盖罗维奇第一——有钱的犹太人。
伊萨克·阿勃拉莫维奇(温盖罗维奇第二)——他的儿子,大学生。
季莫菲依·戈尔杰耶维奇·布格罗夫——商人。
米哈依尔·瓦西里耶维奇·普拉托诺夫——乡村教师。
亚历山德拉·伊凡诺芙娜(萨霞)——他的妻子,伊·伊·特利列茨基的女儿。
奥西普——三十岁的汉子,偷马贼。
玛尔科——调解法官的信差,小老头。

瓦 西 里 ⎱
亚 科 甫 ⎬ 沃英尼采夫家的仆人。
卡　　嘉 ⎭

宾客们,仆人们。

　　[剧情发生在南方的一个省,沃英尼采夫的庄园里。

第 一 幕

〔沃英尼采夫家的客厅。一道玻璃门通到花园,两道门通到内室。家具有旧式的,有新式的,混杂在一起。一架钢琴,旁边有一个乐谱架,放着一把小提琴和乐谱。有一架簧风琴。若干画片(粗俗的彩色画)镶在金边镜框里。

第 一 场

〔安娜·彼得罗芙娜坐在钢琴旁边,对着琴键低下头。尼古拉·伊凡诺维奇·特利列茨基上。

特利列茨基　(走到安娜·彼得罗芙娜跟前)怎么啦?
安娜·彼得罗芙娜　(抬起头)没什么。……闷得慌。
特利列茨基　让我抽根烟吧,mon ange①!简直非常想抽烟。不知什么缘故从一清早起还没有抽过烟呢。……
安娜·彼得罗芙娜　(给他烟)多拿几根吧,免得过一会儿再麻烦我。
〔他们开始吸烟。

---

① 法语:我的天使。

真闷哪,尼古拉!痛苦,没有事可做,愁闷。我不知道我该怎么办才好……

　　［特利列茨基握住她的手。

您这是要给我按脉吗?我身子挺健康啊……

特利列茨基　不,我不是按脉……我要亲一下。(吻手)吻您的手好比吻小枕头……您拿什么东西洗您的手,怎么这么白呀?了不得的一双手!我甚至还要吻一回(吻手)。下象棋吧,怎么样?

安娜·彼得罗芙娜　行……(看钟)十二点一刻了……恐怕我们的客人肚子饿了……

特利列茨基　(摆象棋盘)多半是这样。讲到我,我可是饿极了。

安娜·彼得罗芙娜　我问都没有问您……您总是肚子饿的,虽然您随时在吃东西……

　　［他们坐下来下棋。

您走棋吧……已经走了……先得想一想,然后再走。我走这儿。您老是饿……

特利列茨基　您这么走……嗯……我饿……快要开午饭了吧?

安娜·彼得罗芙娜　我看快不了……我们一到这儿来,厨师他老人家就喝得大醉,现在站都站不起来了。快要开早饭了。说真的,尼古拉·伊凡诺维奇,您什么时候才会吃饱?吃啊,吃啊,吃啊……吃个没完!可真不得了!这么小的一个人,却有那么大的肚子!

特利列茨基　嗯,是啊!怪得很!

安娜·彼得罗芙娜　那一回您溜进我的房间里,问也不问一声,就把那半个大馅饼吃了。那个大馅饼不是我的,您莫非不知道?真丢人,亲爱的!您走棋啊!

特利列茨基　我什么也不知道。我只知道,要是我不吃,它可就要发酸了。您这么走？也行……那我这么走……要是我吃得多，那就是说我身体健康；而要是我身体健康，那就请您容许我说一句……Mens sana in corpore sano①。您为什么老在考虑？走棋吧，亲爱的夫人，别考虑了……（唱）我要告诉您啊告诉您……

安娜·彼得罗芙娜　别吵了……您妨碍我考虑。

特利列茨基　可惜您这么一个聪明的女人一点也不懂美食。凡是不讲究吃食的人，就是个废物……精神上的废物！……因为……对不起，对不起！这么走可不成！怎么？您往哪儿走？哦，这就是另一回事了。因为味觉在自然界跟听觉和视觉占据一样的地位，也就是列为五种感觉之一，而这五种感觉，亲爱的，完全同心理有关。心理！

安娜·彼得罗芙娜　您似乎打算说俏皮话了……您不要说俏皮话，我亲爱的！这惹人讨厌，也跟您不相称……您注意到您说俏皮话的时候我并不笑吧？看来，到了该注意的时候了……

特利列茨基　该您走了，votre excellence②！……您得保住马！您不笑，那是因为您没听懂……对了……

安娜·彼得罗芙娜　您干什么闲坐着？该您走了！您是怎么个想法？您那个"她"今天会不会到我们这儿来？

特利列茨基　她说好了要来。她答应的。

安娜·彼得罗芙娜　既是这样，那她该来了。十二点多了……您……您原谅我冒昧问一句。您跟那个女人是"逢场作戏"呢，还是认真的？

特利列茨基　您这话是什么意思呢？

---

① 拉丁语：健康的精神寓于健康的身体。
② 法语：阁下。此处为"夫人"之意。

安娜·彼得罗芙娜　这是开诚布公,尼古拉·伊凡诺维奇。我问这事不是为了背地里说人闲话,而是出于朋友的好心……您把格烈科娃看作什么人,她又把您看作什么人?您要老实说,不要讲俏皮话!劳驾……怎么样?说真的,我是出于朋友的好心而问的……

特利列茨基　我把她看作什么人,她把我看作什么人,这目前还不清楚……

安娜·彼得罗芙娜　至少……

特利列茨基　我常到她家里去,聊天,惹人厌烦,弄得她的妈妈在咖啡方面添一笔开支,此外……此外就什么也没有了。该您走了。我得对您说明,我是隔一天去一次,偶尔也天天去,在幽暗的林荫道上散步。我对她讲我的事,她对我讲她的事,同时摸着我的纽扣,从我的衣领上摘掉一根绒毛……要知道我身上老是粘着绒毛。

安娜·彼得罗芙娜　那么,怎么样呢?

特利列茨基　怎么样也不怎么样……究竟是什么东西吸引我到她家里去,那是难以确定的。是烦闷无聊吗,是爱情吗,还是别的什么东西,那我就不得而知了……我只知道每逢吃过午饭以后我总是非常想她……我无意中问过她,原来她也想我……

安娜·彼得罗芙娜　可见这是爱情喽?

特利列茨基　(耸耸肩膀)很可能。您怎么看呢,我是爱她还是不爱她?

安娜·彼得罗芙娜　这话才妙!您自己总知道得清楚些嘛……

特利列茨基　嗯嗯……您不明白我的意思!……该您走了!

安娜·彼得罗芙娜　我走了。我是不明白,尼古拉!在这方面女人是很难理解您的。

特利列茨基　她是个好姑娘。

安娜·彼得罗芙娜　我喜欢她。她是个挺出色的人。只是有一点,朋友……您可别给她闹出什么笑话来!……闹出什么笑话来……您是有这种毛病的……您今天去闲逛,明天去闲逛,说出一大堆废话,许很多的愿,把事情搞得沸沸扬扬,临了却无结果而散……我会为她惋惜的……现在她在干什么?

特利列茨基　看书……

安娜·彼得罗芙娜　她还在研究化学吧?(笑)

特利列茨基　大概是吧。

安娜·彼得罗芙娜　好姑娘……慢着!您的袖子碰棋子了!我真喜欢她那个小尖鼻子!她会变成一个不坏的科学家……

特利列茨基　她还没门儿呢,可怜的姑娘!

安娜·彼得罗芙娜　您听我说,尼古拉……您去要求玛丽雅·叶菲莫芙娜到我这儿来走动走动……我认识她,不过……我不会从中撮合,光是来往一下……我们一块儿来了解她,要么就好好地让她走开算了,要么就跟她结婚……或许……(停顿)我认为您是个娃娃,是一股风,所以我才来管您的事。该您走了。我的意见是这样。要么就根本别碰她,要么就跟她结婚……就是结婚……没有别的!万一您想要结婚,您就先考虑好……您要从各方面考察她,不要浮皮潦草,您要考虑,要了解,要琢磨,免得事后哭一场……听见没有?

特利列茨基　那还用问……我的耳朵张着呢。

安娜·彼得罗芙娜　我了解您。您干什么事都不动脑筋,结婚也不动脑筋。只要人家向您指一指某个女人,您就什么都愿意干。应当跟亲近的人商量一下才是……对了……不要依靠您那个蠢笨的脑袋。(敲桌子)您的脑袋就跟这个一样!(打呼哨)打呼哨了,我的妈呀!脑子有的是,可就是不中用。

特利列茨基　跟庄稼汉一样打呼哨！怪女人！

〔停顿。

她不会到您这儿来走动的。

安娜·彼得罗芙娜　为什么？

特利列茨基　因为普拉托诺夫常溜达到您这儿来。自从他做出那些狂妄的举动以后，她就看不惯他了。这家伙认为她是个傻瓜，把这个想法装进他那乱七八糟的头脑里，现在连鬼都劝不动他了！不知什么缘故他认为他有责任惹傻瓜讨厌，对他们搞各式各样的名堂……您走棋啊！难道她是傻瓜吗？他可真会了解人啊！

安娜·彼得罗芙娜　胡说。我们不许他放肆。您对她说，叫她别害怕。不过这个普拉托诺夫怎么这么久没来了？他早就该来啦……（看表）他未免太没礼貌。有六个月没见面了。

特利列茨基　我到您家里来的时候，学校里的护窗板关得挺严实。他大概还在睡觉。这个家伙！我自己也很久没有看见他了。

安娜·彼得罗芙娜　他身体好吗？

特利列茨基　他永远身体好。结实得很呢。

〔格拉果里耶夫第一和沃英尼采夫上。

第 二 场

〔人物同前，加上格拉果里耶夫第一和沃英尼采夫。

格拉果里耶夫第一　（上）就是这么的，最亲爱的谢尔盖·巴甫洛维奇。在这方面，我们这些快落下的明星比你们这些上升的明星好，走运。您看得出来，男人既没有吃亏，女人又占上风。

〔他们坐下。

咱们坐会儿吧,我可真累了……我们照最好的骑士那样爱女人,相信她们,崇拜她们,因为我们把女人看成优秀的人……女人是优秀的人,谢尔盖·巴甫洛维奇!

安娜·彼得罗芙娜　为什么骗人啊?

特利列茨基　谁骗人?

安娜·彼得罗芙娜　那么谁把这个棋子放到这儿来了?

特利列茨基　这是您自己放的啊!

安娜·彼得罗芙娜　哦,对了……Pardon①……

特利列茨基　当然得 pardon 了。

格拉果里耶夫第一　我们也交朋友。在我们那个时代,友谊不是这么浅薄,不是这么多余。我们那个时代有小组,有阿尔扎马斯②等等。顺便说说,我们有个风气,为朋友是要赴汤蹈火的。

沃英尼采夫　(打呵欠)那是个好时代!

特利列茨基　而在我们这个可怕的时代消防队的存在就是为了替朋友赴汤蹈火。

安娜·彼得罗芙娜　胡说,尼古拉。

〔停顿。

格拉果里耶夫第一　去年冬天我在莫斯科看歌剧的时候,瞧见一个青年人在美妙的音乐的影响下哭了……这不是好事吗?

沃英尼采夫　恐怕要算是好极了。

格拉果里耶夫第一　我也这么想。可是,劳驾,您对我说一说,为什么那些坐在旁边的女士和先生们瞧着他却在发笑呢?他们有什么好笑的?他自己也发现好心的人们在瞧他的眼泪,他

---

① 法语:对不起。
② 1815 至 1818 年彼得堡的一个文学小组。

就在座位上扭来扭去,满脸通红,做出一副苦笑的样子,然后就从戏院里走出去了……在我们那个时候,大家不会为真挚的眼泪而害臊,也不会发笑……

特利列茨基　（对安娜·彼得罗芙娜）叫这个甜言蜜语的人得忧郁病死了才好!我真不喜欢!听着刺耳啊!

安娜·彼得罗芙娜　嘘……

格拉果里耶夫第一　我们比你们走运。在我们那个时候,懂音乐的人不把歌剧听完是不会走出剧院的……您打呵欠了,谢尔盖·巴甫洛维奇……我惹得您厌烦了……

沃英尼采夫　没有……您做结论吧,波尔菲利·谢敏内奇①!到时候了……

格拉果里耶夫第一　行啊……如此类推,不胜枚举。要是现在把我所说的话做一个结论,那么就是这样:在我们那个时候有爱的人和恨的人,因而也有气愤的人和藐视的人……

沃英尼采夫　很好,可是在我们这个时代就没有吗?

格拉果里耶夫第一　我认为没有。

〔沃英尼采夫站起来,往窗子那边走去。

这类人的缺少已经成了现代的肺痨病……

〔停顿。

沃英尼采夫　这是毫无根据的,波尔菲利·谢敏内奇!

安娜·彼得罗芙娜　我受不了!他身上的巴楚莉香水味那么难闻,我都感到头晕了。（咳嗽）您往后退一下!

特利列茨基　（退）她输了棋却把账算在可怜的巴楚莉香水上。怪女人!

---

① 波尔菲利·谢敏诺维奇的简称。在俄语对话中,父称往往简化,下文不再一一注明。

沃英尼采夫　单凭揣测和对过去的青春的偏爱就大加指摘,这是不对的,波尔菲利·谢敏内奇!……

格拉果里耶夫第一　也许我说得不对。

沃英尼采夫　也许……在这方面,不容许说"也许"……这种指摘可不是儿戏啊!

格拉果里耶夫第一　(笑)可是……我亲爱的,您生起气来了……哼……单是这一点就证明您不是骑士,您不能够对您的对手的见解抱应有的尊敬态度。

沃英尼采夫　单是这一点就证明我能够愤慨。

格拉果里耶夫第一　我,当然,不是一概而论……例外也是有的,谢尔盖·巴甫洛维奇!

沃英尼采夫　当然……(鞠躬)我万分感激您的让步!您的手法的妙处就在于这种让步。不过,要是一个没有经验的、不了解您而相信您的见识的人偶然碰到您,那会怎么样呢?要知道,您就会顺利地说服他,说我们,也就是我、尼古拉·伊凡诺维奇、maman①和一般多少还算年轻的人,都不会愤慨和蔑视……

格拉果里耶夫第一　可是……您未免……我没说过……

安娜·彼得罗芙娜　我想听波尔菲利·谢敏诺维奇说话。咱们别下棋了!算了。

特利列茨基　不,不……您一边下棋一边听嘛。

安娜·彼得罗芙娜　算了。(站起来)下腻了。待一会儿再下吧。

特利列茨基　我下输了,她就坐在那儿不动,像粘住了似的;可是等我刚要赢,她却起意要听波尔菲利·谢敏诺维奇说话了!(对格拉果里耶夫)谁要您说话呢?您尽捣乱!(对安娜·彼得罗芙娜)请您坐下来,接着下吧,要不然我就认为您输了!

---

① 法语:妈妈。

安娜·彼得罗芙娜　　随您吧！（在格拉果里耶夫对面坐下）

第 三 场

［人物同前，加上温盖罗维奇第一。

温盖罗维奇第一　　（上）好热！这么热的天使我这个犹太人想起巴勒斯坦来了。（在钢琴旁边坐下，按几下琴键）据说那边热得很！

特利列茨基　　（站起来）我要记下来。（从衣袋里拿出一个笔记本）我要记下来，好女人！（记）将军夫人……将军夫人欠三个卢布……连前共计十个卢布。嘿！我什么时候才能荣幸地拿到您这笔钱啊？

格拉果里耶夫第一　　哎，诸位先生，诸位先生！你们没有见过往昔！要是你们见过，就会有另外一种说法了……你们就会了解了……（叹气）你们不了解啊！

沃英尼采夫　　文学和历史对我们的信念似乎起着更大的作用……我们没有见过往昔，波尔菲利·谢敏内奇，可是我们感觉到了。我们常在这儿感觉到它（拍他的后脑壳）。您呢，却没有看见和感觉到现在。

特利列茨基　　请问，votre excellence，给您记上账呢，还是您马上就付？

安娜·彼得罗芙娜　　别说了！您吵得人没法听了！

特利列茨基　　您何必急着听呢？他们会一直说到傍晚去！

安娜·彼得罗芙娜　　谢尔热尔①，给这个疯叫花子十个卢布吧！

---

① 谢尔热尔和下文的谢辽仁卡、谢辽查均为谢尔盖的爱称。

沃英尼采夫　十个？（拿出钱夹来）。咱们换一换话题吧，波尔菲利·谢敏内奇……

格拉果里耶夫第一　要是您不喜欢，那就换一换。

沃英尼采夫　我喜欢听您说，可是不喜欢那种有毁谤意味的话……（给特利列茨基十个卢布）

特利列茨基　Merci①。（拍温盖罗维奇的肩膀）在这个世界上就得这么生活！弄一个弱女子来下棋，然后就毫不客气地赢她十个卢布。怎么样？值得称赞吧？

温盖罗维奇第一　值得称赞。您，大夫，是个地道的耶路撒冷贵族！

安娜·彼得罗芙娜　别说了，特利列茨基！（对格拉果里耶夫）这么说来，女人是优秀的人吗，波尔菲利·谢敏内奇？

格拉果里耶夫第一　是优秀的人。

安娜·彼得罗芙娜　嗯……看来您是个头号的喜爱妇女的人，波尔菲利·谢敏内奇！

格拉果里耶夫第一　是的，我喜爱妇女。我崇拜她们，安娜·彼得罗芙娜。我在她们身上多多少少看到我所爱的一切：心啊，等等……

安娜·彼得罗芙娜　您崇拜她们……那么，她们配得上您的崇拜吗？

格拉果里耶夫第一　配得上。

安娜·彼得罗芙娜　您相信吗？您是十分相信呢，还是逼着自己这么想的？

　　　　〔特利列茨基拿起一把小提琴，拉起来。

格拉果里耶夫第一　十分相信。我只要了解您一个人就足以深信

---

① 法语：谢谢。

不疑了……

安娜·彼得罗芙娜 真的吗？您有一种特别的气质呢。

沃英尼采夫 他是个浪漫主义者。

格拉果里耶夫第一 也许吧……那有什么关系呢？浪漫主义又不是一种绝对坏的东西。您抛掉浪漫主义……这未尝不可，不过我担心您把一种别的什么东西连它一块儿抛掉了……

安娜·彼得罗芙娜 您别挑起论战，我的朋友。我不会争吵。抛掉也罢，不抛掉也罢，可是，不管怎样，要变得聪明些才好！人不应该聪明些吗，波尔菲利·谢敏内奇？这才是主要的……（笑）从前应该有聪明的人才对，只要聪明，别的问题也就都解决了……唉！别拉锯了，尼古拉·伊凡内奇！把小提琴放下！

特利列茨基 （把小提琴挂起来）挺好的乐器。

格拉果里耶夫第一 有一次普拉托诺夫说得挺妙……他说，我们在对待女人方面倒是聪明多了，而在对待女人方面变得聪明，就等于把自己和女人一齐踩到泥里去……

特利列茨基 （大笑）大概他当时心绪很好吧……说得太过火了……

安娜·彼得罗芙娜 这是他说的吗？（笑）对了，有的时候他喜欢说出这类警句……不过呢，他其实是在说俏皮话……哦，说到这儿我倒想起一个问题来了。依您的看法，这个普拉托诺夫是个什么路数，是个什么样的人呢？是不是个英雄？

格拉果里耶夫第一 怎么跟您说好呢？依我看来，普拉托诺夫是当代捉摸不定的最出色的表现者……他是当代的一本可惜还没写出来的优秀长篇小说的主人公……（笑）我所说的捉摸不定指的是我们社会的当前状态：俄国的小说作家感到了这种状态。他站在死胡同里，茫然失措，犹豫不定，搞不清楚……总之,要了解这些先生是困难的!(指指沃英尼采夫)长篇小说写得糟透了,冗长,浅薄……而这也是难怪的!一切都完全捉摸不定,不可理解……一切都混乱到极点,纠缠不清……依我看来,我们的最聪明的普拉托诺夫就是这种含混不清的表现者。他身体好吗?

安娜·彼得罗芙娜 据说他身体健康。

　　[停顿。

是个很不错的人……

格拉果里耶夫第一 是啊……不尊敬他是不对的。我冬天有好几次到他那儿去,我总也忘不了我同他一起度过的、快乐的几个钟头。

安娜·彼得罗芙娜 (看表)他也该来了。谢尔盖,你打发人去请过他吗?

沃英尼采夫 请过两次了。

安娜·彼得罗芙娜 你们老是说谎,先生们。特利列茨基,您跑一趟,打发亚科甫去请他!

特利列茨基 (伸懒腰)要吩咐人准备开饭吗?

安娜·彼得罗芙娜 我自己会叫人的。

特利列茨基 (走去,在门口碰上布格罗夫)呼呼地喘,像火车头似的,食品商人!(拍一下他的肚子,下)

第 四 场

　　[安娜·彼得罗芙娜,格拉果里耶夫第一,温盖罗维奇第一,沃英尼采夫,布格罗夫。

布格罗夫 (上)嘿!热极了!看样子快要下雨了。

沃英尼采夫　您从花园里来吗？

布格罗夫　从花园里来。

沃英尼采夫　索菲①在那儿吗？

布格罗夫　哪一个索菲？

沃英尼采夫　就是我的妻子索菲雅·叶果罗芙娜！

温盖罗维奇第一　我去一下就来。(走到花园里去)

第 五 场

〔安娜·彼得罗芙娜,格拉果里耶夫第一,沃英尼采夫,布格罗夫,普拉托诺夫和萨霞(穿俄罗斯式服装)。

普拉托诺夫　(对门口的萨霞)请吧！请,年轻的女人！(随萨霞上)瞧,咱们到底算是出了家门！行礼吧,萨霞！您好,夫人！(走到安娜·彼得罗芙娜跟前,吻她的一只手,再吻另一只手)

安娜·彼得罗芙娜　狠心的、不礼貌的人啊……难道可以叫人等这么久吗？您总知道我是急性子吧？亲爱的亚历山德拉·伊凡诺芙娜……(同萨霞互吻)

普拉托诺夫　我们到底算是出了家门！感谢上帝！我们有六个月没有见过镶木地板、圈椅、高天花板了,我们连人也没有见过……整个冬天我们像熊似的在窝里睡觉,直到今天才爬出来,见一见上帝的世界！谢尔盖·巴甫洛维奇！(同沃英尼采夫互吻)

沃英尼采夫　你长高了,也发胖了……鬼才知道是怎么回事……

----

① 索菲和下文的索尼雅是索菲雅的爱称。

亚历山德拉·伊凡诺芙娜！天哪,她长得多么丰满！(同萨霞握手)您好吗?她又漂亮又丰满!

普拉托诺夫　(握格拉果里耶夫的手)波尔菲利·谢敏内奇……见到您很高兴……

安娜·彼得罗芙娜　你们生活如何?过得怎么样,亚历山德拉·伊凡诺芙娜?请坐呀,诸位先生!谈谈吧……咱们坐下!

普拉托诺夫　(大笑)谢尔盖·巴甫洛维奇!这是他吗?主啊!那长头发,那小衬衫,那好听的男高音都上哪儿去了?来,谈点什么吧!

沃英尼采夫　我成了蠢货。(笑)

普拉托诺夫　男低音,十足的男低音!怎么样?咱们坐下吧……坐过来一点,波尔菲利·谢敏内奇!我坐下了。(坐)请坐吧,诸位先生!嘿……真热……怎么样,萨霞?你在闻吗?

〔大家坐下。

萨霞　我在闻。

〔笑。

普拉托诺夫　这儿有人肉的气味。真妙,什么样的气味啊!我觉得我们似乎有一百年没有见面了。鬼才知道这个冬天拖得多么长!这就是我常坐的那把圈椅!你认出来了吗,萨霞?六个月以前我常常黑夜白日地坐在这把圈椅上,跟将军夫人探讨一切原因中的原因,输掉你那些明晃晃的十戈比银币……真热……

安娜·彼得罗芙娜　我等了这么久,都不耐烦了……您身体好吗?

普拉托诺夫　很好……应当报告您,夫人,您也发福了,而且更漂亮了……今天又热又闷……我已经开始巴望冷天了。

安娜·彼得罗芙娜　他们俩胖得异乎寻常了!这些走运的人啊!您生活得怎么样,米哈依尔·瓦西里奇?

普拉托诺夫　照例很糟……我这一冬都在睡觉,有六个月没见过天空了。我吃喝睡觉,给我的妻子朗诵梅恩-里德①的作品……糟得很!

萨霞　我们生活得还好,只是,不消说,觉得寂寞。

普拉托诺夫　不是寂寞,而是寂寞得很,我亲爱的。我非常想念您……现在我的两只眼睛对我来说可真是大有用处了!那么长久没跟人来往,见到的只有一些讨厌的家伙,叫人苦恼透顶,在这之后,我总算见到您了,安娜·彼得罗芙娜,这真是过分的享受!

安娜·彼得罗芙娜　您抽支烟吧!(给他一支烟)

普拉托诺夫　Merci.

〔他们点上烟。

萨霞　您是昨天到的吧?

安娜·彼得罗芙娜　十点钟到的。

普拉托诺夫　十点多钟我们看见您这儿有灯光,可是不敢来找您。您大概很累吧?

安娜·彼得罗芙娜　来找我有什么关系!我们这儿一直谈到两点呢!

〔萨霞凑着普拉托诺夫的耳朵说话。

普拉托诺夫　哎呀,见鬼!(拍自己的额头)这个记性!可是你怎么早不说呢?谢尔盖·巴甫洛维奇。

沃英尼采夫　什么事?

普拉托诺夫　他不说!结了婚却不说!(站起来)我忘了,而他老兄又不说!

萨霞　我只顾听他讲话就忘了。给您道喜,谢尔盖·巴甫洛维奇!

---

① 梅恩-里德(1818—1883),英国作家,著有惊险小说。

祝您……一切一切都好!

普拉托诺夫　我荣幸地……(鞠躬)祝你们相亲相爱,老兄!您创造了奇迹,谢尔盖·巴甫洛维奇!我再也料不到您会办出这么重要而大胆的事!多么急,多么快啊!谁料得到您有这么一招呢?

沃英尼采夫　我这个人怎么样?又急又快!(大笑)我自己也没料到我有这么一着。一转眼,天哪,事情就办成了。又恋爱又结婚!

普拉托诺夫　哪个冬天都缺不了"恋爱",而这个冬天又添了结婚,照我们的教士说的那样,给自己弄了一个监察官。老婆是最可怕、最挑剔的监察官啊!要是她愚蠢,那可要命了!您找到差事了吗?

沃英尼采夫　人家在初级中学里给我找了个职务,可是我不知道该怎么办好。我不想到初级中学去!薪水少,而且一般说来……

普拉托诺夫　您准备去吗?

沃英尼采夫　目前我简直一点也不知道。大概不去……

普拉托诺夫　哦……那就是还要闲散下去。自从您大学毕业以后已经过去三年了吧?

沃英尼采夫　对。

普拉托诺夫　是啊……(叹气)可惜没有人来打您一顿!应该对您的妻子说一说才是……闲散了整整三年啦!不是吗?

安娜·彼得罗芙娜　现在天太热,不适宜谈高级的问题……我老想打呵欠。您为什么来得这么晚,亚历山德拉·伊凡诺芙娜?

萨霞　没有工夫啊……米沙①修鸟笼,我呢,到教堂里去。鸟笼子坏了,而丢开夜莺不管是不行的。

---

① 米沙和下文的米宪卡、米谢尔、米哈依洛均为米哈依尔的爱称。

格拉果里耶夫第一　可是今天为什么到教堂里去呢？是什么节日吗？

萨霞　不是的……我是去约康斯坦丁神甫做弥撒。今天是米沙的去世的父亲的命名日，没有人祈祷是不合适的……我做了安魂弥撒……

　　　〔停顿。

格拉果里耶夫第一　您的父亲去世多久了，米哈依尔·瓦西里奇？

普拉托诺夫　三四年了……

萨霞　三年零八个月。

格拉果里耶夫第一　是吗？我的上帝！光阴飞得多么快！三年零八个月了！难道自从我们上次同他见面以来真是过了那么久吗？（叹气）我们上次是在伊凡诺夫卡见面的，那时候我们两个人都是陪审员……那时候发生了一件事，再好不过地说明了这个亡人的性格。我记得，法庭上在审判政府机关里一个很穷的、酗酒的土地测量员，罪行是受贿，后来，（笑）法庭宣告他无罪释放……已故的瓦西里·安德烈伊奇坚持这个判决……他坚持了大约三个钟头，提出种种理由，慷慨激昂……他嚷道："要我定他的罪，除非你们宣誓你们自己不受贿！"这话不合理，可是……对他一点办法也没有！我们给他闹得筋疲力尽……那时候跟我们在一块儿的还有去世的将军沃英尼采夫，就是您的丈夫，安娜·彼得罗芙娜……他这个人也有自己的特点。

安娜·彼得罗芙娜　哦，这个人可不会宣告那个家伙无罪……

格拉果里耶夫第一　是啊，他主张定罪。我还记得他们两个人满脸通红，心情激昂，怒气冲冲……农民们站在将军那一边，而我们这些贵族站在瓦西里·安德烈伊奇这一边……当然，我们赢了。（笑）您的父亲要跟将军决斗，将军骂他……混蛋，对不起……真有趣啊！后来我们把他们灌醉，给他们讲和。

再也没有比给俄国人讲和更轻松的事了……您的父亲是个老好人,他心善。

普拉托诺夫　不是心善,而是糊涂……

格拉果里耶夫第一　他是一个伟大的人,与众不同。我尊敬他。我同他的关系好极了!

普拉托诺夫　可是,在这方面我就不能夸口了。我下巴上还没长出胡子的时候就跟他意见分歧,最后这三年我们成了十足的敌人。我不尊敬他,他认为我是个没出息的人,而……我们俩都是对的。我不喜欢这个人!我不喜欢他死得那么平静。他像诚实的人那样死了。自己卑鄙而又不肯承认这一点,这是俄国坏蛋的可怕特点!

格拉果里耶夫第一　De mortuis aut bene aut nihil①,米哈依尔·瓦西里奇!

普拉托诺夫　不……这是拉丁语的无稽之谈。按我的看法,de omnibus aut nihil,aut veritas②。不过,veritas③ 比 nihil④ 好,至少有教益一点……我认为死人不需要让步。

〔伊凡·伊凡诺维奇上。

第 六 场

〔人物同前,加上伊凡·伊凡诺维奇。

伊凡·伊凡诺维奇　(上)达——达——达……我的女婿和女儿!

---

① 拉丁语:关于死人,要么就说好话,要么就什么也不说。
② 拉丁语:关于一切,要么就什么也不说,要么就说实话。
③ 拉丁语:说实话。
④ 拉丁语:什么也不说。

特利列茨基上校星座中的明星！你们好,亲爱的朋友们！放克胪伯大炮向你们致敬！诸位先生,好热啊！米宪卡,我亲爱的……

普拉托诺夫　（站起来）你好,上校！（拥抱他）身体好吗？

伊凡·伊凡诺维奇　我的身体老是挺好的。上帝宽容我,没有惩罚我。萨宪卡①……（吻萨霞的头）我很久没有亲眼看到你们了。……身体好吗,萨宪卡？

萨霞　好……你身体好吗？

伊凡·伊凡诺维奇　（挨着萨霞坐下）我的身体一直挺好。我一辈子没有生过病……我有很久没看见你们了！我每天都打算到你们那儿去,看一看外孙,再跟女婿批评一下这个世界,可是总也没有去成……忙啊,我的天使！前天我想去找你们,有心把新买的双筒猎枪拿给你看看,米宪卡；可是县警察局长留下来,玩开牌阵了……那双筒猎枪真出色！英国货,隔一百七十步远就能一枪打中……外孙好吗？

萨霞　好。他问你好……

伊凡·伊凡诺维奇　莫非他懂得问候啦？

沃英尼采夫　这要从精神方面来理解。

伊凡·伊凡诺维奇　嗯,不错……嗯,不错……从精神方面……你就对他说,萨舒尔卡,叫他快点长大。我要带着他去打猎。我已经为他准备好一管小小的双筒猎枪了……我会把他培养成一个猎人,也好在我死后把我那套打猎的用具传给他。

安娜·彼得罗芙娜　这个伊凡·伊凡诺维奇真可爱！到彼得节②我们跟他一块儿去打鹌鹑。

---

① 萨宪卡和下文的萨舒尔卡均为亚历山德拉的爱称。
② 在俄旧历6月29日。按俄国的习俗,这是一年中开始打猎的日子。

伊凡·伊凡诺维奇 哈哈！我们,安娜·彼得罗芙娜,搞一次远征,去打田鹬。我们来搞一次极地探险,到别索沃沼泽去……

安娜·彼得罗芙娜 我们来试一试您的双筒猎枪……

伊凡·伊凡诺维奇 我们来试一下。神圣的狄安娜①呀！（吻她的手）您记得去年吗,亲爱的？哈哈！我喜欢这样的女人,让上帝打死我吧！我不喜欢胆小！她才称得上是妇女解放！你去闻一闻她的肩膀,那儿有火药味,她大有汉尼拔②的气概！将军,纯粹是将军！给她戴上肩章,她就会毁掉全世界！咱们一定去！也带上萨宪卡！把大家都带去！叫他们看看什么叫军人的气质,神圣的狄安娜,夫人,马其顿的亚历山德拉③！

普拉托诺夫 你喝醉了吧,上校？

伊凡·伊凡诺维奇 当然……Sans doute④……

普拉托诺夫 怪不得你一个劲儿哇哇地叫。

伊凡·伊凡诺维奇 我是在八点钟左右来到这儿的,我的朋友……大家都还睡着……我到了这儿就走来走去,脚步声咚咚地响……我正张望,她出来了……笑嘻嘻的……我们喝了一瓶马德拉⑤。狄安娜喝了三杯,余下的我全喝了……

安娜·彼得罗芙娜 何必讲这些！

　　［特利列茨基跑进来。

---

① 古罗马神话中的狩猎女神。
② 公元前2世纪时的迦太基统帅。
③ 公元前3世纪时马其顿王亚历山大曾建立大帝国,此处将其改为女名。
④ 法语:毫无疑问。
⑤ 一种葡萄酒。

第 七 场

［人物同前，加上特利列茨基。

特利列茨基　诸位亲戚先生！

普拉托诺夫　啊——啊……本事很差的御医大人！Argentum nitricum①... aquae destillatae②... 幸会幸会，好朋友！身体健康，满面春风，神采焕发，香气喷喷！

特利列茨基　（吻萨霞的头）魔鬼使你的米哈依尔发胖了！他是一头牛，一头地道的牛！

萨霞　哟，你的香水气味真浓啊！身体好吗？

特利列茨基　挺好。你们来了，很好。（坐）事情怎么样，米谢尔？

普拉托诺夫　什么事情？

特利列茨基　当然，你的事情。

普拉托诺夫　我的事情吗？谁知道怎么样！老兄，说来就话长了，而且也没趣味。你在哪儿理的发，这么漂亮？这种发型真好！要花一个卢布吧？

特利列茨基　不是理发师给我理的。……是一位女士给我理的，我理发不付一个卢布……（吃果冻）我，老兄……

普拉托诺夫　你要说俏皮话吗？绝对不行……别费心！免了吧。

---

① 拉丁语：硝酸银。
② 拉丁语：蒸馏水。

第 八 场

［人物同前,加上彼特陵和温盖罗维奇第一。彼特陵拿着报纸上场,坐下。温盖罗维奇第一坐在角落里。

特利列茨基　（对伊凡·伊凡诺维奇）你哭吧,爸爸!

伊凡·伊凡诺维奇　我为什么要哭?

特利列茨基　喏,比方说,因为高兴……你瞧瞧我!我是你的儿子……(指萨霞)这是你的女儿!(指普拉托诺夫)这个青年是你的女婿!单是这个女儿就有多高的价值!这是一颗珍珠啊,爸爸!只有你才能生出这么一个了不起的女儿!还有你的女婿呢?

伊凡·伊凡诺维奇　我有什么可哭的,孩子?没有哭的必要。

特利列茨基　还有你的女婿呢?啊……这个女婿!像这么宝贵的人你就是走遍天下也找不着!诚实,高尚,慷慨,公正!还有外孙?!多么调皮的小男孩!他摇着胳膊,慢慢地往前走,不住地叫:"外公!外公!外公在哪儿?我要他这个土匪,我要他的大胡子!"

伊凡·伊凡诺维奇　（从口袋里拿出一块手绢）有什么可哭的?平平安安的。(哭)没有哭的必要。

特利列茨基　你哭了,上校?

伊凡·伊凡诺维奇　没有……为什么哭呢?平平安安的!……干什么哭呢?……

普拉托诺夫　算了吧,尼古拉!

特利列茨基　（站起来,在布格罗夫旁边坐下）今天气温很高,季莫菲依·戈尔杰伊奇!

布格罗夫　是啊。热得很,像在澡堂里最高一层铺板上一样。恐怕气温有三十度了。

特利列茨基　这是什么意思呢?为什么会这么热,季莫菲依·戈尔杰伊奇?

布格罗夫　这您知道得更清楚。

特利列茨基　我不知道。我是干医生这个行业的。

布格罗夫　依我看来,天这么热,是因为倘使六月间天冷,我和您就会笑起来了。

〔笑。

特利列茨基　是这样……现在我明白了……对草来说,季莫菲依·戈尔杰伊奇,什么东西比较好,是气候呢还是大气?

布格罗夫　都好,尼古拉·伊凡内奇,不过粮食更需要雨。……要是没有雨,气候有什么意思呢?没有雨的话,它连一个小钱也不值。

特利列茨基　是这样……这是实话……必须承认,智慧本身在借您的口发言了。那么关于其他的一切事情,食品商人先生,您还有些什么见解呢?

布格罗夫　(笑)什么也没有。

特利列茨基　这还需要证明呢。您是个最聪明的人,季莫菲依·戈尔杰伊奇!嗯,那么关于安娜·彼得罗芙娜不给我们东西吃这种天文学的奥妙,您有什么看法呢?啊?

安娜·彼得罗芙娜　您得等着,特利列茨基!大家都在等,您就也等着!

特利列茨基　她不知道我们的肠胃!她不知道我多么想跟您一块儿喝酒,特别是您多么想跟我一块儿喝酒!我们会痛快地喝一通,吃一顿,季莫菲依·戈尔杰伊奇!首先……首先……(凑着布格罗夫的耳朵说话)不好?可以喝一阵……Crematum simplex①。那儿什么都有：堂饮也成，外卖也成……鱼子啦、咸鱼啦、鲑鱼啦、沙丁鱼啦……随后就吃六七层的馅饼……真是那样的！那些馅饼里填满了旧世界和新世界的动物和植物的各式各样奇迹……不过要快一点才好……你饿得要命吧，季莫菲依·戈尔杰伊奇？你说实话……

萨霞 （对特利列茨基）你与其说是想吃东西，不如说是想捣乱！你不喜欢大家平心静气地坐着！

特利列茨基 我不喜欢大家挨饿，胖娘们儿！

普拉托诺夫 你这是在说笑话，尼古拉·伊凡内奇，可是为什么大家不笑呢？

安娜·彼得罗芙娜 哎，他多么惹人讨厌啊！他多么惹人讨厌啊！老脸皮到了不像样子的程度！这真可怕！您等一会儿吧，坏家伙！我去叫他们拿东西给您吃。（下）

特利列茨基 早就该这样了。

第 九 场

〔人物同前，除去安娜·彼得罗芙娜。

普拉托诺夫 可是，也不妨……现在几点钟？我也饿了。

沃英尼采夫 我的妻子到哪儿去了，诸位先生？要知道普拉托诺夫还没见到过她呢……应当认识一下才对。（站起来）我去找她。她很喜欢花园，怎么也不肯离开它。

普拉托诺夫 顺便说一句，谢尔盖·巴甫洛维奇……我想要求您不必给我和您的夫人介绍了。我想知道她是否还认得我。以

---

① 拉丁语：简单的食品。

前我跟她见过几面,而且……

沃英尼采夫　见过面？跟索尼雅？

普拉托诺夫　那是很早以前的事了……好像是我还在做大学生的时候。劳驾,别介绍了,您不用再讲,不要对她提到我了……

沃英尼采夫　好吧。这个人跟所有的人都认识！他是什么时候跟她认识的？（下,到花园里去）

特利列茨基　我在《俄罗斯信使报》上登了一篇多么重要的通讯稿呀,诸位先生！读过吗？您读过吗,阿勃拉木·阿勃拉梅奇？

温盖罗维奇第一　我读过。

特利列茨基　那是一篇了不起的通讯稿,不是吗？我把您,阿勃拉木·阿勃拉梅奇,正是您,写成了一个吃人的人！我把您写成这样,弄得全欧洲都会胆战心惊呢！

彼特陵　（哈哈大笑）原来这是有所指的啊！原来那个温就是他！哦,那么布是谁呢？

布格罗夫　（笑）是我呀。（擦额头）随他们去吧！

温盖罗维奇第一　是啊！这很值得称赞。要是我会写文章,那我就一定给报纸写稿子。第一,人家因此会给我钱;第二,不知什么缘故,我们这儿有一种风气,认为写东西的人是很聪明的人。只是,大夫,这篇通讯不是您写的。那是波尔菲利·谢敏内奇写的。

格拉果里耶夫第一　您这是从哪儿知道的？

温盖罗维奇第一　我知道嘛。

格拉果里耶夫第一　奇怪……是我写的,这不假,可是您在哪儿打听来的？

温盖罗维奇第一　只要有心,什么事都可以打听出来。您寄过挂号信,而我们邮局里的收信员又有很好的记性。就是这么回事……用不着猜测。我的犹太人的奸诈跟这件事毫无关系……(笑)不要怕,我不会报复。

格拉果里耶夫第一　我倒不怕,可是……我觉得奇怪。

　　[格烈科娃上。

第 十 场

　　[人物同前,加上格烈科娃。

特利列茨基　(跳起来)玛丽雅·叶菲莫芙娜!这太好了!这太出人意外了!

格烈科娃　(对他伸出手)您好,尼古拉·伊凡内奇!(向大家点头)你们好,诸位先生!

特利列茨基　(替她脱掉斗篷)我给您脱下斗篷……您过得好吗,身体可好?再一次问候您!(吻她的手)身体好吗?

格烈科娃　跟往常一样……(发窘,在身边的椅子上坐下)安娜·彼得罗芙娜在家吗?

特利列茨基　在家。(挨着她坐下)

格拉果里耶夫第一　您好,玛丽雅·叶菲莫芙娜!

伊凡·伊凡诺维奇　这是玛丽雅·叶菲莫芙娜吗?好不容易认出来呀!(走到格烈科娃跟前,吻她的手)我荣幸地见到您……十分高兴……

格烈科娃　您好,伊凡·伊凡内奇!(咳嗽)热得要命……不要吻我的手,劳驾……我觉着别扭……我不喜欢……

普拉托诺夫　(走到格烈科娃跟前)我荣幸地致敬!……(想吻她的手)您生活得怎样?请您伸出手!

格烈科娃　(缩回手)不必了……

普拉托诺夫　为什么？我不配吗？

格烈科娃　我不知道您配不配，可是……您没有诚意，不是吗？

普拉托诺夫　没有诚意？您怎么知道没有诚意？

格烈科娃　要是我没说我不喜欢吻手，您就不会要吻我的手……总之，我不喜欢什么，您就偏要干什么。

普拉托诺夫　一下子连结论都做出来了！

特利列茨基　（对普拉托诺夫）走开！

普拉托诺夫　我就走……您的臭虫酯怎么样了，玛丽雅·叶菲莫芙娜？

格烈科娃　什么酯？

普拉托诺夫　我听说您从臭虫身上提取酯……您打算使科学充实起来……这是一件好事！

格烈科娃　您老是开玩笑……

特利列茨基　是啊，他老是开玩笑……那么，您到底来了，玛丽雅·叶菲莫芙娜……您的 maman 过得怎么样？

普拉托诺夫　您的脸蛋绯红！您多么热！

格烈科娃　（站起来）您为什么老是对我说个没完？

普拉托诺夫　我想跟您说话嘛……很久没有跟您谈天了。您何必生气呢？究竟什么时候您才不生我的气啊？

格烈科娃　我发觉您一看见我就不舒服……我也不知道我碍了您什么事，不过……我总是叫您满意而尽量避开您……要不是尼古拉·伊凡内奇对我担保说您不会到这儿来，我是不会来这儿的……（对特利列茨基）您说谎，真可耻！

普拉托诺夫　你说谎，真可耻，尼古拉！（对格烈科娃）您要哭出来了……那就哭吧！有时候眼泪叫人轻松些……

　　　　［格烈科娃很快地往门口走去，在那儿遇见了安娜·彼

得罗芙娜。

第 十 一 场

［人物同前,加上安娜·彼得罗芙娜。

特利列茨基　（对普拉托诺夫）胡闹……胡闹！你明白吗？胡闹！再这么胡闹,那……我们就是仇人了！

普拉托诺夫　这干你什么事？

特利列茨基　胡闹！你不知道你在干什么！

格拉果里耶夫第一　太狠心了,米哈依尔·瓦西里奇！

安娜·彼得罗芙娜　玛丽雅·叶菲莫芙娜！我多么高兴呀！（同格烈科娃握手）高兴极了！您难得到我这儿来做客……您来了,为这一点我就爱上您了……咱们坐下吧……

　　［她们坐下。

高兴极了……谢谢尼古拉·伊凡内奇……多承他费心,总算把您从您的村子里请出来了……

特利列茨基　（对普拉托诺夫）假定说我爱她呢？

普拉托诺夫　你就爱吧……自管去爱好了！

特利列茨基　你不知道你在说什么！

安娜·彼得罗芙娜　您过得怎么样,我亲爱的？

格烈科娃　谢谢。

安娜·彼得罗芙娜　您累了……（瞧着她的脸）坐二十里①地的车,又不习惯,是很不容易的……

---

① 本书中的"里""尺"等均指"俄里""俄尺",一俄里等于1.06公里,1俄尺等于1.71米。

格烈科娃　不是的……（把手绢拿到眼睛跟前，哭）不是的……

安娜·彼得罗芙娜　您怎么了，玛丽雅·叶菲莫芙娜？

〔停顿。

格烈科娃　没什么……

〔特利列茨基在舞台上走来走去。

格拉果里耶夫第一　（对普拉托诺夫）您应当道歉才是，米哈依尔·瓦西里奇！

普拉托诺夫　为什么？

格拉果里耶夫第一　您还问？！您太狠心了……

萨霞　（走到普拉托诺夫跟前）你去解释一下，要不然我就走了！……你得赔罪！

安娜·彼得罗芙娜　我自己就有赶完路而哭一场的习惯……心里七上八下的！……

格拉果里耶夫第一　归根到底……我希望你这么办！太不客气了！我没料到您有这么一手！

萨霞　去赔罪，我告诉你！太不像话了！

安娜·彼得罗芙娜　我明白了……（瞧着普拉托诺夫）已经闹出事来了……请您原谅我，玛丽雅·叶菲莫芙娜。我忘了事先谈一下，跟这个……跟这个……是我不对……

普拉托诺夫　（走到格烈科娃跟前）玛丽雅·叶菲莫芙娜！

格烈科娃　（抬起头）您有什么事？

普拉托诺夫　我道歉……我公开请求您宽恕……我羞得发烧，就像坐在五十堆篝火上似的！……请您伸出手……我凭我的名誉起誓，我是真心诚意的。（握住她的手）我们讲和了……不再抽抽搭搭了……和好了吗？（吻她的手）

格烈科娃　和好了！（用手绢盖住脸，下。特利列茨基跟着她下）

第 十 二 场

〔人物同前,除去格烈科娃和特利列茨基。

安娜·彼得罗芙娜　我没想到您居然……您哪!
格拉果里耶夫第一　要谨慎,米哈依尔·瓦西里奇,看在上帝分上,要谨慎!
普拉托诺夫　算了。(在长沙发上坐下)求上帝保佑她……我干了一件蠢事:跟她说起话来了,而蠢事是不值得多讲的……
安娜·彼得罗芙娜　为什么特利列茨基跟着她去了?并不是所有的女人都喜欢让人看见自己流泪的。
格拉果里耶夫第一　我尊重女人的这种敏感……话说回来,您似乎……也没对她说什么特别不好的话,不过……一点暗示,一两个字眼……
安娜·彼得罗芙娜　这不好,米哈依尔·瓦西里奇,这不好。
普拉托诺夫　我道过歉了,安娜·彼得罗芙娜。
　　〔沃英尼采夫、索菲雅·叶果罗芙娜、温盖罗维奇第二上。

第 十 三 场

〔人物同前,加上沃英尼采夫,索菲雅·叶果罗芙娜,温盖罗维奇第二,其后,特利列茨基。

沃英尼采夫　(上)走呀,走啊!(唱)走呀!
　　〔温盖罗维奇第二站在门口,把胳膊交叉在胸口。

安娜·彼得罗芙娜　这种讨厌的炎热到底惹得索菲腻烦了!欢迎!

普拉托诺夫　（旁白）索尼雅!天上的创世主啊,她大变了!

索菲雅·叶果罗芙娜　我只顾同温盖罗维奇先生谈天,完全忘了天热……（在长沙发上坐下,离普拉托诺夫一尺远）我喜欢我们的花园,谢尔盖。

格拉果里耶夫第一　（在索菲雅·叶果罗芙娜旁边坐下）谢尔盖·巴甫洛维奇!

沃英尼采夫　您有什么吩咐?

格拉果里耶夫第一　索菲雅·叶果罗芙娜,我最亲爱的朋友,答应我,星期四你们都到我那儿去。

普拉托诺夫　（旁白）她在瞧我呢!

沃英尼采夫　我们说话是算数的。我们一大群人会坐车到您那儿去……

特利列茨基　（上）啊,女人呀,女人!这话是莎士比亚说的,他说得不对。应该说:唉,你们这些女人啊,女人!

安娜·彼得罗芙娜　玛丽雅·叶菲莫芙娜在哪儿?

特利列茨基　我把她送到花园里去了。让她在那儿伤心地溜达去吧!

格拉果里耶夫第一　我那儿您一次都没有去过,索菲雅·叶果罗芙娜!我想,您会喜欢我那儿的……那儿的园子比你们这个好,河也深,马也有。都是好马……

　　〔停顿。

安娜·彼得罗芙娜　沉默……傻瓜诞生了。

　　〔笑。

索菲雅·叶果罗芙娜　（对格拉果里耶夫小声说话,朝普拉托诺夫那边扬一下头）这人是谁?就是坐在我旁边的这个人!

格拉果里耶夫第一　（笑）这是我们的教员……姓什么，我就不知道了。

布格罗夫　（对特利列茨基）请您告诉我，尼古拉·伊凡内奇，一切病您都能治呢，还是不能治一切的病？

特利列茨基　一切病都能治。

布格罗夫　炭疽也能治吗？

特利列茨基　炭疽也能治。

布格罗夫　要是疯狗咬人，也能治吗？

特利列茨基　您让疯狗咬了吗？（从他身旁走开）

布格罗夫　（发窘）上帝保佑我！您说的是什么话呀，尼古拉·伊凡内奇！求基督跟您同在！

　　　〔笑。

安娜·彼得罗芙娜　到您那儿去怎么走法，波尔菲利·谢敏内奇？穿过尤斯诺夫卡吗？

格拉果里耶夫第一　不对……要是穿过尤斯诺夫卡，那就绕远了。要照直走到普拉托诺夫卡。我几乎就住在普拉托诺夫卡，离它两里路。

索菲雅·叶果罗芙娜　我知道这个普拉托诺夫卡，它还在吗？

格拉果里耶夫第一　当然……

索菲雅·叶果罗芙娜　我以前同那儿的地主，同普拉托诺夫相识。谢尔盖，你是不是知道现在这个普拉托诺夫在哪儿？

普拉托诺夫　（旁白）她该问我他在哪儿才对。

沃英尼采夫　我好像知道。你可记得他叫什么名字吗？（笑）

普拉托诺夫　我以前也跟他认识。他好像叫米哈依尔·瓦西里耶维奇。

　　　〔笑。

索菲雅·叶果罗芙娜　是啊，是啊……他叫米哈依尔·瓦西里奇。

我跟他相识的时候,他还是大学生,几乎还是个孩子……你们笑了,诸位先生。可是说真的,我一点也不觉得我的话里有什么逗笑的地方……

安娜·彼得罗芙娜　（大笑,指着普拉托诺夫）您快点认出他来吧,要不然他就着急得受不了啦!

　　　　［普拉托诺夫站起来。

索菲雅·叶果罗芙娜　（站起来,瞧着普拉托诺夫）不错……是他。您为什么不说话呢,米哈依尔·瓦西里奇!真的……就是您吧?

普拉托诺夫　您认不出来吗,索菲雅·叶果罗芙娜?这也不奇怪!四年半过去了,几乎五年了,任何耗子也及不上我最近的这五年那么厉害地咬坏人的相貌。

索菲雅·叶果罗芙娜　（向他伸出手）我现在刚有点认出您来。您大变样了!

沃英尼采夫　（带着萨霞走到索菲雅·叶果罗芙娜跟前）我给你介绍,这就是他的妻子!……亚历山德拉·伊凡诺芙娜,最爱说俏皮话的尼古拉·伊凡内奇的妹妹!

索菲雅·叶果罗芙娜　（向萨霞伸出手）很愉快。（坐下）您已经结婚了!……很久了吗?不过,有五年了……

安娜·彼得罗芙娜　他是个好样的,普拉托诺夫!他哪儿也没去过,可是认得一切人。这个人,索菲雅,我向您介绍,是我们的朋友!

普拉托诺夫　这种丰富多彩的介绍足以使我有权利问您一声,索菲雅·叶果罗芙娜,一般说来,您生活得怎样。您身体好吗?

索菲雅·叶果罗芙娜　一般说来我生活得还不错,可是身体不大好。您过得怎么样?目前您在干什么?

普拉托诺夫　我的命运拿我大开玩笑,像这样的情况在当初您把我看作拜伦第二,而我把自己看作未来的担任某种特殊任务的大臣和克利斯多夫·哥伦布的时候是万万想不到的。我是个小学教员,索菲雅·叶果罗芙娜,如此而已。

索菲雅·叶果罗芙娜　您?

普拉托诺夫　是啊,我……

　　　〔停顿。

恐怕有点奇怪吧。……

索菲雅·叶果罗芙娜　真叫人纳闷!可是为什么……为什么不做得大一点呢?

普拉托诺夫　要回答您的问题,索菲雅·叶果罗芙娜,三言两语是讲不清的……

　　　〔停顿。

索菲雅·叶果罗芙娜　您至少在大学里毕了业吧?

普拉托诺夫　不。我停学了。

索菲雅·叶果罗芙娜　哦。不过这并不妨碍您做一个真正的人吧?

普拉托诺夫　对不起……我不明白您的问题。

索菲雅·叶果罗芙娜　我讲得不清楚。这并不妨碍您做一个真正的人……我是想说,做一个……比方说,为自由,为妇女解放而工作的人……这并不妨碍您做一个为思想服务的人!

特利列茨基　(旁白)她胡扯起来啦!

普拉托诺夫　(旁白)原来这样!哦……(对她说)怎么对您说好呢?也许这确实不妨碍,不过……到底什么会妨碍呢?(笑)什么东西也不可能妨碍我……我是一块平放着的石头。平放着的石头本身就是为了妨碍人才创造出来的①……

　　　〔谢尔布克上。

---

①　俄谚:从平放着的石头底下连水也流不过去。

第 十 四 场

[人物同前,加上谢尔布克。

谢尔布克 (在门口)别拿燕麦给马吃:那些马不好好拉车!
安娜·彼得罗芙娜 好哇!我的伴儿来了!
众人 巴威尔·彼得罗维奇!
谢尔布克 (沉默地吻安娜·彼得罗芙娜和萨霞的手,沉默地向男人们分别鞠躬,再向大家一鞠躬)我的朋友们!请你们告诉我这个没出息的人,我的灵魂极力要看到的那个女人在哪儿?我心里想,这个女人就是她!(指索菲雅·叶果罗芙娜)安娜·彼得罗芙娜,劳驾,请您把我介绍给她这位贵人,好让她知道我是什么样的人!
安娜·彼得罗芙娜 (挽着他的胳膊,把他领到索菲雅·叶果罗芙娜跟前)退伍的近卫军骑兵少尉巴威尔·彼得罗维奇·谢尔布克!
谢尔布克 还有感情方面呢?
安娜·彼得罗芙娜 啊,对了……他是我们的朋友,邻居,伴儿,客人和债主。
谢尔布克 一点不差!我是故去的将军大人的头一号朋友!在他的率领下我夺取过名叫女性的堡垒。(鞠躬)请您伸出手!
索菲雅·叶果罗芙娜 (伸出手,又缩回去)我很高兴,可是……不必了。
谢尔布克 这可叫人心里不好受……您的丈夫当初往桌子底下钻的时候,我就抱过他……他给我留下一个记号,我会把这个记号一直带到坟墓里去。(张开嘴)喏!一颗牙没有了!您瞧见了吗？

　　　　［笑。

　　有一回我正抱着他，他呢，这个谢辽仁卡，正在玩一把小手枪，就砰的一下打掉了我的牙。嘻嘻嘻……这个小调皮！您，亲爱的，可惜我还没请教过您的大名和父名，您得把他管严点才好。您的美丽使我联想到一幅画……只是您那小鼻子不大像……您不伸出手吗？

　　　　［彼特陵挨近温盖罗维奇第一坐下，对他大声读报。

索菲雅·叶果罗芙娜　（伸出手）既然您真要这样……

谢尔布克　（吻她的手）Merci您！（对普拉托诺夫）身体怎么样，米宪卡？你长得仪表堂堂了！（坐下）我还在你糊里糊涂地瞧着上帝的世界的那个时候就认得你了……后来呢，你就一个劲儿地长大，一个劲儿地长大……嘿！求上帝保佑吧！仪表堂堂了！好一个美男子！那你为什么不去做军人呢，美少年？

普拉托诺夫　我胸部很弱，巴威尔·彼得罗维奇！

谢尔布克　（指特利列茨基）是他说的吧？要是相信他这个游手好闲的人的话，那你就太没有头脑了！

特利列茨基　请您别骂人，巴威尔·彼得罗维奇！

谢尔布克　他治过我的腰……这样不许吃，那样不许吃，地板上不许睡……可是他到底没治好。我就问他："为什么你拿了钱而不医好病？"他却说了："两者必居其一，要么就治病，要么就拿钱。"这人可真好！

特利列茨基　为什么胡说呀，韦尔节乌尔·布采法洛维奇？请允许我问一声，您给过我多少钱？您想想看，我到您那儿去过六次，一共才拿到一个卢布，而且是一张破票子。我原想把它给叫花子，可是叫花子不要。他说："太破了，号码都没有了！"

41

谢尔布克　你去六次不是因为我有病,而是因为我那儿的佃农有quelque chose① 一个女儿。

特利列茨基　普拉托诺夫,你坐得离他近……你替我敲一下他的秃顶! 劳驾!

谢尔布克　得了吧! 算了。别惹恼了睡狮! 你还年轻,差得远呢! (对普拉托诺夫)你父亲也是个好样的! 我同他,同这个去世的人,是好朋友。他真会出花招! 像我和他那样的捣蛋鬼,如今可是没有了。……唉! 时代过去了……(对彼特陵)盖拉西亚②! 敬畏至高无上的神吧! 我们在这儿谈天,而你大声念报! 讲一讲礼貌吧!

〔彼特陵继续读报。

萨霞　(推一下伊凡·伊凡诺维奇的肩膀)爸爸! 爸爸,别在这儿睡觉! 丢脸!

〔伊凡·伊凡诺维奇醒过来,过一会儿又睡着了。

谢尔布克　不行……我说不下去了! ……(站起来)听他的吧……他在念!

彼特陵　(站起来,走到普拉托诺夫跟前)您说什么来着?

普拉托诺夫　什么也没说啊……

彼特陵　不对,您说了点什么……您说了点关于彼特陵的话。

普拉托诺夫　大概您是在做梦……

彼特陵　您批评我?

普拉托诺夫　我什么也没说啊! 我向您担保,您这是在做梦。

彼特陵　您爱说什么自管去说……彼特陵啊……彼特陵……彼特陵怎么样? (把报纸放进口袋里)也许他还念过大学,得过法

---

① 法语:那么样的。
② 盖拉西亚是盖拉西木的爱称。

学候补博士,也许……这您知道吗?……这个学衔要一直跟着我进棺材呢……就是这么的。我做过七品文官……这您知道吗?我活得也比您久。谢天谢地,我活到六十了。

普拉托诺夫　这叫人高兴,可是……这能得出什么结论来呢?

彼特陵　您活到像我这把岁数,好朋友,你就会明白!生活可不是开玩笑!生活是咬人的。……

普拉托诺夫　(耸耸肩膀)说真的,我不知道您说这话用意何在,盖拉西木·库兹米奇。……我听不懂您的意思……您先是说自己,又从自己突然转到生活上去。您和生活能有什么共同点呢?

彼特陵　等到生活压伤了您,死命地摇撼您,您自己就会带着警惕心看待青年人了……生活,我的先生……什么是生活?它是这样的!一个人生下来,有三条生活道路可走,此外就再也没有别的路了:一条是往右走,狼就吃掉你,一条是往左走,你就吃掉狼,一条是照直走,你就吃掉你自己。

普拉托诺夫　您说说……您是凭科学,凭经验得出这个结论的吗?

彼特陵　凭经验。

普拉托诺夫　凭经验……(笑)可敬的盖拉西木·库兹米奇,您对别人去说这些吧,不要对我说……总之,我劝您不要跟我谈高级的问题……我听了就笑,而且,老实说,我不相信。我不相信您这种老年人的、自己瞎想出来的哲理!我极不相信,我父亲的朋友们,我非常真诚地不相信你们那些简单的哲理,你们凭自己的头脑想出来的一切说法!

彼特陵　是啊……确实是这样……用小树可以做成种种东西:房子啦,船啦,什么都成……又粗又高的老树反而一无用处……

普拉托诺夫　我指的不是一般的老人,我说的是我父亲的朋友们。

格拉果里耶夫第一　我也是您父亲的朋友,米哈依尔·瓦西里奇!

普拉托诺夫　他的朋友多着呢……往往整个院子里都挤满了轿式马车和敞篷马车。

格拉果里耶夫第一　不……那么,您也不相信我吗?(大笑)

普拉托诺夫　哦……怎么跟您说好呢?……我也不太相信您的话,波尔菲利·谢敏内奇。

格拉果里耶夫第一　是吗?(对他伸出手)谢谢您的爽直,我亲爱的。您这种爽直使得我越发喜欢您了。

普拉托诺夫　您是个老好人。我甚至深深尊敬您,可是……可是……

格拉果里耶夫第一　您自管说吧!

普拉托诺夫　可是……可是,必须是十分轻信的人才会相信冯维辛①笔下那些一辈子跟斯科季宁②和普罗斯塔科娃③同用一个盘子吃白菜汤的庄重的斯塔罗东④之流和甜言蜜语的米朗⑤之流,相信那些只因为既没做过坏事,也没做过好事就变得神圣的总督们。请您不要生气才好!

安娜·彼得罗芙娜　我不喜欢这类谈话,特别是普拉托诺夫畅谈起来的时候……结局总是不妙。米哈依尔·瓦西里奇,我来给您介绍我们的新朋友!(指着温盖罗维奇第二)伊萨克·阿勃拉莫维奇·温盖罗维奇,大学生……

普拉托诺夫　啊……(站起来,走到温盖罗维奇第二跟前)很愉快!很高兴。(伸出手)现在我情愿付出很高的代价,只求有权再被人叫作大学生……

　　〔停顿。

---

① 冯维辛(1744/1745—1792),俄国剧作家。
②③ 冯维辛剧本《纨绔少年》中的反面人物。后者是野蛮专横的女地主,前者是她的兄弟。
④⑤ 《纨绔少年》中的人物。

我对您伸出手了……您握住我的手,或者伸出您的手吧……

温盖罗维奇第二　我两样都做不到……

普拉托诺夫　为什么?

温盖罗维奇第二　我不对您伸出我的手。

普拉托诺夫　这可是个谜了……为什么呢?

安娜·彼得罗芙娜　(旁白)鬼才知道是怎么回事!

温盖罗维奇第二　因为我有理由这么办。我藐视像您这样的人!

普拉托诺夫　好极了……(瞅着他)我想对您说:这样做倒合我的意,可惜这会满足您的虚荣心,而这种虚荣心是应该为了前途而加以节制的……

　　〔停顿。

您瞧着我好比一个巨人瞧着一个侏儒。也许您确实伟大吧。

温盖罗维奇第二　我是个正直的人,而不是庸俗的人。

普拉托诺夫　我该向您祝贺啦……在年轻的大学生当中看见不正直的人才是怪事呢……谁也没有问到您的正直……您不伸出手吗,青年人?

温盖罗维奇第二　我不施舍。

　　〔特利列茨基嘘了一声。

普拉托诺夫　不成吗?那就随您了……我说的是礼貌,而不是施舍……您非常藐视我吗?

温盖罗维奇第二　这是一个痛恨庸俗、寄生、做作的人最大限度的藐视……

普拉托诺夫　(叹气)我很久没有听到过这种话了……在车夫的响亮歌声中可以听到一种亲切的东西!……我以前也是一个说漂亮话的行家……只是,可惜,这都是空话……固然是可爱的空话,然而也无非是空话而已……应当真诚一点才好……虚假的声音对不习惯的耳朵来说总是特别刺耳的……

温盖罗维奇第二　我们是不是停止这种谈话?

普拉托诺夫　何必呢?人家愿意听我们谈话,再者我们也还没有互相厌烦……那就照这个格局谈下去吧……

　　　　〔瓦西里上,后面跟着奥西普。

第 十 五 场

　　　　〔人物同前,加上奥西普。

奥西普　（上）哦……我荣幸而愉快地祝贺夫人的光临……

　　　　〔停顿。

　　祝您得到您希望上帝赐给您的一切。

　　　　〔笑。

普拉托诺夫　我看见的是谁呀?!鬼大哥!最可怕的人!最吓人的家伙。

安娜·彼得罗芙娜　哦,瞧瞧!就差您了!您来干什么?

奥西普　我来祝贺!

安娜·彼得罗芙娜　多此一举!滚开!

普拉托诺夫　原来是你啊,白天黑夜惹得人心惊胆战的家伙!我很久没有看见你了,杀人犯,六百六十六!怎么样,朋友?讲点什么吧!向伟大的奥西普领教!

奥西普　（鞠躬)祝贺您光临,夫人!谢尔盖·巴甫雷奇!祝贺您正式结婚!求上帝保佑一切……全家万事如意……万事!求上帝保佑!

沃英尼采夫　谢谢!（对索菲雅·叶果罗芙娜)我给你介绍,索菲,他是我们沃英尼采夫卡地区一个吓人的怪物!

安娜·彼得罗芙娜　您别留住他,普拉托诺夫!让他走吧!我生他的气。(对奥西普)你到厨房去,叫他们留你在那儿吃饭……一对眼睛简直像野兽。冬天你在我们树林里偷了很多吧?

奥西普　(笑)才三四棵小树……

　　　　[笑。

安娜·彼得罗芙娜　你胡说,多得多!他连表链都戴上了!了不得!这是金表链吧?容我问一声:几点钟了?

奥西普　(看墙上的挂钟)一点二十二分……请允许我吻您的手!

安娜·彼得罗芙娜　(把手举到他唇边)喏,吻吧……

奥西普　(吻她的手)很感激您的怜悯,夫人!(鞠躬)您为什么拉住我,米哈依尔·瓦西里奇?

普拉托诺夫　我怕你走。我喜欢你,亲爱的!真是一条好汉啊,叫鬼把你抓去吧!聪明人,你倒了什么霉才跑到这儿来的?

奥西普　我追一个傻瓜,追瓦西里,就顺便跑到这儿来拜访一下。

普拉托诺夫　聪明人追傻瓜,而不是相反!诸位先生,我荣幸地介绍一下!这是一个最有趣的人物。当代动物园里最有趣的嗜血动物之一!(抓住奥西普,让他的身子在原地转了一圈)尽人皆知、出了名的奥西普,偷马贼,寄生者,杀人犯,盗窃犯。他生在沃英尼采夫卡,就在沃英尼采夫卡抢劫和杀人,也将在沃英尼采夫卡死掉!

　　　　[笑。

奥西普　(笑)您是个妙人啊,米哈依尔·瓦西里奇!

特利列茨基　(瞅着奥西普)您干什么活儿,朋友?

奥西普　偷东西。

特利列茨基　哦……愉快的活儿……你倒是个犬儒派!

奥西普　什么叫犬儒派?

特利列茨基　犬儒派是外国话,翻译成你的话就是自己是只猪猡,而又愿意让全世界都知道自己是猪猡。

普拉托诺夫　他笑了,上帝啊!什么样的笑容!还有那脸,那脸!那张脸有一百普特①的铁!你就是用石头砸也一时砸不碎!(领他走到镜子跟前)你瞧,怪物!看见没有?你不感到惊讶?

奥西普　极普通的人!甚至不如一个普通人呢……

普拉托诺夫　会是这样?不是壮士?不是伊里亚·穆罗梅茨②?(拍他的肩膀)啊,英勇的、不可征服的俄罗斯人!现在我们跟你相比,算得了什么?我们到处闲逛,都是些小人物,寄生虫,自己也不知道自己的地位……我们应该跟你,跟勇士们一块儿到沙漠去,我们应该跟你这个壮士,跟一百普特重的头在一起,吱吱叫,打呼哨!我们会把夜莺大盗打死,不是吗?

奥西普　谁知道!

普拉托诺夫　会把他打死的。要知道你的力气大!这不是筋肉,而是铁索。顺便问一句,为什么你没有去做苦工?

安娜·彼得罗芙娜　结束吧,普拉托诺夫!说真的,这惹人厌烦了。

普拉托诺夫　你至少总坐过一次牢吧,奥西普?

奥西普　坐过……我每年冬天都坐牢。

普拉托诺夫　应当这样嘛……树林里很冷,那就到监狱去吧。可是为什么你不去做苦工呢?

奥西普　我不知道……您放了我吧,米哈依尔·瓦西里奇!

普拉托诺夫　你不是这个世界的人吧?你在时间和空间以外吧?你在风俗和法律之外吧?

---

① 俄国重量单位,一普特等于16.3公斤。
② 俄国壮士歌中的主人公,俄罗斯土地的主要保卫者之一。

奥西普　您让我说几句……法律上写着,只有在种种情况证明你犯了罪,或者你在犯罪的地点被捉住的时候,你才到西伯利亚去……就算人人都知道我是贼和强盗(笑),然而并不是人人都能证明我的罪……嗯……如今人变得胆小、愚蠢了,也就是不聪明了……什么都怕……连证明罪行也怕……有的人能叫我流放,可是不懂法律……他什么都怕……一句话,如今人变成蠢驴了……大家都想偷偷摸摸,合着伙儿干……这是一班没出息的、不中用的人……糊里糊涂……得罪这样的人是不会觉得过意不去的……

普拉托诺夫　他讲得多么振振有词啊,这个坏包!他是凭自己的头脑想出来的,这头可恶的野兽!而且,他还有理论呢……(叹气)俄国真是糟透了!……

奥西普　并不是光我一个人这么想,米哈依尔·瓦西里奇!如今大家都这么想。眼下,比方就拿阿勃拉木·阿勃拉梅奇来说吧……

普拉托诺夫　是啊,就连这个人也逍遥法外呢。……人人都知道,然而并不是人人都肯出头证明呀……

温盖罗维奇第一　我看,你们不必惹我……

普拉托诺夫　关于他是用不着多谈的。他就是你的同类,区别只在于他比你聪明,而且幸福得像登了天堂。再者……人家不能当着他的面光叫他的名字,对你却行。你们是一样的人,可是……他开着六十家酒馆,我的朋友,六十家酒馆,你呢,连六十个小钱都没有!

温盖罗维奇第一　六十三家酒馆。

普拉托诺夫　过一年就会有七十三家了……他在行善,给人饭吃,受大家的尊敬,大家见了他都脱帽行礼,可你呢……你是个伟大的人,却……不善于生活,老兄!不善于生活,你这有害的人!

温盖罗维奇第一　您开始说昏话了,米哈依尔·瓦西里奇!(站起来,在另一把椅子上坐下)

普拉托诺夫　这个脑袋上安着许多避雷针……他还会十分平静地活下去,活了多少年,以后至少还会活多少年,将来就是死……也会平平静静地死掉!

安娜·彼得罗芙娜　别说了,普拉托诺夫!

沃英尼采夫　安静一点吧,米哈依尔·瓦西里奇!奥西普,你从这儿走开吧!你在场只能刺激普拉托诺夫的本能。

温盖罗维奇第一　他想把我从这儿赶走,可是办不到!

普拉托诺夫　会办到的!办不到,我就自己走掉。

安娜·彼得罗芙娜　普拉托诺夫,您不住嘴吗?您别长篇大论,而要照直地说,您住不住嘴?

萨霞　看在上帝分上,你别说了!(低声)这不成体统!你弄得我丢脸!

普拉托诺夫　(对奥西普)滚开!我衷心祝愿你赶快销声匿迹!

奥西普　玛丽雅·彼得罗芙娜家里有一只小鹦鹉,它见到所有的人和狗都叫傻瓜,可是一看到鸢鹰或者阿勃拉木·阿勃拉梅奇,却叫道:"哼,你这该死的!"(大笑)再见!(下)

第 十 六 场

[人物同前,除去奥西普。

温盖罗维奇第一　年轻人,除了您还有谁敢教训我,而且是用这种方式。我是个公民,而且说实话,是个有益的公民……我是家长,可您是什么人?您是什么人呢,年轻人?对不起,无非是一个轻浮小子,一个破落地主,您承担了神圣的工作,而您这么一个堕落的人是根本无权干这种工作的……

普拉托诺夫　公民……如果您是公民,那么公民就成了一个很不好的词儿了!骂人的词儿了!

安娜·彼得罗芙娜　他老不住嘴!普拉托诺夫,您何苦用您这种说教来破坏我们的好日子?您为什么净说废话?难道您有这种权利吗?

特利列茨基　跟这班最公正、最正直的人在一起生活可是不太平的……他们到处插一手,管闲事,什么事都会触动他们……

格拉果里耶夫第一　诸位先生,开头谈得好好的,临了弄得很扫兴……

安娜·彼得罗芙娜　不应当忘记,普拉托诺夫,要是客人相骂,主人就会觉得很不自在……

沃英尼采夫　这话说得对,因此,从现在起,大家都别说了。……和睦,融洽,安静!

温盖罗维奇第一　他一会儿也不容人安静!我有什么对不起他的地方呢?这是招摇撞骗!

沃英尼采夫　嘘……

特利列茨基　随他们去相骂吧!我们倒会感到有趣。

［停顿。

普拉托诺夫　一个人仔细看看周围,再认真地想一想,简直就会当场昏厥!……而最糟的是一切稍稍正直、稍稍好一点的人都不开口,闷声不响,光是瞧着……大家都带着畏惧的心情瞧他,大家都对这个发胖的、满身金子的暴发户叩头,大家都对他感激涕零!一点体面也不顾!

安娜·彼得罗芙娜　安静点吧,普拉托诺夫!您又来去年的那一套,我受不了!

普拉托诺夫　（喝水）好吧。(坐下)

温盖罗维奇第一　好吧。

　　　　　［停顿。

谢尔布克　我真苦啊,我的朋友,我真苦啊！

安娜·彼得罗芙娜　又怎么啦？

谢尔布克　我倒霉啊,我的朋友！与其跟刁钻的老婆一块儿过下去,还不如躺在棺材里的好！又闹事啦！一个星期以前她跟她那个魔鬼,红头发的唐璜,差点把我弄死。当时我正在院子里一棵小苹果树底下睡觉,睡得正香,渴望梦见过去的美景……（叹气）忽然间……忽然间有个人猛击我的脑袋！主啊！我心想,到底来了！这好比地震,天灾,洪水,火热的雨……我睁开眼睛,那个红头发果然就在我的眼前……红头发抓住我的腰,使劲揍我的这些地方,随后又啪的一声把我往地上一摔！那个凶婆子跑过来了……她一把抓住我这没招惹谁的胡子（抓住自己的胡子）,好一顿打！（打自己的秃顶）他们差点把我弄死……我心想我这回算是把命交给上帝了……

安娜·彼得罗芙娜　您夸张了,巴威尔·彼得罗维奇！……

谢尔布克　要知道她是个老太婆了,比世界上一切人都老,而且这个糟老婆子又长得像丑八怪,可也来这么一套……搞起恋爱来了！哎,你这个妖婆呀！这对那个红头发倒是正中下怀。他要的是我的钱,他才不要她的爱情呢……

　　　　　［亚科甫上,递给安娜·彼得罗芙娜一张名片。

沃英尼采夫　这是谁的名片？

安娜·彼得罗芙娜　您别说了,巴威尔·彼得罗维奇！（读）

Comte Glagolief①。干吗来这么一套礼节?行,请他进来。
(对格拉果里耶夫第一)是您的儿子,波尔菲利·谢敏内奇!

格拉果里耶夫第一 我的儿子?!他怎么会来的?他在国外呀!

［格拉果里耶夫第二上。

第 十 七 场

［人物同前,加上格拉果里耶夫第二。

安娜·彼得罗芙娜 基利尔·波尔菲里奇!您多么客气呀!

格拉果里耶夫第一 (站起来)是你,基利尔……来了吗?(坐下)

格拉果里耶夫第二 你们好,mesdames②!问候普拉托诺夫、温盖罗维奇、特利列茨基……怪人普拉托诺夫也在这儿……向你们致敬!俄国热得要命……我直接从巴黎来!直接从法兰西国土来!嘿……不相信吗?我说的是诚实而高尚的话!我只把一只手提箱带回家……啊,好一个巴黎,主啊!真是个城市!

沃英尼采夫 请坐吧,法国人!

格拉果里耶夫第二 不,不,不。我不是来做客的,而只是走一趟……我只需要见一见父亲……(对父亲)喂,你是怎么啦?

格拉果里耶夫第一 什么事?

格拉果里耶夫第二 你打算吵架吗?我要求你寄钱给我,你为什么不寄?啊?

格拉果里耶夫第一 这种事回家去再谈吧。

---

① 法语:格拉果里耶夫伯爵。
② 法语:女士们。

格拉果里耶夫第二　你为什么不寄钱给我？你笑？你满不在乎？你开玩笑？诸位先生,在国外没有钱能活下去吗？

安娜·彼得罗芙娜　您在巴黎过得怎么样？您坐下,基利尔·波尔菲里奇！

格拉果里耶夫第二　都因为他,我才光带着牙刷回来了！我在巴黎给他打了三十五个电报！我问你,你为什么不寄钱给我？你脸红啦？害臊啦？

特利列茨基　劳驾,别嚷,伯爵大人！您再嚷,我就打发人把您的名片送到法院侦察官那儿去,追究您窃取不属于您的伯爵称号！这不成体统！

格拉果里耶夫第一　基利尔,别闹笑话了！我原以为六千也就够了。你安静下来吧！

格拉果里耶夫第二　你给我钱,我还要去！马上就给我！马上就给！我就走！快点给！我急着要走！

安娜·彼得罗芙娜　您何必这么着急呢？有的是工夫嘛！还是给我们讲点您旅行中的见闻吧……

亚科甫　（上）开饭了！

安娜·彼得罗芙娜　是吗？既是这样,诸位先生,我们去吃饭吧！

特利列茨基　吃饭？好——哇！（一只手抓住萨霞的手,另一只手抓住格拉果里耶夫第二的手跑去）

萨霞　放开我,淘气鬼！我自己走！

格拉果里耶夫第二　放开我！多么不像样子！我不喜欢开玩笑！（挣脱）

〔萨霞和特利列茨基跑下。

安娜·彼得罗芙娜　（挽着格拉果里耶夫第二的胳膊）咱们走吧,巴黎人！何必白白地发脾气！阿勃拉木·阿勃拉梅奇,季莫菲依·戈尔杰伊奇……请！（同格拉果里耶夫第二一起下）

布格罗夫　（站起来,伸懒腰）为了等这顿早饭,唾沫都咽干了。（下）

普拉托诺夫　（让索菲雅·叶果罗芙娜挽住自己的胳膊）可以吗？您的目光多么惊奇！对您来说,这世界是个神秘世界！索菲雅·叶果罗芙娜,这是个（低声）蠢人的世界,蠢透了的、没办法的、毫无希望的蠢人的世界……（同索菲雅·叶果罗芙娜一起下）

温盖罗维奇第一　（对儿子）现在你看见了吧？

温盖罗维奇第二　这是个新奇古怪的坏蛋！（同父亲一起下）

沃英尼采夫　（推推伊凡·伊凡诺维奇）伊凡·伊凡内奇！伊凡·伊凡内奇！吃饭了！

伊凡·伊凡诺维奇　（跳起来）啊？谁？

沃英尼采夫　没谁……去吃饭吧！

伊凡·伊凡诺维奇　很好,亲爱的！（同沃英尼采夫和谢尔布克一起下）

第十八场

[彼特陵和格拉果里耶夫第一。

彼特陵　你有意吗？

格拉果里耶夫第一　我不反对……我已经对你说过了！

彼特陵　亲爱的……你准定结婚吗？

格拉果里耶夫第一　我不知道,老兄。莫非她会愿意吗？

彼特陵　她会愿意！我赌咒,她会愿意！

格拉果里耶夫第一　谁知道呢？不应当瞎猜……别人的心是摸不准的……你为什么这样张罗呢？

彼特陵　我这是在为谁张罗呀,亲爱的？你是个好人,她又那么漂亮……你要我跟她谈一谈吗？

格拉果里耶夫第一　我自己也会谈的。你暂时不要提吧……如果可能的话,就请你不用张罗了！我自己也会结婚的。（下）

彼特陵　（独白）要是我能办到就好了！圣徒啊,替我设身处地想一想吧！……要是将军夫人嫁给了他,那我就成阔人了！我就能凭期票拿到钱了,圣徒啊！这么一想,高兴得饭也不想吃了。上帝的奴隶安娜和波尔菲利要结婚了,或者应该说,波尔菲利和安娜要结婚了……

〔安娜·彼得罗芙娜上。

第 十 九 场

〔彼特陵和安娜·彼得罗芙娜。

安娜·彼得罗芙娜　您为什么不去吃饭？

彼特陵　亲爱的,安娜·彼得罗芙娜,可以同您说句话暗示一下吗？

安娜·彼得罗芙娜　说吧,只是快一点,劳驾……我没有工夫……

彼特陵　哦……您能给我一点儿钱吗,亲爱的？

安娜·彼得罗芙娜　这算是什么暗示？这根本不是暗示。您要多少？一个卢布,两个？

彼特陵　您把期票上的钱付给我一点吧。我瞧着这些期票,心都烦了……期票不过是骗人的东西,朦胧的幻想。人家说:你有钱！其实呢,你根本什么也没有。

安娜·彼得罗芙娜　您还在讲那一万六吗？您怎么不害臊？难道您缠着要这笔债就不觉得难为情吗？您怎么会不觉得抱愧

呢？您这个老光棍,要这笔不义之财干什么用呢？

彼特陵　我要这笔钱,是因为这笔钱是我的,亲爱的。

安娜·彼得罗芙娜　您那些期票是在我丈夫不清醒、有病的时候,从他那儿骗去的……您记得这件事吧？

彼特陵　这是怎么回事啊,亲爱的？期票之所以为期票,就是凭它们要钱和付钱的。钱喜欢算账嘛。

安娜·彼得罗芙娜　好,好……算了。我没钱,以后也不会有钱来还您这班人的账！滚开,去打官司吧！哼,您这个法学候补博士！要知道您过不了多久就会死的,何必骗钱呢？您这个怪人！

彼特陵　可以向您说句话暗示一下吗,亲爱的？

安娜·彼得罗芙娜　不行。(向门口走去)您去吃饭！

彼特陵　答应我,亲爱的！亲人,容我说一分钟吧。您喜欢波尔菲沙①吗？

安娜·彼得罗芙娜　这跟您什么相干？我的事跟您什么相干,您这个候补博士呀！

彼特陵　什么相干？(捶自己的胸脯)请容许我问您一句,故去的少将的头一号朋友是谁？在他临终的时候给他合上眼睛的是谁？

安娜·彼得罗芙娜　您,您,您！您可真是好样的！

彼特陵　我去为他的灵魂安息喝一杯……(叹气)也为您的健康喝一杯！您骄傲,看不起人,夫人！骄傲是恶习……(下)

　　〔普拉托诺夫上。

---

① 波尔菲利的爱称。

第 二 十 场

［安娜·彼得罗芙娜和普拉托诺夫。

普拉托诺夫　鬼才知道这是什么样的自尊心！你赶他走,他却坐在那儿,好像什么事儿也没有似的……这可是真正下流的财迷的自尊心！您在想什么,夫人？

安娜·彼得罗芙娜　您心平气和了吧？

普拉托诺夫　心平气和了……可是我们不要生气……(吻她的手)我们亲爱的将军夫人,他们这班人太不像样,大家都有权把他们从您的家里赶出去……

安娜·彼得罗芙娜　我自己都巴不得把这些客人都赶走呢,叫人受不了的米哈依尔·瓦西里奇！……我们的全部不幸就在于您今天指我而说的体面只有在理论上可以理解,而在实际上却无论如何也行不通。我也罢,您那套高调也罢,都没有权利把他们赶走。要知道这班人是我们的恩人,债主。……只要我斜着眼睛看他们,明天我们就没法待在这个庄园里了。您得明白,要么要庄园,要么要体面……我选择了庄园……在这方面您爱怎么理解就怎么理解,可爱的空谈家,要是您愿意让我不离开这个美丽的地方,您就不要对我再说起体面,也不要碰我那些蠢货……那边在叫我去呢……今天吃过饭我们要坐车出去玩……不准你走！(拍他的肩膀)我们来好好生活一下！去吃饭吧！(下)

普拉托诺夫　(沉吟片刻)我还是要把他赶走……我要把所有的人都赶走！……这样做是愚蠢而鲁莽的,可是我仍旧要赶走他们。我保证过不去碰这种卑鄙的东西,可是有什么办法呢？

坚强的意志是天然的力量,意志薄弱就不用说了……

［温盖罗维奇第二上。

第二十一场

［普拉托诺夫和温盖罗维奇第二。

温盖罗维奇第二　您听我说,教师先生,我劝您不要碰我的父亲。

普拉托诺夫　Merci 您的劝告。

温盖罗维奇第二　我不是开玩笑。我的父亲认识很多人,所以他能够很容易地搞掉您的工作。我警告您。

普拉托诺夫　慷慨的青年!您叫什么名字?

温盖罗维奇第二　伊萨克。

普拉托诺夫　那么亚伯拉罕①生下以撒②。谢谢您,慷慨的小伙子!我也要麻烦您一下,请您向您的父亲转达一声,就说我巴望他和他那许多朋友陷到地底下去!去吃饭吧,要不然那边的人趁您不在把东西全吃光了,小伙子!

温盖罗维奇第二　(耸耸肩膀,往门口走去)即使这不算是愚蠢,也要算是奇怪……(停步)您是否以为,由于您不容我的父亲安静,我在生您的气吗?一点也不对。我是在学习,而不是在生气……我在研究你们这些当代的恰茨基③……我了解您!要是您心绪畅快,要是您没有闲得发慌,那么请您相信,您就不会碰我的父亲。您,恰茨基先生,不是在寻求真理,而是在寻开心,消遣一下……如今您没有奴仆了,可是总得找个人来

---

①②　《圣经·创世记》中的人物,亚伯拉罕是以撒的父亲。阿勃拉木和伊萨克同这两个名字的拼法相近。

③　俄国剧作家格里鲍耶陀夫的喜剧《智慧的痛苦》中的主人公。

挨骂。于是不管碰到什么人就骂……

普拉托诺夫　（笑）说真的,这话妙极啦!您瞧,您倒还有这么一种小小的想法呢……

温盖罗维奇第二　有一种可恶的情况值得注意:您从没 tête-à-tête① 跟我的父亲争吵过,您总是选择客厅作为您娱乐的场所,在那儿好让蠢人们见识一下您的全部伟大!啊,您这个戏迷!

普拉托诺夫　我倒很想在十年以后,哪怕是五年以后,跟您谈一谈……那时候您会怎么样?这种腔调,这种炯炯的眼神,会仍然存在,原封不动吗?要知道您会学坏的,小伙子!您的学业进行得挺好吗?……我从您的脸色看出来不怎么好……您会学坏的!不过,去吃饭吧!我不想跟您谈下去了。我不喜欢您那副凶相……

温盖罗维奇第二　（笑）您是个美学家。（向门口走去）与其生着一副要人来打嘴巴的相貌,还不如生着一副凶相的好。

普拉托诺夫　是啊,还是这样好……不过……您去吃饭吧!

温盖罗维奇第二　我们不认识……请您不要忘记这一点……（下）

普拉托诺夫　（独白）这个小伙子见识少,想得多,而且在背地里说得多。（朝饭厅门内望）她在往四处看……她那对柔和的眼睛正在找我。她仍旧多么漂亮呀!她那张脸多么美!她的头发也还是那样!还是那种颜色,还是那种发型……那些头发以前我吻过多少次啊!她那小小的脑袋引起了我的美妙的回忆……

　　　　［停顿。

---

① 法语:两人单独地。

莫非我已经到了只能满足于回忆的时候了？

［停顿。

回忆是好事，可是……难道对我来说……一切都结束了吗？啊，求上帝保佑千万别这样，千万别这样！……那还不如死了的好……应当生活……还要生活下去……我还年轻呢！

［沃英尼采夫上。

第二十二场

［普拉托诺夫和沃英尼采夫，后来加上特利列茨基。

沃英尼采夫 （上，用餐巾擦嘴）去为索菲的健康喝一杯，不要躲着！……怎么样？
普拉托诺夫 我在瞧您的妻子，欣赏她！……一位了不起的太太！

［沃英尼采夫笑。

您可真幸福！
沃英尼采夫 是啊……我承认……我幸福。然而倒也不是幸福，从……观点看来……不能说十全十美。不过大体说来很幸福！
普拉托诺夫 （朝饭厅门内望）我早就认识她了，谢尔盖·巴甫洛维奇！我了解她像了解我的五个手指头一样。她多么漂亮，而且以前还要漂亮！可惜您以前没见过她！她多么漂亮啊！
沃英尼采夫 是啊。
普拉托诺夫 她那对眼睛！
沃英尼采夫 还有她那头发？！
普拉托诺夫 她原是个出色的姑娘！（笑）还有我那个萨霞，我的阿芙多嘉,玛特廖娜,彼拉盖雅。瞧,她坐在那儿!这儿看不大清,一个酒瓶挡着她呢!她在为我的行为生气,激动,愤愤不平。可怜的人啊,她苦恼得很,她想大家现在就要批评我、恨我了,因为我骂了温盖罗维奇。

沃英尼采夫　原谅我冒昧提一个问题。你跟她在一起幸福吗?

普拉托诺夫　这是个家庭啊,老兄……要是你把她夺去,那我似乎就全完了……那是个窝!你慢慢自会明白的。只是可惜,你很少吵骂,不知道家庭的价值。就是给我一百万来换萨霞,我也不干。我和她配合得再好也没有了……她愚蠢,我呢,毫不中用……

〔特利列茨基上。

(对特利列茨基)吃饱喝足啦?

特利列茨基　吃喝得不少。(拍自己的肚子)成了一座堡垒!去吧,你们这些狡猾的人,应当为各位先生的光临干一杯……啊,兄弟们……(拥抱他们两个)我们去干一杯吧!哎!(伸懒腰)哎!我们人类的生活呀!人只要不听渎神者的话就有福了……(伸懒腰)你们这些狡猾的人啊!滑头!……

普拉托诺夫　今天你到你的病人家里去过了吗?

特利列茨基　这过后再说……你还是听我说吧,米谢尔……我要把话对你彻底说清楚。你别惹我!你那套教训使我厌恶极啦。你得有仁爱之心!你要死心塌地相信我是一堵墙,你是一粒豌豆①!要不然,如果你实在熬不住,如果你的舌头发痒,那你就把你要说的话都写在纸上,拿给我。我就把它背下来!再不然,索性在规定的时间对我宣读你的教训。我一天给你一个钟头。比方说,下午四点到五点……愿意吗?我甚

---

① 俄国有一句俗话:"豌豆碰着墙",意谓"一点不起作用"。

至一个钟头给你一个卢布。(伸懒腰)整天价,整天价训人……

普拉托诺夫　(对沃英尼采夫)劳驾,你给我解释一下,《新闻报》上的广告是什么意思?难道确实到了这步田地吗?

沃英尼采夫　不,你别担心!(笑)这是商业上的小花招……将来举行拍卖,我们的庄园就由格拉果里耶夫买去。波尔菲利·谢敏内奇会使得我们摆脱银行,我们就不把利息交给银行,而交给他。这是他出的主意。

普拉托诺夫　我不懂。这对他有什么好处呢?他在给你们赏赐吗?我不懂这种赏赐,再者你们也未必需要这种赏赐。

沃英尼采夫　不是的……其实,我自己也不完全懂。你问我的母亲吧,她会解释清楚的……我只知道这个庄园卖出去以后,仍旧属我们所有,日后我们就把该交的钱交给格拉果里耶夫。我的母亲马上就要付给他五千。不管怎样,跟银行打交道总不如跟他打交道那么方便。哎,这银行惹得我讨厌透了!我讨厌银行胜于特利列茨基讨厌你!咱们不谈这些商业上的事吧。(挽住普拉托诺夫的胳膊)咱们去为我们的友谊干一杯!尼古拉·伊凡内奇!咱们走吧,老兄!(挽住特利列茨基的胳膊)为我们的良好的关系干一杯吧,朋友!让命运自管剥夺我的一切好了。让这些商业上的花招都垮台好了,我所爱的人们照旧会活着,而且健康:您,我的索尼雅,我的后娘!有你们,我就能活下去!咱们走吧!

普拉托诺夫　走。我要为一切干杯,而且我大概会把酒喝光。我很久没有醉过,想大喝一通了。

安娜·彼得罗芙娜　(在门外)啊,友谊,这就是你!这辆三驾马车可真好!(唱)我把三匹快马套上车呀……

特利列茨基　深棕色的马……先喝白兰地,小伙子!

安娜·彼得罗芙娜 （在门口）来吃吧，你们这些好吃懒做的人！菜都凉了！

普拉托诺夫 啊，友谊，这就是你！我老是在爱情方面走运，而在友谊方面从来也没走过运。我生怕，诸位先生，你们会为我的友谊哭一场。咱们来为一切友谊，包括我们的友谊的平安结束干一杯吧！但愿这种结局也像开头那样没有什么风波，平平稳稳吧！（下，到饭厅去）

——第一幕完

第 二 幕

第 一 景

［花园。前景是花圃和环形林荫道。花圃中央立着一尊塑像。塑像头上顶着一个灯盏。长凳、椅子、小桌。右边是正房的正面。门廊。窗子开着。从窗子里传来欢笑声、说话声、钢琴声、提琴声（卡德里尔舞曲、圆舞曲等）。花园深处有一个中国式的亭子，挂着灯。亭子的入口处有花字"谢·沃"。亭子后面有人在打地球，传来地球的滚转声和欢呼声："五个好！四个不好！"等等。花园和房子里点着灯。客人和仆人在花园里川流不息。瓦西里和亚科甫（穿着黑礼服，已经喝醉）正在点燃挂灯和灯盏。

第 一 场

［布格罗夫和特利列茨基（戴着有帽徽的制帽）。

特利列茨基 （从正房里出来，挽着布格罗夫的胳膊）给钱吧，季莫菲依·戈尔杰伊奇！这在你算得了什么呢？要知道我是借钱啊！

布格罗夫　请您相信上帝,我办不到！您不要生气,尼古拉·伊凡内奇！

特利列茨基　你办得到,季莫菲依·戈尔杰伊奇！你什么都办得到！你能买下整个世界,只不过你不肯罢了。要知道我是借钱！你得明白,怪人！我用名誉担保,我不会还的！

布格罗夫　看到没有,看到没有？说漏了嘴,把不还钱的话都说出来了。

特利列茨基　我什么也没看到！我只看到你铁石心肠。给钱吧,伟大的人。不给？我对你说:给吧！我求求你了,央告你了！难道你这么铁石心肠？你的心在哪儿呀？

布格罗夫　(叹气)唉,唉,尼古拉·伊凡内奇！您病没有治好,可是钱倒要……

特利列茨基　你说得好！(叹气)你说对了。

布格罗夫　(拿出钱夹来)您呢,又爱笑……动不动就"哈哈哈"！难道可以这样吗？是啊,不能这样……人家虽然没受过教育,到底是基督徒嘛,跟你们这班有学问的人一样……要是我说了蠢话,那您就应当开导我,而不该笑……就是这样。我们是乡巴佬,没扑过粉,我们的皮肤粗糙,您要少怪罪我们,要原谅我们……(打开钱夹)这是最后一次了,尼古拉·伊凡内奇！(数钱)一个……六个……十二个……

特利列茨基　(朝钱夹里看)天哪！人家还说俄国人没有钱！可你从哪儿弄来这么多？

布格罗夫　五十……(把钱给他)这是最后一次了。

特利列茨基　不过那是一张什么样的钞票呀！你把它也拿给我吧。它那么温柔地瞧着我呢！(收下钱)把那张钞票也给我吧！

布格罗夫 （又给他钱）您拿去吧！您真贪心啊,尼古拉·伊凡内奇！

特利列茨基 这都是一个卢布一张的,都是一个卢布一张的……莫非你是要饭要来的？不过你这些钞票不是假的吧？

布格罗夫 要是假的,就还给我！

特利列茨基 要是你需要,我就会还给你。……Merci,季莫菲依·戈尔杰伊奇！祝您更加发福,得到奖章。劳驾,告诉我,季莫菲依·戈尔杰伊奇,为什么你过这种不正常的生活？喝很多的酒,用低沉的声音说话,不住地出汗,在该睡觉的时候不睡……比方说,为什么你现在不去睡觉？你是个多血质的、胆汁质的、急躁的食品商人,必须早睡才对！你的血管也比别人粗。难道可以这样糟蹋自己吗？

布格罗夫 哦！是吗？

特利列茨基 就是这么样……不过呢,你也不用害怕……我是在开玩笑……你离死还早呢……你会活下去的。你有很多钱吧,季莫菲依·戈尔杰伊奇？

布格罗夫 够我们这辈子用的了。

特利列茨基 你是个聪明的好人,季莫菲依·戈尔杰伊奇,不过也是个大骗子！你要原谅我这么说……我是出于友情才这么说的……我们不是朋友吗？大骗子！你为什么买下沃英尼采夫的期票？你为什么给他钱？

布格罗夫 这事您管不着,尼古拉·伊凡内奇！

特利列茨基 你打算和温盖罗维奇一起把将军夫人的矿场搞到手吗？据说,将军夫人怜惜她丈夫的儿子,不愿意让他完蛋,会把她的矿场让给你？你是个伟大的人,然而是个骗子！滑头！

布格罗夫 你听我说,尼古拉·伊凡内奇……我到小亭子那边去睡一会儿,等到开晚饭的时候,您就来叫醒我。

特利列茨基　好！去睡吧！

布格罗夫　（走）要是不开晚饭，您就在十点半钟叫醒我！（下，向亭子那边走去）

第　二　场

［特利列茨基，后来加上沃英尼采夫。

特利列茨基　（看钱）这钱有农民的气味……这是他抢夺来的，坏蛋！可是我拿这些钱怎么办呢？（对瓦西里和亚科甫）喂，你们这些雇工！瓦西里，把亚科甫叫到这儿来，亚科甫，把瓦西里叫到这儿来！上这儿来！快！

［亚科甫和瓦西里走到特利列茨基跟前。

他们穿着礼服呢！嘿，见鬼！你们可真像老爷啦！（给亚科甫一个卢布）这个卢布给你！（给瓦西里一个卢布）这个卢布给你！给你们这钱，是因为你们鼻子长。

亚科甫和瓦西里　（鞠躬）太谢谢了，尼古拉·伊凡内奇！

特利列茨基　你们这两个正教徒怎么摇摇晃晃的？喝醉了吗？你们俩都像绳子了？要是将军夫人知道了，你们就要倒霉了！她会打你们嘴巴！（再给他们每人一个卢布）瞧！再给你们各人一个卢布！这是因为你叫亚科甫，他叫瓦西里，而不是相反。你们敬礼吧！（亚科甫和瓦西里鞠躬）完全对！再给你们各人一个卢布，这是因为我叫尼古拉·伊凡内奇，而不是叫伊凡·尼古拉耶维奇！（又给他们钱）敬礼吧！好！注意，别拿去喝酒！我会给你们开苦药的！你们可真像老爷！你们去点灯吧！走吧！我跟你们也说够了！

［亚科甫和瓦西里走开。

〔沃英尼采夫穿过舞台。

（对沃英尼采夫）给你三个卢布！

〔沃英尼采夫收下钱,随手把钱放在口袋里,向花园深处走去。

特利列茨基　你也该道一声谢啊！

〔伊凡·伊凡诺维奇和萨霞从正房里走出来。

第 三 场

〔特利列茨基,伊凡·伊凡诺维奇和萨霞。

萨霞　（上）我的上帝！这种事究竟什么时候才能完啊？你为什么这样惩罚我？这个人醉了,尼古拉醉了,米沙也醉了……你们这些不顾体面的人,即使见着人不害臊,至少也该敬畏上帝啊！大家都在瞧你们！我眼看人家对你们指指点点,我心里是什么滋味呀！

伊凡·伊凡诺维奇　不对,不对！等一等……你把我的脑子搞乱了……等一等……

萨霞　不能叫你们到上流人家来！刚一来就喝醉了！哎,不像样子！而且你是个老年人！你应当给他们做榜样,而不是跟他们一块儿喝酒！

伊凡·伊凡诺维奇　等一等,等一等……你把我的脑子搞乱了……我刚才说什么来着！对了！我不是胡说,亲爱的萨霞！你相信我吧！要是我再工作五六年,我就会当上将军！你怎么想,我当不上将军？嘿！……（大笑）就凭我这种性格,还当不上将军？就凭我所受的教育？你既是这么说,那你就是什么也不懂……可见你不懂……

萨霞　咱们走吧！将军可不这么喝酒。

伊凡·伊凡诺维奇　心里一高兴，人人都会喝酒！我会当上将军的！你啊，行行好，别说了！完全跟你母亲一样！叽叽咕咕……主啊，真的！你那母亲总是黑夜白日地唠叨，黑夜白日地唠叨……这也不行啦，那也不对啦。……叽叽咕咕……我说什么来着？对了！你完全跟你故去的母亲一样，我的小乖乖！完全一样……完全……眼睛也像，头发也像……走起路来也一样，像小鹅似的……（吻她）我的天使！你完全像那个故去的人儿……我满心爱那个故去的人啊！

萨霞　你别说了……走吧！说真的，爸爸……你也到了应该不喝酒、不闹笑话的时候了。你让那些身体强壮的人去干这些事吧……他们年轻，你呢，说真的，毕竟老了，不合适了……

伊凡·伊凡诺维奇　我听你的话，我的朋友！我明白！我不那么干了……我听你话……嗯，是啊，嗯，是啊……我明白……我说什么来着？

特利列茨基　（对伊凡·伊凡诺维奇）大人，给你一百个戈比！（给他一个卢布）

伊凡·伊凡诺维奇　好吧……那我收下，我的儿子！Merci……别人的钱我不拿，可是自己儿子的钱我总是拿的……我拿了钱，很高兴……孩子，我不喜欢别人的钱财。我的上帝，我非常不喜欢！我正直，孩子！你们的父亲是正直的！我这一辈子一次也没有打劫过祖国或者老家！我只要稍稍往别处伸一下手，就会发财，走运了！

特利列茨基　这是值得称赞的，可是，父亲，这用不着夸口！

伊凡·伊凡诺维奇　我不是夸口，尼古拉！我在教育你们，我的孩子！我在开导你们……我要在创世主面前为你们负责！

特利列茨基　你们准备到哪儿去？

伊凡·伊凡诺维奇　回家去。我要送这条小虫子回去……"你送我走啊,你送我走啊……"她缠住了我……我现在就送她走。她一个人害怕。我现在送她走,待一会儿我再到这儿来。

特利列茨基　当然,你得回来。(对萨霞)要给你钱吗?给你,给你!三个卢布!给你三个卢布!

萨霞　那就索性再多给两个吧。我要给米沙买一条夏天穿的裤子,要不然他就只有一条裤子。只有一条是再糟不过了。这条裤子一洗,他就只好穿呢裤子了……

特利列茨基　要是由我做主的话,我就什么也不给他,夏天的裤子不给,呢裤子也不给:随他去!可是,拿你有什么办法呢?喏,你再拿两个卢布去吧!(给钱)

伊凡·伊凡诺维奇　我说什么来着?对了……我现在想起来了……哦,对了……我在总参谋部供过职,我的孩子。我用脑袋跟敌人打过仗,用脑子使土耳其人流过血……刺刀我没有动过,是啊,没有动过……嗯,是这样……

萨霞　我们干吗站在这儿?该走了。再见,柯里亚①!咱们走吧,爸爸!

伊凡·伊凡诺维奇　等一等!看在基督分上,你别说了!喊喊喳喳……像只椋鸟!应当这样生活,我的孩子!正直、高尚、品行端正……嗯,是啊,是啊……我得过弗拉基米尔三级勋章呢……

萨霞　你别说了,爸爸!咱们走吧!

特利列茨基　你就是不夸夸其谈,我们也知道你是个什么样的人。去送她吧!

伊凡·伊凡诺维奇　你是个绝顶聪明的人,尼古拉!你会做皮罗

---

① 尼古拉的爱称。

果夫①的!

特利列茨基 去吧,去吧。

伊凡·伊凡诺维奇 我说什么来着?对了……我见过皮罗果夫……那是以前在高加索的时候……嗯,是啊,是啊……他是个绝顶聪明的人……挺好的……那我就走了……咱们走吧,萨舒尔卡!孩子,我没力气了……看样子,快要给我做安魂祭了……啊,主,原谅我们这些罪人吧!罪人,罪人!嗯,是啊,是啊……我有罪,孩子!如今我在供奉财神,年轻的时候也没有对上帝祈祷过。再也没有比我更俗气的人了……物质!Stoff und Kraft②!啊,主!……嗯,是啊……孩子,你们祈祷,叫我别死才好!你走啦,萨舒尔卡?你在哪儿呀?你就在这儿……咱们走吧……

〔安娜·彼得罗芙娜朝窗内望。

特利列茨基 可是他自己一动也不动……这人信口开河,胡言乱语起来了……好,走吧!你们不要经过磨坊,那儿的狗咬人。

萨霞 你戴着他的帽子呢,柯里亚。给他吧,要不然他会感冒的……

特利列茨基 (脱下帽子,把它戴在他父亲的头上)走吧,老头子!向左转……开步走!

伊凡·伊凡诺维奇 向——左——转!嗯,是啊,是啊……你公道,尼古拉!上帝看到你公道!我的女婿米哈依洛也公道!他有自由思想,可是他公道!我走了,我走了……

〔他们走了。

咱们走吧,萨霞……你走吗?我来抱着你走!

---

① 皮罗果夫(1810—1881),俄国解剖学家,外科学家,曾研究军事外科学。
② 德语:物质和力量。

萨霞　又胡说了！

伊凡·伊凡诺维奇　我来抱你走！以往我总是抱着你的母亲……我常常抱着她,我自己可就摇摇晃晃了……有一回我跟她从小山冈上一块儿扑通一声摔下来了……她,我的亲人,光是笑,一点也没生气……我来抱你吧！

萨霞　你别胡闹啦……把帽子戴正。(给他戴正帽子)你还多么英俊啊！

伊凡·伊凡诺维奇　嗯,是啊,是啊……

　　〔下。

　　〔彼特陵和谢尔布克上。

第 四 场

　　〔特利列茨基,彼特陵和谢尔布克。

彼特陵　(从正房里出来,挽着谢尔布克的胳膊)要是你在我面前放五万卢布,我就会偷……这是实话,我会偷的……只要偷了不会出什么事……我就会偷……要是放在你面前,你也会偷。

谢尔布克　我不会偷,盖拉西亚！不会！

彼特陵　你就是放一个卢布,我也会偷。正直！呸！谁需要你的正直？正直等于傻瓜……

谢尔布克　我是傻瓜……就让我做傻瓜吧……

特利列茨基　老头子,给你们每人一个卢布！(给他们每人一个卢布)

彼特陵　(收下钱)您自管给吧……

谢尔布克　(大笑,收下钱)Merci,大夫先生！

特利列茨基　可敬的先生们,酒喝多了吧？

彼特陵　有点儿……

特利列茨基　再给你们每人一个卢布,拿去给你们的灵魂做祷告!你们总有罪吧?拿去!应该耍弄你们一下才是,然而今天是好日子……我忽然慷慨起来了,见鬼!

安娜·彼得罗芙娜　(朝窗外)特利列茨基,也给我一个卢布吧!(走开)

特利列茨基　不能给您一个卢布,要给五个,少将的寡妇!我马上给您!(走进正房)

彼特陵　(看窗子)美人儿走开啦?

谢尔布克　(看窗子)走开了。

彼特陵　我看不惯她!她是个不好的女人。太傲慢……女人应当温顺,恭敬……(摇头)你看见格拉果里耶夫了吗?好一个稻草人!他坐在那儿像个菌子似的,一动也不动,什么话都不说,瞪大了眼睛!难道这算是追求女人吗?

谢尔布克　他会结婚的!

彼特陵　他什么时候才会结婚?过一百年?多谢多谢!过一百年我就不需要了。

谢尔布克　盖拉西亚,不必叫他这个老头子结婚。真要叫他结婚的话,也还是给他娶个普通女人的好……他配不上她……她年轻,像一团火似的,是个欧洲派头的、受过教育的女人……

彼特陵　但愿他结婚才好!换句话说,我是那么希望这件事办成,简直没法用言语来形容!要知道将军一死(祝他升天堂!),他们就什么也没有了。她有个矿场,可是温盖罗维奇一心想把它弄到手……我怎么能跟温盖罗维奇争胜负?我凭期票能跟她要到什么钱呢?就算我去打官司,我又能拿到什么钱呢?

谢尔布克　Nihil①。

彼特陵　要是她嫁给格拉果里耶夫,我就有办法拿到钱了……我就立刻凭期票要钱,打官司,查封财产……她大概不会让她前夫的儿子完蛋,会给钱的。哈哈哈!我的梦想就实现了!一万六哪,巴沃契卡②!

谢尔布克　我也借给她三千呢……我就叫我那老婆子来拿钱……我怎么要钱呢?我不会要钱……她又不是乡巴佬……她是朋友啊……让她到这儿来拿钱好了……咱们到厢房里去吧,盖拉西亚!

彼特陵　干什么去?

谢尔布克　找女人聊天去……

彼特陵　杜尼亚沙在厢房里吗?

谢尔布克　在。

　　［他们走了。

　　跟她们在一块儿快活多了……(唱)唉,我多么不幸啊,不再住在这里啦!

彼特陵　梯克-托克,梯克-托克……(叫喊)是啊!(唱)我们在真诚的朋友的聚会中快乐地迎接新年……

　　［同下。

第　五　场

　　［沃英尼采夫和索菲雅·叶果罗芙娜自花园的深处走来。

---

① 拉丁语:一点也没有。
② 巴沃契卡和下文的巴瓦均为巴威尔的爱称。

沃英尼采夫　你在想什么？

索菲雅·叶果罗芙娜　说真的，我也不知道。

沃英尼采夫　你不愿意我帮你的忙……难道我就不能帮助你吗？干什么保守秘密呢，索菲？瞒着自己的丈夫……嗯……

　　　　［他们坐下。

索菲雅·叶果罗芙娜　哪儿有什么秘密呢？我自己也不知道我出了什么问题……你不要自寻烦恼，谢尔盖！你不要管我心里苦闷。

　　　　［停顿。

我们离开此地吧，谢尔盖！

沃英尼采夫　离开此地？

索菲雅·叶果罗芙娜　对了。

沃英尼采夫　为什么？

索菲雅·叶果罗芙娜　我想走……就是到国外去也行。去不去？

沃英尼采夫　你想走……可是究竟为什么呢？

索菲雅·叶果罗芙娜　此地好，有益于健康，快活，可是我住不下去……一切都好，都顺利，只是……非走不可。你答应过不盘问我。

沃英尼采夫　那我们明天就走……明天我们就离开此地！（吻她的手）你在这儿觉得乏味！这我明白！我了解你！鬼才知道这儿都是些什么人！彼特陵之流，谢尔布克之流……

索菲雅·叶果罗芙娜　这不能怪他们……别说他们了。

　　　　［停顿。

沃英尼采夫　你们女人家怎么会有这么些苦闷？是啊，为什么苦闷呢？（吻他妻子的脸）得了！快活一点吧！就这么对付着过日子吧！难道不能像普拉托诺夫所说的那样，把苦闷丢到一边吗？哦！我正好想起了普拉托诺夫！你为什么很少跟他谈话呢？他可不是一个无足轻重的人,他是个智力发达的人,一点也不乏味！你诚恳而随便地跟他谈谈吧！那你的苦闷就会烟消云散了！你也常跟我的母亲谈谈,跟特利列茨基……(笑)你跟他们谈谈吧,别看不起他们！你还没了解这些人。我向你推荐他们,因为这些人跟我意气相投。我喜欢他们。等你跟他们接近以后,你也会喜欢他们的。

安娜·彼得罗芙娜　（朝窗外）谢尔盖！谢尔盖！谁在那儿？把谢尔盖·巴甫洛维奇找来！

沃英尼采夫　有什么事？

安娜·彼得罗芙娜　你就在这儿啊？那你来一下！

沃英尼采夫　我就来！（对索菲雅·叶果罗芙娜）要是你不改变主意,我们明天就走。（走进正房）

索菲雅·叶果罗芙娜　（沉吟片刻）这几乎成了灾难了！我已经能够一连几天不想我的丈夫,忘掉他的存在,不理他的话了……他变成累赘了……这可怎么办？（思索）可怕呀！结婚才不久,却已经……这都怪那个……普拉托诺夫！我力量不够,意志薄弱,缺乏那种能帮助我抵制这个人的力量！他从早到晚缠住我,跟踪我,他那双伶俐的眼睛不容我消停！……这真可怕……而且也愚蠢！我都没有力量保住自己了！他再迈出一步,也许什么事都会发生！

第 六 场

［索菲雅·叶果罗芙娜和普拉托诺夫。普拉托诺夫从正房里出来。

索菲雅·叶果罗芙娜　他来了！他向周围张望,正在找人呢！他在找谁？我从他的步态就看得出来他要找谁！他搅得我不得安宁,多么不老实啊！

普拉托诺夫　好热！不应当喝酒……(看见索菲雅·叶果罗芙娜)您在这儿啊,索菲雅·叶果罗芙娜？一个人吗？(笑)

索菲雅·叶果罗芙娜　对。

普拉托诺夫　您躲着人吗？

索菲雅·叶果罗芙娜　我用不着躲着人。他们不惹我讨厌,也不碍我的事。

普拉托诺夫　是吗？(在她旁边坐下)可以吗？

〔停顿。

可是如果您不躲着人,那么您,索菲雅·叶果罗芙娜,为什么躲着我呢？什么缘故呢？对不起,让我说完我心里的话吧！我很高兴,总算能跟您谈一谈了。您躲着我,避开我,看也不看我。这是什么意思？是闹着玩呢,还是认真的？

索菲雅·叶果罗芙娜　我根本没有想要躲开您！您这是从何说起？

普拉托诺夫　起初您好像还对我赏脸,多承您厚待,可是现在连见都不愿意见我了！我在这个房间里,您就到那个房间里；我走进花园,您就走出花园；我开口跟您讲话,您就躲躲闪闪,要不然就干巴巴、硬邦邦地说一声"是啊"就走了……我们的关系变得莫名其妙了……这怪我吗？我惹人讨厌吗？(站起来)我并不感到我有什么错处。请您费神马上让我摆脱这种贵族女学生式的荒唐处境吧！我不打算再忍受下去了！

索菲雅·叶果罗芙娜　我承认,我是……有点躲着您……要是我知道这会使您这么不愉快,我就不会这么办了……

普拉托诺夫　躲着我？(坐下)您自己承认啦？可是……这是为

什么,这是什么意思呢?

索菲雅·叶果罗芙娜　您别喊,也就是……别这么大声说话!我希望您不致骂我一顿。我不喜欢人家对我喊叫。我不是躲着您这个人,而是避免跟您谈话……您为人,据我对您的了解,是好的……在此地,大家都喜欢您,尊敬您,有的人甚至崇拜您,觉得跟您谈话是一种荣幸……

普拉托诺夫　得了吧,得了吧……

索菲雅·叶果罗芙娜　我初到这儿来的时候,我们头一次谈过话以后,我就立刻变成您的听众了,可是,米哈依尔·瓦西里奇,我不走运,简直不走运……过了不久,您就叫我难以忍受了……对不起,我找不着比较委婉的话……您差不多每天都跟我谈到以前您怎么爱我,我怎么爱您,等等……一个大学生爱上一个姑娘,一个姑娘爱上一个大学生……这种事太陈旧,太平常,不值得多说,也不要认为它目前对我和您来说具有任何意义……不过,问题不在这儿……问题在于每逢您对我讲起过去的时候,您……您总是讲得好像对我有所要求,好像过去您没有得到的那种东西现在您打算弄到手似的……您的语气每天千篇一律,叫人难受,我觉得您每天都在暗示,似乎我们共同的过去给您和我添了一种什么责任……后来我又觉得您赋予我们之间的友好关系过分重要的意义……要是表达得清楚一点,那就是,您夸大了这种关系!您的眼神有点古怪,您发脾气,喊叫,抓住人的手,跟踪人……仿佛在做暗探似的!这是为什么?……一句话,您不让我安宁!……干什么监视我?我是您的什么人?说真的,可以认为,您在等待您为了某种目的而需要的适当时机……

　　[停顿。

普拉托诺夫　说完了吗?(站起来)谢谢您的坦率!(向门口

走去)

索菲雅·叶果罗芙娜　您生气啦?（站起来）您等一下,米哈依尔·瓦西里奇!为什么生气呢?我并不希望……

普拉托诺夫　（站住）唉,您呀!

〔停顿。

这样看来我没有惹得您腻烦,您害怕,胆怯……您胆怯了吧,索菲雅·叶果罗芙娜?（走到她跟前）

索菲雅·叶果罗芙娜　算了吧,普拉托诺夫!您胡说!我不怕,我根本就没想到害怕!

普拉托诺夫　如果您遇见的每个人,每个稍稍不庸俗的男人,依您看来,都可能对您的谢尔盖·巴甫洛维奇有危险,那么您的意志力在哪儿?您那思维健康的头脑又在哪儿?您就是不在这儿,我也还是每天都到这儿来闲逛的,至于我跟您谈话,那是因为我认为您是一个聪明而懂事的女人!完全变坏了!不过……对不起,我说得离题了……我没有权利对您说这些话……请您原谅这种不成体统的乖张行为吧……

索菲雅·叶果罗芙娜　谁也没有给您权利说这样的话!如果人家愿意听您讲话,那可不能就此得出结论说,您有权利讲出您想入非非的那些话!请您走开!

普拉托诺夫　（大笑）人家跟踪你?!人家找您,抓住您的手?!可怜的人,人家要把您从您的丈夫那儿夺走?普拉托诺夫,怪人普拉托诺夫爱上了您?!这是什么样的幸福啊!无上的幸福!要知道这对我们的小小的自尊心来说是任何一个糖果厂的厂主都没有吃过的一种糖果!真可笑……这种弱点同一个有修养的女人是不相称的!（往正房走去）

索菲雅·叶果罗芙娜　您又放肆又尖刻,普拉托诺夫!您发疯啦!（跟他走去,在门口站住）可怕!为什么他说这些话?他想镇

住我……不,我受不了这一套……我去对他说……(走进正房)

　　[奥西普从亭子后面走过来。

第 七 场

　　[奥西普,亚科甫和瓦西里。

奥西普　(上)五个好!六个坏!鬼才知道他们在干什么!还不如玩朴烈费兰斯①的好……玩十打一也不错……再不然就玩斯图加尔卡②……(对亚科甫)你好,亚沙③!那个……嗯——嗯——嗯……温盖罗维奇在这儿吗?

亚科甫　在这儿。

奥西普　你去叫他来!小声叫他!你就说有要紧的事……

亚科甫　行。(走进正房)

奥西普　(摘下一个挂灯,吹熄,把它放在自己的衣袋里)去年我到城里达丽雅·伊凡诺芙娜那边去,她收买赃物,开着一家有姑娘的酒店,我在里面赌斯图加尔卡。赌注是三个戈比……罚款要付两个卢布……我赢了八个卢布。(又摘下一个挂灯)城里可是快活!

瓦西里　挂灯不是为你挂的!你干什么把它拿走?

奥西普　我没有看见你!你好,驴子!过得怎么样?(走到他跟前)近来好不好?

　　[停顿。

---

① 一种用三十二张牌的三人牌戏。
② 一种全凭幸运不讲技巧的冒险赌博。
③ 亚科甫的爱称。

唉,你这头马! 唉,你这个放猪的! (摘掉他的帽子)你是个可笑的家伙! 真的,可笑得很! 你有一丁半点的头脑吗? (把那顶帽子扔到树上)打我的腮帮子吧,因为我是个有害的人!

瓦西里　让别人来打您吧,我可不打!

奥西普　那么,把我毁掉? 不过,要是你有头脑的话,你就不该跟别人合伙来干,而要独自动手! 你往我脸上啐唾沫吧,因为我是一个有害的人!

瓦西里　我不啐。您干什么缠住我不放?

奥西普　你不啐? 那么你是怕我? 那就在我面前跪下!

〔停顿。

怎么样? 跪呀! 我这是在跟谁说话? 是跟墙说话呢,还是跟活人说话?

〔停顿。

我这是在跟谁说话?

瓦西里　(跪下)您这是造孽呀,奥西普·伊凡内奇!

奥西普　跪着害臊啦? 我倒很愉快呢……一位穿着礼服的老爷,却跪在盗贼面前……喂,现在你放开喉咙喊万岁吧……怎么样?

〔温盖罗维奇第一上。

第 八 场

〔奥西普和温盖罗维奇第一。

温盖罗维奇第一　(从正房里走出来)是谁在这儿叫我?

奥西普　(很快地脱掉帽子)是我,老爷。

［瓦西里站起来，在一条长凳上坐下，哭泣。

温盖罗维奇第一　你有什么事？

奥西普　多承您在酒馆老板那儿找我，问起我，所以我就来了！

温盖罗维奇第一　哦，对了……不过……难道不能另找个地方谈话吗？

奥西普　对好人来说，老爷，什么地方都好！

温盖罗维奇第一　我有点儿事要找你……我们离开这儿……到那条长凳旁边去吧！

　　［他们走到一条放在舞台深处的长凳那儿。

你站得稍稍远一点，装出你好像没有跟我说话的样子……这样就行了！是酒馆老板列甫·索洛蒙内奇打发你来的吗？

奥西普　是。

温盖罗维奇第一　这可不该……我不是要你来，可是……有什么办法呢？简直拿你没办法。不应该跟你打交道……你是一个极其不好的人……

奥西普　很不好！比世界上任什么人都糟。

温盖罗维奇第一　小点声说话！讲到我给了你多少钱，那真是多得不得了，而你全不觉得，倒好像我的钱是石头，或者是别的什么没用的东西似的……你竟敢胡搞，偷东西……你把脸扭开啦？你不喜欢实话？实话听着刺耳吗？

奥西普　刺耳，不过您的话除外，老爷！您叫我到这儿来，光是为了教训我一顿吗？

温盖罗维奇第一　小点声说话！……你认得……普拉托诺夫吗？

奥西普　教员吗？怎么不认得！

温盖罗维奇第一　对了，教员。这个教员只教怎么骂人，别的什么也不教。你把这个教员弄成残废要多少钱？

奥西普　怎么叫弄成残废？

温盖罗维奇第一　不是打死,而是打残废……打死人不应该……何必打死呢?打死人……这种事有点那个……打残废就是把他打得一辈子忘不了。

奥西普　这我办得到……

温盖罗维奇第一　把他身上的什么地方打坏,把他弄成丑八怪……你要多少钱?嘘……有人来了……我们走远一点……

〔他们走到舞台深处去。普拉托诺夫和格烈科娃从正房里走出来。

第 九 场

〔温盖罗维奇第一和奥西普(在舞台深处),普拉托诺夫和格烈科娃。

普拉托诺夫　(笑)什么,什么?怎么?(大笑)我没听清楚……

格烈科娃　没听清楚?那有什么关系?我可以再说一遍……我甚至要表达得更尖刻些……当然,您不会生气……您十分习惯于各种尖刻的话,对您来说,我的话大概不足为奇了……

普拉托诺夫　您说吧,您说吧,美人儿!

格烈科娃　我不是美人儿。谁认为我是美人儿,谁就不懂美……老实说,我算不得美吧?您的看法怎么样?

普拉托诺夫　以后再说吧。现在您讲吧!

格烈科娃　那您就听着……您要么是一个不平常的人,要么是一个……坏蛋,二者必居其一。

〔普拉托诺夫大笑。

您笑了……不过呢,也是可笑……(大笑)

普拉托诺夫　(大笑)她说这话!小傻瓜啊!真是怪事!(搂着她

的腰)

格烈科娃　(坐下)对不起,可是……

普拉托诺夫　人家怎么干,她也怎么干!她谈论哲理,研究化学,说出什么样的警句啊!她这个人可了不得!(吻她)漂亮的、与众不同的小滑头……

格烈科娃　对不起……这是什么意思?我……我没说……(站起来,又坐下)为什么您吻我?我根本……

普拉托诺夫　她说出话来叫人惊奇!她心里想:我要一鸣惊人!让人家看看我多么聪明!(吻她)她慌了神……慌了神……样子可真傻……唉,唉……

格烈科娃　您……您爱我?是吗?……是吗?

普拉托诺夫　(尖起嗓子)那么你爱我?

格烈科娃　如果……如果……那么……是的……(哭)你爱我吗?要不然你就不会这么做了……爱吗?

普拉托诺夫　一点也不爱,我的宝贝儿!我这个有罪的人是不爱傻瓜的!我只爱一个傻瓜,而且这也只是由于没有事情可做……啊,她脸色发白了!眼睛发亮了!她心里想:你瞧瞧咱们的厉害吧!……

格烈科娃　(站起来)您莫非是在耍弄我?

［停顿。

普拉托诺夫　恐怕要打我一个嘴巴了……

格烈科娃　我有自尊心……我不会弄脏我的手……我刚才对您说,先生,您要么是个不平常的人,要么是个坏蛋,可是现在我要对您说,您是个不平常的坏蛋!我看不起您!(向正房走去)我现在不会哭了……我高兴,因为我到底认清了您是个什么东西……

［特利列茨基上。

第 十 场

　　［人物同前，加上特利列茨基（头戴礼帽）。

特利列茨基　（上）仙鹤叫了！它们是从哪儿来的？（抬头往上看）这么早……

格烈科娃　尼古拉·伊凡内奇，要是您多少有点尊重我……尊重您自己的话，您就不要同这个人来往！（指指普拉托诺夫）

特利列茨基　（笑）求上帝怜恤吧！这人是我的最可敬的亲戚！

格烈科娃　而且是朋友？

特利列茨基　而且是朋友。

格烈科娃　我不羡慕您。而且似乎……也不羡慕他。您是个好心人，可是……您那种说笑话的腔调……有的时候您那些笑话叫人恶心……我不想用这种话来伤您的心，不过……我挨了欺负，而您却在说笑话！（哭）我受了侮辱……不过，我没哭……我有自尊心。您去跟这个人来往，爱他，崇拜他的智慧，敬畏他吧……你们都认为他像哈姆雷特……那就欣赏他吧！这不关我的事……我不向您提出什么要求……您自管跟他，跟这个……坏蛋去开玩笑吧！（走进正房）

特利列茨基　（沉吟片刻）你吃完饭啦，老兄？

普拉托诺夫　我什么也没吃……

特利列茨基　凭良心说，说实话，米哈依尔·瓦西里奇，别再去惹恼她啦。说真的，这太不体面了……你这么一个聪明的人物，却搞出些鬼名堂……人家都叫你坏蛋了……

　　［停顿。

我实际上不能分成两个人，叫一个人尊敬你，叫另一个人去接近一个说你是坏蛋的姑娘……

普拉托诺夫　你不用尊敬我,也不必分成两个人。

特利列茨基　我没法不尊敬你!你自己也不知道你在说什么。

普拉托诺夫　那就只有一个办法:不要去接近她。我不了解你,尼古拉!你,一个聪明人,怎么会认为那个小傻瓜有什么可爱之处?

特利列茨基　哼……将军夫人常常责备我缺乏君子风度,要我把你看成君子风度的榜样……可是依我看来,这种责难可以原封不动地用在你这个榜样身上……要知道你们,特别是你,总是到每一条小巷子里去嚷着说我爱上了她,于是笑啊,讥消啊,怀疑啊,跟踪啊……

普拉托诺夫　你说清楚点……

特利列茨基　我似乎说得挺清楚嘛……同时您居然毫不惭愧地当着我的面称她是小傻瓜,废物……你可算不得君子!君子懂得恋爱的人都有相当的自尊心。她不是傻瓜,老兄!她不是傻瓜!她成了不必要的牺牲品,就是这么的!有些时候,我的朋友,你想要憎恨人,作践人,拿人出气……那么,何不就拿她来试一试呢?她正合适。她软弱,不顶嘴,对你轻信到了愚蠢的地步……这种事我了解得很清楚……(站起来)咱们去喝酒吧!

奥西普　(对温盖罗维奇)要是到那时候您不把其余的钱给我,那我就偷一百卢布。您不要怀疑这一点!

温盖罗维奇第一　(对奥西普)你小点声说吧!你打他的时候不要忘记说"感恩的酒馆老板"!嘘……你走吧!(向正房走去)

［奥西普下。

特利列茨基　见鬼!阿勃拉木·阿勃拉梅奇!(对温盖罗维奇)你没害病吗,阿勃拉木·阿勃拉梅奇?

87

温盖罗维奇第一　　没有……谢天谢地,我身体挺好。

特利列茨基　　多可惜啊! 我那么需要钱! 你相信吧? 真可以说,急得要命……

温盖罗维奇第一　　那么,大夫,从您的话听起来,您是急得要命地需要病人吧? (笑)

特利列茨基　　这个玩笑开得俏皮! 虽然听着刺耳,可是俏皮! 哈——哈——哈,再来一个哈——哈——哈! 你笑吧,普拉托诺夫! 能笑就笑吧,好朋友!

温盖罗维奇第一　　您眼下已经欠我很多了,大夫!

特利列茨基　　为什么说这个呢? 这谁不知道? 不过我到底欠你多少钱?

温盖罗维奇第一　　大约……哦,对了……好像是二百四十五个卢布。

特利列茨基　　给我钱吧,伟大的人! 你借给我钱,日后我也会借给你的! 你多发善心,慷慨大方,拿出胆量来吧! 最大胆的犹太人就是借钱而不要借据的人! 做一个最大胆的犹太人吧!

温盖罗维奇第一　　哦……犹太人……老是犹太人啊犹太人的……我向你们保证,诸位先生,我有生以来从来也没有见过一个俄国人借钱而不要借据的;我向你们保证,借钱而不要借据的事在任何地方也不及在不正直的犹太人当中那么盛行! ……要是我胡说,就让上帝夺去我的生命好了! (叹气)你们这些青年人,从我们犹太人这儿,特别是从老犹太人这儿,可以成功而有益地学到许许多多东西……许许多多……(从衣袋里取出钱夹)人家心甘情愿,高高兴兴地借钱给你们,你们呢……却发笑,喜欢开玩笑……这不好啊,诸位先生! 我是老人了……我有孩子……你们自管认为我是下贱人好了,可是总得把我当个人来对待呀……你们在大学里学的也就是这个道理嘛……

特利列茨基　你说得好,阿勃拉木·阿勃拉梅奇!

温盖罗维奇第一　这不好啊,诸位先生,不好……其实呢,你们这些有教养的人和我的店员之间并没有什么差别……可是谁也不允许对你们称呼"你"……您要多少钱?很不好啊,年轻人……您要多少钱?

特利列茨基　随你给吧……

〔停顿。

温盖罗维奇第一　我给您……我可以给您……五十个卢布……(给钱)

特利列茨基　好阔绰!(接过钱来)真了不起!

温盖罗维奇第一　我的帽子在您的脑袋上呢,大夫!

特利列茨基　是你的帽子?哦……(脱下帽子)喏,拿去吧……为什么你不叫人把它洗干净?要知道,这花不了几个钱!犹太人管礼帽叫什么?

温盖罗维奇第一　随您去编吧。(戴上帽子)

特利列茨基　你戴着礼帽倒挺像样。男爵,完全像个男爵!你为什么不花钱买一个男爵的头衔?

温盖罗维奇第一　我什么也不懂!别缠住我,劳驾!

特利列茨基　你真了不起!为什么人家不愿意了解你呢?

温盖罗维奇第一　您还不如说,人家为什么不愿意让我安宁。

(走进正房)

第十一场

〔普拉托诺夫和特利列茨基。

普拉托诺夫　你为什么拿他这些钱?

特利列茨基　不为什么……（坐下）

普拉托诺夫　什么叫不为什么？

特利列茨基　拿了就拿了呗！莫非你为他抱不平？

普拉托诺夫　问题不在这儿，老兄！

特利列茨基　那么在哪儿？

普拉托诺夫　你不知道吗？

特利列茨基　我不知道。

普拉托诺夫　你胡说，你知道！

〔停顿。

要是你至少有一个星期，至少有一天能够按照某些哪怕是最小的原则生活的话，我就会对你燃起伟大的爱了，我的好朋友！对你这样的人来说，原则是不可缺少的，就像每天的粮食一样……

〔停顿。

特利列茨基　我一点也不知道……反正你和我，老兄，我们没法改造我们的肉体！我们没法改变它。当初我和你在中学里读拉丁语而得一分的时候，我就知道这一点……我们不来说废话……还是闭上嘴巴的好！

〔停顿。

前天，老兄，我在我的一个女朋友家里看到《当代活动家》的照片，读到他们的传记。你猜怎么着，朋友？要知道，其中没有我和你，没有！不管我费多大的劲，我还是没有找到！米哈依尔·瓦西里奇，lasciate ogni speranza！① 意大利人就是这么说的。在当代的活动家当中我既没找到你，也没找到我自己，可是，你猜怎么着，我心平气和！索菲雅·叶果罗芙娜可就不

---

① 意大利语：丢开一切希望吧！

行了……她没有心平气和……

普拉托诺夫　索菲雅·叶果罗芙娜跟这有什么相干呢？

特利列茨基　她发现《当代活动家》当中没有她，就不高兴……她以为她只要动一动小手指头，地球就会裂开一个口子，人类就会高兴得连帽子也掉下来……她就是这样想的……嗯……你在任何一部合乎情理的长篇小说里都找不到像她头脑里那么多的胡思乱想……其实呢，一个铜钱也不值。她是冰块！石头！塑像！人恨不得走到她跟前，从她的鼻子上刮下一丁点石膏才好。一有点什么事……她马上就发癔病，哇哇地叫，长吁短叹……一点力量也没有……像个聪明的洋娃娃……她瞧不起我，认为我是个二流子……可是她那个谢辽仁卡有什么地方比你和我好？他有什么好？只有一点好：他不喝白酒，想得挺美妙，老着脸皮说他自己是个未来的人。不过，不要论断人，免得被论断……（站起来）咱们去喝酒吧！

普拉托诺夫　我不去。我觉得那儿闷热。

特利列茨基　那我独个儿去。（伸懒腰）顺便说一句，亭子上的那两个花字①是什么意思？是指索菲雅·沃英尼采娃呢，还是指谢尔盖·沃英尼采夫？我们的语文学家打算用这两个字母来对谁表示敬意：对他自己呢，还是对他的妻子？

普拉托诺夫　我觉得这两个字母指的是"光荣归于温盖罗维奇！"我们在用他的钱大吃大喝嘛。

特利列茨基　对啦……今天将军夫人是怎么回事？她哈哈大笑，哼哼唧唧，一个劲儿地要跟人接吻……好像她堕入了情网似的……

普拉托诺夫　这儿有什么人能让她爱上呢？难道她爱上了她自

---

①　指两个字母 C 和 B。

91

己？你不要相信她的笑。对于从来不哭的聪明女人，是不能相信她的笑的：她想哭的时候才大笑。我们的将军夫人不哭，可是想开枪自杀……这从她的眼神看得出来……

特利列茨基　女人不用枪自杀，而是服毒自尽……不过咱们别谈哲学了……我讲起哲学来就胡说八道……我们的将军夫人是个好女人！一般说来，我瞧着女人就会生出非常坏的想法，然而她是仅有的一个女人，能够挡回我的恶毒的想法，如同豌豆撞着墙一样。仅有的一个……每逢我望着她的脸，我就开始相信柏拉图式的恋爱①了。走吧？

普拉托诺夫　我不去。

特利列茨基　那我独个儿去……我要去跟教士一块儿喝酒……（走去，在门口撞上格拉果里耶夫第二）嘿！大人，自封的伯爵！给您三个卢布！（把三个卢布塞在他的手里，下）

第十二场

[普拉托诺夫和格拉果里耶夫第二。

格拉果里耶夫第二　这个古怪的人！无缘无故地说：给您三个卢布！（喊叫）我自己也能给您三个卢布！哼……简直是个蠢货！（对普拉托诺夫）他这种愚蠢的举止弄得我大吃一惊。（笑）愚蠢得不像话！

普拉托诺夫　您这个舞蹈家怎么不跳舞啊？

格拉果里耶夫第二　跳舞？在这儿？请问，跟谁跳呀？（挨着他坐下）

---

①　指"精神恋爱"。

普拉托诺夫　倒好像找不到人跳舞啦？

格拉果里耶夫第二　全是些怪人！不管你瞧着谁，都面目可憎！都是些丑八怪，鹰钩鼻，装腔作势……而女人呢？（大笑）鬼才知道是什么东西！遇到这类人，我宁可到饮食部去而不跳舞。

　　〔停顿。

想不到，俄国的空气这么不新鲜！多么恶浊，沉闷呀……我讨厌俄国！……愚昧，恶臭。呸……在国外就完全不同了……您总去过一趟巴黎吧？

普拉托诺夫　我没去过。

格拉果里耶夫第二　可惜。不过您日后总有机会去的。您到那儿去的时候，跟我说一声。我就会告诉您巴黎的全部秘密。我会给您开三百封介绍信，把三百个最漂亮的法国妓女交给您支配。

普拉托诺夫　谢谢您，我厌烦了。告诉我，据说您的父亲想买普拉托诺夫卡，是真的吗？

格拉果里耶夫第二　说真的，我不知道。对于买卖之类的事我总是躲得远远的。不过，您发现 mon père① 在追求你们的将军夫人吗？（大笑）又是一个怪人！这头老獾想娶媳妇啦！像黑琴鸡那么愚蠢！可是你们的将军夫人 charmante②！长得挺不错。

　　〔停顿。

她那么招人喜欢，那么招人喜欢……还有她那身材！嘿，嘿！（拍普拉托诺夫的肩膀）走运的人呀！她束腰吗？束得很

---

① 法语：我的父亲。
② 法语：迷人。

紧吗?

普拉托诺夫　我不知道。我没有见过她梳妆打扮……

格拉果里耶夫第二　可是人家告诉我说……莫非您没有……

普拉托诺夫　您是个蠢货,伯爵!

格拉果里耶夫第二　可是我在开玩笑……您何必生气呢?说真的,您可是个怪人!(压低声音)不知道是不是真的,据说她……这是个有点不便开口的问题,不过我想您不会张扬出去……据说她有时候非常爱钱,这是真的吗?

普拉托诺夫　这您去问她自己吧。我不知道。

格拉果里耶夫第二　问她自己?(大笑)这是什么想法?!普拉托诺夫!您在说什么呀?!

普拉托诺夫　(在另一条长凳上坐下)您真会惹人讨厌!

格拉果里耶夫第二　(大笑)如果真的问一下,那又怎么样!真的,为什么不能问呢?

普拉托诺夫　当然……(旁白)你去问问看……她会打坏你那张愚蠢的脸!(对他)您去问吧!

格拉果里耶夫第二　(跳起来)我保证,这是个了不起的想法!妙极了!我会问的,普拉托诺夫,我向您担保,她是我的了!我有预感!我马上就问!我打赌,她是我的了!(往正房跑去,在门口撞上安娜·彼得罗芙娜和特利列茨基)Mille pardons①,夫人!(并足致礼,下)

　　[普拉托诺夫在原位上坐下。

----

① 法语:千万请原谅。

第十三场

〔普拉托诺夫,安娜·彼得罗芙娜和特利列茨基。

特利列茨基 (在门廊上)他坐在那儿呢,我们的伟大的圣贤和哲学家!他警惕地坐在那儿,焦急地等待着牺牲品,好在临睡以前教训他一番。

安娜·彼得罗芙娜 他不顺心,米哈依尔·瓦西里奇!

特利列茨基 不好!今天不顺心!可怜的道德家!我可怜你,普拉托诺夫!不过我醉了,而且……助祭在那儿等我呢!再见吧!(下)

安娜·彼得罗芙娜 (走到普拉托诺夫跟前)为什么您在这儿坐着?

普拉托诺夫 房间里闷热,这个美好的天空比您那个由妇女刷白的天花板好!

安娜·彼得罗芙娜 (坐下)天气可真好!清新的空气,凉爽的天气,满天星斗,又有月亮!可惜上流女人不能在院子里露天底下睡觉。以前我做姑娘的时候,夏天总是在花园里过夜。

〔停顿。

您的领结是新的吗?

普拉托诺夫 是新的。

〔停顿。

安娜·彼得罗芙娜 我今天的心绪有点特别……今天我喜欢一切……我在玩乐!您对我讲点什么吧,普拉托诺夫!为什么您不说话?我到这儿来就是为了要您说话……您这个人哟!

普拉托诺夫 跟您说什么好呢?

安娜·彼得罗芙娜　给我讲点新的、好听的、机智的话吧……今天您这么聪明,这么漂亮……说真的,我觉得我今天比往常更喜爱您了……今天您真招人喜欢!也不那么胡闹了!

普拉托诺夫　您今天也是个了不起的美人儿。不过,您素来是个美人儿!

安娜·彼得罗芙娜　我跟您是朋友吧,普拉托诺夫?

普拉托诺夫　大概是的……恐怕我们要算是朋友……友谊还能叫什么别的名称呢?

安娜·彼得罗芙娜　无论如何我们总是朋友吧?啊?

普拉托诺夫　我想我们是很要好的朋友……我跟您处得很熟,很有感情……如果我们之间的友谊中断,我会很长时间不习惯的……

安娜·彼得罗芙娜　我们是很要好的朋友吗?

普拉托诺夫　为什么问这些?别问这些了,亲爱的!朋友啦……朋友啦……倒好像老处女似的……

安娜·彼得罗芙娜　好吧……我们是朋友,您可知道,男女之间从友谊到爱情只差一步,先生?(笑)

普拉托诺夫　原来这样!(笑)您怎么说这话呢?不管我们迈多大的步,我们总不会走到魔鬼跟前吧。

安娜·彼得罗芙娜　爱情成了魔鬼……你这叫什么比喻!你的妻子没听见你的话!Pardon,我对您称呼你了……真的,米谢尔,这是无意的!不过,您为什么不走那一步呢?莫非我们不是人吗?爱情是好东西……您怎么脸红了?

普拉托诺夫　(凝神瞧着她)我看得出来,您要么是在开可爱的玩笑,要么是想……说出什么话来……咱们去跳华尔兹舞吧!

安娜·彼得罗芙娜　您不会跳舞!

　　　〔停顿。

应当跟您好好谈一谈……是时候了……（往四下里看）mon cher① 请您费神听着，不要高谈阔论！

普拉托诺夫 咱们去跳舞吧，安娜·彼得罗芙娜！

安娜·彼得罗芙娜 我们坐远一点吧……您到这儿来！（在另一条长凳上坐下）只是我不知道该从哪儿讲起……您是个很笨拙的、说假话的人……

普拉托诺夫 要不要由我先讲，安娜·彼得罗芙娜？

安娜·彼得罗芙娜 可是您先讲，就会胡说起来了，普拉托诺夫！你瞧瞧！他倒发窘了！我相信，这是表示"算了吧！"（拍普拉托诺夫的肩膀）爱开玩笑的米沙！好，您说吧，您说吧……只是说得短一点……

普拉托诺夫 我会说得短。我想跟您说的是这么一句话：何必呢？

　　［停顿。

老实说，不值得，安娜·彼得罗芙娜！

安娜·彼得罗芙娜 为什么？您听我说……您没有听明白我的话……如果您是自由的，我就会不多加思索地做您的妻子，永久委身于您，可是现在……怎么样？沉默是同意的表示吗？是这样吗？

　　［停顿。

您听我说，普拉托诺夫，在目前这种情况下沉默是不应该的！

普拉托诺夫 （跳起来）我们忘掉这次谈话吧，安娜·彼得罗芙娜！看在上帝分上，让我们做到好像根本不曾有过这样一次谈话！根本不曾有过！

安娜·彼得罗芙娜 （耸耸肩膀）古怪的人！这是为什么？

普拉托诺夫 因为我尊重您！我非常珍视这种对您的尊重，所以

---

① 法语：我亲爱的。

对我来说,丢开这种尊重比钻进地底下去还要困难!我的朋友,我是个自由的人,我并不反对欢度时光,我不反对和女人发生亲密的关系,我甚至也不是高尚的男女私情的反对者,然而……跟您搞那种浅薄的私情,把您这么一个聪明、美丽、自由的女人弄成我的无聊的想法的对象?!不行!这太过分了!与其这样,还不如把我赶到天涯海角去,离您远远的好!愚蠢地同居一个月,两个月,然后……红着脸,分手?!

安娜·彼得罗芙娜　您指的是爱吗?

普拉托诺夫　难道我不爱您吗?我爱您这个善良的、聪明的、心慈的女人。我满心爱您,发疯似的爱您!只要您乐意,我就能为您牺牲生命!我是把您当作女人,当作人来爱的!难道一切爱都得歪曲成一种恋爱吗?对我来说,我对您的爱比您脑子里突然产生的念头宝贵一千倍!……

安娜·彼得罗芙娜　(站起来)你去睡一会儿吧,亲爱的!等你睡醒,我们再谈好了……

普拉托诺夫　我们忘掉这次谈话吧……(吻她的手)我们来做朋友,可是不要胡闹,我们要互相关切!……再说我毕竟……结了婚,虽然不久!别谈这些了!一切照旧吧!

安娜·彼得罗芙娜　去吧,亲爱的,去吧!结了婚……你不是爱我吗?那么何必谈什么妻子呢?走吧!以后再谈,过两个钟头再谈……现在你正处在做假的心情下……

普拉托诺夫　我不会对您做假……(小声对她说)要是我会对你做假,我早就做了你的情夫了……

安娜·彼得罗芙娜　(厉声)滚开!

普拉托诺夫　您胡说,您不要生气……您不过是随便说说罢了……(走进正房)

安娜·彼得罗芙娜　怪人!(坐下)他自己也不明白自己在说什

么……一切爱都歪曲成为一种恋爱……简直是胡扯！好像是一个男作家对一个女作家的喜爱似的……

［停顿。

这个人叫人受不了！照这样子,我跟你,亲爱的朋友,要闲扯到世界末日去了。客客气气不顶事,那我就硬来……今天就干！我们俩也到了应该摆脱这种愚蠢的坐等的局面了……这惹人厌烦了……我要硬来……是谁来了？是格拉果里耶夫……他在找我呢……

［格拉果里耶夫第一上。

第 十 四 场

［安娜·彼得罗芙娜和格拉果里耶夫第一。

格拉果里耶夫第一 乏味得很！那些人所讲的都是我一年以前就听到过的话；他们所想的都是我小时候就想过的东西……一切都是老一套,什么新的也没有……我跟她谈一下就走吧。

安娜·彼得罗芙娜 您在嘟哝些什么,波尔菲利·谢敏内奇？可以告诉我吗？

格拉果里耶夫第一 您在这儿吗？（走到她跟前）我骂我自己在这儿成了一个多余的人……

安娜·彼得罗芙娜 是不是因为您跟我们不一样吗？算了吧！人能容忍蟑螂,您就容忍我们这些人吧！您坐过来,咱们来谈谈！

格拉果里耶夫第一 （挨着她坐下）我原来就在找您,安娜·彼得罗芙娜！我有点事要跟您谈……

安娜·彼得罗芙娜 那您就说吧……

格拉果里耶夫第一　我想跟您谈一谈……我想知道对我的……那封信……的答复……

安娜·彼得罗芙娜　哦……您为什么需要我呢,波尔菲利·谢敏内奇?

格拉果里耶夫第一　您要知道,我放弃……做丈夫的权利……我不能有这种权利了!我需要的是一个好友,一个聪明的女主人……我有一个天堂,可是其中没有……天使。

安娜·彼得罗芙娜　(旁白)他说的每个字都像糖那么甜!(对他)我常常给自己提出一个问题:我是个人,而不是天使,如果我到了天堂,我该干些什么呢?

格拉果里耶夫第一　如果您不知道明天您会干什么,那您能知道您在天堂里将干什么吗?好人是到处都能找到活儿,在人间能找到,在天堂里也能找到……

安娜·彼得罗芙娜　这些话都挺好,可是我在您那儿的生活抵得上我因此会得到的一切吗?这未免奇怪,波尔菲利·谢敏内奇!请您原谅我,波尔菲利·谢敏内奇,不过我觉得您的求婚很奇怪……您何必结婚呢?您何必要一个穿裙子的好友呢?我不该管这件事,请您原谅……可是既然说到这儿,我就索性都说了吧。要是我到了您这把年纪,又拥有您那么多的钱、智慧、真理,我在这个世界上就会什么也不寻求,只寻求普遍的幸福……那就是,讲得确切些,我就会什么也不寻求,只寻求对人们的爱的满足……

格拉果里耶夫第一　我不善于为人们的安乐奋斗……要做到这一点就需要有铁的意志和本领,而上帝没有赐给我这些!我生下来就只是为了热爱伟大的事业而干出一大堆渺小的、没有价值的事情……光是热爱!您到我那儿去吧!

安娜·彼得罗芙娜　不,这件事您根本不要再提了……您不要对我的拒绝过分重视。无聊得很,我的朋友!如果凡是我们喜爱的,我们都弄到手,那么我们就不会有足够的地方……装我们占有的东西了……因此,拒绝别人的要求也就不能算是做得太不聪明,太不礼貌……(大笑)这算是用哲学来结尾!干吗这么吵吵嚷嚷的?您听见了吗?我敢打赌这是普拉托诺夫在惹祸!……这个人呀!

〔格烈科娃和特利列茨基上。

第 十 五 场

〔安娜·彼得罗芙娜,格拉果里耶夫第一,格烈科娃和特利列茨基。

格烈科娃　(上)这太侮辱人了!(哭)太侮辱人!只有坏人看到这种事才会保持沉默!

特利列茨基　我相信,我相信,可是这跟我有什么相干?这跟我有什么相干呢?您会同意,我总不能拿着大棍子去打他吧!

格烈科娃　要是没有别的办法,就应当拿大棍子去打他!请您躲开我!我,我是个女人,要是您当着我的面受到这么下流、这么无耻、这么冤屈的侮辱,我是不会保持沉默的!

特利列茨基　可是要知道我……那个……您得明白事理!……我究竟错在哪儿?……

格烈科娃　您是个胆小鬼,您就是这号人!您躲开我,上您那个可恶的饮食部去!再见!您从此不必费神到我家去了!我们谁也不需要谁……再见!

特利列茨基　再见,好吧,再见!这些事惹得人厌烦了,弄得人腻味透了!眼泪,眼泪……啊,我的上帝!把我搞得晕头晕

脑……Coenrus Cerebralis！唉……（摆摆手，下）

格烈科娃　Coenrus Cerebralis……（走）侮辱人……这是为什么？我干了什么坏事？

安娜·彼得罗芙娜　（走到她跟前）玛丽雅·叶菲莫芙娜……我不留您……换了我，也会离开此地……（吻她）您别哭了，我亲爱的。大部分女人生下来就是为了受男人的肮脏气……

格烈科娃　可是我不行……我要弄得他……撤职！让他在这儿做不成教员！他没有权利做教员！明天我要去找国民学校的督学……

安娜·彼得罗芙娜　算了……过几天我到您家里去，我们一块儿把普拉托诺夫骂一顿，现在您先平静下来……别哭了……您会满意的……不过您别生特利列茨基的气，我亲爱的……他没为您打抱不平，是因为他太好心，太柔和，这样的人没法打抱不平……他对您干了些什么？

格烈科娃　他当着大家的面吻我……叫我傻瓜，而且……而且……在吃饭的时候推我……您不要认为这事会白白过去，他会受不到惩罚！要么他是疯子，要么……我要给他一点厉害看看！（下）

安娜·彼得罗芙娜　（在她身后）再见！我们不久就会见面！（对亚科甫）亚科甫！叫马车去送玛丽雅·叶菲莫芙娜！唉，普拉托诺夫，普拉托诺夫……总有一天他会闯出祸来……

格拉果里耶夫第一　漂亮的姑娘！我们的最善良的米哈依尔·瓦西里奇不喜欢她……他欺侮她……

安娜·彼得罗芙娜　没关系！今天他欺侮她，明天就会道歉……这是贵族的气派！

　　　　［格拉果里耶夫第二上。

第 十 六 场

［人物同前,加上格拉果里耶夫第二。

格拉果里耶夫第二　（旁白）跟她在一起！又是跟她在一起！鬼才知道这到底是怎么回事！（凝神看他的父亲）

格拉果里耶夫第一　（停顿片刻）你有什么事？

格拉果里耶夫第二　你在这儿坐着,那边却在找你。去吧,那边叫你呢！

格拉果里耶夫第一　谁在那边叫我？

格拉果里耶夫第二　大家呗！

格拉果里耶夫第一　我知道大家叫我……（站起来）不管您怎么说,我不想离开您,安娜·彼得罗芙娜！也许等您明白了我的意思,您就会说不同的话了！再见……（走进正房）

第 十 七 场

［安娜·彼得罗芙娜和格拉果里耶夫第二。

格拉果里耶夫第二　（挨着她坐下）这老獾！驴子！谁也没叫他！这是我骗他！

安娜·彼得罗芙娜　等到您变聪明了,您就会因为父亲而痛骂自己！

格拉果里耶夫第二　您开玩笑了……我到这儿来是因为……有两句话要说……行,还是不行？

安娜·彼得罗芙娜　什么意思？

格拉果里耶夫第二　（笑）好像您还不懂？行还是不行？

安娜·彼得罗芙娜　我简直不懂！

格拉果里耶夫第二　您马上就会懂……借助于黄金,那就什么都懂了……如果"行",那么您,我的心灵的统帅,是不是愿意掏我的口袋,取出钱夹,里面装着我父亲的钱？……（把侧面的衣袋送过去）

安娜·彼得罗芙娜　这倒爽快！可是要知道,聪明人说这样的话要挨耳光！

格拉果里耶夫第二　挨令人愉快的女人的耳光也是愉快的……她先打耳光,然后过一会儿就会说"行"了……

安娜·彼得罗芙娜　（站起来）请您拿起您的帽子,立刻从此地滚出去！

格拉果里耶夫第二　到哪儿去？

安娜·彼得罗芙娜　随便到哪儿去！滚开,不准再到这儿来！

格拉果里耶夫第二　哟！……何必生气呢？我不会走的,安娜·彼得罗芙娜！

安娜·彼得罗芙娜　那我就吩咐人把您撵出去！（走进正房）

格拉果里耶夫第二　您多么爱生气啊！要知道我没说什么不好的话。我究竟说了什么呢？用不着生气……（走进正房）

第 十 八 场

［普拉托诺夫和索菲雅·叶果罗芙娜从正房里走出来。

普拉托诺夫　我至今留在学校里,干一种对我不合适的工作,教员的工作……我们分手以后,情形就是这样！……

　　［坐下。

邪恶充斥在我的周围,污染大地,吞吃我那些信奉基督的同胞;而我呢,坐在这儿,揣着手,好像刚做完繁重的工作似的;我坐着,瞧着,保持沉默……我二十七岁,到三十岁我还会是这个样子,我看不出会有什么变化!随后是懒散、发胖、麻木,对一切不涉及利欲的东西完全冷漠,最后是死亡!!一辈子就此完了!每逢我想到这样的死亡,我就觉得毛骨悚然!

﹝停顿。

怎样才能振作起来呢,索菲雅·叶果罗芙娜?

﹝停顿。

您沉默,您不知道……再说,您怎么会知道呢?索菲雅·叶果罗芙娜,我并不可怜我自己!算了!不过,您是怎么回事呢?您的纯洁的心灵,您的真诚,诚实,您的胆量,都到哪儿去了?您的健康呢?您把它消耗到哪儿去了?索菲雅·叶果罗芙娜!一年年闲散地混过去,让别人的手去磨出老茧,欣赏别人的苦难,而同时还能直视人们,这是堕落呀!

﹝索菲雅·叶果罗芙娜站起来。

(让她坐下)这是最后几句话了,您等一等!您怎么会变得装腔作势,懒懒散散,爱说空话呢?是谁教会您说假话的?而以前您是什么样的人啊!请您容我说下去!我马上就会放您走!您让我说完!过去您多么好,索菲雅·叶果罗芙娜,多么了不起呀!我的好朋友,索菲雅·叶果罗芙娜,也许您还能振作起来,不算太晚!您想一想吧!看在上帝分上,拿出您的全部力量,振作起来吧!(抓住她的手)我亲爱的,看在我们共同的过去的分上,请您老实告诉我,是什么促使您嫁给这个人?这种婚姻在哪方面吸引您呢?

索菲雅·叶果罗芙娜　他是一个挺好的人……

普拉托诺夫　您不要说那些您自己也不相信的话!

索菲雅·叶果罗芙娜 （站起来）他是我的丈夫,我要请求您……

普拉托诺夫 随他是个什么样的人吧,不过我要说实话!您坐下!（拉她坐下）为什么您不给自己选择一个劳动者,一个受难者?为什么您不找一个另外的丈夫,却找了这么个没出息的人,欠了一身的债,整天价无所事事?……

索菲雅·叶果罗芙娜 别说啦!您别嚷嚷!有人来了!

〔客人们走过。

普拉托诺夫 去他们的吧!让大家都听见好了!（压低声音）请您原谅我的尖刻……可是要知道,我过去爱您!我爱您胜过世界上的一切,所以就连现在您对我来说也是宝贵的。我那么爱这些头发、这两只手、这脸蛋……您何必擦胭脂抹粉呢,索菲雅·叶果罗芙娜?丢开这一套吧!唉!要是您碰上另外一个人,您很快就会振作起来,而照现在这样,您就会越陷越深!可怜的人……要是我这个倒霉的人有力量,我就会把我自己和您从这个泥潭里连根一齐拔出来……

〔停顿。

生活啊!为什么我们不照我们所能够的那样生活呢?!

索菲雅·叶果罗芙娜 （站起来,用手蒙住脸）别管我!

〔正房里人声嘈杂。

您走开吧!（向正房走去）

普拉托诺夫 （跟着她走去）您放下蒙着脸的手!这就行了!您不走吧?真的不走?我们来做个朋友,索菲!真的您不会走?我们还能再交谈吧?是吗?

〔正房里人声更加嘈杂,传来下楼的响声。

索菲雅·叶果罗芙娜 是的。

普拉托诺夫 我们做个朋友吧,我亲爱的……为什么我们要做仇敌呢?对不起……我还有几句话要说……

〔沃英尼采夫从正房里跑出来,客人们跟着走出来。

第 十 九 场

〔人物同前,加上沃英尼采夫和客人们,其后安娜·彼得罗芙娜和特利列茨基。

沃英尼采夫 （跑着上）啊……他们在这儿呢,最主要的人物！咱们去放焰火吧！（喊叫）亚科甫,到河边去！（对索菲雅·叶果罗芙娜）你没有改变主意吗,索菲？
普拉托诺夫 她不走,留在此地了……
沃英尼采夫 是吗？这就好啦！让我握握你的手,米哈依尔·瓦西里奇！（握普拉托诺夫的手）我素来相信你的口才。咱们去放焰火吧！（同客人们一起走向花园深处）
普拉托诺夫 （停顿片刻）是啊,事情就是这样的,索菲雅·叶果罗芙娜……嗯……

〔沃英尼采夫的声音："妈妈,您在哪儿呀？普拉托诺夫呢？"

〔停顿。

我就去吧,见鬼,我……（喊叫）谢尔盖·巴甫洛维奇,你等一下,等我来了再放！老兄,你打发亚科甫到我这儿来取球吧。（跑进花园）
安娜·彼得罗芙娜 （从正房跑出来）等一等！谢尔盖,等一等,人还没有到齐！现在放炮吧！（对索菲雅）去吧,索菲！为什么闷闷不乐？

〔普拉托诺夫的声音："到这儿来,夫人！我们来唱支老歌,不唱新的！"

我来啦,mon cher!(下)

　　[普拉托诺夫的声音:"谁跟我去划船?索菲雅·叶果罗芙娜,您愿意跟我一块儿到河上去吗?"

索菲雅·叶果罗芙娜　去还是不去?(思索)

特利列茨基　(上)喂,您在哪儿?(唱)来了,来了!(凝视索菲雅·叶果罗芙娜)

索菲雅·叶果罗芙娜　您有什么事?

特利列茨基　没什么事……

索菲雅·叶果罗芙娜　那您就走开吧!今天我既没有兴致谈话,也没有兴致听话……

特利列茨基　我知道,我知道……

　　[停顿。

不知什么缘故我一心想摸摸您的额头,想知道您的额头是什么做的。我的手都发痒了!……这倒不是为了侮辱您,而是……为了contenance①……

索菲雅·叶果罗芙娜　小丑!(扭过脸去)不是喜剧演员,而是小丑,丑角!

特利列茨基　对了……小丑……我因为演小丑,才吃着将军夫人的伙食……嗯,是啊……还有零用钱……不过,等到我惹得人家腻烦了,我就会丢脸地给人家从这些地方赶出去。这话我总说得正确吧?不过,也不止我一个人这样说……您也说过,那是您在格拉果里耶夫,我们时代的共济会会员家里做客的时候……

索菲雅·叶果罗芙娜　好,好……我很高兴,人家把这话转告您了……那么现在您就知道我是善于把小丑和机智的人分清

---

①　法语:大胆。

的！要是您做了演员,您就会成为顶层楼座观众的宠儿,可是池座观众会给您喝倒彩……我就在给您喝倒彩。

特利列茨基 这句俏皮话说得妙极了……真值得称赞……我荣幸地鞠躬。(鞠躬)愉快地再见！我还要跟您谈一谈,可是……我胆怯了,我震住了！(往花园深处走去)

索菲雅·叶果罗芙娜 (跺脚)废物！他不知道我对他的看法！无聊的家伙！

〔普拉托诺夫的声音:"谁跟我一块儿到河上去?"

哎……反正要发生的事总是躲不过的！(喊叫)我去！(下)

第 二 十 场

〔格拉果里耶夫第一和格拉果里耶夫第二从正房里走出来。

格拉果里耶夫第一 你胡说！你胡说,坏孩子！

格拉果里耶夫第二 怎么是胡说呢？我何必说谎呢？要是你不信,就去问她自己好了。方才你一走开,我就在这条凳子上凑着她的耳朵说了两三句话,搂住她,亲了个嘴……她先要三千,可是我还了价钱,后来一千成交了！那你就给我一千卢布吧！

格拉果里耶夫第一 基利尔,这事关系到一个女人的名誉！不要玷污这个名誉,她是神圣的！你闭嘴！

格拉果里耶夫第二 我凭我的名誉起誓！你不信吗？我凭一切圣徒起誓！你给我一千卢布！我马上把这一千送给她……

格拉果里耶夫第一 可怕呀……你胡说！她是跟你这个傻瓜闹着玩的！

格拉果里耶夫第二　可是……我跟你说,我搂过她。这有什么可奇怪的？如今所有的女人都是这样！你别信她们的假正经！我可知道她们！可是你还要娶她呢！（大笑）

格拉果里耶夫第一　看在上帝分上,别说了,基利尔！你知道什么叫作诽谤吗？

格拉果里耶夫第二　你给我一千卢布吧！我当着你的面把这一千交给她！就在这条长凳上我搂过她,吻过她,讲过价钱……我起誓！你还要怎么样呢？刚才我把你赶走就是为了跟她讲价钱！他不相信我有本领征服女人！你给她两千,她就归你了！我可懂得女人呢,伙计！

格拉果里耶夫第一　（从衣袋里拿出钱夹,把它扔在地上）拿去！

　　［格拉果里耶夫第二拾起钱夹,数钱。

　　［沃英尼采夫的声音："我开始了！妈妈,您放吧！特利列茨基,到亭子上去！谁踩火柴盒了？是您！"特利列茨基的声音："我去啦,见鬼！（大笑）这是谁呀？布格罗夫给踩碎啦！我踩着布格罗夫的脑袋啦！火柴在哪儿呀？"

格拉果里耶夫第二　（旁白）我报仇啦！（喊叫）好—哇！（下）

特利列茨基　是谁在那儿嚷嚷？把他狠狠地揍一顿！

　　［沃英尼采夫的声音："开始啦？"

格拉果里耶夫第一　（抱住自己的头）我的上帝啊！堕落！脓疮！我却崇拜她！饶恕她吧,主啊！（在长凳上坐下,用双手蒙住脸）

　　［沃英尼采夫的声音："谁把绳子拿走啦？妈妈,您怎么不害臊？放在这儿的绳子到哪儿去了？"

　　［安娜·彼得罗芙娜的声音："在这儿哪,粗心大意的人！"

　　［格拉果里耶夫第一从长凳上倒下地。

〔安娜·彼得罗芙娜的声音:"您! 您是谁? 别在这儿惹人讨厌! (喊叫)来人啊! 来人啊!"

〔索菲雅·叶果罗芙娜跑着上。

第二十一场

〔索菲雅·叶果罗芙娜一个人。

索菲雅·叶果罗芙娜 (脸色苍白,头发凌乱)我受不了! 这太过分,超过我的力量了! (抓住自己的胸口)我完蛋,或者……我幸福! 这儿闷热!……他要么毁了我,要么……新生活的报信人! 我欢迎而且祝福……你,新生活! 就这样决定了!

〔沃英尼采夫的声音(喊叫):"小心!"

〔焰火。

第 二 景

〔树林。林间通道。林间通道开端的左侧是一所学校。顺着这条在远方消失的林间通道,伸展着铁路的路基,在学校附近向右拐弯。一长串电线杆。夜晚。

第 一 场

〔萨霞(坐在敞开的窗边)和奥西普(挎着枪,站在窗子跟前)。

奥西普 这是怎么回事吗? 很简单。我正在树林里走着,离这儿不远,一瞧,她就站在小山沟里:撩起连衣裙,用牛蒡叶在小河里舀水。她舀起水来,喝下去,舀起水来,喝下去,然后把头浸在水里……我走下去,到她跟前,瞧着她。她连理也不理,她心里想:你是个傻瓜,是个乡巴佬,既是这样,我又何必理你呢?我说:"太太,大概您想喝凉水吧?"她说:"这跟你什么相干?走开,从哪儿来还回到哪儿去!"她说着,看也不看我……我胆怯了……我又是害臊,又因为我是个乡巴佬而心里难受……她说:"你干吗瞧着我,傻瓜?你从来没见过人还是怎么的?"随后她盯着我看……她说:"莫非你喜欢我?"我说:"喜欢极了!太太,您真是个高贵的、多情的女人,出色的美人儿……我从来也没有见过比您再美的人了……我们村子里的美人儿曼卡,乡村警察的女儿,跟您比起来就成了一匹马,一头骆驼了……您那么娇嫩!我真想吻您一下,就是当场死去也心甘情愿!"她笑起来……她说:"那有什么关系,你想吻就吻吧!"我一听这话,浑身发热。我走到她跟前,轻轻地搂住她的肩膀,使劲吻她这儿,这个地方,脸蛋子,又吻她的脖子……

萨霞 (大笑)那么她怎么样呢?

奥西普 她说:"好,现在你走吧!多洗洗脸,而且不要到处伸手!"我就走了。

萨霞 她多么大胆呀!(给奥西普一盘白菜汤)喏,吃吧!找个地方坐下!

奥西普 我又不是什么大老爷,站着就行了……很感激您的友谊,亚历山德拉·伊凡诺芙娜!往后我要报答您的盛情……

萨霞 脱掉帽子吧。戴着帽子吃饭是有罪的。你做了祷告再吃吧!

奥西普 (脱掉帽子)我已经很久没有照宗教的规矩行事了……

（吃）从那时候起，我就像是丢了魂。……您相信吗？我吃不下，睡不着……她老是在我的眼前晃……我一闭上眼睛，她就在我眼前晃……我弄得神魂颠倒，简直要上吊！我难受得差点跳河，恨不得开枪打死将军才好……她守寡以后，我就开始尽力为她办事……我给她打沙鸡，捉鹌鹑，给她的亭子涂上各色的油漆……有一次我给她送去一条活狼……我处处要叫她满意……不管她有什么吩咐，我一概照办。要是她吩咐我消灭自己，我就会消灭自己……这是温柔的感情……拿它就是没有办法呀。

萨霞　是啊……当初我爱上米哈依尔·瓦西里奇，还不知道他爱我的时候，我也很不好受……我这个罪人甚至有好几次要求上帝让我死掉算啦……

奥西普　说的就是啊……就是那么一种感情……（喝盘里的汤）能再给一盘白菜汤吗？（他把盘子送过去）

萨霞　（下，过半分钟回到窗口来，拿着一个小锅）白菜汤没有了，想吃一点土豆吗？用鹅油煎的……

奥西普　Merci……（拿过小锅来，吃）我吃得饱极了！我就那么走来走去，像丢了魂似的……我老是想着一件事，亚历山德拉·伊凡诺芙娜！……我走来走去……去年，过了复活节，我给她送去一只小兔子。我说："您收下吧，夫人……我给您送来一只短尾巴的小动物！"她把它抱在怀里，摩挲它，一边问我："奥西普，人家说你是强盗，是真的吗？"我说："千真万确。人家可没瞎说。"……我就一五一十都对她讲了……她说："应当改邪归正才是。你步行到基辅去吧。从基辅走到莫斯科去，再从莫斯科到三一修道院，从三一修道院到新耶路撒冷，再从那儿走回家来。你走一趟，过上一年你就换成另一个人了。"我装出残废的样子，背起包袱，到基辅去了……可是不行啊!虽说是改了一点,可是没大改……这土豆太好吃了!我在哈尔科夫附近结交了一伙可敬的人,把钱都买酒喝了,打了架,回来了。我连身份证都弄丢了……

〔停顿。

现在我送的东西她都不收……她生气了。

萨霞 为什么你不上教堂去,奥西普?

奥西普 我倒想去,可是……人家会笑我……说:"瞧啊,他来忏悔啦!"再说白天到教堂那儿去有点可怕……人太多,会把我打死的。

萨霞 那么,你为什么得罪穷人呢?

奥西普 为什么不能得罪他们呢?这不关您的事,亚历山德拉·伊凡诺芙娜!您别谈这些粗事。您不懂。不过,米哈依尔·瓦西里奇就没有得罪过人?

萨霞 没有!他即使得罪了什么人,那也不是出于本心,是无意的。他是个好心人!

奥西普 说实话,我尊敬他胜过一切人……将军的儿子谢尔盖·巴甫雷奇是个蠢人,不聪明;您的兄弟也不聪明,虽说是个大夫,可是米哈依尔·瓦西里奇就有很大的才智!他有官品吗?

萨霞 怎么没有?他是十四品文官!

奥西普 是吗?

〔停顿。

挺不错!那么他也有官品……嗯……挺不错!只是他的善心太少。在他看来,所有的人都是蠢货,都是奴才……难道可以这样吗?如果我是个好人,我就不这么干……我就会亲热地对待这些奴才、傻瓜、滑头……他们是极不幸的人,请注意!他们也应当受到怜爱……他的善心太少,太少了……架子他倒没有,跟什么人都随随便便,不过善心却没有……这您不懂。我非常感激您！要能一辈子都吃这样的土豆就好了……（把小锅拿给她）谢谢……

萨霞　不用谢。

奥西普　（叹气）您是个好女人，亚历山德拉·伊凡诺芙娜！您为什么每次都给我东西吃？您，亚历山德拉·伊凡诺芙娜，心里有一丁点女人的恶毒吗？您这个诚心信教的女人啊！（笑）我头一次见到这样的女人！……神圣的亚历山德拉，为我们这些罪人祷告上帝吧！（鞠躬）快活吧，神圣的亚历山德拉！

萨霞　米哈依尔·瓦西里奇来了。

奥西普　您看花了眼。这当儿他正在跟那位年轻的夫人谈温柔的感情呢……他是个漂亮的男人！只要他有意，女人统统愿意受他摆布……他可会说漂亮话呢……（笑）老是对将军夫人献殷勤……可是将军夫人根本没理会，不管他长得漂亮……也许他有意，可是她呀……

萨霞　你说起废话来了……我不喜欢这一套……你走吧，上帝保佑你！

奥西普　我马上就走……您早就该睡了。……大概是在等您的丈夫吧？

萨霞　对了……

奥西普　好妻子！这样的妻子普拉托诺夫大概举着蜡烛，带着见证人，找了十个年头吧……他终究找到了……（鞠躬）再见，亚历山德拉·伊凡诺芙娜！晚安！

萨霞　（打呵欠）去吧，求上帝保佑你！

奥西普　我走了。（走）我回家去了……我那个家呀，泥土是地板，天空是天花板，墙和房顶不知道在什么地方……上帝诅咒谁，谁就住在这种房子里……这房子大得很，可又没有地方放你的头……只有一个好处，那就是用不着向乡公所缴地租……（站住）晚安，亚历山德拉·伊凡诺芙娜！到我那儿去做客！到树林里去！您问奥西普，每一只鸟，每一条蜥蜴他都知道！您看一下树桩怎样发光！好像一个死人从坟墓里站起来了……往别处瞧瞧，又是一个！我的母亲告诉我说，发光的树桩底下埋着罪人，树桩发光是为了祈祷……将来就会有一个树桩在我的上头发光……我也是罪人啊……您再往别处看，又是一个！在这个世界上罪人真多呀！（下，过了两分钟，他吹口哨）

第 二 场

〔萨霞一个人。

萨霞 （举着蜡烛，拿着书从学校里出来）米沙那么晚还不回来（坐下）但愿他不致伤了身体才好……这类玩乐没有别的结果，只有伤身体……而且我想睡了……我原先读到哪儿了？（读书）"时候终于到了，应该重新宣扬伟大而永恒的人类理想，宣扬自由的不朽原则了，它们原是我们父辈的指路星，不幸遭到了我们的背弃。"这是什么意思？（思索）我不懂……为什么不写得叫大家都能看懂呢？再看下边。哦……序言不必看了……（读）"扎哈尔·玛左赫……"多么可笑的姓！……玛左赫……大概不是俄国姓……下边……米沙叫我读这本书，那就应该读……（打呵欠，读）"在一个快活的冬天傍晚……"嗯，这一段可以放过去不读……是描写……（翻书，读）"很难决定由谁来演奏，用什么乐器演奏……由男性的铁一般的手弹出的庄严有力的管风琴声忽然被一种仿佛出自美妙的女性歌喉的柔和的长笛声所代替，终于沉寂了……"嘘……有人来了……

　　　［停顿。

这是米沙的脚步声……（吹熄蜡烛）到底来了……（站起来，喊叫）喂！一，二，一，二！左，右，左，右！左，左！

　　　［普拉托诺夫上。

第 三 场

　　　［萨霞和普拉托诺夫。

普拉托诺夫　（上）我要跟你捣乱：右！右！可是，我亲爱的，右也不行，左也不行！醉汉没有右，没有左；他只有前，后，斜，倒……

萨霞　请到这边来，醉汉，坐在这儿。好一个斜着走，倒下去，我要给您点厉害看看！坐下！（搂住普拉托诺夫的脖子）

普拉托诺夫　我们坐下……（坐下）你为什么没睡觉，毛毛虫！

萨霞　不想睡。（挨着他坐下）人家这么晚才放你回来！

普拉托诺夫　是啊，晚了……客车开过去了吗？

萨霞　还没有。货车大概一个钟头以前开过去了。

普拉托诺夫　那么还没到两点钟。你早就从那儿回来了吗？

萨霞　我十点钟就到家了……我回到家，柯尔卡[①]哭得可厉害啦……先前我没有告辞就走了，只好请大家原谅了……我走以后，有人跳舞吗？

普拉托诺夫　又是跳舞，又是晚餐，又是闹事……顺便问一句……

[①] 柯尔卡和下文的尼柯尔卡、柯利亚均为普拉托诺夫和萨霞的儿子尼古拉的爱称。

你知道吗？那件事发生的时候,你在吗？老头子格拉果里耶夫中风了!

萨霞　你说什么?!

普拉托诺夫　是啊……你的弟弟给他放了血,还唱了《永恒的纪念》①……

萨霞　这是什么缘故？他怎么了？他那模样好像挺健康嘛……

普拉托诺夫　是轻微的中风……对他来说幸好很轻,可是对他愚蠢地称之为儿子的小驴子来说,就要算是不幸了……他们把他送回家去了……没有一个晚会不出点乱子！大概是我们命该如此吧!

萨霞　我想得出来安娜·彼得罗芙娜和索菲雅·叶果罗芙娜多么惊慌！索菲雅·叶果罗芙娜是个多好的女人啊！我很少见到这么好的女人！……她有点特别的地方……

　　　　［停顿。

普拉托诺夫　唉！愚蠢啊,糟透了……

萨霞　什么？

普拉托诺夫　我都干了些什么呀?!（双手蒙住脸）丢脸哟!

萨霞　你干了些什么？

普拉托诺夫　我干了些什么啊？没一点好事！我什么时候干过后来不感到丢脸的事呢？

萨霞　（对旁边）他醉了,可怜的人！（对他）我们去睡觉吧!

普拉托诺夫　我从来也没有这么恶劣过！今后要尊重自己才对！再也没有比丧失对自己的尊重更不幸的事了！我的上帝啊！我的内心没有一种可以抓得住的东西,没有一种可以尊重和热爱的东西!

---

① 基督教的悼亡歌。

[停顿。

你爱我……我却不懂！那么,你在我的内心发现了一种值得爱的东西吗？你爱我吗？

萨霞　这是什么话？难道我会不爱你吗？

普拉托诺夫　我知道,不过你说说看,我到底有什么好的地方,使你那么爱我！告诉我,你所爱的我内心好的地方吧！

萨霞　哦……我为什么爱你？你今天真怪,米沙！既然你是我的丈夫,我怎么能不爱你？

普拉托诺夫　你光是因为我是你的丈夫才爱我吗？

萨霞　我不懂你的意思。

普拉托诺夫　你不懂吗？（笑）哎,你这个地道的小傻瓜呀！为什么你不是一只苍蝇呢？在苍蝇中间,有你这样的脑子,那就要算是最聪明的苍蝇了！（吻她的额头）要是你了解我,要是你不那么懵懵懂懂,那你会怎么样？要是你凭你那没有动用过的脑袋能够明白我没有什么可爱的地方,你还能享受这种女人的幸福吗？要是你,我的宝贝,想爱我,你就不用了解我,索性糊里糊涂吧！（吻她的手）我的女人！我沾你的糊涂的光倒幸福了！我跟大家一样有了家……有了家……

萨霞　（笑）怪人！

普拉托诺夫　我的宝贝！又小又傻的娘们儿！不应当叫你做我的妻子,应当把你供在桌子上,用玻璃罩扣起来！我和你竟然把尼柯尔卡生到世界上来了！你不适合生养尼柯尔卡,你只能用面团捏出一个小玩意儿来,我的老婆！

萨霞　你说蠢话了,米沙！

普拉托诺夫　求上帝千万别让你什么都懂才好！索性不懂好了！什么地球是在鲸鱼上呀,鲸鱼是在叉子上呀！要是没有你们,那我们上哪儿去找不变心的妻子呀？（想吻她）

萨霞　（不让他吻）躲开！（生气）既然我这么愚蠢,那你为什么跟我结婚呢？你自管去找聪明的好啦！我又没有硬逼着你结婚！

普拉托诺夫　（大笑）那么你们也会生气？嘿,见鬼！这可是一个……方面的大发现！……哪个方面呢？总之是大发现,我的宝贝！那么你也会生气？你不是在开玩笑吧？

萨霞　（站起来）去睡觉吧,你这家伙！要不是喝了酒,你才不会有什么发现呢？醉鬼！还算是教员呢！你不是教员,是个肮脏东西！去睡吧！（打一下他的背,向学校走去）

第 四 场

［普拉托诺夫一个人。

普拉托诺夫　我真醉了吗？不可能,我喝得很少……可是我的脑子不大正常……

　　　　［停顿。

那么我跟索菲雅讲话的时候,我是……喝醉了吗？（思索）不,没有！可惜我没有醉,圣徒呀！我没有醉！我偏偏清醒着,真该死！（跳起来）她那倒霉的丈夫有什么对不起我的地方呢？我为什么在她面前给他抹一身泥呢？我的良心不会饶恕我干这种事！我在她面前胡说八道,像个顽童,装腔作势,活像做戏,自吹自擂……（讥诮自己）"为什么您不嫁给一个劳动者,嫁给一个受难者？"她凭什么需要劳动者,需要受难者？你这个疯子为什么说些自己也不相信的话？唉！……她却相信了……她听信这个蠢货的胡话,居然低下了眼睛！她闷闷不乐,这个倒霉的人,动了感情……这事干得多么愚蠢,多么恶劣,荒唐!简直惹人讨厌……(笑)任意胡闹的人!人们讥讽过任意胡闹的商人,讥讽得淋漓尽致……笑中有泪,泪中有笑……可是谁讥讽过我呢?什么时候讥讽过呢?滑稽!没有受过贿赂,没有偷过东西,没有打过妻子,思想正派,可是……成了坏蛋!滑稽的坏蛋!不平常的坏蛋!……

〔停顿。

我该走了……我要请求督学调我到别的地方去……今天我就写封信,寄到城里去……

〔温盖罗维奇第二上。

第 五 场

〔普拉托诺夫和温盖罗维奇第二。

温盖罗维奇第二 (上)哦……这就是那个冒牌贤哲常年在里面睡觉的学校……此刻他是照例在睡觉呢,还是照例在骂人?(看见普拉托诺夫)他就在那儿,有名无实的人。他没有睡觉,也没有骂人……他不是在正常的情况下……(对他)您还没睡吗?

普拉托诺夫 您看得明白嘛!您干吗站住不走呢?请您允许我给您道一声晚安吧!

温盖罗维奇第二 我马上就走。您沉湎在孤独中?(往四下里看)您感到自己是大自然的皇帝吧?在这样美妙的夜晚……

普拉托诺夫 您回家去吧?

温盖罗维奇第二 是的……我父亲坐车走了,我就只好走着回去。您在享受吧?是啊,多么愉快呀,不是吗?喝了香槟酒,然后借酒壮胆,观察自己!我可以在您旁边坐下吗?

普拉托诺夫　可以。

温盖罗维奇第二　谢谢。(坐下)我喜欢到处道谢。坐在这儿,坐在这些台阶上,感到自己是个十足的主人,那是多么畅快呀!您的太太在哪儿,普拉托诺夫?要知道,有了这种大自然的喧哗声,有了这种沙沙声,有了蛐蛐的歌声和唧唧声,只要加上爱情的低声倾诉,这儿就成天堂了!有了这种挑逗而又胆怯的微风,就只差爱人的热烈呼吸使您的脸颊幸福得发烧了!有了大自然母亲的低语声,只缺爱情的语言……只缺女人啦!!您惊讶地看着我……哈——哈!我说的不是我自己的话吗?是啊,这不是我的话……我不止一次清醒过来时为这种话脸红呢……不过,为什么我就不可以说些富于诗意的话呢?嗯……谁禁止我这么做呢?

普拉托诺夫　谁也没有禁止您。

温盖罗维奇第二　或者,这种神的语言也许不适合我的地位,我的外貌?我的脸没有诗意吗?

普拉托诺夫　没有诗意。

温盖罗维奇第二　没有诗意……嗯……我很荣幸。所有犹太人的相貌都没有诗意。大自然开玩笑,不给我们犹太人诗意的相貌!人们通常总是根据我们的相貌,根据我们有某种相貌而下判断,否认我们有任何诗意的感情……据说犹太人当中没有诗人。

普拉托诺夫　谁说的?

温盖罗维奇第二　大家都这么说……要知道这是多么下流的诽谤!

普拉托诺夫　别找碴儿了!这话是谁说的?

温盖罗维奇第二　大家都这么说嘛,可是话说回来,我们有多少真正的诗人,不是普希金之流,不是莱蒙托夫之流,而是真正的:

奥厄巴赫①、海涅、歌德。

普拉托诺夫　歌德是德国人。

温盖罗维奇第二　犹太人！

普拉托诺夫　德国人！

温盖罗维奇第二　犹太人！我知道我说的是什么！

普拉托诺夫　我也知道我说的是什么，不过，就算您说得对吧！一知半解的犹太人是难于说服的。

温盖罗维奇第二　很难……

　　〔停顿。

不过，就算没有诗人好了！这有什么大不了的！有诗人挺好，没有诗人就更好！诗人，作为富于感情的人，大多数是寄生虫，利己主义者……作为诗人，歌德连一小块面包也没有给过任何一个德国的无产者吧？

普拉托诺夫　这话老掉牙了！算了吧，年轻人！他没有拿过德国无产者的一小块面包！这才是主要的……其次，做诗人总比什么也不是好！好亿万倍！不过，我们别谈这些了……您丢开您毫不理解的一小块面包，丢开您那干瘪的灵魂所不能理解的诗人，丢开您缠住不放的我吧！

温盖罗维奇第二　我根本不想触动您那颗伟大的心，您这个说空话的人！我不想拿掉您的暖和的被子……去睡吧！

　　〔停顿。

您瞧天空！是啊……这儿又美妙又安静，这儿只有树……没有那些吃饱的，满足的脸子……是啊……树木飒飒地响不是

---

① 奥厄巴赫（1812—1882），德国小说家，生于犹太人家庭。其文学作品多以犹太民族解放为题材。

为了我……月亮照着我也不像照着这个普拉托诺夫那么亲热……它极力显出冷冰冰的样儿……它好像在说：你不是我们一伙的……走开吧，离开这个天堂，到你那犹太人的小铺里去吧……不过这都是废话……我胡扯得够了！……

普拉托诺夫　够了……年轻人，回家去吧！您在这儿坐得越久，废话就越多……照这样胡扯，您就会像您说过的那样脸红的！去吧！

温盖罗维奇第二　我想胡扯一通！（笑）我现在成了诗人！

普拉托诺夫　凡是为自己的青春害臊的人，就不是诗人。您正经历着青春，那就做个年轻人吧！也许可笑，愚蠢，可是合乎人情！

温盖罗维奇第二　不过……多么愚蠢啊！您是个大怪人，普拉托诺夫！你们这儿的人都是怪人……你们应当生活在挪亚时代①才对……将军夫人也是怪人，沃英尼采夫也是怪人……顺便说一句，将军夫人的身体各部分倒长得不错……她的眼睛相当聪明！她的手指头有多美！都不错……胸脯，脖子……

〔停顿。

为什么？我不如你们还是怎么的？哪怕一辈子有一次也好！这个想法那么强烈而诱人地冲击我的……脊髓，如果此刻她在这些树木当中出现，用她那透明的手指头招呼我，那么，幸福就会从天而降，把我砸得粉碎！……您不要这样瞧我……我现在愚蠢，像个小孩子……不过，谁敢禁止我一辈子哪怕只愚蠢这么一回呢？我现在是故意要愚蠢，幸福，像您说的那样……而且我真是幸福了……这跟别人什么相干呢？嗯……

普拉托诺夫　可是……（细看他的表链）

---

① 《圣经》传说中的太古洪水时代。

温盖罗维奇第二 不过,个人的幸福是利己主义!

普拉托诺夫 可不是!个人的幸福是利己主义,而个人的不幸倒是美德!不过,您也真能胡说八道!这表链多好!这表坠多好!多么亮呀!

温盖罗维奇第二 您喜欢这表链吗?(笑)这浮华,这虚饰引诱您吗?……(摇头)当您几乎用诗句来教训我的时候,您居然欣赏起金子来了!把这表链拿去!丢掉吧!(扯下身上的表链,丢在一旁)

普拉托诺夫 当的一响!单听声音,就可以断定这金子沉!

温盖罗维奇第二 金子沉,不光是表现在重量上!您幸福啊,您能够坐在这肮脏的台阶上!您在这儿不会体验到肮脏的金子的全部重量!啊,我的这些金表链,金枷锁呀!

普拉托诺夫 枷锁并不是永远牢固的!我们的父辈就拿它们换酒喝了!

温盖罗维奇第二 在这月光下面有多少不幸的人,多少挨饿的人,多少酒徒啊!那些播种很多粮食而一点也吃不到的千百万人究竟到什么时候才能不挨饿呀?我问您:要到什么时候?普拉托诺夫,为什么您不答话?

普拉托诺夫 别缠住我!我求求您!我不喜欢那些杂乱无章、没完没了地响着的钟!对不起,请您别缠住我!我想睡了!

温盖罗维奇第二 我是钟?哼……不如说您是钟……

普拉托诺夫 我是钟,您也是钟,可是有个差别,我是从我自己发出响声,您发出的响声却是别人的……晚安!(站起来)

温盖罗维奇第二 晚安!

〔学校里敲两点钟。

已经两点钟了……这时候应该睡了,可是我睡不着……失眠症,香槟酒,心情激动……这是一种不正常的糟蹋身体的生活……(站起来)我的胸口似乎痛起来了……晚安！我不跟您握手,而且以此自豪！您没有权利握我的手……

普拉托诺夫　简直荒唐！我也不在乎。

温盖罗维奇第二　我希望我们的谈话和我的……胡扯,除了我们以外,别人都没听见,以后也没有人听见。(向舞台深处走去,又折回来)

普拉托诺夫　您有什么事？

温盖罗维奇第二　我的表链丢在这儿什么地方了……

普拉托诺夫　您的表链就在这儿！(用脚拨表链)您到底没忘记！您听我说,请您赏个面子,用这表链去救济我的一个熟人吧,他就属于那种播种很多粮食却一点也吃不到的人！这表链能养活他的全家好几年！……您允许我把它转交给他吗？

温盖罗维奇第二　不行……我倒乐于送给您,不过,说实话,我不能这么办！这是个礼物,纪念品……

普拉托诺夫　是啊,是啊……滚开！

温盖罗维奇第二　(拾起表链)请您别要了！(向舞台深处走去,筋疲力尽,在铁道的路基上坐下,用手蒙住脸)

普拉托诺夫　庸俗！年纪轻轻的,却不是一个光明磊落的人！堕落得有多深啊！(坐下)那些使我们看到自己不纯洁的过去,即使过去的一点儿迹象的人,多么惹我们厌恶啊！我以前也有点像这样……唉！

〔传来马蹄声。

第 六 场

〔普拉托诺夫和安娜·彼得罗芙娜(穿骑马装,手里拿着皮鞭,上)。

普拉托诺夫　是将军夫人!

安娜·彼得罗芙娜　我怎么能见到他呢?要不要敲门?(看见普拉托诺夫)您在这儿?这多么凑巧!我就知道您还没睡……再说,现在能睡吗?上帝赐给我们冬天,才是叫我们睡觉的……晚上好,大个子!(伸出手)怎么?您怎么回事?伸出手来呀!

　　〔普拉托诺夫伸出手来。

您没喝醉吗?

普拉托诺夫　鬼才知道我是怎么回事。我要么是清醒着,要么是醉得像嗜酒如命的酒徒……您这是怎么啦?您是在逍遥自在地漫游吗,最可敬的梦游者?

安娜·彼得罗芙娜　(挨着他坐下)嗯,是啊……

　　〔停顿。

是啊,最可爱的米哈依尔·瓦西里奇!(唱)多少幸福而又多少痛苦啊……(大笑)这双惊讶的眼睛睁得多么大!得了,别害怕,朋友!

普拉托诺夫　我并不害怕……至少是不为自己害怕……

　　〔停顿。

我看得出来,您想干蠢事了。……

安娜·彼得罗芙娜　而且是在老年……

普拉托诺夫　对老太婆来说,这倒是可以原谅的……她们难免一时糊涂……可是您算是什么老太婆呢?你年轻,好比夏天的六月。您的生活还在后头呢。

安娜·彼得罗芙娜　我要现在生活,而不要以后生活……我就是年轻,普拉托诺夫,年轻极了!我感觉到了……这种青春像风似的吹遍我的全身!年轻得要命……冷啊!

〔停顿。

普拉托诺夫　（跳起来）我既不想了解,也不想猜测,又不想假设……我什么也不想！您走吧！您自管骂我是个粗人好了,可是您躲开我吧！我求求您！嗯……您干吗这么瞧着我？您……您得好好想一想！

安娜·彼得罗芙娜　我已经想过了……

普拉托诺夫　您得好好想一想,骄傲、聪明、美丽的女人！您走到哪儿来了,为什么来？！唉……

安娜·彼得罗芙娜　我不是走着来的,而是骑马来的,我亲爱的！

普拉托诺夫　凭这样的智慧,凭这样的美丽和青春……却来找我？！不管是我的眼睛还是我的耳朵,都没法相信……您是来征服,来占领堡垒的！我不是堡垒！您来了也没法征服……我是个软弱的人,非常软弱！您得明白这一点！

安娜·彼得罗芙娜　（站起来走到他跟前）过分自谦比骄傲自大还要厉害……怎么办呢,米谢尔？总得有个结局吧？您会同意……

普拉托诺夫　我不来搞什么结局,因为我根本就没有开始干什么事！

安娜·彼得罗芙娜　哎……讨厌的哲学！你说假话就不害臊吗？在这样的夜晚,在这样的天空下……居然说假话？要是你高兴,你尽可以在秋天,在泥泞中,在那种坏天气之下说假话,可是现在不行,这儿不行……人家都在听着你,看着你呢……怪人,你抬头看！

〔停顿。

瞧,星星在眨眼,说你讲假话……行了,我亲爱的！你做个好人吧,就像这一切都好一样！不要让你这渺小的人去破坏这种安静。赶走你身上的那些魔鬼吧。（用一条胳膊搂住他）我爱任何一个人都不及爱你这么深！你爱任何一个女人都不及爱我这么深……我们自己只要爱情,至于其余那些使得你那么痛苦的事,就让别人去解决吧……(吻他)我们自己只要爱情……

普拉托诺夫 奥德修斯①才配得上塞壬②对他唱歌,然而我不是奥德修斯国王,塞壬！(拥抱她)要是我能给你幸福就好了！你多么好！可是我不会给你幸福！我会弄得你像那些搂住我脖子的女人那样……我会弄得你不幸的！

安娜·彼得罗芙娜 你多么自命不凡呀！莫非你这么可怕吗,唐璜？(大笑)在月光底下你多么漂亮啊！真可爱！

普拉托诺夫 我知道自己！只有那些没有我在内的风流韵事才会有圆满的结局……

安娜·彼得罗芙娜 我们坐下来……就在这儿……

[他们在路基上坐下。

你还要说什么,哲学家？

普拉托诺夫 如果我是个正直的人,我就会躲开你……我今天预感到会有这件事,预料到会有……可是为什么我这个坏蛋就没有走开呢？

安娜·彼得罗芙娜 赶走你身上的那些魔鬼吧,米谢尔！不要自寻烦恼……要知道来找你的是女人,而不是野兽……你脸上冒汗,眼睛里闪着泪花……哼！要是你不满意,我走掉就是……愿意吗？我走掉,一切都照旧好了……行了吧？(大笑)傻瓜呀！你就要吧,拿过来,抓住吧……你还要什么呢？你像吸烟似的把一切都吸尽,榨干,揉碎吧……做个真正的人吧！(拉他)可笑的人啊！

---

① 古希腊史诗《奥德修纪》中的主人公。
② 人身鸟足的美女神,住在地中海的一个小岛上,常用美妙的歌声引诱航海者触礁毁灭。

普拉托诺夫 可是,难道你属于我了?难道你注定了是我的?(吻她的手)去找别人吧,我亲爱的。去找一个配得上你的人吧……

安娜·彼得罗芙娜 唉……你别再说废话了。要知道事情很简单:来找你的女人是爱你而且也是你所爱的……天气那么美妙……还有什么比这再简单的?何必来这么一套哲学,耍这么一套花招?莫非你想卖弄一下吗?

普拉托诺夫 哦……(站起来)可是万一你是来耍弄我一阵,逢场作戏,胡搞一阵呢?……那可怎么办?要知道我不是那种承担临时义务的人……我不允许人家玩弄自己!你要像甩开别的男人似的甩开我,那可不容易!……跟我这种人私通是得不偿失的……(抱住自己的头)尊敬一个人,爱一个人,而同时又……这是浅薄,庸俗,小市民气,下贱的游戏。

安娜·彼得罗芙娜 (走到他跟前)你爱我,尊敬我,那么你这个心神不安的人为什么跟我讲条件,对我说这些讨厌的话呢!为什么来这么些"万一"呢!我爱你……我对你说过,你自己也知道我爱你……那你还要怎么样呢?给我安宁吧……(把头放在他的胸上)给我安宁……你总该明白过来才对,普拉托诺夫。我需要休息……我要忘掉自己,别的什么也不需要……你不知道……你不知道生活在我是多么沉重,可是我……要生活!

普拉托诺夫 我不会给你安宁的!

安娜·彼得罗芙娜 你只要不讲哲学就行!……生活吧!一切都在生活,一切都在活动……四下里都是生活……那我们也来生活吧!问题到明天再去解决,而现在,在这个晚上,我们只管生活,生活……生活吧,米谢尔!

[停顿。

可是,真的,我何必对你唱得这么起劲呢?(大笑)怪事!我唱我的,他呢,扭扭捏捏!

普拉托诺夫　(抓住她的手)你听我说!……这是最后一次……我以一个正直的人的身份说话……你走吧!我说最后一次!你走吧!

安娜·彼得罗芙娜　是这样吗?(大笑)你不是开玩笑吧?……你真傻呀,朋友!现在我可不离开你了!(搂住他的脖子)你听见吗?我最后一次说,我不放开你!无论如何也不放,就是不放!哪怕把我打死,哪怕我自己会完蛋,我也要抓住不放!我要生活!特拉——达——达——达——达……拉——拉——拉……你干什么要挣脱,怪人?我的亲人啊!现在你就丢掉你那套哲学吧!

普拉托诺夫　我再一次……以正直人的身份……

安娜·彼得罗芙娜　好说不行,那我就硬来……如果你爱,那你就爱,别装傻啦!特拉达——达——达……胜利的钟声响了……到我那儿去,到我那儿去!(把一块黑头巾扔在他头上)到我那儿去!

普拉托诺夫　到你那儿去?(笑)你这个心地单纯的女人啊!你不巴望你自己好……要知道你以后会哭的!我不会做你的丈夫,因为门户不相当,而我又不允许人家玩弄我……咱们瞧吧,看谁会玩弄谁……你会看到的……你会哭……咱们走吗?

安娜·彼得罗芙娜　(大笑)Allons①!(挽着他的胳膊)等一等……有人来了……我们暂时站到树背后去……

〔他们躲到树背后。

那是一个穿常礼服的人,不是庄稼汉……为什么你不给报纸

---

① 法语:走吧。

写社论？你会写得精彩的……我不是说笑话。

［特利列茨基上。

第 七 场

［人物同前,加上特利列茨基。

特利列茨基 （走到学校跟前,敲窗子）萨霞！姐姐！萨舒尔卡！

萨霞 （开窗）是谁呀？是你,柯里亚？你有什么事？

特利列茨基 你还没睡吗？让我在这儿过夜吧,好姐姐！

萨霞 行……

特利列茨基 把我安置在教室里吧……对了,千万别让米谢尔知道我在你们这儿过夜：他会大讲哲学,弄得我没法睡觉！我的脑袋晕得厉害……我的眼睛望出去,一件东西成了两件……我站在一扇窗子前面,可是我觉得像是两扇,那么该从哪一扇爬进去呢？真麻烦！幸好我没结婚！要是我结了婚,我就会觉得我娶了两个老婆……一切都变成双份了！你有两个脖子,两个脑袋！顺便说一句……那儿,在临河的那棵砍倒的橡树旁边（你知道吧？）我擤了一下鼻涕,小姐姐,结果把我手绢里的四十个卢布丢掉了……你明天早点去把它捡起来,亲爱的……你找着,就归你啦……

萨霞 天一亮,那些木匠就会捡走……你这人也太马虎,柯里亚！哎,是啊！我差点忘了……小铺老板娘走过我这儿,恳切地要求你尽快到他们家里去一趟……她的丈夫忽然病了……好像是脑袋里出了毛病……你快去吧！

特利列茨基 去他的吧！我顾不上这个……我自己的脑袋和肚子也在痛……（爬进窗子）你让开！……

萨霞　快点爬！你的脚踹着我了……（关上窗子）

普拉托诺夫　见鬼，又有人来了！

安娜·彼得罗芙娜　等一等。

普拉托诺夫　别拉住我……要是我想走，我还是会走掉的！这是谁？

安娜·彼得罗芙娜　彼特陵和谢尔布克。

［彼特陵和谢尔布克上，没有穿上衣，身子摇摇晃晃。彼特陵戴一顶黑色礼帽，谢尔布克戴一顶灰色礼帽。

第 八 场

［温盖罗维奇第二（在舞台深处），普拉托诺夫，安娜·彼得罗芙娜，彼特陵和谢尔布克。

彼特陵　Vivat①，彼特陵，法学候补博士！乌啦！道路在哪儿呀？我们在往哪儿走？这是什么？（大笑）巴沃契卡，这儿是国民教育！这个地方专门教那些傻瓜忘掉上帝，并且骗人！我们跑到这儿来了……嗯……是这样……这儿，老兄，住着那个……他叫什么名字来着？见鬼！……住着普拉托希卡②，他是个文明人……巴瓦，这当儿普拉托希卡在哪儿？你倒是发表意见啊，别害臊！他在跟将军夫人唱二重唱吧？哎，主啊，这是你的意志……（喊叫）格拉果里耶夫是傻瓜！她看不上他，他呢，中风了！

谢尔布克　我想回家，盖拉西亚……我困极了！去他们的吧！

---

① 拉丁语：万岁。
② 指普拉托诺夫。

彼特陵　我们的上衣在哪儿,巴瓦?咱们到站长家里去过夜,可是上衣没有了……(大笑)是让姑娘们给扒掉了吧?唉,你这个多情的人,多情的人啊!姑娘们把上衣拿走了……(叹气)哎,巴瓦,巴沃契卡……你喝香槟了吗?大概你现在醉了吧?你喝的是谁的酒?你喝的是我的酒……刚才你喝的是我的,你吃的也是我的……将军夫人的衣服是我的,谢辽仁卡的袜子也是我的……样样都是我的!什么东西都是我给他们的!皮匠自己的鞋后跟倒是歪的……什么东西都给了他们,所有的钱都用在他们身上,可是我得到了什么?你问我得到了什么?嘲弄和耻辱……是啊……吃饭的时候听差不给我斟酒,老想用胳膊肘撞我,她本人对待我像对待猪猡一样……

普拉托诺夫　这惹得我讨厌了!

安娜·彼得罗芙娜　等一等……他们马上就要走了!这个彼特陵简直是畜生!他满嘴胡说!可是那个老废物却相信了……

彼特陵　犹太人倒比较受尊敬……犹太人靠前,我们呢,靠后……这是为什么?就因为犹太人给的钱多……可是他的额头上刻着几个不祥的字:把自己当众拍卖!

谢尔布克　这是涅克拉索夫说的……据说涅克拉索夫死了……

彼特陵　好吧!一个小钱也不给了!听见了吗?一个小钱也不给了!让那个老头在坟墓里生气吧!……让他在那儿跟……掘墓人待在一块儿吧!够了!我要凭期票讨债了!明天就办!我要把她的头按在泥里,这个忘恩负义的女人。

谢尔布克　她是伯爵,男爵!她长着一张将军的脸!我呢……是个加尔梅克人,别的什么也不是……让杜尼亚霞喜欢我吧!……这路多么不平坦!马路旁边应该栽上电线杆子……有铃铛声……德林,德林,德林……

　　　〔两人同下。

第 九 场

〔人物同前,除去彼特陵和谢尔布克。

安娜·彼得罗芙娜 (从树后面出来)他们走了吗?

普拉托诺夫 走了……

安娜·彼得罗芙娜 (攀住他的肩膀)我们走吧?

普拉托诺夫 我们走吧!我走,可是但愿你知道我多么不想走!……到你那儿去的不是我,而是魔鬼,如今他就在打我的后脑勺:走吧,走吧!到你那儿去的不是我,而是我的软弱的肉体……要不是我这缺乏教养的肉体,我真会把你扔掉!

安娜·彼得罗芙娜 可恶……(用鞭子抽一下普拉托诺夫)你说吧,说吧,可就是别胡扯!(从普拉托诺夫身边走开)你愿意去就去,不愿意去就拉倒!我是不会给你叩头的!这也太过分了!

普拉托诺夫 可是……要叫自己有遭到侮辱的感觉已经晚了!
(走到她那边去,拉住她的手)

〔安娜·彼得罗芙娜挣脱她的手。

要知道反正一样……我会去的……现在谁也拦不住我身上的魔鬼了……你把脸扭开了?要叫自己有遭到侮辱的感觉已经嫌晚了!我们俩现在已经落进这样一种局面:不管我们怎样侮辱对方的尊严,我们也拆不开了……你得明白这一点!如果我的良心不接受你的爱情,那也只是因为我的良心深信你在犯一种无可补救的错误……

萨霞 (在窗子里)米沙,米沙!你在哪儿呀?

普拉托诺夫 见鬼!

萨霞 (在窗子里)啊……我看见你了……你这是跟谁在一起啊?

(大笑)安娜·彼得罗芙娜！我好不容易才认出您来！您一身黑！您穿的是什么衣服？您好！

安娜·彼得罗芙娜　您好,亚历山德拉·伊凡诺芙娜！

萨霞　您穿着骑马装吗？那么您是骑着马出来玩？这可是痛快事！夜色这么好！我跟你也去吧,米沙！

安娜·彼得罗芙娜　我已经玩够啦,亚历山德拉·伊凡诺芙娜。我现在要回家去了……

萨霞　既是这样,那就算了……到房间里来,米沙！……真的,我不知道该怎么办才好！柯里亚感到头晕……

普拉托诺夫　哪个柯里亚？

萨霞　就是我的弟弟尼古拉。他大概喝了很多酒……你千万来一趟！您也进来坐坐,安娜·彼得罗芙娜！我到地窖里去取一点鲜奶油……我们来一人喝一杯……清凉的鲜奶油！

安娜·彼得罗芙娜　我谢谢您……我马上就要回家去了……(对普拉托诺夫)去吧……我等你……

萨霞　要不然,我到地窖里去一趟……来吧,米沙！(走开)

普拉托诺夫　我完全忘了她的存在。真难叫人相信！你走吧……我安排她睡下就来……

安娜·彼得罗芙娜　快一点……

普拉托诺夫　差点出了乱子！再见……(走进学校)

第 十 场

　　〔安娜·彼得罗芙娜,温盖罗维奇第二,后来加上奥西普。

安娜·彼得罗芙娜　怪事……我也完全忘了她的存在……

〔停顿。

这残忍……不过,他欺骗这个可怜的姑娘也不是头一次!……唉……要犯罪就犯吧!只有上帝才知道!这不是第一次……欺骗!他去安排她睡下,那我就等着!总要一个钟头吧,恐怕还不止……

温盖罗维奇第二 (走到她跟前)安娜·彼得罗芙娜!……(在她面前跪下)安娜·彼得罗芙娜……(抓住她的手)安娜!

安娜·彼得罗芙娜 是谁?是您?(弯下腰去看他)是谁?是您,伊萨克·阿勃拉梅奇?是您?您怎么了?

温盖罗维奇第二 安娜!(吻她的手)

安娜·彼得罗芙娜 走开!这样不好!您是个男人!

温盖罗维奇第二 安娜!

安娜·彼得罗芙娜 您别抓住我!走开!(猛推他的肩膀)

温盖罗维奇第二 (倒在地上)哎呀!荒唐呀……荒唐!

奥西普 (上)滑稽演员们!这不是您吗,夫人?(鞠躬)您怎么会到我们这个神圣的地方来的?

安娜·彼得罗芙娜 是你吗,奥西普?你好!你在偷看啊?你在当密探吗?(托起他的下巴)你都看见了吗?

奥西普 都看见了。

安娜·彼得罗芙娜 为什么你的脸色这么苍白?啊?(笑)你爱我吗,奥西普?

奥西普 随您怎么说吧……

安娜·彼得罗芙娜 爱不爱呢?

奥西普 我不明白您的意思……(哭)我一向把您看作圣徒……要是您叫我跳进火里去,我就会跳进去……

安娜·彼得罗芙娜 为什么你不到基辅去呢?

奥西普 我干吗到基辅去?我一向把您看作圣徒……对我来说,

再也没有比您更神圣的人了……

安娜·彼得罗芙娜 得了,傻瓜……往后再给我送小兔来吧……我又会收下的……好,再见！……你明天到我家去,我会给你钱：让你坐火车到基辅去……你去吗？再见……不准你碰我的普拉托诺夫！听见吗？

奥西普 从现在起你不能对我下命令了……

安娜·彼得罗芙娜 这就怪啦！莫非要我进修道院吗？这他也要管！……得了,得了……他哭了……你是小孩子还是怎么的？够了……等他到我那儿去的时候,你就放一枪！……

奥西普 打他？

安娜·彼得罗芙娜 不,放空枪……再见,奥西普！放得响一点！你放吗？

奥西普 我放。

安娜·彼得罗芙娜 你真是个乖孩子……

奥西普 不过他不会去找您……现在他跟他的老婆在一块儿。

安娜·彼得罗芙娜 随你去说吧……再见,凶手！（跑掉）

第十一场

〔奥西普和温盖罗维奇第二。

奥西普 （把帽子往地上一扔,哭）完了！全完了,叫它消灭得干干净净吧！

温盖罗维奇第二 （躺着）他在说什么呀？

奥西普 这件事我全看见,听见了！我的眼睛裂开,我的耳朵里有一把大锤在砸！我全听见了！哼,既然恨不得把他撕得粉碎,吃掉,那怎么能不把他杀死呢……（在路堤上坐下,背朝着学校)得杀死他……

温盖罗维奇第二　他在说什么呀？要杀死谁呀？

第 十 二 场

　　[人物同前,加上普拉托诺夫和特利列茨基。

普拉托诺夫　(把特利列茨基从学校里推出来)出去！劳驾,马上动身到小铺老板那儿去！走！

特利列茨基　(伸懒腰)你明天用大棍子教训我,也比今天叫醒我好！

普拉托诺夫　你是坏蛋,尼古拉,坏蛋！你明白吗？

特利列茨基　那有什么办法呢？上帝把我创造出来,就是这个样！

普拉托诺夫　万一小铺老板死了,那可怎么办？

特利列茨基　要是他死了,就祝他升天堂;要是他继续进行生存斗争,你就不必说这种吓人的话……我不到小铺老板那儿去！我想睡觉！

普拉托诺夫　你走,畜生！走！(推他)我不让你睡觉！你到底是什么人？你是个什么角色？为什么你什么事也不做？为什么你在这儿游手好闲,度过你的最好的岁月,什么也不干？

特利列茨基　你缠住不放……老兄,你到底有什么权利……虱子！

普拉托诺夫　你是个什么样的人,请你说说看？这真可怕！你活着为了什么？为什么你不干科学工作？为什么你不继续你的科学教育？为什么你不研究科学,畜生？

特利列茨基　关于这个有趣的问题,往后等我不犯困的时候再谈,现在让我去睡觉……(搔痒)鬼才知道是怎么回事！无缘无故地嚷一声:起来,坏蛋！……哼……正直的原则……叫鬼把它们,把这些正直的原则吞下肚去才好!

普拉托诺夫　你信奉的是哪一个上帝,怪东西?你是个什么样的人?啊,我们搞不出什么好名堂!搞不出!

特利列茨基　你听我说,米哈依尔·瓦西里奇,谁给你权利伸出凉爪子来抓别人的心!你这种放肆的态度太叫人惊奇了,老兄!

普拉托诺夫　我们不会有什么出息,只会变成青苔!我们是堕落的人!我们一文钱也不值!(哭)简直没有一个顺眼的人!一切多么庸俗,肮脏,乏味呀……走开,尼古拉!你走吧!

特利列茨基　(耸耸肩膀)你哭啦?

　　　　［停顿。

我到小铺老板那儿去!你听见了吗?我去!

普拉托诺夫　随你吧!

特利列茨基　我去!我这就去……

普拉托诺夫　(顿脚)走开!

特利列茨基　好……那你就躺下睡吧,米谢尔!不值得激动!再见!(走了几步,停住)我临走有几句话要说。你得劝一劝说教者,其中也包括你自己在内,说教者的话语要同自己的行动符合。如果你连你自己也看不顺眼,那你就不能要求我顺你的眼,不过,à propos①,在月光下你那双眼睛倒很可爱。你的眼睛闪闪发光,像是绿色的玻璃……还有一点……不应当跟你谈话……应该为那个姑娘狠狠地揍你一顿,把你切成碎块,跟你永远断绝关系才对……应该对你说一些你从没听到过的话才对!可是我……办不到!我是个很差的决斗者!这就叫你走运了!……

　　　　［停顿。

---

① 法语:顺便说一句。

再见！（下）

第 十 三 场

［普拉托诺夫,温盖罗维奇第二和奥西普。

普拉托诺夫　（抱住自己的头）不是我一个人这样,大家都是这样！人在哪儿啊,我的上帝？我是什么样的人啊！你不要到她那儿去！她不是你的！这是别人的幸福！你会破坏她的生活,你会一下子把她毁掉！你离开这儿吧！不！我会到她那儿去,我会在这儿生活下去,我会灌酒,骂人……放荡,愚蠢,酗酒……老是酗酒！愚蠢的母亲同酗酒的父亲生下了我！父亲……母亲！父亲……啊,但愿你们的尸骨被人翻过来、倒过去地折腾,就像你们在醺醉中糊里糊涂地折腾我那可怜的生命一样！

　　［停顿。

不对……我说了些什么啊？上帝饶恕我吧……祝他们升天堂吧……（碰上躺着的温盖罗维奇）这是谁？

温盖罗维奇第二　（翻身起来,跪在那儿）荒唐的、丑恶的、可耻的一夜啊。

普拉托诺夫　啊呀……你去吧,用父亲的良心做墨水,把这荒唐的一夜记在你那愚蠢的日记上！走开！

温盖罗维奇第二　好吧……我去写……（下）

普拉托诺夫　他在这儿干什么？在偷听吗？（对奥西普）你是谁？你在这儿干什么,自由的神枪手？也在偷听吗？走开！要不,等一等！……去追温盖罗维奇,把他的链子摘下来！

奥西普　（站起来）什么链子？

普拉托诺夫　他胸口挂着一根很粗的金表链！追上他，把它摘下来！赶快！（顿脚）赶快呀，要不然就追不上了！现在他跑到村子里去了，像个疯子似的！

奥西普　您到将军夫人那儿去吗？

普拉托诺夫　跑得快一点，坏蛋！你别打他，光把链子拿走就是了！走吧！干吗站着不动？跑啊！

　　　　　〔奥西普跑掉。

（沉吟片刻）去吧……到底去不去呢？（叹气）去吧……我是去唱一首冗长的、实际上乏味的、不成样子的歌……我还以为我穿着牢固的盔甲呢！而事实又如何？一个女人说了一句话，我心里就掀起了风暴。人家的头脑里有全世界的问题，我呢，只有女人！全部生活就是女人！恺撒有卢比孔河①，我呢，只有女人……无聊的色鬼！要是我没有抵制，倒也不可惜了，可是我做了抵制！软弱，无限地软弱！

萨霞　（在窗子里）米沙，你在这儿吗？

普拉托诺夫　在这儿，我的可怜的宝贝！

萨霞　到房间里来！

普拉托诺夫　不，萨霞！我想待在露天底下！我的脑袋痛得要裂开！你睡吧，我的天使！

萨霞　晚安！（关上窗子）

普拉托诺夫　欺骗一个无限信任你的人是难受的！我出汗了，脸红了……我去了！（走）

　　　　　〔卡嘉和亚科甫迎着他走来。

---

① 指古罗马统帅恺撒的战绩：公元前49年，他率军队越过卢比孔河，进占罗马。

第 十 四 场

［普拉托诺夫，卡嘉和亚科甫。

卡嘉　（对亚科甫）你在这儿等一下……我去去就来……我光是去取一本书……你别走掉，注意！（迎着普拉托诺夫走去）

普拉托诺夫　（看见卡嘉）你？你有什么事？

卡嘉　（吓一跳）啊……是您呀？我就是要找您。

普拉托诺夫　是你啊，卡嘉？所有的人，从太太起到女仆，全是夜游神！你有什么事？

卡嘉　（低声）太太打发我给您送一封信。

普拉托诺夫　什么？

卡嘉　太太给您一封信！

普拉托诺夫　你胡说什么？哪个太太？

卡嘉　（低声）索菲雅·叶果罗芙娜……

普拉托诺夫　什么？你发疯了？你去用冷水浇一浇头吧！走开！

卡嘉　（交出一封信）就是这个！

普拉托诺夫　（拿过信来）信……信……什么信？难道不能明天送来吗？（拆信）我怎么看信呢？

卡嘉　她要求尽快送来……

普拉托诺夫　（点燃一根火柴）是魔鬼打发你们来的！（看信）"我在走第一步。来吧，我们一块儿走这一步。我复活了。来，拿去吧。我是你的。"鬼才知道是怎么回事……简直像是电报！"我在亭子里四根柱子旁边等你，等到四点钟。喝醉的丈夫跟小格拉果里耶夫一块儿去打猎了。完全属于你的索。"还有这样糟糕的事！我的上帝啊！还有这样糟糕的事！（对卡嘉)你瞧什么？

卡嘉　既然我有眼睛，我怎么能不瞧呢？

普拉托诺夫　那就把你的眼睛挖出来！这是给我的信吗？

卡嘉　是给您的……

普拉托诺夫　你胡说！滚开！

卡嘉　是。(同亚科甫下)

第十五场

〔普拉托诺夫一个人。

普拉托诺夫　(沉吟片刻)瞧，这就是后果……你这家伙惹出祸来了！你随随便便，毫无道理，毫无必要地把一个女人，一个活人，带上了邪路……该死的舌头啊！闹到了什么地步啊……现在可怎么办！好，你这聪明的家伙，你就好好想一想吧！现在你骂自己，揪自己的头发吧……(思索)我一走了事！马上走掉，到世界末日也决不到此地来了！离开此地，到四处去流浪，受尽贫困和劳苦的酸辛！与其干这种事，不如去过穷苦的生活好！

〔停顿。

我走掉……可是……难道索菲雅真的爱上我了？真的吗？(笑)什么缘故呢？这个世界上的事多么糊涂，多么古怪呀！

〔停顿。

怪事……这个美丽的、大理石一般的、生着秀丽头发的女人，能够爱上一个寒酸的怪人吗？难道有这种事？简直没法叫人相信！(点燃一根火柴，把信很快地看一遍)真的吗？……她是我的？索菲雅？(大笑)她爱我？(抓住自己的胸口)幸福呀！要知道这是幸福！这是我的幸福！这是新生活，新人物，新环境！我去！到亭子里去，到四根柱子那儿去！等着吧，我的索菲雅！你过去是，将来也是我的！（走几步，停下来）我不去！（走回来）拆散家庭吗？（喊叫）萨霞，我到房间里去！你开门呀！（抱着自己的头）我不去，我不去……我不去！

　　［停顿。

　　我去！（走）去吧，拆散，践踏，弄得一塌糊涂吧……（碰见沃英尼采夫和格拉果里耶夫第二）

第 十 六 场

　　［普拉托诺夫，沃英尼采夫和格拉果里耶夫第二。沃英尼采夫和格拉果里耶夫第二背着枪奔上。

沃英尼采夫　他在这儿！他在这儿！（拥抱普拉托诺夫）怎么样？咱们打猎去！

普拉托诺夫　不行……别忙！

沃英尼采夫　你急着上哪儿去，朋友？（大笑）我喝醉了，喝醉了！我生平第一次喝醉！我的上帝，我多么幸福啊！我的朋友！（拥抱普拉托诺夫）咱们走吗？她打发我去打猎的……她叫我为她多打些野味……

格拉果里耶夫第二　咱们快点走吧？天要亮了……

沃英尼采夫　你听说我们的打算了吗？难道这个打算不新奇？我们想演哈姆雷特！真的！我们会搞出点名堂来，连魔鬼都会感到恶心呢！（大笑）你怎么脸色苍白……你也醉啦？

普拉托诺夫　就算……我醉了……

沃英尼采夫　别忙！……我有一个想法！明天我们就着手画布

145

景！我扮哈姆雷特,索菲雅扮奥菲利雅,你演克劳迪斯,特利列茨基演霍拉旭……我多么幸福啊！我心满意足！莎士比亚、索菲、你、妈妈！别的我什么也不需要了！不过呢,我还要格林卡。别的什么也不要。我是哈姆雷特……

　　你不顾妇女、妻子、母亲的羞耻,居然委身于这个坏蛋！……

　　(大笑)我哪点不像哈姆雷特？

普拉托诺夫　(挣脱,逃跑)下流胚！(跑下)

沃英尼采夫　啊溜溜！他醉了！好大的架子！(大笑)我们的朋友怎么样？

格拉果里耶夫第二　他喝醉了……咱们走吧！

沃英尼采夫　咱们走……要是奥菲利雅……您也就成为我的朋友了！啊,女神,在你那神圣的祷告里,提到我的罪过吧！(下)

　　〔传来开动的列车的隆隆声。

第 十 七 场

　　〔奥西普,后来加上萨霞。

奥西普　(拿着表链,跑上)他在哪儿？(环顾)他在哪儿呀？走啦？他不在啦？(打呼哨)米哈依尔·瓦西里奇！米哈依尔·瓦西里奇！喂！

　　〔停顿。

不在了？(跑到窗前,敲窗子)米哈依尔·瓦西里奇！米哈依尔·瓦西里奇！(砸碎玻璃)

萨霞　(在窗内)是谁呀？

奥西普　请您把米哈依尔·瓦西里奇叫出来！赶快！

萨霞　出了什么事？他不在房间里！

奥西普　（喊叫）不在吗？那么他就是到将军夫人那儿去了！将军夫人到这儿来过，叫他到她那儿去！全完了，亚历山德拉·伊凡诺芙娜！他到将军夫人那儿去了，该死的！

萨霞　你胡说！

奥西普　我说了假话就让上帝惩罚我，他是到将军夫人那里去了！我全听见，全看见了！他们在这儿搂着亲嘴来着……

萨霞　你胡说！

奥西普　要是我说假话，就叫我的父亲和我的母亲都升不了天堂！他到将军夫人那儿去了！他丢下妻子走了！您去追他吧，亚历山德拉·伊凡诺芙娜！不，不……全完了！如今您成了一个不幸的女人！（取下挂在肩膀上的枪）她最后一回嘱咐我，我就最后一回照办吧！（往空中放一枪）让她迎接他吧！（把枪扔在地上）我会宰了他，亚历山德拉·伊凡诺芙娜！（跳过路堤，在一个树桩上坐下）您不要难受，亚历山德拉·伊凡诺芙娜……不要难受……我会宰了他……您不用怀疑……

　　〔出现灯火。

萨霞　（穿着睡衣走出来，头发蓬松）他走了……他欺骗我……（痛哭）我完了……既是这样，主啊，让我死吧……

　　〔汽笛声。

我躺在火车底下……我不想活了……（躺在铁轨上）他骗了我。圣母啊，让我死吧！

　　〔停顿。

主啊，饶恕我。主啊，饶恕我……（突然喊叫）柯尔卡！（翻身起来，跪着）儿子！救救我吧！救救我吧！瞧，火车来了！……救救我吧！

　　〔奥西普跳到萨霞跟前。

（倒在铁轨上）哎呀……
奥西普　（抱起她，把她送进学校）我会宰了他……您不用难受！
　　　　　　［火车开过来。

——第二幕完

第 三 幕

[学校里的一个房间。左面和右面有房门。一个食具柜、一个抽屉柜、一架旧钢琴、几把椅子、一张蒙着漆布的长沙发、一个六弦琴,等等。十分凌乱。

第 一 场

[索菲雅·叶果罗芙娜和普拉托诺夫。普拉托诺夫躺在靠窗口的长沙发上。他的脸上盖着一顶草帽。

索菲雅·叶果罗芙娜　（叫醒普拉托诺夫）普拉托诺夫！米哈依尔·瓦西里奇！（推他）醒一醒！米谢尔！（拿掉他脸上的帽子）这么脏的帽子能放在脸上吗？呸,多么邋遢的人,不爱干净！领扣弄丢了,敞着怀睡觉,脸也没洗,穿着脏衬衫……米谢尔！跟你说话哪！起来！

普拉托诺夫　啊？

索菲雅·叶果罗芙娜　醒醒吧！

普拉托诺夫　等一会儿……好吧……

索菲雅·叶果罗芙娜　你别睡了！劳驾,起来吧！

普拉托诺夫　是谁？（坐起来）是你,索菲雅？

索菲雅·叶果罗芙娜 （把怀表送到他的眼睛前面）请看！

普拉托诺夫　好……（躺下）

索菲雅·叶果罗芙娜　普拉托诺夫！

普拉托诺夫　哦,你有什么事？（起来）啊？

索菲雅·叶果罗芙娜　请看这个表！

普拉托诺夫　什么事？又是你,索菲雅,想出怪念头来了！

索菲雅·叶果罗芙娜　是啊,我又想出怪念头来了。请看一看表吧！现在几点钟了？

普拉托诺夫　七点半。

索菲雅·叶果罗芙娜　七点半了……那么您忘了约定的事啦？

普拉托诺夫　什么约定的事？你说清楚点,索菲雅！我今天没有兴致开玩笑,猜无聊的谜！

索菲雅·叶果罗芙娜　什么约定的事？你忘啦？你怎么了？你的眼睛发红,满脸倦容……你病啦？

　　　〔停顿。

　　约定的事是今天六点钟两个人到农民家里去……你忘了？六点过去了。……

普拉托诺夫　还有呢？

索菲雅·叶果罗芙娜　（挨着他坐下）你不害臊吗？为什么你不去？你答应过的……

普拉托诺夫　要是我没睡着,我就照办了……你没有看见我睡着了吗？你干吗纠缠不清？

索菲雅·叶果罗芙娜　（摇头）你是个多么不老实的人啊！你干什么恶狠狠地瞧着我？你至少对我不老实……你好好想一想吧……以前在我们历次约会中,你哪怕有过一次守时吗？你多少次应许了而又不守信用！

普拉托诺夫　听到这些话,很荣幸！

索菲雅·叶果罗芙娜　愚蠢,普拉托诺夫,可耻!为什么你跟我在一块儿的时候就不再高尚、聪明,保持自己的本色?为什么你的举动这么粗俗、乖张呢?这种举动同一个我奉之为我的精神生活的拯救者的人是不相称的。你在我面前总有点怪模怪样……一点亲切的眼光也没有!一句温柔的话,连一句怜爱的话也没有!我到你这儿来,你往往浑身酒气,穿得不像样子,头也不梳,答话蛮横,牛头不对马嘴……

普拉托诺夫　（跳起来,在舞台上走来走去）她又来了!

索菲雅·叶果罗芙娜　你醉啦?

普拉托诺夫　这关您什么事?

索菲雅·叶果罗芙娜　这话真奇怪!（哭）

普拉托诺夫　娘们儿!!

索菲雅·叶果罗芙娜　你不要对我说娘们儿!这种话你一天对我讲一千次!我听腻味了!（站起来）你在怎样对待我?……你打算整死我吗?我为你害了病!都因为你,我的胸口才一天到晚地痛!你没看见吗?你不想知道吗?你恨我!要是你爱我,你就不会这样对待我!我可不是什么没有教养的、粗俗的傻丫头,任你摆布!我不容许任何……（坐下）上帝啊!（哭）

普拉托诺夫　够了!

索菲雅·叶果罗芙娜　你为什么要折磨我?自从那一夜以后,还没有过去三个星期,我已经骨瘦如柴了!你应许的幸福在哪儿?你这些怪举动什么时候才能完结?你要好好想一想,聪明、高尚、诚实的人!趁现在还不晚,你要好好想一想,普拉托诺夫!你现在就想一想吧……你在那把椅子上坐下,什么都不管,光想一个问题:你在怎样对待我?

普拉托诺夫　我不会思考。

［停顿。

你倒要好好想一想！（走到她跟前）你好好想一想吧！我夺去了你的家庭、安宁、前途……为的是什么？这会有什么下场？我抢劫你，像你最恶毒的仇人一样！我能给你什么呢？我能给你什么来报答你的牺牲呢？这种不道德的结合是你的不幸，你的 minimum①，你的灭亡！（坐下）

索菲雅·叶果罗芙娜　我跟他相好，他居然把这种关系说成不道德的结合！

普拉托诺夫　哎……现在不是对每一句话挑毛病的时候！你对这种关系有你的看法，我有我的看法……我把你毁了，就是这么的！再说我毁了不止你一个人……你等着瞧吧，你丈夫知道了，瞧他会唱出什么歌来！

索菲雅·叶果罗芙娜　你担心他会找你的麻烦吧？

普拉托诺夫　这我倒不担心……我担心的是我们会要了他的命……

索菲雅·叶果罗芙娜　那么，你这个前怕狼后怕虎的胆小鬼，既然知道我们会要了他的命，那时候又何必来找我呢？

普拉托诺夫　劳驾，不要这么……感情冲动！再哀婉的调子也打动不了我的心……可是为什么你……不过……（挥一挥手）跟你讲话等于要你流泪……

索菲雅·叶果罗芙娜　是啊，是啊……我没跟你相好以前就从来也没哭过！你害怕吧，发抖吧！他已经知道了！

普拉托诺夫　什么？

索菲雅·叶果罗芙娜　他已经知道了。

普拉托诺夫　（站起来）他？！

---

① 拉丁语，在此指"身败名裂"。

索菲雅·叶果罗芙娜　他……我今天早晨对他说穿了……

普拉托诺夫　这是开玩笑……

索菲雅·叶果罗芙娜　你脸色发白了?！应该恨你才对,不应该爱你！那时候我真是疯了……我不知道为什么……为什么爱你。他已经知道了！（拍他的肩膀）你发抖吧,发抖吧！他什么都知道了！我凭人格向你起誓,他什么都知道了！你发抖吧！

普拉托诺夫　不可能！这不可能！

［停顿。

索菲雅·叶果罗芙娜　他什么都知道了……早晚应该这么办吧？

普拉托诺夫　可是为什么你发抖？你是怎样跟他讲穿的？你对他说了些什么？

索菲雅·叶果罗芙娜　我对他讲,说我已经……说我不能……

普拉托诺夫　那么他说什么？

索菲雅·叶果罗芙娜　他那模样就像你……他吓坏了！此刻你的脸色多么难看呀！

普拉托诺夫　他说什么？

索菲雅·叶果罗芙娜　他起初以为我是说着玩的,可是等到他相信事实相反,他就脸色惨白,身子摇晃,哭起来,跪下了……他的脸那么叫人讨厌,就跟你现在的脸一样！

普拉托诺夫　你都干了些什么呀,坏女人?！（抱住自己的头）你要了他的命！你居然,你敢于这么冷静地说这件事？你要了他的命！你……提到我了吗？

索菲雅·叶果罗芙娜　提了……怎么能不提呢？

普拉托诺夫　那么他说什么？

索菲雅·叶果罗芙娜　（跳起来）你到底羞愧了,普拉托诺夫！你不知道你在说什么！那么,照你看来,这件事本来不应该说吗？

普拉托诺夫　不应该说！（脸朝下扑倒在长沙发上）

索菲雅·叶果罗芙娜　正直的人啊，你在说什么？

普拉托诺夫　不说这件事比要他的命正直得多！我们要了他的命！他哭起来，跪下……唉！（跳起来）不幸的人啊！要不是你，他到死也不会知道我们的关系！

索菲雅·叶果罗芙娜　我不能不对他讲穿！我是个正直的女人！

普拉托诺夫　你知道你这样一讲穿，闹出了什么事吗？你跟你的丈夫一刀两断啦！

索菲雅·叶果罗芙娜　是的，一刀两断了……怎么能不这样呢？普拉托诺夫，你说起话来像……流氓了！

普拉托诺夫　一刀两断……那么，我们分手以后，你怎么办呢？我们不久就会分手的！你首先会不再走歪路！你首先会睁开眼睛，丢下我！（挥一挥手）不过，……索菲雅，你爱怎么干就怎么干吧！你比我正直，比我聪明，那就由你来收拾这糟糕的残局吧！你干吧，你说吧！要是你能把我扶起来，你就叫我复活吧！只是看在上帝分上，要赶快，不然我就要发疯了！

索菲雅·叶果罗芙娜　我们明天就离开此地。

普拉托诺夫　对，对，我们走……只是要赶快！

索菲雅·叶果罗芙娜　必须把你送走……我在写给我母亲的信上提到过你。我们就到她那儿去……

普拉托诺夫　随便到什么人那儿去都行！……你想怎么办就怎么办！

索菲雅·叶果罗芙娜　米谢尔！要知道那是新的生活……你得明白这一点！……米谢尔，你要听我的话！一切都按我的主张办吧！我的头脑比你的头脑清醒！相信我吧，我亲爱的！我会把你扶起来！我会把你送到一个光明的地方去，那儿没有这种污垢,这种灰尘、怠惰,这种脏衬衫……我会使你成为一个真正的人……我会给你幸福!您要明白……

［停顿。

我会使你成为一个劳动者!我们会成为堂堂正正的人,米谢尔!我们会吃自己的面包,我们会流汗,手上磨出老茧来……(把头放在他的胸口上)我会工作……

普拉托诺夫　你到哪儿去工作?有些女人不像你这样,比你强得多,可是就连她们也没事可做而闲躺着,像一捆捆麦子似的!你不会工作,而且你有什么工作可做呢?索尼雅,现在处在我们的情况下,最好还是冷静地思考,不要用幻想来安慰自己……不过,随你的便吧!

索菲雅·叶果罗芙娜　你瞧着吧!有些女人跟我不一样,可是我比她们强……你要相信我,米谢尔!我会照亮你的道路!你使得我复活了,我这一辈子都会感激不尽……我们明天就走?是吗?我马上就去准备行李动身……你也收拾一下……十点钟你到农民家去,而且带着你的行李……你去吗?

普拉托诺夫　去。

索菲雅·叶果罗芙娜　你要对我保证你一定去!

普拉托诺夫　啊……我说过啦!

索菲雅·叶果罗芙娜　你要提出保证!

普拉托诺夫　我保证一定去……我起誓……我们离开此地!

索菲雅·叶果罗芙娜　(笑)我相信,我相信!你甚至可以早一点去……我十点钟以前就会收拾停当……晚上我们就坐车走了!我们要开始生活,米谢尔!你不明白你的幸福,傻瓜!要知道这是我们的幸福,我们的生活!……明天你就会变成另一个人,一个朝气蓬勃的新人!我们会呼吸新的空气,我们的血管里流着新的血……(大笑)滚开,旧人!跟你握一下手!

握吧(伸出手)。

　　　[普拉托诺夫吻她的手。

　　一定要去啊,我的傻瓜!我等你……不要发愁……回头见!我赶快去准备!……(吻他)

普拉托诺夫　再见!……十一点钟还是十点?

索菲雅·叶果罗芙娜　十点……你甚至可以早点去。再见!你在路上要穿得整齐一点……(笑)钱呢,我有……我们上了路再吃饭……再见!我去收拾行李……你高兴起来!我十点钟等你!(下)

第 二 场

　　　[普拉托诺夫一个人。

普拉托诺夫　(沉吟片刻)这不是什么新的歌……我听过一百次了……

　　　[停顿。

我会给他和萨霞写信……让他们哭一阵,原谅我,忘掉我吧!……再见,沃英尼采夫卡!再见吧,所有的人!包括萨霞,包括将军夫人……(开柜子)明天我就成了新人了……新而又新!衣服放在哪儿呢?我没有箱子……(斟一杯葡萄酒)再见吧,学校!(喝酒)再见吧,我的孩子们!你们的不好的然而善良的米哈依尔·瓦西里奇不见了!现在我在喝酒吗?为什么喝?我再也不喝了……这是我最后一次喝了……我坐下来给萨霞写信……(在长沙发上躺下)索菲雅真心相信呢……有信心的人有福啊!……你笑吧,将军夫人!将军夫人哪能不笑!她会哈哈大笑!……对了!她好像来过一封信……信在哪儿？（从窗台上取下信）在那个荒唐的夜晚以后，这不是第二百封信，也是第一百封信了……（念信）"您，普拉托诺夫，没有回答我的信，您是个不礼貌的、残忍的、愚蠢的粗人！要是这封信也得不到回答，您也不来，那么，好吧，我就亲自到您那儿去，见鬼！我等了整整一天。愚蠢啊，普拉托诺夫！不妨设想，您在为那一夜害臊吧。如果真是这样，那就忘掉它吧！谢尔盖和索菲雅相处得糟透了，这就是蜜月的结束。这一切都是因为他们跟前没有一个能说会道的偶像。您就是偶像！再见！"

〔停顿。

这笔字写得好！工整而潇洒……标点符号也用得恰当……女人写得工整，是少见的现象……

〔玛尔科上。

应当给她写一封信才是，要不然她也许就来了……（看见玛尔科）怪事……

第 三 场

〔普拉托诺夫和玛尔科。

普拉托诺夫 欢迎！找谁呀？（起来）

玛尔科 找您，老爷……（从一个包里取出一张传票）这是给您的传票……

普拉托诺夫 哦……好吧。什么传票？是谁叫你送来的？

玛尔科 调解法官伊凡·安德烈耶维奇……

普拉托诺夫 哦……是调解法官！我跟他有什么相干？给我！（拿过传票来）我不懂……莫非是请我去参加洗礼宴会？这

个老罪人像蝗虫似的繁殖力很强！（读）"请以五品文官的女儿玛丽雅·叶菲莫芙娜·格烈科娃遭受侮辱一案的被告身份出庭。"（大笑）哎！见鬼！妙得很！见鬼！妙得很，臭虫酯！这个案子什么时候开庭？后天吗？我去，我去……老头子，你就说我会去的……她真是个妙人儿，妙人儿！这姑娘了不起！早就应该这样！

玛尔科　请您签字！

普拉托诺夫　签字？行……老兄，你那模样活像一只受了枪伤的鸭子！

玛尔科　不像，老爷。

普拉托诺夫　（靠着桌子坐下）那么你像什么？

玛尔科　像上帝的形象和相貌……

普拉托诺夫　哦……你是尼古拉一世时代的兵吧？

玛尔科　是啊……在塞瓦斯托波尔战役以后我就退伍了……除了当兵以外我还在军医院里躺了四年……我是军士……我在炮兵队伍里，老爷……

普拉托诺夫　哦……那些大炮好吗？

玛尔科　平常……圆的直径……

普拉托诺夫　可以用铅笔签名吗？

玛尔科　可以，老爷……写上收到什么什么传票。写上本名、父名、姓。

普拉托诺夫　（站起来）你收好吧。我签了五回名了。哦，你们那个调解法官在干什么？打牌吗？

玛尔科　打。

普拉托诺夫　从昨天下午五点钟打到今天下午五点钟？

玛尔科　是。

普拉托诺夫　他还没输掉他的表链？

玛尔科 没有,老爷。

普拉托诺夫 你对他说……不过,什么也不要对他说了……赌账,他当然是不会还的……他,这个蠢货,打牌,欠账,同时又生下一大堆孩子……要知道她是个妙人儿,真的!我没料到,一点也没料到!那么证人是谁呢?另外还有给谁的传票?

玛尔科 (翻着传票,读)"尼古拉·伊凡诺维奇·特利列茨基医生先生"……

普拉托诺夫 特利列茨基?(哈哈大笑)他会闹出喜剧来的!还有谁?

玛尔科 (读)"基利尔·波尔菲里奇·格拉果里耶夫先生,阿尔方斯·伊凡内奇·希利弗捷尔先生,退休的近卫军骑兵少尉大人玛克辛·叶果雷奇·阿列乌托夫,四品文官的儿子、中学生先生伊凡·塔里耶,圣彼得堡太学候补博士先生"……

普拉托诺夫 那上面写的是"太学"吗?

玛尔科 不是,老爷……

普拉托诺夫 那你为什么念成"太学"呢?

玛尔科 因为糊涂呗,老爷……(读)……大……大……太学候补博士先生谢尔盖·巴甫雷奇……巴甫洛维奇·沃英尼采夫,圣彼得堡大……太学候补博士的妻子索菲雅·叶果罗芙娜·沃芙尼采娃太太,哈尔科夫太学的学爷伊萨克·阿勃拉梅奇·温盖罗维奇"。就是这些!

普拉托诺夫 哦……这是后天,可是明天我就得走了……可惜啊。我可以想象,那会是一场热闹的官司……嗯……太遗憾了!我倒愿意凑她的趣呢……(在舞台上走来走去)太遗憾了!……

玛尔科 老爷,赏几个茶钱吧……

普拉托诺夫 啊?

159

玛尔科　赏几个茶钱吧……我走了六里路,老爷……

普拉托诺夫　茶钱?不必了……不过,我在说什么?好,我的伙计!我不给你茶钱,不过我给的比茶钱还好……既对我有利,又叫你头脑清醒……(从柜子里拿出茶叶筒)到这儿来……这茶叶好,味道浓……虽然不是四十度的,可是浓……给你放在哪儿呢?

玛尔科　(张开衣袋)倒吧……

普拉托诺夫　就倒在衣袋里?不怕有臭味吗?

玛尔科　您倒吧,倒吧……放心好了……

普拉托诺夫　(倒茶叶)够了吗?上海人最坏。

玛尔科　多谢多谢……

普拉托诺夫　你多么老呀……我喜欢您,老兵!……您是极好的老百姓!……不过有的时候就连在你们中间也可以遇见那种可怕的人……

玛尔科　什么样的人都有,老爷……只有上帝才没有罪……祝您幸福!

普拉托诺夫　别忙……我马上办好……(坐下,在传票上写字)"那时候我吻您,是因为……是因为我生气而又不知道如何是好,可是现在我吻您如同吻神一样!我承认我对您态度恶劣。我对大家都态度恶劣。可惜我们不会在法庭上相见了。明天我就永远离开此地了。祝您幸福,希望您至少对我公平!不会再见了!"(对玛尔科)你知道格烈科娃住在哪儿吗?

玛尔科　知道……离这儿十二里路,要是蹚水过河的话……

普拉托诺夫　嗯,对了……在席尔科沃村……你把这封信捎给她,你会得到三个卢布……你要当面交给小姐……不要回信……要是她给你回信,你别收下……这封信你今天就送到……现在就去……先送这封信,然后再去发传票。(在舞台上走来

走去）

玛尔科　我明白了。

普拉托诺夫　还有什么事吗？对了！你对大家说我请求格烈科娃原谅,她没有原谅我。

玛尔科　我明白了。祝您幸福！

普拉托诺夫　再见,朋友！祝你健康！

〔玛尔科下。

第 四 场

〔普拉托诺夫一个人。

普拉托诺夫　那么,欠格烈科娃的账算是还清了……她弄得我在全省出了丑……这也是应该的……我有生以来头一次受到女人的惩罚……（在长沙发上躺下）你玷污她们,她们就吊在你的脖子上……比方说,索菲雅就是这样……（用手绢蒙上脸）以前我像风一样地自由,现在呢,躺在这儿,梦想……爱情……Amo, amas, amat①！……于是发生了关系……我既毁了她,也糟蹋了自己……（叹气）可怜的沃英尼采夫夫妇呀！还有萨霞呢？可怜的姑娘！她缺了我怎样活得下去啊？她会憔悴,死掉……她一发现真相,就一句话也没说,带着孩子走了……那天晚上出事以后,她就走了……应该跟她告别才对……

安娜·彼得罗芙娜　（在窗外）可以进来吗？喂！这儿有人吗？

普拉托诺夫　安娜·彼得罗芙娜！（跳起来）将军夫人！对她说

---

① 拉丁语:我爱,你爱,他爱。

什么好呢？请问,她到这儿来干什么？（整理一下自己的衣服）

安娜·彼得罗芙娜　（在窗外）可以进来吗？我进来啦！听见没有？

普拉托诺夫　她来了！用什么办法不让她进来呢？（梳一下头）怎么样才能打发她走？趁她还没进来,我先喝酒……（赶紧打开柜子）她干什么来呢？……我不懂！（很快地喝下酒去）要是她还完全不知道,那倒好,可是万一她知道呢？我会脸红的……

第 五 场

［普拉托诺夫和安娜·彼得罗芙娜。安娜·彼得罗芙娜上。普拉托诺夫慢慢地关上柜子。

安娜·彼得罗芙娜　您好！向您致敬！
普拉托诺夫　柜子锁不上了……
　　　　［停顿。
安娜·彼得罗芙娜　是您啊！您好！
普拉托诺夫　哎呀……是您呀,安娜·彼得罗芙娜？Pardon,我都没察觉……这柜子总也锁不上……奇怪……（掉了钥匙,捡起来）
安娜·彼得罗芙娜　请您走过来！别管柜子！别管它！
普拉托诺夫　（走到她跟前）您好……
安娜·彼得罗芙娜　为什么您不瞧着我？
普拉托诺夫　我害臊。（吻她的手）
安娜·彼得罗芙娜　为什么害臊？

普拉托诺夫　为种种的事。

安娜·彼得罗芙娜　哦……您引诱了什么人吧？

普拉托诺夫　是的，差不多……

安娜·彼得罗芙娜　唉，普拉托诺夫！引诱的是谁呢？

普拉托诺夫　我不说……

安娜·彼得罗芙娜　我们坐下吧……(在长沙发上坐下)我们会弄清楚的，年轻人，会弄清楚的……你何必在我面前感到害臊呢？要知道我早就了解您的有罪的灵魂……

普拉托诺夫　你别问了，安娜·彼得罗芙娜！我今天没有兴致接受私人的审讯。您爱说什么就说什么，可就是别问！

安娜·彼得罗芙娜　好吧。信收到了吗？

普拉托诺夫　收到了。

安娜·彼得罗芙娜　那您为什么不来呢？

普拉托诺夫　我不能去。

安娜·彼得罗芙娜　为什么不能？

普拉托诺夫　我不能去嘛。

安娜·彼得罗芙娜　摆架子吗？

普拉托诺夫　没有。我有什么架子可摆？看在上帝分上，您别问了！

安娜·彼得罗芙娜　请您回答我，米哈依尔·瓦西里奇！您好好坐着！为什么最近这三个星期您不到我们这儿来？

普拉托诺夫　我病了。

安娜·彼得罗芙娜　胡说！

普拉托诺夫　我是胡说。您别问了，安娜·彼得罗芙娜！

安娜·彼得罗芙娜　您身上冒出这么重的酒气！普拉托诺夫，这一切是什么意思？您怎么啦？您像什么样子啊？眼睛发红，脸色糟透了。……您脏，房间里也脏……您看一看四周围，多么凌乱啊!您怎么了?您在喝酒吗?

普拉托诺夫　喝得多极了!

安娜·彼得罗芙娜　哦……又来了去年那一套……去年你引诱过一个人,于是就畏畏缩缩,像只被水淋过的鸡,一直到秋天都是如此,现在也是这样……你又是唐璜,又是可怜巴巴的胆小鬼。不准再喝酒了!

普拉托诺夫　我不喝了……

安娜·彼得罗芙娜　是真话吗?不过,何必叫您说真话,弄得您为难呢?(站起来)您的酒在哪儿?

　　〔普拉托诺夫指指柜子。

这么懦弱,丢人啊,米沙!您的意志到哪儿去了?(开柜子)柜子里多么乱呀!等亚历山德拉·伊凡诺芙娜回来,她会痛骂您的!您希望您的妻子回来吗?

普拉托诺夫　我只希望一点:您别问我话,你的眼睛也别盯住我的脸!

安娜·彼得罗芙娜　哪个瓶子里有酒?

普拉托诺夫　个个瓶子里都有。

安娜·彼得罗芙娜　五个瓶子里都是酒?哎,您这个酒鬼,酒鬼啊!您的柜子成了十足的酒店啦!得叫亚历山德拉·伊凡诺芙娜回来才成……您要跟她解释一下……我并不是一个可怕的情敌……我不想争夺……我没有意思拆散你们……(凑着瓶子喝一点酒)这酒倒顺口……来,喝一点儿!您想喝吗?咱们喝一点,以后就不再喝了!

　　〔普拉托诺夫走到柜子跟前。

您拿住杯子!(斟酒)喝吧!我不再斟了。

　　〔普拉托诺夫喝酒。

现在我也喝一点……(斟酒)为不好的人的健康干杯!(喝

酒)您不好!这酒倒好!您的口味不错……(给他酒瓶)您拿住!拿到这儿来!

〔他们走到窗前。

您跟您的顺口的酒告别吧!(瞧着窗外)倒掉未免可惜……是不是再喝一点,啊?咱们再喝一点?

普拉托诺夫 随您的便……

安娜·彼得罗芙娜 (斟酒)您喝吧……赶快!

普拉托诺夫 (喝酒)为您的健康干杯!求上帝赐给您幸福!

安娜·彼得罗芙娜 (斟酒,喝下去)您想我吗?我们坐下吧。您暂时把瓶子放下……

〔他们坐下。

您想我吗?

普拉托诺夫 时时刻刻想您。

安娜·彼得罗芙娜 那您为什么不来呢?

普拉托诺夫 您别问了!我一句也不会对您说,这倒不是因为我不对您开诚布公,而是因为我怜惜您的耳朵!我完了,彻底完了,我亲爱的!良心的责备,痛苦,忧郁……一句话,苦极了!您来了,我才觉得轻松一点。

安娜·彼得罗芙娜 您瘦了,变难看了……我受不了这些长篇小说里的人物!您在演什么角色呀,普拉托诺夫?您扮演哪个长篇小说里的人物?忧郁,痛苦,情欲的斗争,吞吞吐吐的爱情……呸!要像一个普通人那样行事!您要像别人那样生活,愚蠢的人!您究竟是个什么天使,才不照普通人那样生活,呼吸,坐着?

普拉托诺夫 说得倒容易……究竟该怎么办呢?

安娜·彼得罗芙娜 一个人生活着,一个男子汉生活着,却不知道该怎么办!奇怪!该怎么办?!行,我就尽我的能力来回答您的问题。其实这是个无聊的问题,不值得回答!

普拉托诺夫　您什么也不用回答……

安娜·彼得罗芙娜　第一,要照普通人那样生活,也就是不要喝酒,不要躺着,要常常洗脸,到我那儿去;第二,要满足于您已经有的东西……您在胡闹,先生!您嫌您的教师地位太低吧?(站起来)走,现在到我那儿去!

普拉托诺夫　怎么?(站起来)到您那儿去?不,不……

安娜·彼得罗芙娜　走吧!您去见见人们,谈谈天,听听人家讲话,互相吵骂一阵吧……

普拉托诺夫　不,不……您别下命令了。

安娜·彼得罗芙娜　那是为什么?

普拉托诺夫　我办不到,就是这么的!

安娜·彼得罗芙娜　您办得到!戴上您的帽子!我们走吧!

普拉托诺夫　我办不到,安娜·彼得罗芙娜!无论如何也不成!我一步也不离开家!

安娜·彼得罗芙娜　您办得到!(把帽子戴在他的头上)你胡闹,普拉托诺夫老兄,开玩笑!(挽着他的胳膊)怎么样?一,二!……我们走吧,普拉托诺夫!前进!

　　〔停顿。

　　快呀,米谢尔!我们走吧!

普拉托诺夫　我办不到!

安娜·彼得罗芙娜　你真固执,活像一头小公牛!快走吧!怎么样?一,二……米谢尔,我的朋友,亲人,好人……

普拉托诺夫　(挣脱)我不去,安娜·彼得罗芙娜!

安娜·彼得罗芙娜　我们在学校附近散会儿步吧!

普拉托诺夫　您何必缠住我?我不是说过我不去吗?我想坐在家里,所以请您允许我按我的意思办!

〔停顿。

我不去!

安娜·彼得罗芙娜　哦……您听我说,普拉托诺夫……我借给您一点钱,您呢,离开此地到别处去过一两个月……

普拉托诺夫　到哪儿去?

安娜·彼得罗芙娜　到莫斯科去,到彼得堡去……您去吗?去吧,米谢尔!您太需要换一换空气了!逛一逛,瞧一瞧人们,看看戏,换换空气,使精神得到恢复……我给您钱和信……你要我跟你一块儿去吗?要吗?我们逛一逛,玩个畅快……等我们回到这儿来的时候,就精神振作,容光焕发了……

普拉托诺夫　这是个美妙的想法,只可惜办不到……明天我就离开这儿了,安娜·彼得罗芙娜,然而不是跟您一块儿走!

安娜·彼得罗芙娜　随您的便……您到哪儿去?

普拉托诺夫　我走掉……

〔停顿。

永远离开此地……

安娜·彼得罗芙娜　胡扯……(凑着瓶口喝酒)瞎说!

普拉托诺夫　这不是胡扯,我亲爱的!我走了!永远不回来了!!

安娜·彼得罗芙娜　到底是什么缘故,您这个怪人!

普拉托诺夫　您别问了!真的,永远不回来了!我走了……永别了,就是这么的!您别问了!您从我这儿再也打听不出什么来了……

安娜·彼得罗芙娜　瞎说!

普拉托诺夫　今天我们光是见一下面……我从此消失了……(拉住她的袖子,后来攀住她的肩膀)您忘了傻瓜,蠢驴,流氓,坏蛋普拉托诺夫吧!他钻进地里,不见了。说不定几十年之后我们会相逢,那时候我们俩会扬声大笑,照老人那样为这些日

子痛哭,不过现在……见鬼去吧！（吻她的手）

安娜·彼得罗芙娜　给您,喝吧！（给他斟酒）喝醉的人胡扯不算罪过……

普拉托诺夫　（喝酒）我不会再喝醉……我会记住您,我的亲人,我的好仙女！……我永远也不会忘记！你笑吧,有文化修养的淡黄头发的女人！明天我逃出此地,逃避自己,我也不知道自己上哪儿去,我是奔向新的生活！我知道那是什么样的新生活！

安娜·彼得罗芙娜　这都挺好,可是您出了什么事？

普拉托诺夫　什么事？我……以后您都会知道的！我的朋友,等到您为我的行动吓一跳,您不要咒骂我！您要记住,我已经差不多受到了惩罚……跟您永远分手就比惩罚还厉害……您干什么笑？请您相信我！这是真话,请您相信！我心里很苦,我难过,不好受,恨不得掐死我自己才好！

安娜·彼得罗芙娜　（含泪）我不认为您能干出什么吓人的事……您至少会跟我通信吧？

普拉托诺夫　我不敢给您写信,再说您自己也不会乐意读我的信,我们确确实实……永别了！

安娜·彼得罗芙娜　哦……您缺了我就会完蛋,普拉托诺夫！（摸自己的额头）我有点醉了……我们一块儿走吧！

普拉托诺夫　不……明天您就会什么都明白了。……（扭过脸去对着窗子）

安娜·彼得罗芙娜　您要钱吗？

普拉托诺夫　不要……

安娜·彼得罗芙娜　可是……我就不能帮您的忙吗？

普拉托诺夫　我不知道……您今天打发人把您的照片送来吧……（扭过脸来）您走吧,安娜·彼得罗芙娜,要不然鬼才知道我会干出什么事来！我会大哭,会把自己痛打一顿……您走吧！我受不了啦！我跟您说的是俄国话！您还等什么呢？我不得不走,您得明白这一点！您为什么这么瞧着我？您为什么做出这样的脸相？

安娜·彼得罗芙娜　再见……(对他伸出手来)我们还会见面的。

普拉托诺夫　不会了……(吻她的手)不必了……您走吧,我的亲人……(吻她的手)再见……别管我了……(用她的手蒙住自己的脸)

安娜·彼得罗芙娜　你受不住了,亲爱的,心软了……算了！您放开我的手……再见！我们临别喝一点儿酒,怎么样？(斟酒)喝吧！……祝您一路平安,走向幸福！

〔普拉托诺夫喝酒。

您留下才好,普拉托诺夫！怎么样？(斟上酒,喝下去)我们会过得很痛快……这究竟是什么样的罪过呢？莫非发生在沃英尼采夫卡？

〔停顿。

是否再喝点酒来浇浇愁？

普拉托诺夫　好吧。

安娜·彼得罗芙娜　(斟酒)喝吧,我亲爱的……唉,见鬼！

普拉托诺夫　(喝酒)祝您幸福！您在这儿好好生活……没有我也能生活。

安娜·彼得罗芙娜　要喝就喝吧……(斟酒)喝酒是死,不喝酒也是死,那还是喝酒死了的好……(喝酒)我是酒鬼,普拉托诺夫……怎么样？再倒点酒吗？不过,算了……舌头会发僵的,那还怎么说话呢？(坐下)做一个有文化修养的女人是再糟不过的事……有文化修养的女人而又没事可做……我算是个什么人,我为什么活着呢？

［停顿。

　　我不由自主地变得不道德……我是个不道德的女人,普拉托诺夫……（大笑）不是吗？我爱你,或许也是因为我不道德……（摸自己的额头）我也堕落了……这样的人总是堕落的……我应当到什么地方去做教授,做校长……如果我是外交家,我就会闹得世界大乱……有文化修养的女人……而又没事可做。可见我是一个大家不需要的人……马啦,牛啦,狗啦,都需要,可是你不需要,你是多余的……不是吗？你为什么不说话？

普拉托诺夫　　我们两个人都不好。

安娜·彼得罗芙娜　　哪怕有孩子也好。你喜欢孩子吗？（站起来）你留下吧,亲人！留下吗？我们会生活得挺好呢！……快活、和睦……你走了,我怎么办呢？要知道我想安定下来……米谢尔！我需要安定！我想做……妻子,做母亲……

　　［停顿。

　　别沉默！说话呀！你留下来吗？你不是……不是爱我吗,怪人？你爱我吗？

普拉托诺夫　　（望着窗外）要是我留下,我就会把自己弄死。

安娜·彼得罗芙娜　　你不是爱我吗？

普拉托诺夫　　谁不爱您呢？

安娜·彼得罗芙娜　　你爱我,我也爱你,那你还需要什么呢？你必是发疯了……你还需要什么呢？为什么那天晚上你没来呢？

　　［停顿。

　　你留下吗？

普拉托诺夫　　看在上帝分上,您走吧！您在折磨我！

安娜·彼得罗芙娜　　（伸出手来）好……既是这样……祝您一切都好……

普拉托诺夫　您走吧,要不然我就会什么都说出来,而要是我说出来,我就会把自己弄死!

安娜·彼得罗芙娜　我伸出手来了……您不是看见了吗?傍晚我再来一趟……

普拉托诺夫　不必了!我会亲自去告别!我会去找您……我无论如何也不去!你再也不会见到我,我再也不会见到你了!你自己也不会希望见面!你会永远和我断绝往来!新生活呀……(拥抱她,吻她)最后一次……(把她推出门外)再见!你走吧,祝你幸福!(关上门,插上门闩)

安娜·彼得罗芙娜　(在门外)我对上帝起誓我们会见面的!

普拉托诺夫　不!永别了!(用手指堵住耳朵)我什么也不听!你别说了,走吧!我堵上耳朵了!

安娜·彼得罗芙娜　我走!我会打发谢尔盖来找你,我保证你走不了;要是你走,那就是跟我一块儿走!再见!

　　　〔停顿。

第 六 场

　　　〔普拉托诺夫一个人。

普拉托诺夫　她走了吗?(走到房门跟前,听)她走了……可是说不定她没走呢?(开门)要知道她是个魔鬼……(朝门外望)她走了……(在长沙发上躺下)永别了,可爱的女人!……(叹气)我再也见不到她了……她走了……她本来可以再待五分钟……

　　　〔停顿。

这个办法倒不坏!我就要求索菲雅推迟行期两个星期,我跟将军夫人一块儿走！真的……只要两个星期就行了！索菲雅会同意的……她可以暂时住在她母亲家里……我要求一下吧……怎么样？……在我跟将军夫人一块儿去旅行的这段时间里,索菲雅可以休息一下……也就是养精蓄锐……反正我要回来的！

〔敲门声。

我走！决定了！好得很……

〔敲门声。

谁敲门？将军夫人吗？是谁呀？

〔敲门声。

是您吗？(站起来)不放您进来！(向房门走去)是她吗？

〔敲门声。

她好像在嘿嘿地笑呢。(笑)是她……得让她进来……(开门)啊！

〔奥西普上。

第 七 场

〔普拉托诺夫和奥西普。

普拉托夫　这是怎么回事？是你啊,魔鬼？你来干什么？
奥西普　您好,米哈依尔·瓦西里奇！
普拉托诺夫　你有什么话要说？这样重要的人物来访,有何见教？快点说,说完就滚蛋！
奥西普　我坐一坐……(坐下)
普拉托诺夫　那就请坐！

〔停顿。

是你吗,奥西普?你怎么啦?你满脸苦相!你出了什么事?你脸孔苍白,干瘪,消瘦……你病了吗?

奥西普　您也是一脸的晦气……您出了什么事?魔鬼缠住了我,那么您呢?

普拉托诺夫　我?我跟魔鬼不熟悉……我自己把自己缠住了……(摸一下奥西普的肩膀)全是骨头了!

奥西普　您的膘哪儿去了呢?您病了吗,米哈依尔·瓦西里奇?是因为品行端正吗?

普拉托诺夫　(挨着他坐下)你来干什么?

奥西普　来告别。

普拉托诺夫　难道你要走啦?

奥西普　不是我要走,是您要走。

普拉托诺夫　原来这样!不过,你是怎么知道的?

奥西普　哪能不知道!

普拉托诺夫　我不走,老兄。你白来了。

奥西普　您会走的……

普拉托诺夫　你什么都知道,你什么都管……你,奥西普,是个巫师。我是要走,伙计。你说对了。

奥西普　那么,您瞧,我是知道的。我甚至知道您到哪儿去!

普拉托诺夫　是吗?你这个人啊……我倒还不知道呢。哲人,完全是位哲人!那你说说看,到哪儿去?

奥西普　那么您想知道?

普拉托诺夫　可不是!想知道!到底是哪儿?

奥西普　到另一个世界去。

普拉托诺夫　好远啊!

　　[停顿。

这是个谜。莫非你是押送人?

奥西普 正是。我给您送驿马使用证来了。

普拉托诺夫 很愉快!……哦……那么你是来杀人的!

奥西普 正是……

普拉托诺夫 (讥诮)正是……多么厚颜无耻,见鬼!他来是为了把我押送到另一个世界去!……哦……你杀我是出于你的本意呢,还是受人指使?

奥西普 (拿出一张二十五卢布的钞票)瞧……这是温盖罗维奇给的,叫我把您老爷打残废!(撕碎钞票)

普拉托诺夫 啊……是老温盖罗维奇吗?

奥西普 就是他……

普拉托诺夫 那你为什么把钞票撕碎呢?莫非你要表现你的慷慨吗?

奥西普 我不会表现慷慨,我撕碎钞票是要您到了那个世界不要以为我是为钱杀死您的。

〔普拉托诺夫站起来,在舞台上走来走去。

您害怕啦,米哈依尔·瓦西里奇?吓坏啦?(笑)您跑吧,喊吧!我不站在门旁边,不把住门口,您尽可以出去。您去叫人吧,就说奥西普来杀人了!我就是来杀人的……您不信吗?

〔停顿。

普拉托诺夫 (走到奥西普跟前,瞧着他)怪事!

〔停顿。

你为什么笑?傻瓜!(打他的胳膊)别笑!跟你说哪!闭嘴!我要把你吊死!我要把你捣成肉酱,强盗!(很快地从他身边走开)不过……别惹我生气。我不能生气……我痛苦。

奥西普 您打我的嘴巴吧,因为我是个有害的人!

普拉托诺夫 要打多少就打多少!(走到奥西普跟前,给他一个耳光)怎么样?身子摇晃啦?你等着吧,等到无数的棍棒打在你这糊涂的脑袋上,你还不定怎么摇晃呢!你记得麻子菲尔卡是怎么死的吗?

奥西普　狗有狗的死法。

普拉托诺夫　哎——哎……你多么惹人讨厌啊,畜生!我恨不得把你打扁,坏蛋!为什么你这个下流胚祸害他们,像疾病一样,像邪火一样?他们有什么对不起你的地方?哎——哎……痞子!(打他耳光)可恶!我揍你……我揍你……(很快地从奥西普身边走开)你走开!

奥西普　你唾我的脸吧,因为我是个有害的人!

普拉托诺夫　我还舍不得我的唾沫呢!

奥西普　(站起来)您敢这么说吗?

普拉托诺夫　趁我还没痛骂你,你赶快走开!

奥西普　您敢!您也是个有害的人!

普拉托诺夫　你还要跟我谈天?(走到他跟前)你不是来杀人的吗?喏!杀吧!我就在这儿!杀吧!

奥西普　我尊敬您,普拉托诺夫先生,把您看作大人物!可是现在……我不忍心弄死您,可又非弄死不可!……您太有害了……今天那位年轻的太太干什么到您这儿来?

普拉托诺夫　(揪住他的胸口)杀吧!你杀呀!

奥西普　可是她走后,为什么将军夫人又来了?那么您欺骗了将军夫人?您的妻子在哪儿?她们三个人当中哪一个是您真正的女人?啊?既然干出这种事,您还不是个有害的人?(很快地把他绊倒,跟他一起倒在地上)

普拉托诺夫　走开!我会打死你,不是你打死我!我比你力气大!

〔两人厮打。

轻一点!

奥西普　您翻过身去,趴着!您别拧我的手!这手又没有什么错处,您何必拧它?那还行呀!您会到另一个世界去,请您替我向沃英尼采夫将军问安!

普拉托诺夫　放开我!

奥西普　(从腰间抽出一把刀)轻一点!反正我要杀了你!可是您有力气!大人物!他不想死!你不该动的东西不准你动!

普拉托诺夫　(喊叫)放手!别忙,别忙……放手!

奥西普　不想死吗?马上您就要到天堂去了……

普拉托诺夫　只是你别打我的背,你这头铁打的野兽,你打我的胸口!住手!放开我,奥西普!我有妻子,儿子……这亮光是刀子吧?啊,该死的怨恨!

　　　〔萨霞跑上。

第 八 场

　　　〔人物同前,加上萨霞。

萨霞　(跑上)这是怎么回事?(喊叫)米沙!(跑到厮打的人跟前,扑到他们身上)你们在干什么呀?

奥西普　是谁?是亚历山德拉·伊凡诺芙娜吗?(跳起来)留下您一条命!(对萨霞)给您刀子!(把刀子给她)我当着您的面不杀他……留下他一条命!以后再杀他!他跑不了!(跳出窗外)

普拉托诺夫　(沉吟片刻)真是个魔鬼……你好,萨霞!好像是你吧?(呻吟)

萨霞　他没有伤着你吧?你可以站起来吗?快!

普拉托诺夫　我不知道……这个畜生是铁打的……扶我一把!(站起来)别害怕,我的亲人……我没受伤。他只是把我压坏了……

萨霞　他是个多么可恶的人啊！我可是早就对你说过，要你别碰他！

普拉托诺夫　长沙发在哪儿？你瞧什么？你的负心人活着呢！难道你没看见吗？（在长沙发上躺下）多亏你来了，要不然，你就要守寡，我就成了亡人！

萨霞　躺在靠枕上！（在他的脑袋底下放一个靠枕）这就行了！（坐在他的腿上）一点都不痛吗？

　　　［停顿。

　　为什么你闭上眼睛？

普拉托诺夫　不痛，不痛……我没什么……你来了吗，萨霞？我的宝贝儿来了吗？（吻她的手）

萨霞　我们的柯利亚病了！

普拉托诺夫　他怎么了？

萨霞　他咳嗽得厉害，发烧，出疹子……他已经两夜没有睡觉，不住地啼哭……他不喝也不吃……（哭）他病得厉害呀，米沙！我为他担心！……担心极了！我甚至做过噩梦……

普拉托诺夫　你弟弟怎么不管？他是医生呀！

萨霞　他怎么会管呢？难道他能同情别人吗？四天以前他来过一会儿，转一转就走了。我对他讲柯利亚的病，他呢，挖苦我一句，打了个呵欠……他骂我傻瓜……

普拉托诺夫　好一个不干正事的家伙！他这么打呵欠，早晚要吃亏！等他害了病，也会没人管！

萨霞　怎么办呢？

普拉托诺夫　指望……你现在住在父亲家里吗？

萨霞　是的。

普拉托诺夫　他怎么样？

萨霞　没什么。他在房间里走来走去,吸烟斗,而且打算来找你。我到他家的时候心慌意乱,他也猜到我……我和你……拿柯利亚怎么办呢?

普拉托诺夫　别心慌,萨霞!

萨霞　怎么能不心慌呢?要是他死了,那我们怎么办?求上帝千万别这么办!

普拉托诺夫　是啊……上帝不会从你那儿夺去我们的小男孩!他为什么要惩罚你?莫非因为你嫁给一个不正经的人吗?

〔停顿。

要保住我的这个小东西,萨霞!只要你把他保护好,我就凭一切圣徒对你起誓:我会把他造就成人。他走的每一步路都会引得你高兴!要知道他,这个可怜虫,也是普拉托诺夫啊!只是应该给他改个姓才好……我是个渺小的、毫不足道的人,可我却是伟大的父亲!不要为他的命运担忧!哎呀,这胳膊!(呻吟)我的胳膊痛……那个强盗拧得好厉害……这胳膊怎么啦?(细看胳膊)它红了……嘿,见鬼!是啊,萨霞!……你会因为这个儿子而幸福!你笑了……你笑吧,我的宝贝!可是怎么又哭了?你哭什么?哎……你别哭了,萨霞!(抱她的头)你来了……先前你为什么走呢?别哭了,黄鼠!你流什么眼泪啊?要知道我爱你,姑娘!……非常爱!我的罪过很大,可是有什么办法呢?应当原谅……得了,得了……

萨霞　这场私通结束啦?

普拉托诺夫　私通?这是什么词儿,你这小市民?

萨霞　没有结束吗?

普拉托诺夫　该怎么跟你说呢?并不是什么私通,而是一件古怪的荒唐事……不要为这种荒唐事太生气!即使没有结束,也快要……结束了!

萨霞　那么在什么时候？

普拉托诺夫　大概快了！不久我们就会照老样子生活了,萨霞！所有的新东西,都该死！我疲乏极了,筋疲力尽……你不要相信这种结合是牢固的,就跟我不相信一样！这种结合并不紧密……她自己就会首先冷淡下来,首先对这种结合感到又可笑又苦恼。索菲雅跟我不相配。她头脑里出现的想法早就在我的脑子里出现过,现在已经消失了；那些她带着感动的眼泪瞧着的东西,我瞧着却不能不发笑……她跟我不相配……

　　〔停顿。

相信我！索菲雅做你的情敌不会很久了……萨霞,你怎么啦？

　　〔萨霞站起来,摇摇晃晃。

（站起来）萨霞！

萨霞　你……你跟索菲雅私通,不是跟将军夫人？

普拉托诺夫　这件事你头一次听说吗？

萨霞　跟索菲雅？……卑鄙……下流……

普拉托诺夫　你怎么啦？你脸色苍白,身子摇摇晃晃……（呻吟）你至少别折磨我,萨霞！我本来就胳膊痛,你还要这样……难道这……在你是新闻吗？你头一次听说吗？为什么你那时候走掉？难道不是因为索菲雅吗？

萨霞　跟将军夫人的事已经闹得满城风雨了,不料又跟别人的妻子胡闹?！下流,罪过……我没料到你会干出这样卑鄙的事！上帝会惩罚你,昧良心的人！（向房门走去）

普拉托诺夫　（沉吟片刻）你生气啦？可是你到哪儿去？

萨霞　（在门口站住）求上帝赐福……

普拉托诺夫　赐给谁？

萨霞　赐给您和索菲雅·叶果罗芙娜。

普拉托诺夫　愚蠢的长篇小说你读得太多了,萨霞！对你来说我还是"你":我们有了小男孩,我……终究是你的丈夫!其次,我不需要幸福!……你留下吧,萨霞!现在你却要走了。而且恐怕是从此不回来了吧?

萨霞　我办不到!哎呀,我的上帝,我的上帝啊……

普拉托诺夫　你办不到吗?

萨霞　我的上帝啊……难道这是真的吗?(两手抓住两边的鬓角,蹲下去)我……我不知道该怎么办了……

普拉托诺夫　你办不到吗?(走到她跟前)那就随你……要不然你就留下!为什么你痛哭,小傻瓜?

　　　　[停顿。

　　唉,萨霞,萨霞……我的罪过很大,可是难道就不能原谅吗?

萨霞　那么你自己原谅你自己了吗?

普拉托诺夫　哲学问题啊!(吻她的头)你留下才好……要知道我后悔了!要知道缺了你,就只有白酒、肮脏、奥西普之流了……我非常难受!你就做我的护士,不做我的妻子吧!你们这些女人是古怪的人!你古怪,萨霞!既然你给坏蛋奥西普饭吃,由于心慈而弄得猫狗不得安宁,为自己的敌人念赞美诗念到半夜,那么丢给你的犯了罪而忏悔了的丈夫一块面包吃,又费得了你多大的劲呢?为什么连你也做了行刑吏?你留下吧,萨霞!(拥抱她)我不能没有保姆!我是坏蛋,我抢走别人的妻子,我是索菲雅的情人,说不定甚至也是将军夫人的情人,我成了多妻者,从家庭的角度来看是个大骗子……你生气吧,愤慨吧!可是谁会像我这样爱你?谁会像我这样珍重你,我的女人?你给谁烧饭,把谁的汤做得太咸?要是你走掉,你做得对……正义要求这么做,可是……(扶起她)谁会这样把你扶起来?你能缺少我吗,我的宝贝?

萨霞　我办不到!放开我!我完了!你开玩笑,可是我完了!

（挣脱）你总知道这不是玩笑吧？再见！我不能跟你过下去！现在大家都会认为你是下流人了！我怎么受得了啊?!（痛哭）

普拉托诺夫　那你走吧,求上帝保佑你！（吻她的头,在长沙发上躺下）我明白……

萨霞　你毁了我们的家……我们本来生活得幸福而安宁……本来在这个世界上再也没有人比我更幸福了……（坐下）你干了些什么呀,米沙？（站起来）你干了些什么呀？要知道现在已经不能挽回了……我完了……（痛哭）

普拉托诺夫　你去吧,求上帝保佑你！

萨霞　再见！你再也见不到我了！你不要去找我们……我父亲会带柯利亚到你这儿来……求上帝宽恕你,就像我宽恕你一样。你毁掉了我们的生活！

普拉托诺夫　你走了？

萨霞　我走了……好……（瞧普拉托诺夫一会儿,下）

第 九 场

［普拉托诺夫一个人,后来加上沃英尼采夫。

普拉托诺夫　这样一个人居然开始过新的生活！我难过呀！我丧失了一切……我要发疯了！我的上帝啊！萨霞,小蚊子,小臭虫,连她都有这个胆量,连她……都由于某种神圣的原则而有权利往我身上丢石头！该诅咒的情况啊！（在长沙发上躺下）

　　［沃英尼采夫上,在门口站住。

（沉吟片刻）这是收场呢,或者还只是喜剧？（看见沃英尼采

夫,闭上眼睛,微微打鼾)

沃英尼采夫　（走到普拉托诺夫跟前）普拉托诺夫!

　　〔停顿。

　　你没有睡着……我从你的脸容看得出来……(在他旁边坐下)我想……你不可能睡着……

　　〔普拉托诺夫坐起来。

　　(站起来,瞧着窗外)你要了我的命……这你知道吧?

　　〔停顿。

　　谢谢……我怎么办呢?求上帝保佑你吧……随它去。这也是在劫难逃……(哭)

　　〔普拉托诺夫站起来,慢腾腾地走到房间的另一头。

　　我总算收到命运送给我一份礼物,可是……它却让人抢走了!他有智慧,有英俊的相貌,有伟大的灵魂,还嫌不够……他还要我的幸福!他把它抢走了……那么我呢?我怎么样?我微不足道……是这样……我有病,智力不发达,有女人气,多愁善感,没出息……我喜爱游手好闲,喜爱神秘主义,我迷信……你害苦我了,朋友!

普拉托诺夫　出去!

沃英尼采夫　我马上走……我原是来要求决斗的,可是我来了却大哭一场……我就走。

　　〔停顿。

　　我彻底没指望了吗?

普拉托诺夫　是的。

沃英尼采夫　（打一个口哨）哦……当然……

普拉托诺夫　出去!我要求你!走!

沃英尼采夫　我马上就走……我在这儿有什么事可做呢?(向门口走去)我在这儿没有什么事可做……

〔停顿。

你把她还给我吧,普拉托诺夫!发发善心吧!她是我的!普拉托诺夫!你没有她已经挺幸福了!救救我吧,好人!啊?还给我吧!(痛哭)她是我的!我的!你明白吗?

普拉托诺夫　(向长沙发走去)走开……我要开枪自杀……我凭人格赌咒!

沃英尼采夫　不必这样……求上帝跟您同在!(挥挥手,下)

普拉托诺夫　(抱住自己的头)啊,不幸的人,可怜的人呀!我的上帝!我这个被上帝抛弃的人真是该死!(痛哭)人所共弃,败类!对人们来说我成了不幸的祸根,对我来说人们也成了不幸的祸根!人所共弃啊!大家打我,打我,可是总也没把我打死!在每把椅子底下,在每块木片底下,都埋伏着凶手,直瞪瞪地瞧着我,要送掉我的命!那就打吧!(捶自己的胸脯)趁我还没把自己弄死,那就打吧!(向门口跑去)别打我的胸膛!我的胸膛已经被撕碎了!(喊叫)萨霞!萨霞,看在上帝分上,来吧!(开门)

〔格拉果里耶夫第一上。

第 十 场

〔普拉托诺夫,格拉果里耶夫第一,后来加上格拉果里耶夫第二。

格拉果里耶夫第一　(走进来,穿着很厚的衣服,拄着拐杖)您在家吗,米哈依尔·瓦西里奇?很高兴……我来打搅您一下……不过我不会坐很久,我马上就要走的……我要问您一句话。您回答了,我就走。您怎么了,米哈依尔·瓦西里奇?

您脸色苍白,摇摇晃晃,浑身发抖……您怎么啦?

普拉托诺夫　我怎么啦?啊?我多半是喝醉了,要不然……就是发疯了!我醉了……醉了……我的脑袋发晕……

格拉果里耶夫第一　(旁白)我要问!清醒的人放在心里的话,喝醉的人就放在舌头上。(对他)我提的问题也许古怪,甚至愚蠢,不过请您看在上帝分上回答我,米哈依尔·瓦西里奇!我这个问题在我是个生死攸关的问题!我会相信您的回答,因为我了解您是个最正直的人……就算我的问题依您看来是古怪,荒唐,愚蠢,甚至也许是带有侮辱性的,可是请您看在上帝分上……务必回答我!我处在一种可怕的局面里!我们共同认识的一个女人……您很了解她……我认为她是一个在人品方面十全十美的人……她就是安娜·彼得罗芙娜·沃英尼采娃……(扶住普拉托诺夫)看在上帝分上,您别摔倒才好!

普拉托诺夫　您走吧!我素来认为你……认为您是一个愚蠢的老人!

格拉果里耶夫第一　您是她的朋友,您了解她像了解您的五个手指头一样……有人在我面前诽谤她,要不……就是擦亮了我的眼睛……她是正直的女人吗,米哈依尔·瓦西里奇?她……她……她有权利做一个正直的人的妻子吗?

　　[停顿。

我不知道该怎样说清我的问题……看在上帝分上,您要明白我的意思才好!有人对我说,她……

普拉托诺夫　这个世界上一切都卑鄙,下流,肮脏!一切都……卑鄙……下流……(昏倒在格拉果里耶夫身上,然后滚到地上)

格拉果里耶夫第二　(走进来)你干什么待在这儿不走?我不打算等下去了!

格拉果里耶夫第一　一切都卑鄙,下流,肮脏……一切,可见她也在内……

格拉果里耶夫第二 （瞧着普拉托诺夫）爸爸,普拉托诺夫怎么啦?

格拉果里耶夫第一 他醉得要命……是的,卑鄙,肮脏……深刻、无情、刺人的真理啊!

　　〔停顿。

我们到巴黎去!

格拉果里耶夫第二 什么?!到巴……巴黎去?你到巴黎去干什么?（大笑）

格拉果里耶夫第一 照他这样打一打滚!（指指普拉托诺夫）

格拉果里耶夫第二 到巴黎去……打滚?

格拉果里耶夫第一 我们到另一个地方去寻找幸福!够了!别再给自己演喜剧,用理想愚弄自己了!我再也没有信心,没有爱情了!再也没有真正的人了!我们走吧!

格拉果里耶夫第二 到巴黎去?

格拉果里耶夫第一 是啊……既然要造孽,那就到别的地方去,而不要在家乡造孽!趁自己还没死,就照一般人那样生活吧!你来做教师,儿子!咱们到巴黎去!

格拉果里耶夫第二 这可真妙,爸爸!你教我读书,我教你生活!咱们走吧!

　　〔两人下。

——第三幕完

第 四 幕

［去世的沃英尼采夫将军的书房。两扇门。古式家具，波斯地毯，鲜花。墙上挂满长枪、手枪、短剑（高加索所造）等等。家人的照片。克雷洛夫、普希金、果戈理的胸像。架子上放着飞禽的标本。书柜。书柜上放着烟嘴、盒子、手杖、枪筒等。一张写字台，上边堆着纸张、照片、小塑像、武器。早晨。

第 一 场

［索菲雅·叶果罗芙娜和卡嘉上。

索菲雅·叶果罗芙娜 您不要发慌！把话说清楚！

卡嘉 出了什么不吉利的事，太太！房门和窗子都开了，房间里的东西翻乱，砸碎了……房门脱了钩……出了什么不吉利的事，太太！怪不得我们家里的母鸡像公鸡那样喔喔叫！

索菲雅·叶果罗芙娜 您认为是怎么回事呢？

卡嘉 我什么也想不出来，太太。我又想得出什么来呢？我只知道出了事……要么是米哈依尔·瓦西里奇已经走掉，不再回来了，要么是寻了短见……他这位老爷脾气躁，太太！我认识他有两年了……

索菲雅·叶果罗芙娜 不……您到村子里去过吗?

卡嘉 去过……到处都没有……我找了四个钟头……

索菲雅·叶果罗芙娜 (坐下)怎么办?怎么办呢?

　　〔停顿。

　　您相信他根本不在此地吗?您相信这样吗?

卡嘉 我不知道,太太……必是出了什么不吉利的事……怪不得我的心都痛了!您丢开吧,太太!要知道这是罪过呀!(哭)米哈依尔·瓦西里奇老爷也真可怜……他老人家原来仪表堂堂,可是现在成了什么样子啊?这个可怜的人在两天之内垮掉了,像个傻子似的走来走去。这个好老爷……米哈依尔·瓦西里奇,完了,真可怜……往常他是个最快活的人,快活得使大家不得安静,可是现在像个死人了……丢开吧,太太!

索菲雅·叶果罗芙娜 丢开什么?

卡嘉 丢开爱情。这东西有什么意思?只会弄得自己丢脸。我也为您难过。您变成什么样子了!您瘦了,不吃,不喝,睡不着觉,光是一个劲儿地咳嗽……

索菲雅·叶果罗芙娜 再去一趟吧,卡嘉!说不定他已经回学校了。

卡嘉 我就去……

　　〔停顿。

　　您该躺下睡了。

索菲雅·叶果罗芙娜 再去一趟吧,卡嘉!您走了吗?

卡嘉 (旁白)我可不比庄稼汉。(尖声,带哭腔)我上哪儿去啊,太太?

索菲雅·叶果罗芙娜 我困了。我通宵没睡着。别喊得这么响。走吧!

卡嘉 是……您不该这么折磨自己!……您该回到房间里去,在

床上躺下！（下）

第 二 场

［索菲雅·叶果罗芙娜，后来加上沃英尼采夫。

索菲雅·叶果罗芙娜　可怕！昨天他保证十点钟到农民的家里去，可是没去……我一直等他到天亮……这是保证！这是爱情，这是我们动身的日子！……他不爱我！

沃英尼采夫　（上）我要躺下睡觉了……也许我好歹会睡着……（看见索菲雅·叶果罗芙娜）您……在我这儿？在我的书房里？

索菲雅·叶果罗芙娜　我在这儿？（看四周围）是啊……不过我是无意中走进来的，我自己也没理会……（向门口走去）

沃英尼采夫　您待一会儿！

索菲雅·叶果罗芙娜　（站住）啊？

沃英尼采夫　劳驾，您给我两三分钟时间吧……您能在这儿留两三分钟吗？

索菲雅·叶果罗芙娜　您说吧！您是想说什么吧？

沃英尼采夫　是的……

　　　　［停顿。

　　我们在这房间里相互之间不是外人的时期过去了……

索菲雅·叶果罗芙娜　过去了。

沃英尼采夫　不过，对不起，我要说些没意思的话了。您要走吗？

索菲雅·叶果罗芙娜　是的。

沃英尼采夫　哦……很快吗？

索菲雅·叶果罗芙娜　就在今天。

沃英尼采夫　跟他一块儿走吗？

索菲雅·叶果罗芙娜　是的。

沃英尼采夫　祝你们幸福！

　　　〔停顿。

　这倒是幸福的好题材！情欲大发,别人遭殃……别人的不幸总是成为某个人的幸福！不过,这是老话了……新的谎言总比老的真理中听……求上帝保佑你们！随你们的意去生活吧！

索菲雅·叶果罗芙娜　您想要说什么。

沃英尼采夫　难道我在沉默着吗？嗯,是啊……我想说的是这么一些话……我希望我在你们面前十分纯洁,不欠你们的账,所以我请求您原谅我昨天的行为……昨天傍晚我对您说了许多无礼的话,粗暴,凶恶……请您务必原谅才好……您能原谅吗？

索菲雅·叶果罗芙娜　我原谅您。(想走)

沃英尼采夫　您等一等,等一等,我还没说完！我还有话要说。(叹气)我疯了,索菲！我经不起这个可怕的打击……我疯了,不过眼前我还什么都明白……在我的脑袋里,在无边无际的一片迷雾里,在那灰色的、铅白的、沉重的一大团里,有一小块明亮的地方,靠了它,我才什么都明白……这一小块明亮的地方也会离开我,到那时候,大概……我就全完了。我什么都明白……

　　　〔停顿。

　我站在书房里哭;以前我父亲就住在这个书房里,沃英尼采夫少将的随员们也住过,这位少将是乔治勋章获得者,是个享有荣誉的伟人！人家在他的身上只看见污点……人家看见他怎样打人、冲杀人,至于人家怎样打他,怎样冲杀他,谁也不想看见……(指指索菲雅·叶果罗芙娜)这是我以前的妻子。

〔索菲雅·叶果罗芙娜想走。

您等一等！让我说完！我讲得愚蠢，不过请您听一听！要知道这是最后一次了！

索菲雅·叶果罗芙娜　您已经都说完了……您还能有什么话要说呢？非分手不可……这还有什么可说的呢？您一心想证明我对您有罪吗？您不用费心了！我知道我该怎样看我自己……

沃英尼采夫　我能说什么呢？唉，索菲雅，索菲雅！你什么也不懂！什么也不懂，要不然你就不会这么傲慢地看待我。我的灵魂里没有别的，全是恐怖！（在她面前跪下）你在干什么呀，索菲？你把你自己，把我，往哪儿推啊？看在上帝分上，怜惜我吧！我会死掉，我会发疯！你留在我这儿吧！我会忘掉一切，原谅一切……我会做你的奴隶，我会爱你，而且……我会怀着以前所没有过的热情爱你！我会给你幸福！你在我这儿会像女神那么幸福！他不会给你幸福！你会毁掉自己，也毁掉他！你会断送普拉托诺夫，索菲雅！……我知道不能强迫人家喜爱自己，可是你留下吧！你会又高兴起来，不会这么脸色死白，这么不幸！我会又成为一个人……普拉托诺夫又会来找我们！这是空想，可是……你留下吧！趁时机还不迟，我们把过去挽回吧！普拉托诺夫会同意的……我了解他……他不爱你，不过是逢场作戏而已……你委身于他，他就接受了……（站起来）你哭了吗？

索菲雅·叶果罗芙娜　（站起来）您别以为这些眼泪是为您而流的！也许普拉托诺夫会同意……让他去同意吧！（尖刻地）你们都是卑鄙的人！普拉托诺夫在哪儿？

沃英尼采夫　我不知道他在哪儿。

索菲雅·叶果罗芙娜　您不要缠住我！躲开我！我痛恨你们！滚开！普拉托诺夫在哪儿？卑鄙的人们……他在哪儿？我痛恨

你们!

沃英尼采夫　为什么?

索菲雅·叶果罗芙娜　他在哪儿?

沃英尼采夫　我给了他钱,他答应我走掉。要是他履行他的诺言,那么,他已经走了。

索菲雅·叶果罗芙娜　您把他收买啦?您胡说什么呀?

沃英尼采夫　我给了他一千卢布,他不要您了。不过,我是在胡说!这些我都是胡说!看在上帝分上,您不要相信我的话!这个该死的普拉托诺夫活着而且挺好!您去抓住他,跟他接吻吧……我没有收买他!莫非您……他会幸福吗?这是我的妻子,我的索菲雅……这都是怎么回事呢?我甚至到现在都不相信!您跟他是搞精神恋爱吗?还没出什么……大问题吧?

索菲雅·叶果罗芙娜　我是他的妻子,情妇,随您怎么说吧!(想走)您为什么不让我走!我没有时间听废话……

沃英尼采夫　等一等,索菲雅!你是他的情妇?这是何苦呢?你居然说得这么理直气壮!(抓住她的手)你办得到吗?你办得到吗?

［安娜·彼得罗芙娜上。

索菲雅·叶果罗芙娜　躲开我!(下)

第 三 场

［沃英尼采夫和安娜·彼得罗芙娜。安娜·彼得罗芙娜上,看窗外。

沃英尼采夫　(摆手)完了!

〔停顿。

出了什么事?

安娜·彼得罗芙娜　农民们把奥西普打死了。

沃英尼采夫　真的吗?……

安娜·彼得罗芙娜　是的……就在井边……你看见了吗?就在那儿!

沃英尼采夫　(看窗外)那又怎么样呢?他也是活该。

〔停顿。

安娜·彼得罗芙娜　你听到新闻了吗,好儿子?据说普拉托诺夫不见了……那封信你看了吗?

沃英尼采夫　看了。

安娜·彼得罗芙娜　这个庄园完了!这样的事该怎么说呢?就此完蛋了……上帝给的,上帝又收回去了。这就是所谓了不起的商业上的把戏!这都是因为我们相信格拉果里耶夫……他答应买下庄园,可是到拍卖的时候他没去。仆人们说他到巴黎去了……这个混蛋到了老年倒开起玩笑来了!要不是他,我们就会悄悄地付了利息,住下去了……(叹气)在这个世界上不应该相信敌人,同时也不应该相信朋友!

沃英尼采夫　是啊,不应该相信朋友!

安娜·彼得罗芙娜　那怎么办呢,庄园主?现在你可怎么办呢?你到哪儿去呢?上帝赐给你祖先的东西,从你手中收回去了……你变得一无所有了……

沃英尼采夫　这在我都一样。

安娜·彼得罗芙娜　不,并不一样。你吃什么呢?我们坐下来吧……

〔两人坐下。

你这么闷闷不乐……可是这有什么办法呢?人总是舍不得离

开老窝的,可是有什么办法呢,我的亲人?没法挽回嘛……那就随遇而安吧……放聪明点,谢尔热尔!首先要冷静。

沃英尼采夫 您别管我了,妈妈!关于我有什么可谈的呢?您自己也几乎坐不住呢……您先安慰自己,然后再来安慰我吧。

安娜·彼得罗芙娜 得啦……不谈女人……女人总是靠后的……首先是冷静!你失去了你原有的东西,不过重要的不是原来有什么,而是将来会有什么。你的前头有整整一辈子要过,那是美好的、勤劳的、男人的一生!你何必悲伤呢?你可以到初级中学或者普通中学去,开始工作……你是好样的。你是语文学系的大学生,是个安分守己的人,从来也没有干过什么坏事,有信仰,为人本分,结了婚……要是你有意,你就会有远大的前程!你是个聪明的孩子,好孩子。不应该光是跟你的妻子吵架……你们刚结婚,就吵起架来了……为什么你不跟我说,谢尔热尔?你心里难过,可是又闷声不响……你们出了什么事?

沃英尼采夫 不是刚刚出事,而是事情已经定局了。

安娜·彼得罗芙娜 究竟是什么事呢?莫非这是秘密?

沃英尼采夫 (叹气)我们家里发生了灾祸,安纽达①妈妈!为什么我至今没有告诉你呢?我不知道。我一直抱着希望,何况也不好意思说出口……我自己也是直到昨天早晨才知道……至于庄园,我根本就不放在心上!

安娜·彼得罗芙娜 (笑)你吓了我一跳!莫非她生气啦?

沃英尼采夫 您笑了!您等一等吧,还有可笑的在后头呢!

[停顿。

她对我变心了……我荣幸地向您自我介绍,我成了戴绿头巾

---

① 安娜的爱称。

的丈夫!

安娜·彼得罗芙娜　什么样的蠢话,谢尔盖?! 多么荒唐的胡思乱想! 讲出这么古怪的话,想都不想就说出了口! 你这个怪人! 有时候你说出的话简直不堪入耳! 戴绿头巾的丈夫……大概你不知道这话是什么意思吧……

沃英尼采夫　我知道,妈妈! 不是在理论上知道,而是已经在实践中知道了!

安娜·彼得罗芙娜　不要侮辱自己的妻子,怪人! 唉……

沃英尼采夫　我当着上帝起誓!

　　　　[停顿。

安娜·彼得罗芙娜　奇怪……你说的是不可能的事。你这是在诬蔑! 这不可能! 就在这儿,在沃英尼采夫卡?

沃英尼采夫　对了,就在这儿,在您这该死的沃英尼采夫卡!

安娜·彼得罗芙娜　哦……可是在这儿,在我们这该死的沃英尼采夫卡,有谁会想入非非,往你这贵族的头上戴绿头巾呢? 根本不会有这种人! 是小格拉果里耶夫吗? 未必吧,格拉果里耶夫不再到我们这儿来了……这儿没有人配得上你的索菲。你是瞎吃醋,亲爱的!

沃英尼采夫　普拉托诺夫!

安娜·彼得罗芙娜　普拉托诺夫怎么了?

沃英尼采夫　就是他!

安娜·彼得罗芙娜　(跳起来)什么蠢话都可以说,可是像你刚才说的这种蠢话,谁能相信? ……胡说八道! 要知道分寸才是! 荒唐得叫人不能原谅!

沃英尼采夫　要是您不信,您就问她,您就去问她本人! 我自己也不愿意相信,过去不愿意,现在也不愿意,可是她今天就要走了,撇下了我! 非相信不可! 他跟她一块儿走! 不过,难道您一点也没看出来我像一只病弱的老猫似的走来走去,瞧着这个红尘世界!我完了!

安娜·彼得罗芙娜　这不可能,谢尔盖!这是你那孩子气的胡思乱想的结果!相信我的话!根本没有这回事!

沃英尼采夫　请您相信我的话,她今天就走!请您相信,最近这两天她反复对我说,她是他的情妇!她自己说的!发生的事确实叫人没法相信,可是尽管不愿意,尽管离奇,还是不得不相信!

安娜·彼得罗芙娜　我想起来了,我想起来了……现在我都明白了……给我一把椅子,谢尔盖!不,不用了……原来是这么回事!嗯……等一等,等一等,让我好好想一想……

　　〔停顿。
　　〔布格罗夫上。

第 四 场

　　〔安娜·彼得罗芙娜,沃英尼采夫和布格罗夫。

布格罗夫　(上)你们好!星期日好!你们过得可好,身体健康吗?

安娜·彼得罗芙娜　是啊,是啊,是啊……这真可怕……

布格罗夫　下雨了,天气却热……(擦额头)嘿……你一边赶路或者坐车,一边就给烤熟了……你们身体健康吗?

　　〔停顿。

老实说,我是有事来找你们的,你们知道,昨天举行了拍卖……这件事,当然,使你们有点(笑)动感情,有点难受,那么我……那么你们务必不要怪我才好!庄园不是我买下的!

那是阿勃拉木·阿勃拉梅奇买下的,只是要我顶个名罢了……

沃英尼采夫 (使劲摇铃)见鬼……

布格罗夫 真是这样的……你们不要弄错……不是我买的……其实,无非是顶个名罢了!(坐下)

　　[亚科甫上。

沃英尼采夫 (对亚科甫)我多少次要求过你们这些坏蛋,这些混蛋(咳嗽),这些流氓,不要不通报就放人进来!该把你们这些畜生统统用鞭子抽一顿才是!(把铃扔到桌子底下)滚出去!混蛋……(在舞台上走来走去)

　　[亚科甫耸耸肩膀,下。

布格罗夫 (咳嗽)光是要我顶个名罢了……阿勃拉木·阿勃拉梅奇吩咐我转告你们,你们愿意在这儿住多久就住多久,哪怕住到圣诞节也成……这儿要动工搞一点装修,可是不会妨碍你们。要是妨碍到你们,那你们也可以搬到厢房里去住……房间很多,而且也暖和……他还吩咐我问一声:您是不是愿意把矿场卖给我,也就是名义上卖给我?矿场是您的,安娜·彼得罗芙娜……目前您愿意卖吗?我们会出好价钱的……

安娜·彼得罗芙娜 不……我不想把矿场卖给任何一个魔鬼!你们会出多少钱?几个小钱吧?叫这些小钱堵在你们的喉咙里,把你们活活卡死才好!

布格罗夫 阿勃拉木·阿勃拉梅奇还吩咐我转告您,说万一您,安娜·彼得罗芙娜,不愿意把矿场卖给他来还清谢尔盖·巴甫雷奇和去世的巴威尔·伊凡内奇将军大人的债,那他就要凭期票打官司……我也要打官司……嘻嘻……您要知道,友谊归友谊,钱可是另一码子事……这是生意啊!该死的事啊。我呢……从彼特陵那儿买下了你们的期票……

沃英尼采夫　我不允许任何人觊觎我后母的庄园！这是她的庄园,不是我的！……

布格罗夫　她也许会不忍心……

沃英尼采夫　我没有工夫跟您多话！……哎……(摆手)您爱怎么办就怎么办吧！

安娜·彼得罗芙娜　请您离开我们,季莫菲依·戈尔杰伊奇！对不起……请走吧！

布格罗夫　是……(站起来)那么你们不必担心……你们可以在这儿住到圣诞节。我明天或者后天再来。祝你们身体健康！(下)

安娜·彼得罗芙娜　明天我们就离开这儿！对了,现在我想起来了……普拉托诺夫……原来他就是因为这个缘故才跑掉的！

沃英尼采夫　随他们要怎么办就怎么办吧！随他们把一切都拿去吧！反正我已经没有妻子,我什么也不需要了！我失去了妻子,妈妈！

安娜·彼得罗芙娜　是的,你已经没有妻子……可是他在这个软弱的索菲雅身上找到了什么呢？他在这个丫头身上找到了什么呢？他在她身上能找到什么呢？这些愚蠢的男人多么不通情理！他们能够迷上任何一个傻丫头……可是你这做丈夫的是管什么的？你的眼睛上哪儿去了？光会哭鼻子！他哭啊哭的,直到人家从他的鼻子底下把他的妻子拐走了事！还算是男子汉呢！你是个小娃娃哟！给你们这些娃娃,这些傻瓜娶亲,简直是为了闹笑话,这些蠢驴！你们俩,你也罢,你那个普拉托诺夫也罢,都没有出息！这真糟透了！

沃英尼采夫　现在什么都无济于事,责备也无济于事了。她已经不属于我,他也不属于您了。这些事多说有什么用呢？您离开我吧,妈妈！您看不惯我这副愚蠢的模样！

安娜·彼得罗芙娜　可是该怎么办呢？总得干点什么！必须挽救一下！

沃英尼采夫　挽救谁呀？只有我才需要挽救……目前他们都挺幸福。(叹气)

安娜·彼得罗芙娜　你这套道理算了吧！该挽救的是他们，不是你！普拉托诺夫不爱她！你懂吗？他勾引她，就像以前你勾引过你那愚蠢的德国女人一样！他不爱她！我向你担保！她对你说过什么？你怎么不讲话呀？

沃英尼采夫　她说她是他的情妇。

安娜·彼得罗芙娜　她是他的傻瓜，而不是情妇！你别说了！或许还能挽救……普拉托诺夫单是接一个吻或者握一下手就能闹得满城风雨……他们的事还没有闹大！我对这一点是深信不疑的……

沃英尼采夫　闹大了！

安娜·彼得罗芙娜　你什么也不懂。

〔格烈科娃上。

第 五 场

〔沃英尼采夫，安娜·彼得罗芙娜和格烈科娃。

格烈科娃　(上)原来你们在这儿！您好(向安娜·彼得罗芙娜伸出手去)！您好，谢尔盖·巴甫洛维奇！请你们原谅才好，我似乎打搅你们了……来得不是时候的客人比……比……是怎么说的？哦，对了……比鞑靼人还糟……我到你们家待一会儿就走……您再也想象不到！(笑)我马上拿给您看，安娜·彼得罗芙娜……对不起，谢尔盖·巴甫洛维奇，我们要保守秘密……(把安娜·彼得罗芙娜拉到一边去)您看一遍吧……(递给她一封短信)这是我昨天收到的……您看一遍吧!

安娜·彼得罗芙娜 (把信很快地看一遍)啊……

格烈科娃 您知道,我在法院里起诉了……(把头放在她的胸脯上)您打发人去请他来吧,安娜·彼得罗芙娜!让他来吧!

安娜·彼得罗芙娜 您找他干什么?

格烈科娃 我想看一看现在他那张脸什么样……现在他脸上是什么表情?您打发人去请他来吧!我求求您了!我有两句话要跟他说……您不知道我干了些什么!我干了些什么!您别听啊,谢尔盖·巴甫洛维奇!(小声)我到督学那儿去了一趟……经我请求,米哈依尔·瓦西里奇给调到别的地方去了……我干了什么事呀?(哭)您打发人去请他来吧!……谁知道他会写这封信呢?唉,要是我能早知道就好了!我的上帝啊……我真难过!

安娜·彼得罗芙娜 我亲爱的,您到藏书室去吧!我过一会儿就去找您,咱们再谈吧……现在我要跟谢尔盖·巴甫洛维奇单独谈一谈……

格烈科娃 到藏书室去?好吧……您打发人去请他吗?他写过这封信后,现在他的脸会是什么样呢?您读了信吗?让我把它藏起来吧!(藏信)我亲爱的,我的好人……我求您了!我去了……不过您一定要打发人去请他!您别听啊,谢尔盖·巴甫洛维奇!咱们讲德国话吧,安娜·彼得罗芙娜!Schicken Sie,meine Liebe①!

安娜·彼得罗芙娜 好……您去吧!

---

① 德语:请您打发人去请他吧,我亲爱的!

格烈科娃　好吧……（很快地吻她）别生我的气，我亲爱的！我……我难过！您再也不能想象！我走了，谢尔盖·巴甫洛维奇！你们可以继续谈话了！（下）

安娜·彼得罗芙娜　我马上就会把事情都弄明白……你别着急。也许你的家庭还能团圆……可怕的事啊！谁能料到呢？！我马上找索菲雅谈一谈！我好好问一问她……你弄错了，你胡闹……可是，不！（用手蒙住脸）不，不……

沃英尼采夫　不！我没弄错！

安娜·彼得罗芙娜　不过我仍旧要跟她谈一谈……我还要去找他谈一谈……

沃英尼采夫　您去谈吧！只是谈也白谈（挨着桌子坐下）我们离开这儿吧！没希望了！连抓得住的稻草都没有嘛……

安娜·彼得罗芙娜　我马上就会把事情全弄明白……可你却坐在这儿哭！去睡吧，男子汉！索菲雅在哪儿？

沃英尼采夫　大概就在她的房间里……

〔安娜·彼得罗芙娜下。

第 六 场

〔沃英尼采夫，随后普拉托诺夫。

沃英尼采夫　伤心透了！这还会拖多少时间啊？明天，后天，一个星期以后，一个月以后，一年以后……痛苦得没完没了！非开枪自杀不可。

普拉托诺夫　（上，一只胳膊上缠着布条）他坐着呢……好像在哭……

〔停顿。

愿你的灵魂安宁吧,我可怜的朋友!(走到沃英尼采夫跟前)看在上帝分上,你听我说!我来不是为了给自己辩白……我不能审判我自己,你也不能审判我……我来不是为我自己提出请求,而是为你……我照兄弟那样请求你。你自管恨我,看不起我,爱怎么看待我就怎么看待我,可是你别自杀!我说的不是动用手枪,而是……泛指一般的……你身体差……悲伤会把你压垮……我不会活下去了!……我要自杀,而不是你自杀!你要我死吗?你要我不再活下去吗?

〔停顿。

沃英尼采夫 我什么也不要。

〔安娜·彼得罗芙娜上。

第 七 场

〔沃英尼采夫,普拉托诺夫和安娜·彼得罗芙娜。

安娜·彼得罗芙娜 他在这儿啊?!(慢慢地走到普拉托诺夫跟前)普拉托诺夫,这是事实吗?

普拉托诺夫 是事实。

安娜·彼得罗芙娜 他居然敢……敢这么冷静地说这件事!事实……卑鄙的人,您总知道这种事卑鄙下流吧?

普拉托诺夫 卑鄙的人……难道不可以客气一点吗?我什么也不知道!从整个这件事里,我过去和现在知道的只有一点,那就是,我从来也没有希望他经受到哪怕是千分之一他目前所经受的这种痛苦!

安娜·彼得罗芙娜 除此以外,您,朋友,也不妨知道,一个朋友的妻子不应当,也不能够成为另一个朋友的玩物!(喊叫)您不爱她！您是闲得没事干！

沃英尼采夫　您问问他，妈妈，他为什么到这儿来？

安娜·彼得罗芙娜　卑鄙。这是卑鄙地玩弄人！他们跟您一样是活人，您这个聪明得过了头的人！

沃英尼采夫　（跳起来）他到这儿来了！真是无礼！您到这儿来干什么？我知道您来干什么，可是您那些响亮的话不会使我们惊讶和震动！

普拉托诺夫　这个"我们"是谁？

沃英尼采夫　我现在才知道这种响亮的话的价值！您躲开我！要是您来是为了说许多空话来赎您的罪，那么您要知道用漂亮话是不能赎罪的！

普拉托诺夫　如同用漂亮话不能赎罪一样，用喊叫和愤恨也不能证明有罪，不过我好像说过，我要开枪自杀吧？

沃英尼采夫　人不是这样赎罪的！不是用话来赎罪，现在我也不相信这些话了！我藐视您的话！俄国人是这样赎罪的！（指窗外）

普拉托诺夫　那儿怎么了？

沃英尼采夫　那儿，井旁边，躺着一个赎了自己的罪的人！

普拉托诺夫　看见了……可是您又何必夸大其词呢，谢尔盖·巴甫洛维奇？此刻您看来心里悲痛……您满心悲痛，同时又装腔作势？这原因在哪里：是不诚恳呢，还是……愚蠢？

沃英尼采夫　（坐下）妈妈，您问问他，为什么他到这儿来？

安娜·彼得罗芙娜　普拉托诺夫，您到这儿来有什么事？

普拉托诺夫　您自己也不妨问一句：为什么惹得妈妈不安？一切都完了！妻子走了，于是什么都完了，一无所有了！像五月的白昼那么美丽的索菲是个理想人物，除她以外就见不到别的理想人物了！男人缺了女人就好比火车头缺蒸气。生活完了,火车头没蒸气了!什么全完了!荣誉完了,人的尊严完了,贵族地位完了,全完了!大难临头了!

沃英尼采夫　我不听!您可以离开我了!

普拉托诺夫　当然。不要侮辱人,沃英尼采夫!我到这儿来不是为了受侮辱!你的不幸没有给你权利把我踩在烂泥里!我是人,你得把我当人那样对待。你不幸,可是跟我在你走后感到的痛苦相比,你那种不幸就算不了什么!你走后,沃英尼采夫,那一夜真是可怕!我向您赌咒,慈善家,您的不幸抵不上我的痛苦的一点影子!

安娜·彼得罗芙娜　这很可能,可是您那一夜,您那些痛苦,跟别人有什么相干!

普拉托诺夫　跟你们也不相干吗?

安娜·彼得罗芙娜　我向您担保,这跟我们也不相干!

普拉托诺夫　是吗?您别说假话,安娜·彼得罗芙娜!(叹气)不过,您的想法也可能是对的……也可能……然而要我到什么地方去找人呢?去找谁呢?(用手蒙住脸)哪儿有人呢?没有人了解……没有人了解!谁会了解呢?他们愚蠢,残忍,没心肝……

沃英尼采夫　不,我了解。我了解!这副假装的可怜相跟您不相称,先生,我过去的朋友!我了解您!您是个狡猾的流氓!您就是这号人!

普拉托诺夫　我原谅你的这些话,蠢货!你要小心,别再说了!(对安娜·彼得罗芙娜)您何必待在这儿呢,您喜欢耸人听闻的事吗?好奇心重吗?这儿没有您的事!用不着证人!

安娜·彼得罗芙娜　这儿也没您的事!您尽可以……滚开!厚颜无耻!害了人,捣了乱,干出卑鄙的勾当,然后又来诉说自己的痛苦!外交家!不过……请您原谅我!要是您不想再听下去,您就走吧！请！

沃英尼采夫 （跳起来)他还要我怎么样,我不懂！你要怎么样,你希望我怎么办？我不懂！

普拉托诺夫 我知道,你们不了解……俗语说得好:满腔痛苦的人不该去找人,而该进酒馆……这话千真万确。（向门口走去)我后悔跟你们谈话,低三下四……我居然愚蠢地把你们看作正派人。你们却是……野蛮人,粗暴的、一窍不通的粗人……(砰的一声带上门,下)

安娜·彼得罗芙娜 （绞扭着双手)糟透了……你立刻追上他,对他说……对他说……

沃英尼采夫 我能对他说什么呢？

安娜·彼得罗芙娜 你会找出话来说的……总有话说的。跑啊,谢尔热尔！我求求你了！他是带着美好的感情到这儿来的！你应当了解他,可是你对他太狠了。跑吧,我的亲人！

沃英尼采夫 我办不到！您别管我！

安娜·彼得罗芙娜 可是要知道不光是他一个人有罪！谢尔热尔,大家都有罪！大家都有情欲,大家都缺乏力量……跑吧！对他说些话讲和算了！你对他表示你是个人！看在上帝分上,去吧……快点啊！跑吧！

沃英尼采夫 我要发疯了……

安娜·彼得罗芙娜 你自管发疯,可是不准你侮辱人！哎……看在上帝分上,你倒是跑呀！（哭)谢尔盖！

沃英尼采夫 您别管我,妈妈！

安娜·彼得罗芙娜 那我自己去……为什么我自己不去呢？我自己去……

普拉托诺夫 （上)哎哟！（在长沙发上坐下)

〔沃英尼采夫站起来。

安娜·彼得罗芙娜 （旁白）他怎么了？

　　　［停顿。

普拉托诺夫　我的胳膊痛……我饿了,像一条饿极了的狗……我冷……我浑身发抖……痛呀！你们要明白,我痛！我的生活完了！你们要我怎么样呢？你们还要什么呢？你们觉得那该诅咒的一夜还不够吗？

沃英尼采夫　（走到普拉托诺夫跟前）米哈依尔·瓦西里奇,我们互相原谅吧……我……可是您知道我的处境……我们客客气气地分手吧……

　　　［停顿。

我原谅您了……我用人格担保,我原谅您了！要是我能忘掉这一切,那我就会幸福极了。我们互不相扰吧！

普拉托诺夫　好。

　　　［停顿。

不,我的神经支持不住了……机器坏了。我非常想睡觉,眼皮粘在一起了,可又没法睡……我平静下来了,我请求原谅,我有罪,我不说了……你们爱怎么办就怎么办,爱怎么想就怎么想吧……

　　　［沃英尼采夫从普拉托诺夫面前走开,挨着桌子坐下。

我不离开这儿,哪怕房子起火也不走！谁不愿意我待在这儿,谁就自管从这个房间里走出去……（想躺下）给我点东西暖和暖和吧……不是吃的,而是盖的……我不回家了……外边在下雨……我就睡在这儿了。

安娜·彼得罗芙娜　（走到普拉托诺夫跟前）您回家去吧,米哈依尔·瓦西里奇！您需要的东西,我会派人给您送去。（碰碰他的肩膀）走吧！回家去吧！

普拉托诺夫　谁不愿意我待在这儿,谁就自管从这个房间里走出去……给我水,让我喝个痛快吧!我渴了。

　　[安娜·彼得罗芙娜递给他一个水瓶。

（凑着水瓶口喝水）我病了……我完全病倒了,可爱的女人!

安娜·彼得罗芙娜　您回家去吧!……（把手放在他的额头上）您的脑袋滚烫……回家去吧。我打发人去请特利列茨基来。

普拉托诺夫　（轻轻地）我不舒服,夫人!不舒服……不舒服……

安娜·彼得罗芙娜　叫我怎么办呢?您走吧!我求求您了!无论如何您得走!您听见了吗?

第 八 场

　　[人物同前,加上索菲雅·叶果罗芙娜。

索菲雅·叶果罗芙娜　请您费心把您的钱收回去。这是多么慷慨呀!我似乎已经对您说过……（看见普拉托诺夫）您……在这儿?您怎么在这儿?

　　[停顿。

奇怪……您在这儿干什么?

普拉托诺夫　我?

索菲雅·叶果罗芙娜　是啊,您!

安娜·彼得罗芙娜　我们走吧,谢尔盖!（走出去,过一会儿踮着脚走回来,在角落里坐下）

普拉托诺夫　什么都完了,索菲雅!

索菲雅·叶果罗芙娜　真的吗?

普拉托诺夫　是的,是真的……我们以后再谈吧。

索菲雅·叶果罗芙娜　米哈依尔·瓦西里奇!这……都是什么意思?

普拉托诺夫　我什么也不需要,爱也罢,恨也罢,都不需要,只给我安宁吧!我要求你们……我连话都不想说了……我讨厌我自己,讨厌过去发生的事……劳驾……

索菲雅·叶果罗芙娜　他在说什么呀?

普拉托诺夫　我在说,我厌烦了。我不需要新生活。旧生活呢,又推不开……我什么也不需要!

索菲雅·叶果罗芙娜　(耸耸肩膀)我不明白!……

普拉托诺夫　您不明白?结子散开了,就是这么回事!

索菲雅·叶果罗芙娜　莫非您不走了?

普拉托诺夫　不必脸色发白,索菲雅·叶果罗芙娜!

索菲雅·叶果罗芙娜　您要干卑鄙的事吗?

普拉托诺夫　大概吧……

索菲雅·叶果罗芙娜　您是个卑鄙的人!(哭)

普拉托诺夫　我知道……我听过一百次了……以后……等没有外人在场的时候再说吧。

〔索菲雅·叶果罗芙娜痛哭。

普拉托诺夫　您还是回到自己的房间里去好。灾难中最多余的东西就是眼泪……该发生的事总是会发生的……大自然有它的规律,而我们的生活……也有规律性……事情果然就按这种规律发生了……

〔停顿。

索菲雅·叶果罗芙娜　(痛哭)可是这跟我有什么关系呢?您厌倦了,可是这跟我,跟您夺去的我的生活有什么相干?这跟我有什么关系呢?您不再爱我啦?

普拉托诺夫　您设法安慰自己吧……比方说,您就想,这件荒唐的事对您的未来未始不是一个教训!

索菲雅·叶果罗芙娜　不是教训,而是毁灭!您居然敢说这话?

207

卑鄙!

普拉托诺夫　何必哭呢？这一切惹得我多么厌烦呀！（喊叫）我有病啊!

索菲雅·叶果罗芙娜　先前他起誓,他央求,他首先发动,可是现在呢,他到这儿来了！我惹得您讨厌啦？您只需要我两个星期吗？我痛恨您！我连看见您都受不了！滚出去！（放声大哭）

安娜·彼得罗芙娜　普拉托诺夫!

普拉托诺夫　啊?

安娜·彼得罗芙娜　您走吧!

[普拉托诺夫站起来,慢吞吞地向门口走去。

索菲雅·叶果罗芙娜　您等一等……别走！您……说的是真话吗？您也许不清醒……您坐下来,好好想一想！（抓住他的肩膀）

普拉托诺夫　我已经坐下来想过了。丢开我吧,索菲雅·叶果罗芙娜！我不是您的人！我早已烂掉,我的灵魂早已变成骷髅,已经不可能起死回生了！把我埋得深一点才好,免得污染空气！请您最后一次相信我的话!

索菲雅·叶果罗芙娜　（绞扭着手）可是我怎么办呢？我该怎么办呢？您教教我吧！要知道我快死了！我受不了这种卑鄙！我连五分钟也活不下去了！我要自杀……（在一把放在角落里的圈椅上坐下）您在怎样对待我呀？（癔病发作）

沃英尼采夫　（走到索菲雅·叶果罗芙娜跟前）索菲!

安娜·彼得罗芙娜　上帝才知道出了什么事！您定一定神吧,索菲！拿水来,谢尔盖!

沃英尼采夫　索菲雅！不要折磨自己……别这么想了！（对普拉托诺夫）您还在这儿等什么呢,米哈依尔·瓦西里奇？看在上帝分上,您走吧!

安娜·彼得罗芙娜　够了,索菲,够了!算了吧!

普拉托诺夫　(走到索菲雅·叶果罗芙娜跟前)何必这样呢?哎-哎……(很快地走开)真傻呀!

索菲雅·叶果罗芙娜　躲开我!你们都躲开!我不需要你们的帮助!(对安娜·彼得罗芙娜)您走开!我恨您!我知道这是谁在作怪!这事我不会白白地放过您!

安娜·彼得罗芙娜　得了……不应该骂人。

索菲雅·叶果罗芙娜　要不是您对他有一种邪魔歪道的威信,他就不会毁掉我!(痛哭)走开!(对沃英尼采夫)您也……您也走开!

[沃英尼采夫走开,挨着桌子坐下,把头枕在胳膊上。

安娜·彼得罗芙娜　(对普拉托诺夫)您走吧,我对您说!您今天成了一个出奇的呆子!您还要什么?

普拉托诺夫　(堵上耳朵)我到哪儿去啊?我冷得身子发僵……(向门口走去)让魔鬼快点把我逮去才好……

第 九 场

[人物同前,加上特利列茨基。

特利列茨基　(在门口)什么通报不通报,我要把你揍得晕头转向!

亚科甫的声音　主人家吩咐的……

特利列茨基　去,跟你的主人家亲嘴吧!他也是个蠢货,跟你一样!(走进来)难道他也不在这儿?(在长沙发上坐下)可怕呀!这……这……这……(跳起来)啊!(对普拉托诺夫)悲剧快完了,悲剧演员！快完了！

普拉托诺夫　你有什么事？

特利列茨基　你在这儿闲待着干什么？你闲逛到哪儿来了,倒霉的家伙？你怎么会不害臊,不抱愧？你在这儿发议论吗？说教吗？

普拉托诺夫　你说话要合乎人情,尼古拉！你有什么事？

特利列茨基　真卑鄙！（坐下,用手蒙住脸）灾难呀,什么样的灾难！谁想得到？

普拉托诺夫　出了什么事？

特利列茨基　出了什么事？你都不知道吗？这跟你不相干吗？你没有工夫吗？

安娜·彼得罗芙娜　尼古拉·伊凡诺维奇！

普拉托诺夫　莫非是萨霞出事啦？你说呀,尼古拉！就少这一着了！她怎么了？

特利列茨基　她吞火柴自尽了！

普拉托诺夫　你说什么？

特利列茨基　（喊叫）她吞火柴自尽啦！（跳起来）喏,你读一读！你读一读！（把一张字条送到他的眼睛底下）你读吧,哲学家！

普拉托诺夫　（读）"对自杀的人是不应该纪念的,可是请您记住我才好。我结束了我的病态生活。米沙,要爱柯利亚和我的弟弟,像我爱你一样。不要丢下我的父亲不管。要合法地生活。柯利亚,求主赐福给你,如同我一向用母性的祝祷为你祈福一样。请原谅我这有罪的人。附上米沙的装毛料衣服的衣柜的钥匙一枚。"……我亲爱的！有罪！她有罪！从何说起呀！（抱住自己的头）她服毒自尽了……

　　　〔停顿。

萨霞服毒自尽了……她在哪儿？你听我说！我要到她那儿

去！(扯掉胳膊上的布带)我……我要叫她复活！

特利列茨基　(脸朝下扑倒在长沙发上)在叫她复活以前,不必先把她弄死!

普拉托诺夫　弄死……为什么你这疯子说……这种话?难道是我把她弄死的吗?难道……难道我要她死吗?(哭)她服毒自尽了……只差车轮子把我活活轧死像轧死一条狗一样了!如果这是惩罚,那么……(挥动拳头)这是残忍的、不道德的惩罚!不行,我受不了!受不了!这是为了什么?好,就算我有罪,卑鄙……可是要知道我毕竟还活着哪!

　　[停顿。

现在你们都瞧着我!瞧着我吧!你们做何感想?

特利列茨基　(跳起来)是啊,是啊,是啊……现在我们可要哭一场了……顺便说一句,眼泪倒是现成的……应当狠狠地把你揍一顿才是!戴上帽子!我们走吧!丈夫!这个丈夫可真好!平白无故断送了一个女人!居然闹到了这个地步!这些人却把他留在这儿!他们喜欢他!这是个独具特色的人,又是个有趣的人物,脸上带着讨人喜欢的忧郁神情!至今还保留着当年英俊的痕迹!那我们就走吧!去瞧瞧你搞了些什么名堂,有趣的人物,独具特色的人!

普拉托诺夫　少说话……少说话……不用说废话!

特利列茨基　也是你这个狠心的人走运,今天一清早我回家去了一趟!要不是我回去,要不是我正巧赶上,那会怎么样?那她就死了!你明白吗?你通常什么都明白,就是最普通的事不明白!哼,我恨不得给你点厉害瞧瞧!我才不管你这副可怜相呢!要是你少耍弄你那该死的舌头,多听听别人的话,就不会发生这种不幸!像你这种自作聪明的人,十个也抵不上她一个!我们走!

沃英尼采夫　别嚷嚷了！唉……大家都叫人厌烦。

特利列茨基　我们走！

普拉托诺夫　别忙……那么你是说她……没死吗？

特利列茨基　莫非你巴望她死？

普拉托诺夫　（喊叫）她没死啊！我怎么也没听懂……她没死啊！（拥抱特利列茨基）她活着哪！（大笑）她活着哪！

安娜·彼得罗芙娜　我不懂！……特利列茨基，劳驾说说清楚！不知怎的，今天他们都成了蠢人！那么这封信是怎么回事？

特利列茨基　她写了这封信……要不是我，她真就死了……不过现在她病得很重。我不知道她的身体是否经得住……啊，只要她一死，那就……你躲开我，劳驾！

普拉托诺夫　你把我吓坏了！我的上帝啊！她还活着哪！这样说来，你没有让她死掉？我亲爱的！（吻特利列茨基）我的亲人！（大笑）我素来不信医学，可是现在我连你都相信了！她现在怎么样？虚弱？不舒服？可是我们会叫她复原！

特利列茨基　不知她是否经受得住！

普拉托诺夫　经受得住！不是她经受得住，而是我经受得住！可是为什么你不先说明她活着呢？安娜·彼得罗芙娜！可爱的女人！拿一杯凉水来，我真幸福啊！诸位先生，原谅我的一切！安娜·彼得罗芙娜！……我要疯了！……（吻安娜·彼得罗芙娜的手）萨霞活着哪……水，水，……我亲爱的！

　　〔安娜·彼得罗芙娜拿着空瓶子出去，一会儿拿着水回来。

普拉托诺夫　（对特利列茨基）我们到她那儿去！叫她复原，复原！把全部医学，从希波克拉底①到特利列茨基，翻它一个

---

①　著名的古希腊医学家，西方医学的奠基人。

身！统统翻一下！除了她，还有谁应当活在这个世界上呢？我们走吧！可是不行……等一等！我头晕……我病得厉害……等一等……（在长沙发上坐下）我歇一下再走……她很衰弱吧？

特利列茨基　很衰弱……他这么高兴！他为什么事高兴，我不懂！

安娜·彼得罗芙娜　我也吓一跳。说话得有点条理。您喝吧！

（把水递给普拉托诺夫）

普拉托诺夫　（贪婪地喝水）谢谢，亲爱的女人！我是坏蛋，是不平常的坏蛋！（对特利列茨基）你坐在我旁边吧！（特利列茨基坐下）你也累坏了……谢谢你，朋友。她吞了很多火柴吗？

特利列茨基　足够把她送到另一个世界去……

普拉托诺夫　真不得了……唉，谢天谢地。我的胳膊痛……再给我点水喝吧。我自己也病得厉害，尼古拉！我的脑袋在肩膀上几乎立不住了……好像随时都会掉下来似的……我多半发烧了。我眼前老是闪过玩具兵，穿着花布军服，戴着小尖帽子……我的四周围是黄色和绿色……给我一点药吧……

特利列茨基　给你一两百个耳光才对！

普拉托诺夫　（大笑）你开玩笑，开玩笑。……有的时候我听了你的俏皮话就笑。你是我的小叔子还是内弟？我的上帝啊，我病得多么厉害！你无法想象我病得多么厉害！

〔特利列茨基给他按脉。

安娜·彼得罗芙娜　（对特利列茨基小声说）您把他送走吧，尼古拉·伊凡内奇！我今天会到您家里去，跟亚历山德拉·伊凡诺芙娜谈一谈。她怎么会突然想到走这一步，把我们吓一跳？她没有危险吧？

特利列茨基　现在还不能断定。服毒倒是没有成功，不过一般说来……这总是灾难！

普拉托诺夫　你给她吃了什么？

特利列茨基　该给的都给了。(站起来)我们走吧！

普拉托诺夫　那么你刚才给将军夫人吃了什么？

特利列茨基　你在说胡话了……我们走吧！

普拉托诺夫　我们走……(站起来)谢尔盖·巴甫洛维奇！算了！(坐下)算了！何必发愁呢？好像地球上的太阳被人偷走了似的！以前我还学过哲学呢！做一个苏格拉底吧！怎么样？谢尔盖·巴甫洛维奇！(低声)不过，我自己也不知道我在说什么……

特利列茨基　(把手放在他的头上)你就生病吧！是啊，为了良心干净，你也不妨生一场病！

安娜·彼得罗芙娜　普拉托诺夫，您就走吧！您打发人进城去另请一位医生吧……不妨会诊一下……不过我自己会打发人去，您不必操心了……您安慰一下亚历山德拉·伊凡诺芙娜吧！

普拉托诺夫　安娜·彼得罗芙娜，有个矮小的钢琴修理师在您的胸口上爬来爬去！滑稽！(笑)滑稽！尼古拉，你坐下弹个什么曲子吧！……(大笑)滑稽！我病了，尼古拉……我是认真说的……不是开玩笑……我们走吧！

〔伊凡·伊凡诺维奇上。

第 十 场

〔人物同前，加上伊凡·伊凡诺维奇。

伊凡·伊凡诺维奇　(蓬头散发，穿着家常的长袍)我的萨霞呀！(哭)

特利列茨基　这儿就差你来哭一场了！走开！你跑来干什么？

伊凡·伊凡诺维奇　她要死了！她打算向神父忏悔！我害怕，害怕……哎哟，别提多害怕了！（走到普拉托诺夫跟前）米宪卡！我当着上帝和一切圣徒恳求你……亲爱的、聪明的、出众的、正直的人啊！你去一趟，对她说你爱她吧！你丢开那些卑鄙龌龊的风流事吧！我要跪下来求你了！要知道她快要死了！我只有这一个女儿……只有这一个！她一死……就要了我的命！我来不及忏悔就会咽气！你对她说你爱她，把她看作你的妻子！看在基督分上你安慰她吧！米宪卡！谎话往往能救人……上帝会看见你做得对，你为救人而说一句谎话吧！劳驾，我们去一趟吧！你看在基督分上给我这老人一点面子吧！主会百倍酬报你！我吓得浑身发抖，浑身发抖了！

普拉托诺夫　您已经喝醉了吧，上校？（笑）我们医好了萨宪卡，再一块儿喝酒！啊，我多么想喝酒呀！

伊凡·伊凡诺维奇　我们走吧，最高尚的人……最正直的人！你对她说两句话，她就得救了！精神上受到创伤的时候，药品救不了人！

特利列茨基　你出去一会儿，爸爸！（拉着他父亲的衣袖往外走）谁对你说过她要死了？哪有这样的事呢？根本不危险嘛！你到隔壁房间里去等一等。我们马上带着他一块儿去找她。你这副模样闯进外人的家里来，真丢人！

伊凡·伊凡诺维奇　（对安娜·彼得罗芙娜）您太不应该了，狄安娜①！上帝不会宽恕您的！他是个年轻人，没有经验……

特利列茨基　（把他父亲推到隔壁房间里）你在那儿等着吧！（对普拉托诺夫）你愿意去吗？

---

① 罗马神话中的月亮和狩猎女神。

普拉托诺夫　我病得厉害……我病了,尼古拉!

特利列茨基　我问您:您愿不愿意去?

普拉托诺夫　(起来)您少说几句吧……该怎么办才能叫嘴里不发干啊?我们走吧……我到这儿来的时候好像没有戴帽子……(坐下)你找一找我的帽子吧!

索菲雅·叶果罗芙娜　他本来应当料到这一点。我问都没问就委身于他了……我知道我会害苦我的丈夫,可是我为了他……什么也不顾。(站起来,走到普拉托诺夫跟前)您在怎样对待我呀?(痛哭)

特利列茨基　(抱住自己的头)真是麻烦事!(在舞台上走来走去)

安娜·彼得罗芙娜　您安静一下,索菲!这不是时候……他病了。

索菲雅·叶果罗芙娜　难道可以这样耍弄人的整个生命吗?这合乎人道精神吗?(挨着普拉托诺夫坐下)要知道现在我的全部生活都完了……我现在已经不是活人了……救救我吧,普拉托诺夫!时机还不迟!普拉托诺夫,时机还不迟!

　　　　〔停顿。

安娜·彼得罗芙娜　(哭)索菲呀。……您需要什么?以后还来得及……他现在能对您说什么呢?难道您没听见……没听见吗?

索菲雅·叶果罗芙娜　普拉托诺夫……我再一次请求你……(痛哭)不行吗?

　　　　〔普拉托诺夫躲开她。

索菲雅·叶果罗芙娜　别这样……好吧……(跪下)普拉托诺夫!

安娜·彼得罗芙娜　这太过分了,索菲!不准你这么做!任何人都不值得……你对他下跪……(扶她起来,让她坐下)您是……女人啊!

索菲雅·叶果罗芙娜　(痛哭)您对他说……您劝劝他吧……

安娜·彼得罗芙娜　您使出您的全部精神力量吧……必须……坚强……您是女人！好……行了！您回到自己的房间里去吧！

　　［停顿。

　　您去上床躺着吧……(对特利列茨基)尼古拉·伊凡诺维奇！怎么办呢？

特利列茨基　关于这一点得问亲爱的米宪卡！(在舞台上走来走去)

安娜·彼得罗芙娜　带着她,让她去上床躺着吧！谢尔盖！尼古拉·伊凡诺维奇！你们倒是帮帮我的忙呀！

　　［沃英尼采夫站起来,走到索菲雅·叶果罗芙娜跟前。

特利列茨基　您把她带走吧。应当给她吃点镇静药。

安娜·彼得罗芙娜　我自己现在都想闻点哥罗仿呢……(对沃英尼采夫)要做个男子汉,谢尔盖！至少你别心慌！我不比你强,不过……我沉得住气……去吧,索菲！今天真是个好日子……(沃英尼采夫挽着索菲雅·叶果罗芙娜走)拿出勇气来,谢尔热尔！我们要做真正的人！

沃英尼采夫　我试试看,妈妈！我在克制自己……

特利列茨基　不要伤心,谢尔盖兄弟！也许我们会挺过去！你不是头一个,也不是最后一个！

沃英尼采夫　我试试看……是的,我试试看……

　　［下。

第十一场

　　［普拉托诺夫,后来加上格烈科娃。

普拉托诺夫　(一个人)给我一支烟,尼古拉,拿水来！(环顾)他们不在啦？我得走了……

　　［停顿。

我糟蹋了,毁灭了一些无辜的、软弱的女人……如果我是在另一种情形下,像西班牙人那样由于极其强大的情欲而断送了她们,那倒也罢了,然而我是随随便便断送她们的……像俄国人那样出于愚蠢……(一只手在眼睛前面挥动) Mouches volantes①。一片云雾……我大概要说胡话了……我已经给压垮了,压扁了,压成一团了……我不是早就不再神气活现了吗? (用手蒙住脸)羞愧啊,万分羞愧啊……我都羞愧得害病了!(站起来)我挨饿,受冻,筋疲力尽,完蛋了,我全然是招摇撞骗,来到了这所房子……人们给我温暖的栖身之所,给我衣服穿,对我亲热,待我比待任何人都好……我报答得可真不错!不过呢,我病了……我不舒服……我得自杀了……(走到书桌跟前)挑选吧,这是个地道的武器库呢……(拿起一把手枪)哈姆雷特怕梦……我怕……生活!要是我活下去,那会怎么样?只剩下羞耻来折磨我了……(把手枪放在鬓角上) Finita la comedia②!少了一头聪明的畜生!基督啊,宽恕我的罪恶吧!

　　［停顿。

怎么样?那么马上就要死了……现在胳膊随便怎样痛都无所谓了……

　　［停顿。

我没有力量啊! (把手枪放在桌子上)我想生活…… (在长沙发上坐下)我想生活……

----

① 法语:眼睛前面有许多圆圈。
② 意大利语:喜剧结束了!

〔格烈科娃上。

喝点水才好……可是特利列茨基到哪儿去了？（看见格烈科娃）这是谁？哦——哦——哦……（笑）最凶恶的敌人……明天我们要打官司吧？

〔停顿。

格烈科娃　不过，自从那封信以后，当然，我们就不再是敌人了。

普拉托诺夫　那也一样。没有水吗？

格烈科娃　您要喝水？您怎么了？

普拉托诺夫　我病了……我要发热病了……这件事中我的意。这件事干得聪明。不过，要是您跟我根本没有结交，那就更聪明了……我原想开枪自杀……（笑）没有成功。本能起了作用。……头脑是一回事，天性又是一回事……您是个目光锐利的人！您总该是个聪明人吧？（吻她的手）手是凉的……您听我说……您愿意听我说吗？

格烈科娃　行，行，行……

普拉托诺夫　您把我带到您家里去吧！我病了，想喝水，非常痛苦，难忍难熬！我困了，可又没有地方睡觉……哪怕把我送到一个板棚里去也行，只要给我一个角落，容我睡觉，给我一点水喝……再稍稍给我一点奎宁就成。麻烦您！（伸出手去）

格烈科娃　那我们一块儿走吧！我乐意照办！……您在我那儿要住多久就可以住多久……您还不知道我干了些什么呢！我们一块儿走吧！

普拉托诺夫　Merci，聪明的姑娘……纸烟，水，床！外边在下雨吧？

格烈科娃　在下雨。

普拉托诺夫　那只好冒着雨赶路了……我们不打官司了。讲和吧！（瞧着她）我在说胡话吗？

格烈科娃　没有的事。我们一块儿走吧！我有一辆带篷的马车。

普拉托诺夫　漂亮的姑娘……你脸红什么？我不会碰你。我吻一下这只凉手……（吻她的手，把她拉到自己身边来）

格烈科娃　（挨着他跪下）不……别这样……（站起来）我们走吧……您脸容古怪……放开我的手！

普拉托诺夫　我病了。（站起来）我们走……让我吻一下您的小脸蛋……（吻她的脸颊）我没有什么坏心思。我不可能……不过，这都是小事。我们走吧，玛丽雅·叶菲莫芙娜！劳驾，快一点！瞧……这就是我想用来自杀的手枪……让我吻一下您的小脸蛋……（吻她的脸颊）我在说胡话了，不过我看得清您的脸……我爱所有的人！所有的人！我也爱您……对我来说，人比一切都宝贵……我不想得罪任何人，可是得罪了所有的人……所有的人……（吻她的手）

格烈科娃　我全明白……我明白您的处境……索菲……是吗？

普拉托诺夫　索菲啦，齐齐啦，米米啦，玛霞①啦……你们人数真多……我爱所有的人……我当初上大学的时候，常到戏剧广场去……跟那些妓女说亲热的话……人们在剧院里，我却在广场上……我给拉伊萨赎了身……我在大学生那儿募到三百个卢布，给另一个妓女赎了身……要不要把她的信拿给您看？

格烈科娃　您怎么啦？

普拉托诺夫　您以为我发疯了吗？不，没什么……这是热病的胡话……您问特利列茨基吧……（抓住她的肩膀）大家也都爱我……大家！有时候我侮辱一个人，可是这个人也……爱我……比方说，我侮辱过格烈科娃，在饭桌上推了她一下，可是她……也爱我。不过，您就是格烈科娃……对不起……

---

① 格烈科娃的名字玛丽雅的爱称。

格烈科娃　您什么地方不舒服？

普拉托诺夫　普拉托诺夫不舒服。您不是爱我吗？您爱我吗？您坦白地说吧……我什么也不需要……您光是告诉我：您爱我吗？

格烈科娃　是的……（把头靠在他的胸脯上）是的……

普拉托诺夫　（吻她的头）大家都爱我……等我病好了，我会把您带上邪路的……以前我尽说好话，现在我却把人带坏……

格烈科娃　我不在乎……我什么也不需要。……仅仅你一个……人。我不愿意结交另外的人！你想怎么摆布我就怎么摆布我吧……你……仅仅你一个人！（哭）

普拉托诺夫　我了解刺割自己眼睛的俄狄浦斯王①！我多么下流，多么深刻地感觉到自己的下流啊！您走开吧！犯不上啊……我有病。（挣脱她）我现在就走……请您原谅我，玛丽雅·叶菲莫芙娜！我要发疯了。特利列茨基在哪儿？

　　〔索菲雅·叶果罗芙娜上。

第十二场

　　〔人物同前，加上索菲雅·叶果罗芙娜。索菲雅·叶果罗芙娜走到书桌跟前，在书桌上翻寻。

格烈科娃　（抓住普拉托诺夫的手）嘘……

　　〔停顿。

---

① 希腊神话中的底比斯王，因神曾经预言他将杀父娶母，出生后就被他的父亲遗弃在山崖上。长大后，他在无意中杀死亲生父亲。后被底比斯人拥为新王，并娶了前王之妻，即他的生母为妻。当他知道自己杀父娶母后，就在悲愤中刺瞎自己的双眼，流浪而死。

［索菲雅·叶果罗芙娜拿起手枪,向普拉托诺夫开一枪,没有打中。

格烈科娃　（站在普拉托诺夫和索菲雅·叶果罗芙娜中间）您干什么？（叫）来人啊！快来人啊！

索菲雅·叶果罗芙娜　走开……（在格烈科娃旁边跑来跑去,对准普拉托诺夫的胸口放一枪）

普拉托诺夫　等一等,等一等……这是怎么回事？（倒下去）

　　［安娜·彼得罗芙娜、伊凡·伊凡诺维奇、特利列茨基、沃英尼采夫跑着上。

第 十 三 场

　　［人物同前,加上安娜·彼得罗芙娜、伊凡·伊凡诺维奇、特利列茨基、沃芙尼采夫,其后,仆人们和玛尔科。

安娜·彼得罗芙娜　（从索菲雅·叶果罗芙娜手里夺过手枪,把她推倒在长沙发上）普拉托诺夫！（向普拉托诺夫俯下身去）

　　［沃英尼采夫用手蒙住脸,转过身去对着房门。

特利列茨基　（向普拉托诺夫俯下身去,匆匆忙忙解开他的上衣）

　　［停顿。

　　米哈依尔·瓦西里奇！你听得见吗？

　　［停顿。

安娜·彼得罗芙娜　看在上帝分上,说话呀,普拉托诺夫！米谢尔……米谢尔！快一点,特利列茨基……

特利列茨基　（喊叫）拿水来！

格烈科娃　（把水瓶递给他）救救他！您救救他吧！（在舞台上走来走去）

[特利列茨基喝水,然后把水瓶扔向一边。

伊凡·伊凡诺维奇 (抱住自己的头)我说过我会完蛋!如今他死了!死了!(跪下去)全能的主啊!他死了……就这么死了!……

[亚科甫、瓦西里、卡嘉和厨师跑进来。

玛尔科 (上)我是从调解法官那儿来的……

[停顿。

安娜·彼得罗芙娜 普拉托诺夫!

[普拉托诺夫欠起身子,睁开眼睛环视众人。

安娜·彼得罗芙娜 普拉托诺夫……这没什么……您喝点水吧!

普拉托诺夫 (指指玛尔科)给他三个卢布!(倒下,即将死去)

安娜·彼得罗芙娜 鼓起勇气来,谢尔盖!这一切都会过去的,尼古拉·伊凡诺维奇……这一切都会过去的……鼓起勇气来……

卡嘉 (在安娜·彼得罗芙娜面前跪下)都怪我不好!是我把那封信送去的!我就是贪图那几个钱,太太!饶了我这个该死的人吧!

安娜·彼得罗芙娜 沉住气……何必惊慌失措?他没什么……可以治好的……

特利列茨基 (喊叫)他死啦!

安娜·彼得罗芙娜 不会,不会……

[格烈科娃挨着桌子坐下,瞧着一小张纸,伤心地哭泣。

伊凡·伊凡诺维奇 让他同圣徒们一起安息吧……他死了……他死了……

特利列茨基 生命不过是一文钱!永别了,米宪卡!你这文钱消灭了!你们看什么?是他自己开枪自杀的!大家散伙了!(哭)如今,在你的丧宴上,叫我跟谁一块儿喝酒啊!哎,这些蠢货呀。他们都不能保住普拉托诺夫！（站起来）爸爸,你去告诉萨霞,要她死掉算了！（身子摇摇晃晃,走到沃英尼采夫跟前）你觉得如何？唉！（拥抱沃英尼采夫）普拉托希卡死啦！（痛哭）

沃英尼采夫　　怎么办呀,尼古拉？

特利列茨基　　埋掉死人,挽救活人！

安娜·彼得罗芙娜　　（慢慢地站起来,走到索菲雅·叶果罗芙娜跟前）您安静下来吧,索菲！（痛哭）您干了些什么呀？！不过……不过,您安静下来吧！（对特利列茨基）您什么也不要告诉亚历山德拉·伊凡诺芙娜,尼古拉·伊凡诺维奇。我自己来告诉她！（走到普拉托诺夫那儿,在他面前跪下）普拉托诺夫！我的生命啊！……我不相信！你一定没死吧？（抓住他的手）我的生命啊！

特利列茨基　　干正经事吧,谢辽查！先去帮助你的妻子,然后再……

沃英尼采夫　　是,是,是……（向索菲雅·叶果罗芙娜走去）

伊凡·伊凡诺维奇　　我忘了主……这是因为有罪……因为我有罪……为什么犯罪啊,老鬼？我杀死上帝创造的生命,酗酒,说下流话,论断人……主忍受不住,就震怒了。

——幕落·剧终

在大道旁边

独幕戏剧小品

剧 中 人 物

季洪·叶甫斯契格涅耶夫——大道边一个小酒馆的老板。
谢敏·谢尔盖耶维奇·包尔佐夫——破产的地主。
玛丽雅·叶果罗芙娜——他的妻子。
萨瓦——老香客。
纳扎罗芙娜 ⎫
叶菲莫芙娜 ⎭ 女香客。
费佳——过路的工厂工人。
叶果尔·美利克——流浪汉。
库兹玛——过路人。
邮差。
包尔佐夫的马车夫。
香客、牧人、过路人等。

　　[事情发生在南方的一个省里。舞台上是季洪的小酒馆。右边是柜台和上面放着酒瓶的搁架。舞台深处是一道通到外面去的门。外面,门的上方,挂着一盏红的、油污的灯。地板上和沿墙的长凳上满是香客和过路人。由于没有空地方,许多人坐着就睡着了。这是深夜。幕布揭开的时候可以听见雷声,从门口望出去可以看见闪电。

一

　　[季洪坐在柜台后边。费佳懒洋洋地在一条长凳上半躺半坐，小声拉手风琴。包尔佐夫坐在他旁边，身上穿一件破旧的夏大衣。萨瓦、纳扎罗芙娜、叶菲莫芙娜躺在上述长凳旁边的地板上。

叶菲莫芙娜　（对纳扎罗芙娜）大婶，推一推老头子！他好像要咽气了。
纳扎罗芙娜　（掀起盖在萨瓦脸上的衣角）正教徒，正教徒啊！你是活着呢，还是死了？
萨瓦　怎么会死呢？我活着呢，大婶！（用胳膊肘支起身子来）把我的腿盖上吧，苦女人！这就对了。再往右边盖点。行了，大婶。求上帝赐给你健康！
纳扎罗芙娜　（盖好萨瓦的腿）睡吧，大爷！
萨瓦　哪儿睡得着呀？要能忍住痛就蛮好了，说到睡觉，大婶，那倒用不着。有罪的人不配安歇。这是什么在响，敬神的女人？
纳扎罗芙娜　那是上帝送来的雷声。风在吼，雨不住地下，不住地下。房顶上和窗子上好像有许多小豆子在敲打。你听见了吗？好猛的雨呀……
　　[雷声。
　　神圣的，神圣的，神圣的……
费佳　又是打雷，又是呼呼地刮风，又是哗哗地下雨，没完没了！呜呜呜……好像树林里的响声……呜呜呜………风声像狗叫……（缩起身子）好冷！衣服都湿了，简直能拧出水来，房门又开着……（小声拉手风琴）我的手风琴也湿透了，正教徒们,什么曲子也拉不出来,要不然,我真能给你们搞一个音乐会,弄得你们连气也透不过来!棒极了!要是有卡德里尔舞,有波尔卡舞,比方说……有俄国的小曲……咱都能伴奏。当初我在城里大饭店做仆役的时候,钱没有攒下,可是用手风琴演奏的曲子全会拉了。吉他我也能拉。

　　〔墙角上有个人说:"傻瓜净说傻话。"

费佳　你才是傻瓜。

　　〔停顿。

纳扎罗芙娜　(对萨瓦)眼下,老大爷,你要睡暖和点,把腿暖一暖。

　　〔停顿。

　　老大爷!正教徒!(推萨瓦)喂,你快要死了吗?

费佳　老大爷,你该喝点酒才是。你喝一点,肚子就暖了,而且还可以把你心里的寒气赶掉一些。喝吧!

纳扎罗芙娜　不要油嘴滑舌,小伙子!老头儿也许快咽气了,正在忏悔他的罪过,你却说这种话,还拉手风琴……丢开你的曲子吧!不要脸的东西!

费佳　可是你为什么缠住他不放?他身体不好,可是你……净说些娘们儿家的蠢话……他遵守教规,不能对你说粗野的话,你就高兴了,反正他得听你这傻娘们儿说话……老大爷,睡吧,别听她的!随她去唠唠叨叨,你别理她。娘们儿家的舌头是魔鬼的掸子,把屋子里的机灵人和聪明人都会掸走的……(举起两手,轻轻一拍)你可真瘦,我的老兄!瘦极啦!活像一架骷髅!一点活气也没有!哎呀,你真的快要死了吗?

萨瓦　为什么死呢?主啊,别叫我无缘无故死掉……我有点劳累,过些时候,托上帝的福,就会没事了……圣母不会叫我死在客地……我会死在家乡的……

费佳　你是打远方来的吗？

萨瓦　沃洛格达省。我就是沃洛格达城的人……当地的小市民……

费佳　这个沃洛格达城在哪儿？

季洪　莫斯科再过去一点……那是一个省……

费佳　啧啧啧……是魔鬼把你带到这儿来的，你这大胡子！一路上都是步行来的吗？

萨瓦　步行，小伙子……我去过扎顿斯克的圣季洪修道院，现在是到圣山去……如果上帝保佑的话，我就从圣山到奥德萨去……据说从那儿到耶路撒冷，路费便宜。好像有二十一个卢布就行了……

费佳　你到过莫斯科吗？

萨瓦　当然！五次了。……

费佳　那个城好吗？（点上一支烟）值得一看吗？

萨瓦　圣物很多，小伙子……圣物多的地方总是好的……

包尔佐夫　（走到柜台边季洪那儿）我再求你一次！看在基督的分儿上，给我拿吧！

费佳　在城里，主要的是干净……要是有灰尘，那就得冲洗，要是有泥浆，那就得刷净。房子要盖得高……得有剧院，有警察局……有出租马车……我在城里住过，我懂……

包尔佐夫　一小杯……就这么一小杯。反正记上账！我会还的！

季洪　行了。

包尔佐夫　喏，我求求你！你行行好吧！

季洪　走开！

包尔佐夫　你不明白我的话……你这个大老粗，要是你那乡巴佬的木头脑瓜里哪怕有一丁点儿脑筋，那你就该明白，不是我求你，而是，按你的说法，按乡巴佬的说法，我的肠胃在求你！我的病在求你！你该明白！

季洪　我用不着明白……你走开！

包尔佐夫　要知道，如果我现在不喝点酒，如果我不过一过瘾，那么你要明白，我就可能犯罪。上帝才知道我会干出什么事来！你这下流坯开一辈子酒馆，总见过很多的醉鬼，难道你至今还没弄清楚这是些什么样的人吗？这都是些病人！你自管给他们戴上镣铐，自管打他，自管杀他，可是你得给他酒喝！哎，我央告你了！行行好吧！我低声下气！我的上帝，我多么低声下气啊！

季洪　你给钱，就有酒。

包尔佐夫　可是我上哪儿去拿钱呢？都买酒喝掉了！通通花光了！我能给你什么呢？只剩这件大衣了，然而我不能给你……这件大衣是穿在光身子上的……你要帽子吗？（脱下帽子来交给季洪）

季洪　（细看帽子）哦……帽子各有不同……净是窟窿，像筛子一样……

费佳　（笑）这可是贵族的帽子哟！戴着它在街上走来走去，见到小姐就脱下来。"您好，再见！""您近来好啊？"

季洪　（把帽子还给包尔佐夫）白给都不要。废料。

包尔佐夫　不中意吗？既是这样，就赊给我一杯酒！等我从城里回来，给你带一个五戈比的铜板来！到那时候巴不得让你给这个铜板卡死才好！卡死才好！叫它卡在你的嗓子里才好！（咳嗽）我恨你！

季洪　（用拳头敲着柜台）你干什么缠住我？你是个什么人？哪一路的骗子？你来干什么？

包尔佐夫　我要喝酒！不是我要喝，是我的病要喝！你得明白！

季洪　你别惹得我冒火！叫你马上滚到草原上去！

包尔佐夫　我该怎么办哪？（离开柜台）我该怎么办哪？（沉思）

叶菲莫芙娜　这是魔鬼在折磨你。你别理他,老爷。他这个该死的对你小声说："你喝吧！喝吧！"你就对他说："我不喝！我不喝！"他就躲开你了！

费佳　大概你的脑袋里嗡嗡地响……肚子瘪了吧！（大笑）你是个任性的人,老爷。躺下睡吧！别站在小酒馆当中像个稻草人似的！这儿又不是菜园子！

包尔佐夫　（恶狠狠地）闭嘴！又没问你,蠢驴！

费佳　你说这说那,可就是别胡扯！咱见过你这号人！你们这号人如今在大道上闲荡的多的是！讲到蠢驴,等我狠狠地给你一个嘴巴子,你就会哭得比风还响。你才是蠢驴！下流货！

　　　　〔停顿。

混蛋！

纳扎罗芙娜　老头子兴许在做祷告,快咽气了,可他们这些造孽的人却吵架,骂出各式各样的话来……这些不要脸的人！

费佳　你这个老东西既然进了酒馆,就别叫苦！酒馆里有酒馆的风气。

包尔佐夫　我可怎么办？怎么办呢？我怎么才能叫他明白过来？还要说什么话呢？（对季洪）血在胸口凝结啦！季洪大叔！（哭）季洪大叔！

萨瓦　（呻吟）我的腿刺痛,好像中了弹似的……敬神的女人,大婶！

叶菲莫芙娜　怎么啦,大爷？

萨瓦　这是谁在哭？

叶菲莫芙娜　是老爷。

萨瓦　你求求老爷,让他也为我流点眼泪,好叫我在沃洛格达死掉。带泪的祷告,上帝更爱听。

包尔佐夫　我不是在祷告,爷爷!这不是眼泪!是体液!我的灵魂给压紧了,就流出体液来。(在萨瓦的脚边坐下)体液!不过,你们懂不了!你那个糊涂脑筋懂不了,爷爷!你们是糊涂人!

萨瓦　可是到哪儿去找明白人呢?

包尔佐夫　有明白人,爷爷……他们能懂!

萨瓦　有的,有的,亲爱的……圣徒就是明白人……他们什么苦恼都懂……你用不着对他们说什么,他们就明白了……他们一瞧你的眼睛,就明白了……他们明白以后,你心里就畅快了,就像根本没有苦恼似的,无影无踪了!

费佳　莫非你见过圣徒吗?

萨瓦　见过,小伙子……这世界上什么样的人都很多。有犯罪的人,有上帝的仆人。

包尔佐夫　我什么也不懂……(很快地站起来)谈话是需要理解的,可是现在难道我有这种头脑吗?我只有本能,酒瘾!(很快地走到柜台跟前)季洪,你把大衣拿去!明白吗?(想脱大衣)大衣……

季洪　可是你在大衣里头穿的是什么?(朝包尔佐夫的大衣里面看)光身子吗?那你别脱,我不要……我可不让我的灵魂担上这个罪过。

〔美利克上。

二

〔人物同前,加上美利克。

包尔佐夫　好,我来承担罪名!你总该同意了吧?

美利克　（沉默地脱掉外衣，只穿一件农民式长衫。他的腰上有一把斧子）有的人觉得冷，可是熊和身世不明的流浪汉老是感到热！我出了一身汗！（把斧子放在地板上，脱掉长衫）你把一条腿从泥地里拔出来，就弄得你出一身大汗。你拔出一条腿，可是另一条腿又陷进去了。

叶菲莫芙娜　是这样的……亲人啊，雨小一点了吗？

美利克　（看一眼叶菲莫芙娜）我跟女人不过话。

　　　　［停顿。

包尔佐夫　（对季洪）我来承担罪名！你到底听见没有？

季洪　我不想听，你躲开！

美利克　真黑呀，好像有人把天空抹上一层焦油似的。自己的鼻子都瞧不见了。雨水抽打你的脸，跟暴风雪一样！（抱起衣服和斧子）

费佳　对你们这号人，这些骗子来说，这可是再好没有的事。猛兽都躲起来了，你们却过节了，魔鬼。

美利克　什么人说这种话？

费佳　你看嘛……大概你的眼睛还没有瞎掉吧。

美利克　那咱们记下这笔账……（走到季洪跟前）你好，大脸庞！莫非你不认得我啦？

季洪　要是你们这班在大道上游逛的酒鬼我都认得，那我这脑门上大概得长十只眼睛才成。

美利克　你仔细瞧瞧吧……

　　　　［停顿。

季洪　果然认得，这真没想到。我是从你的眼睛认出来的！（伸出手）你是安德烈·波里卡尔波夫吧？

美利克　从前叫安德烈·波里卡尔波夫，如今呢，对不起，叫叶果尔·美利克了。

季洪　这是为什么？

美利克　上帝给我什么身份证，我就叫什么。我叫美利克已经有两个月了……

　　　　［雷声。

轰隆隆……打雷啦，我不怕！（环顾）这儿没有恶狗吧？

季洪　哪儿有什么恶狗……都是些小虫子和蚊子……都是软绵绵的家伙……这当儿，那些恶狗大概正在绒毛褥子上睡大觉……（大声）正教徒啊，要是你们在乎你们的东西，那你们要当心口袋和衣服。这可是个厉害角色！他偷东西！

美利克　嗯，要是有钱的话，就让他们当心钱好了；讲到衣服，我是不碰的。我没有地方放它们。

季洪　魔鬼要支使你到哪儿去？

美利克　到库班去。

季洪　好家伙！

费佳　到库班去？真的吗？（欠起身子）好地方。老兄，像那样的地方，哪怕你睡上三年，在梦里也见不到。那是个辽阔的大地方。听说，有那么多的鸟，野禽，各式各样的野兽，我的上帝呀！青草一年到头地长，大家过得像一家人似的，土地多得没办法！据说……前不久一个小兵对我说过……当官的发给土地，一人一百亩①。造化呀，我敢发誓！

美利克　造化……造化总是在你的背后……你总也瞧不见它。要是你咬得着你的胳膊肘，那你才瞧得见造化……全是蠢话……（看一下长凳和人们）这倒像是囚犯休息站……你们好，穷光蛋！

叶菲莫芙娜　（对美利克）多么凶恶的眼睛啊！小伙子，你心里藏

---

① 本书中的"亩"均指俄亩，一俄亩等于1.09公顷。下同。

着恶鬼……你别看我们……

美利克　你们好,穷光蛋!

叶菲莫芙娜　你扭过脸去吧!(推推萨瓦)萨乌希卡①,一个恶人在瞧我们呢!他会毁了我们,亲人!(对美利克)我说,毒蛇,你扭过脸去吧!

萨瓦　他不会碰我们,大婶,不会碰我们……上帝不容的。

美利克　你们好,正教徒!(耸肩膀)他们不说话!你们总没睡觉吧,乡巴佬!为什么不说话呢?

叶菲莫芙娜　你移开你那对眼睛吧!不要让我们看到你那种魔鬼般的傲慢!

美利克　你闭嘴吧,老妖婆!看到你们苦难的命运,我不想用魔鬼般的傲慢来对待,而是想用亲热和好话来安慰!你们像一群苍蝇,冷得挤成一团,我看了心里不忍,有心说几句亲切的话安慰一下这种穷困,可是你们却一百个看不起!好吧,那就算了!(走到费佳跟前)您是哪儿人?

费佳　本地人,哈莫涅甫斯基工厂的。那是个砖厂。

美利克　你起来。

费佳　(欠起身子)怎么?

美利克　你起来。干脆站起来,我要睡在这儿……

费佳　这是怎么回事……莫非这个地方是你的?

美利克　是我的。你睡到地上去!

费佳　你走你的吧,过路人……我不怕……

美利克　这小子倒机灵……喂,走开,别说废话了!你会哭一场的,傻子。

季洪　(对费佳)别跟他顶嘴,小伙子。想开点吧。

---

① 萨瓦的爱称。

费佳　你有什么权利？你瞪起你那对狗鱼般的眼睛,以为我害怕了！(收拾好自己的衣物,抱起来,走开,在地板上占了个位子)魔鬼！(躺下,盖上衣服,蒙上头)

美利克　(在长凳上铺了个睡处)你说我是魔鬼,可见你没见过魔鬼……魔鬼不是这个样子。(躺下,把斧子放在身旁)睡吧,小斧子小兄弟……让我来把你的柄遮盖起来。

季洪　这斧子是从哪儿弄来的?

美利克　偷来的……偷来的,如今可离不开身了:扔掉舍不得,要放又没处放。活像个惹人讨厌的老婆……是啊……(盖上衣服)魔鬼不是这个样子的,老弟……

费佳　(从他的外衣底下探出头来)那么它是什么样子呢?

美利克　它像热气,气……喏,吹一下(吹),它就是这个样子。你是看不见它们的。

　　　［墙角上有人说:"要是在耙底下坐着,就看见了。"

美利克　我坐过,可是没看见……娘们儿家胡说,傻男人也胡说……一个魔鬼也看不见,不管是树精还是死鬼……咱们的眼睛天生就不能什么都看得见……我小时候故意晚上到树林里走来走去看树精……我喊叫,拼命喊叫,呼唤着树精的名字,眼睛也不眨一下:各种各样的无聊东西在我眼前晃荡,可就是看不见树精。我晚上常到乡村墓地去,想看一看死鬼,可那都是娘们儿家的胡诌。各式各样的野兽我都见过,至于可怕的东西,我可没见过。咱们的眼睛不行啊……

　　　［墙角上有人说:"别这么说,也有人看见的……我们村子里有个庄稼汉给一头野猪开膛……他剖开它的肚子,就有个东西从那儿蹦出来了！"

萨瓦　(欠起身子)小伙子们,你们别谈鬼了！这是罪过,亲爱的!

美利克　啊啊……白胡子！骷髅！(笑)根本就用不着到乡村墓

地去,自有死鬼从地板底下钻出来给咱们讲大道理呢……罪过……你们这些头脑糊涂的人不配讲大道理!你们是糊涂人,什么也不懂……(点上烟斗)我父亲是庄稼汉,有时候也喜欢一本正经教训人。有一回他夜里在一个教士那儿偷来一口袋苹果,拿给我们,而且讲开了大道理:"孩子们,你们听着,在救主节前可不能吃苹果,因为那是罪过……"你们也是这样……谈鬼可不行,搞鬼倒行……比方就拿这个妖婆来说吧(指叶菲莫芙娜)。她瞧见我心里藏着恶鬼,可是她这一辈子,就凭她那种女人家的傻劲儿,大概总有五六次把她的灵魂交托给魔鬼吧。

叶菲莫芙娜　呸,呸,呸……求十字架的力量与我们同在!(用手蒙住脸)萨乌希卡!

季洪　你何必吓唬她们?这又算是什么乐子!

　　　〔房门被风刮得砰的一响。

　　老天爷!……好大的风,好大的风呀!

美利克　(伸懒腰)哎,真恨不得使一使我的力气才好!

　　　〔房门被风刮得砰的一响。

　　跟……这股风较量一下也成!这风拉不垮这房门,可是我,要是有心的话,能把这酒馆连根拔起来!(站起来,又躺下去)闷得慌呀!

纳扎罗芙娜　祷告吧,傻瓜!干什么这样瞎折腾?

叶菲莫芙娜　别理他,该死的!他又瞧我们了!(对美利克)别瞧了,恶人!你的眼睛,你的眼睛啊,好比晨祷以前魔鬼的眼睛!

萨瓦　让他瞧吧,敬神的女人!你祷告,他的眼睛就不瞧你了……

包尔佐夫　不,不行!我受不了!(走到柜台跟前)你听着,季洪,我最后一次求你……半杯吧!

季洪　(摇摇头)钱!

包尔佐夫　我的上帝啊,我不是早就跟你说了嘛!全喝酒花掉了!我从哪儿去给你弄钱来呢?要是你给我一滴酒喝,难道你就会破产吗?在你,一杯酒不算一回事,可是那就免得我受苦了!我痛苦啊!这不是胡闹,这是痛苦!你要明白!

季洪　你去对别人说,别对我说……你去求那些正教徒吧,要是他们乐意,就让他们看在基督的分儿上请你喝一杯,我呢,看在上帝分儿上只能施舍面包。

包尔佐夫　你去敲那些穷人的竹杠吧,我呢……对不起!我可不能搜刮他们!我办不到!你明白吗?(用拳头敲柜台)我办不到!

　　〔停顿。

　　哦……慢着……(转过身来对着香客们)这倒也是个办法,正教徒们!捐给我一个五戈比的铜钱吧!我的内脏在央求你们。我有病!

费佳　真有你的,捐钱……骗子……那么你想喝水吗?

包尔佐夫　我多么糟蹋自己啊!多么糟蹋自己!我不要!我什么也不要!……我刚才是说着玩的!

美利克　您求他没用,老爷……他是个有名的小气鬼……等一等,我身上好像带着一个五戈比的小钱……咱俩来喝它一杯吧……一人喝一半……(摸自己的口袋)见鬼……不知塞到哪儿去了……好像前两天口袋里还有个东西叮当地响……不,没有……没有,老兄!这也是你的运气了!

　　〔停顿。

包尔佐夫　我非喝不可,要不然,我就会干出犯罪的事来!或者自杀……怎么办哪,我的上帝!(瞧着门口)是不是走掉?天这么黑,出外去乱跑……

美利克　为什么你们这些香客不教训他呀?还有你,季洪,为什么不把他赶出去？要知道他不会给你宿夜钱。你赶走他嘛，揪住他的脖子推出去！哎，如今的人都心狠了。他们不厚道，心地不善……凶恶的人呀！一个人要淹死了，别人却对他嚷着说："快点淹死吧，反正我们也没有工夫管，今天是干活的日子。"至于扔给他一根绳子，那根本谈不到……绳子是有价钱的……

萨瓦　不要论断人，好人！

美利克　你闭嘴吧，老狼！你们是凶恶的人！是希律①！是出卖灵魂的人！（对季洪）到这儿来，给我脱靴子！快！

季洪　瞧，他发脾气了！（笑）可真厉害呀！

美利克　过来，我跟你说！快！

　　　　〔停顿。

你听见没有？我在对墙壁说话吗？（坐起来）

季洪　得了，得了……够了……

美利克　我是要你这个吸血鬼给我，给我这个穷流浪汉脱皮靴。

季洪　得了，得了……别生气了！来喝一杯吧！……来喝酒吧！

美利克　大家听着，我要的是什么？我是要他请我喝酒呢，还是脱靴子？莫非我说错了，不是那么说的吗？（对季洪）那么你没听清楚吗？我再等一分钟，或许你听清楚了。

　　　　〔香客和过路人的情绪波动起来。大家欠起身来，瞧着季洪和美利克。沉默地等待。

季洪　是魔鬼把你支使来的！（从柜台后边走出来）你算是什么老爷！真得这么办吗？（脱掉美利克的靴子）该隐②的后代！……

---

① 迫害耶稣的暴君，见《圣经·新约》。
② 《圣经·旧约》中一个由于嫉妒而杀死亲兄弟的人物。

美利克　这就对了。把靴子并排放好……这就行了……你走吧!

季洪　（脱完靴子,走到柜台后面）你的花样真多!要是你再闹花样,你就会很快从这个酒馆里滚出去!一点不假!（对走过来的包尔佐夫）你又来啦?

包尔佐夫　你要知道,我也许能给你一个金制的物件……要是你愿意,我就拿给你……

季洪　你干什么打哆嗦?好好说嘛!

包尔佐夫　虽然从我这方面来说,干这种事是下流卑鄙的,可是有什么办法呢?我无可奈何,只好决定干卑鄙的事……就是到了法庭上,我也会被宣告无罪……你拿去吧,不过有一个条件:日后等我从城里回来,你就还给我。我当着证人的面把它交给你……诸位先生,你们就做证人吧!（从怀里取出一枚金鸡心）就是这个……本来应该把照片取下来,可是我又没有地方放它:我周身是湿的……好,你就把相片一块儿拿去!只是有一点……你……可别把手指头碰到那张脸……我求求你……好朋友,我一直对你很粗鲁……我很蠢,不过你得原谅我……别拿手指头碰它……别用你那两只眼睛瞧这张脸……（把鸡心交给季洪）

季洪　（细看鸡心）一只偷来的怀表……嗯,得啦,你喝吧……（斟酒）你灌吧……

包尔佐夫　可是你别伸出手指头去……那个……（慢慢地喝酒,喝一口就紧张地停一停）

季洪　（打开鸡心）哦……一位太太!……这是你打哪儿弄来的?

美利克　拿给我看看!（站起来,走到柜台那儿去）让我看看!

季洪　（挡住他的手）你往哪儿钻啊?我拿在手里你看嘛!

费佳　（站起来,走到季洪那儿去）让我也瞧一眼!

　　　　〔香客和过路人向柜台围拢去。

美利克　（双手抓紧季洪那只拿着鸡心的手,默默地瞧着那张照片。停顿）漂亮的女魔。这是一位太太……

费佳　这是一位太太……瞧那脸蛋,那眼睛……把你的手张开,我看不见了。她的头发一直垂到腰眼上……简直跟活人一样！她正打算说话呢……

　　　　〔停顿。

美利克　对软弱的人来说,这是头一号的灾星。这样的女人一骑到你的脖子上,那你就……（挥一下手）完蛋！

　　　　〔传来库兹玛的声音："唷唷……站住,你这聋畜生！"
　　　　〔库兹玛上。

三

　　　　〔人物同前,加上库兹玛。

库兹玛　（走进来）路旁有这么个小酒馆,那就不能过门不入。大白天你会在你亲爹身边走过而没把他认出来,可是小酒馆啊,哪怕在黑夜里隔着一百里地,你也看得见。让路吧,信神的人！喂！（用一枚五戈比的铜钱敲着柜台）来一杯真正的马德拉①！快！

费佳　瞧,这个轻浮的魔鬼！

季洪　你别这么张牙舞爪的！你会碰翻什么东西的！

库兹玛　人生着两只手,就是叫人挥舞的。你们这些人像糖做的,碰到水就化掉。你们让雨给吓住了,娇嫩的人！（喝酒）

叶菲莫芙娜　要是在路上赶上这么一个夜晚,谁都会害怕,好人。

---

①　见本书第25页注⑤。

如今啊,谢天谢地,总算是咱们的造化,一路上有许多村子和人家,遇上刮风下雨,就有地方可以躲了。以前呢,那真糟透了!你走了一百里地,连一块小木片也看不见,更别说村子或者人家了。人只好在露天底下过夜……

库兹玛　大娘,你在这个世界上混了很久了吧?

叶菲莫芙娜　八十年了,大叔。

库兹玛　八十年!那你就快活到头了。(瞧着包尔佐夫)这是个什么人物?(凝视包尔佐夫)老爷!

　　[包尔佐夫认出库兹玛,发窘,走到墙角那儿,在一条长凳上坐下。

　　谢敏·谢尔盖耶维奇?到底是不是您呀?啊?您跑到这个小酒馆里来干什么?难道这是您来的地方吗?

包尔佐夫　别说了!

美利克　(对库兹玛)这人是谁?

库兹玛　一个倒霉的苦命人。(在柜台旁边激动地走来走去)不是吗?你瞧,居然跑到小酒馆里来了!破衣烂衫!醉醺醺的!我心里不好受,伙计……我心里不好受……(低声对美利克)这人是我们的老爷……我们的地主谢敏·谢尔盖耶维奇·包尔佐夫先生……你们看,他成了什么样子?如今他像个什么人了?是啊……灌酒灌到了这个地步……给我斟上酒!(喝酒)我就是他那村子里的人,包尔佐夫卡村,也许你们听说过,离这儿有二百里地,在叶尔果夫斯基县。我们原是他父亲手下的农奴……可怜哪!

美利克　他本来很阔吗?

库兹玛　才阔气呢……

美利克　他把他父亲的钱胡乱花光了?

库兹玛　不,这是命该如此,亲爱的朋友……他原是个大老爷,很有钱,也不灌酒……(对季洪)大概你以前也常看见他坐着马车经过这小酒馆到城里去吧。高头大马,带弹簧的马车,顶刮刮的!他家有五辆三套马的马车,伙计们……我还记得五年以前他坐米基希金斯基渡船过河,不是赏一个小钱,而是扔出一个卢布……他说,我可没有工夫等找头……瞧!

美利克　他大概头脑糊涂了。

库兹玛　他头脑好像满清醒的……这都是因为他懦弱!日子也过得太逍遥……伙计,首先,事情出在娘们儿身上……他,这个可怜的人,爱上了一个城里的姑娘,觉得世界上没有人比她再漂亮了……他爱上的是一只乌鸦,却把她看得比凤凰还可爱。那是个上流人家的闺女。倒不是什么放荡下流的女人,而只是……轻佻……摇头摆尾的!摇头摆尾的!老是眯缝着眼睛!眯缝着!总是笑,总是笑!一点儿头脑也没有……老爷喜欢这个人,在他看来,她聪明得很,可是换了我们庄稼汉,早就干脆把她从家里赶出去了……好……他爱上她了,结果呢,老爷的造化,全完了!他跟她在一起鬼混,这样那样的,又喝茶,又吃糖,如此这般……通宵地划船,再不然,就弹钢琴……

包尔佐夫　别说了,库兹玛!何必说这些?我的生活跟他们什么相干呢?

库兹玛　对不起,老爷,我只说一丁点儿……我给他们讲一下,也就够了……我说这么一点儿,是因为我心里不好受……我心里不好受呀。快给我斟酒!(喝酒)

美利克　(低声)那么她爱他吗?

库兹玛　(低声,后来渐渐过渡到平常的说话声)怎么会不爱呢?这老爷又不是一个无足轻重的人……既然他有上千亩地,钱又多得数不清,人家总会爱他的……再说他本人仪表堂堂,有气派,不喝酒……不论对什么官儿他都随随便便,就跟我现在对你一样……拉拉手……（拉拉美利克的手）"您好"啦，"再见"啦，"欢迎"啦……喏，有一回，那是傍晚时分，我走过老爷的花园……那花园呀，兄弟，可真大！占几里地呢……我悄悄地走着，一眼瞧见他们坐在一条长凳上，正在亲嘴呢（做出接吻声）。他亲了她一回，她呢，这条蛇，亲了他两回……他拉住她的白手，她呢，面孔通红！紧靠在他身上，一个劲儿地往他身上靠，该死的……她说："我爱你，谢尼亚①！"……于是谢尼亚这个倒霉的人就从这儿走到那儿，傻呵呵地到处夸耀幸福……他一会儿给这个人一个卢布，一会儿给那个人两个卢布……他赏给我的钱足够我买一匹马的。他高兴得把人家欠他的债全免了……

包尔佐夫　哎呀……你何必讲这些呢？这些人一点儿同情心也没有……这真叫人痛苦啊！

库兹玛　我只说一点，老爷！他们要我讲嘛！讲一点有什么关系呢？好，好，要是您生气，我就不讲了……我不讲了……我不管他们了……

［传来邮车的铃声。

费佳　你别嚷，小点儿声说……

库兹玛　我本来就在小声说嘛……他不许讲，这就没办法了……再说也没有什么可讲的了。他们结了婚，就是这么回事……别的再也没有什么了。给我这个不爱财的库兹玛斟酒啊！（喝酒）我不喜欢灌醉！就在那天，就在举行婚礼以后老爷们坐下来吃晚饭的时候，她干脆坐上一辆马车逃跑了……（小声）她跑到城里一个律师那儿去了，那是她的情夫……啊？怎么样？就在当时呀！哼……杀了她都嫌轻啊！

---

① 谢敏的爱称。

美利克　（沉思）是啊……那么后来怎么样呢？

库兹玛　他疯了……你们知道，他喝起酒来了，如今呢，瞧瞧，灌得醉醺醺的……原先他还喝得少，如今是非醉不可了……直到现在他还爱她……你们瞧，他爱她！眼下他大概是要到城里去看她一眼……看完就回来……

　　　　〔邮车驶到小酒馆来。邮差走进来，喝酒。

季洪　今天邮车来迟了！

　　　　〔邮差默默地付完酒钱，出去。邮车响起铃声，驶走了。
　　　　〔墙角上有人说："在这样的坏天气，抢劫邮车可是太容易了。"

美利克　我在世界上活了三十五年，一次也没有抢劫过邮车。

　　　　〔停顿。

　　现在它走啦，迟了……迟了……

库兹玛　你想尝尝苦役刑的味道吗？

美利克　人家抢劫，也没尝到这味道。再说，就算判了苦役刑又怎么样！（突然）后来怎么样呢？

库兹玛　你说的是这个倒霉的老爷吗？

美利克　不是他还有谁呢？

库兹玛　破产的第二个原因，伙计们，那是为了他的妹夫……他居然为他的妹夫在银行里作保……三万上下……他的妹夫喜欢借钱……当然，这个滑头只顾自己得利，满不在乎……他借了钱，可是不想还……我们的东家就把那三万都付了。（叹气）傻瓜总是为自己的傻劲儿大吃苦头。他的老婆跟那个律师私奔，生了孩子，他的妹夫在波尔塔瓦附近买了一个庄园，我们的东家呢，却像个傻瓜似的串小酒馆，对我们这班庄稼汉抱怨说："伙计们，我丧失信心了！现在我什么人都不相信了！"这是懦弱！人人都有自己的苦处，一条蛇咬他的心，那就该喝酒吗？比方拿我们的村长来说吧。他的老婆大白天把一个教师带到自己家里，拿她丈夫的钱买酒喝，可是那个村长照样走来走去，脸上带着冷笑……只是略微瘦了一点儿……

季洪 （叹气）上帝给了有些人多么大的力量……

库兹玛 人的力量各不相同，这倒是实在的……怎么样？该给你多少钱？（付清酒钱）把我的血汗钱拿去吧！再见，伙计们！祝你们晚安，做个好梦！我跑了，是时候了……我从医院里接来一个接生婆，送到太太那儿去……大概她等急了，可怜的人，全身湿透了……（跑掉）

季洪 （沉吟片刻）哎，你呀！您叫什么名字来着？倒霉的人，来喝酒吧！（斟酒）

包尔佐夫 （迟疑地走到柜台跟前，喝酒）那么，现在我欠你两杯酒钱了。

季洪 什么欠账不欠账！你自管喝吧。借酒浇愁吧！

费佳 老爷，把我的钱也拿去喝了吧！喏！（往柜台上扔一个五戈比的铜钱）喝酒也是死，不喝也是死。不喝酒固然是好事，可是说真的，喝了酒，心里畅快得多！喝了酒，愁就解了……快喝酒吧！

包尔佐夫 嘿！浑身发热了！

美利克 拿给我！（从季洪的手里拿过鸡心来，仔细地看照片）嗯……她结完婚就跑掉了……什么样的女人啊？

　　　　　〔墙角上有人说："季沙①，你给他斟一杯吧。让他拿我的钱喝一杯吧。"

美利克 （使劲把那个鸡心扔在地上）该死的娘们儿！（很快地走到自己的睡处，脸对着墙躺下）

---

① 季洪的爱称。

[群情激动。

包尔佐夫　这是怎么啦？这是怎么回事？（拾起鸡心）你怎么敢这么办，畜生？你有什么权利？（含泪）你要我打死你吗？是吗？乡巴佬！糊涂虫！

季洪　别生气了，老爷……反正这不是玻璃做的，碎不了……再喝一点儿就去睡吧……（斟酒）我在这儿听得出了神，其实早就该关店门了。（走过去，关上外边的门）

包尔佐夫　（喝酒）他怎么敢这么办？他简直是个蠢货！（对美利克）你明白吗？你是蠢货，笨驴！

萨瓦　伙计们！弟兄们！少说几句吧！这么吵吵闹闹有什么好处呢？让大家睡觉吧！

季洪　躺下吧，躺下吧……你们也吵得够了！（走到柜台后面，锁上放钱的抽屉）是睡觉的时候了！

费佳　是时候了！（躺下）祝你们做好梦，兄弟们！

美利克　（站起来，把自己的皮袄铺在长凳上）来，老爷，在这儿睡吧！

季洪　那你躺在哪儿呢？

美利克　哪儿都行……就躺在地上也成……（把他的外衣铺在地板上）我没关系。（把斧子放在身旁）他睡在地板上觉得苦……他用惯了绸子呀，棉花呀……

季洪　（对包尔佐夫）去睡吧，老爷！那张照片你也看够了。（吹熄蜡烛）你丢开她吧！

包尔佐夫　（脚步踉跄）我躺在哪儿呢？

季洪　躺在流浪汉的那个地方！你大概听见了，他把那个地方让给你了！

包尔佐夫　（走到让给他的地方）我呢……醉了。这地……方吗？我睡在这儿吗？是吗？

季洪　就是那儿,那儿,不用害怕,躺下吧……(在柜台上躺下)

包尔佐夫　(躺下)我……醉了……天旋地转……(打开鸡心)你有蜡烛头吗?

　　　　[停顿。

你,玛霞,可真是个怪人……你从框子里瞧着我笑呢……(笑)我醉了!难道可以笑喝醉的人吗?你像斯恰斯特里甫采夫说的那样满不在乎……爱这个喝醉的人吧。

费佳　风刮得好大呀!吓人哪!

包尔佐夫　(笑)你这个人呀……难道可以这么转来转去吗?抓都抓不住你呀!

美利克　他在说胡话了。那张照片他看入了迷。(笑)怪事!受过教育的老爷们不论什么机器和药品都发明出来了,可是还没有一个聪明人找出一种药来治好这种丢不开女人的病……他们想方设法要治好一切的病,可是他们好像没有想到人受娘们儿的害比受病的害厉害得多……她们狡猾,贪财,冷酷,没头脑……婆婆虐待儿媳妇,儿媳妇一心想欺骗她的丈夫……这种事没有个完……

季洪　他的额发被娘们儿揪痛过,如今,他的头发就都竖起来了。

美利克　并不是只有我一个人发牢骚……自从开天辟地以来,男人都在诉苦……人家在神话和歌曲里把娘们儿和魔鬼看成一回事,那可不是无缘无故的……不是无缘无故的!……虽然这话只说中一半儿,可到底是真理啊……

　　　　[停顿。

这位老爷就是糊涂嘛,至于我,难道我是因为太聪明才当了流浪汉,丢下父母不管吗?

费佳　是因为娘们儿吗?

美利克　就跟这位老爷一样……当初我像个鬼附了身、入了邪道的人,到处夸耀自己的幸福……白天晚上都像是钻在火里,可是后来我的眼睛终于睁开了……根本不是什么爱情,只是骗局罢了……

费佳 那你怎么对付她呢?

美利克 这不干你的事……

　　　〔停顿。

你当是我把她打死了吗?我可下不了手……不但没杀她,我还怜惜她呢……你活下去吧,祝你……幸福!只求我的眼睛别看见你,我能把你忘了就行了,毒蛇!

　　　〔敲门声。

季洪 也不知魔鬼把谁支使来了……谁呀?

　　　〔敲门声。

谁敲门?(站起来,走到门边)谁敲门呀?你走吧,门上锁啦!

　　　〔门外有人说:"放我进来吧,季洪,劳驾了!马车的弹簧坏了!帮帮忙吧,做我的亲爹吧!有根绳子捆一下就行,那就好歹能赶到家了!……"

季洪 坐车的是谁?

　　　〔门外的说话声:"太太从城里到瓦尔索诺菲耶沃村去……再走五里路就到了……帮帮忙吧,劳驾了!"

季洪 你去对太太说,要是她出十个卢布,那就有绳子,而且弹簧也修得好…

　　　〔门外的说话声:"你发疯了还是怎么的?十个卢布!你是条疯狗!人家倒霉,你倒高兴!"

季洪 随你吧……你不乐意就算了……

　　　〔门外的说话声:"那么好吧,你等一等。"

　　　〔停顿。

　　　〔太太说:"好。"

季洪　请进!（开门,把马车夫让进来）

四

　　[人物同前,加上马车夫。

马车夫　你们好,正教徒们!好,给我一根绳子吧!快一点儿!伙计们,谁来帮个忙?有赏钱!
季洪　用不着什么赏钱……让他们睡觉吧。咱俩对付得了。
马车夫　嘿,真把我累坏了!天冷,地烂,一块儿干地方也没有……还有一件事,亲爱的……你这儿有没有房间,让太太暖和一下?马车朝一边儿歪了,简直不能坐了……
季洪　她还要什么房间呀?要是她冻僵了,那就让她在这儿暖和一下吧……有地方。（走到包尔佐夫那儿,在他旁边清出一块儿地方）起来,起来!在地板上躺一个钟头吧,太太要在这儿暖和一下。（对包尔佐夫）你起来一下,老爷!坐着吧!（包尔佐夫坐起来）你就坐在这儿得啦。

　　[马车夫走出去。

费佳　来了客人啦,是鬼把她送来的!现在可好,直到天亮也别想睡了。
季洪　可惜我没要十五个卢布……她也会给的……（在门口站住,做出等待的姿势）你们这班人要客气一点儿……可别说废话……

　　[玛丽雅·叶果罗芙娜走进来,马车夫跟在她后面。

五

　　[人物同前,加上玛丽雅·叶果罗芙娜和马车夫。

季洪　(鞠躬)请进,夫人!我们这个住处是乡巴佬和蟑螂待的地方。请您别嫌弃!

玛丽雅·叶果罗芙娜　我在这儿什么也看不见……我该往哪儿走呢?

季洪　往这边走,夫人!(领她走到包尔佐夫旁边的位子上)这儿,请吧!(对着那位子吹一下)对不起,我没有单间,不过,您,太太,请放心:这班人都挺好,挺安分的……

玛丽雅·叶果罗芙娜　(挨着包尔佐夫坐下)这儿闷得要命!至少把房门打开吧!

季洪　是!(跑过去,把房门敞开)

美利克　大家挨冻,他们却把门敞开!(站起来,关上门)哪儿来这么一个发号施令的人!(躺下)

季洪　对不起,夫人,他是个傻子……疯疯癫癫的……您可别害怕,别生气……不过,有一件事请您原谅,太太,我要的不是十个卢布……不瞒您说,我要十五个卢布。

玛丽雅·叶果罗芙娜　行,只是要快一点儿。

季洪　马上就修好……只消一眨眼的工夫就完事了……(从柜台里抽出一根绳子来)马上就修好……

　　[停顿。

包尔佐夫　(凝视玛丽雅·叶果罗芙娜)玛丽……玛霞……

玛丽雅·叶果罗芙娜　(瞧着包尔佐夫)这是什么意思?

包尔佐夫　玛丽……是你吗?你从哪儿来?

[玛丽雅·叶果罗芙娜认出包尔佐夫,尖叫一声,跑到酒馆中央。

　　（跟着她走过去）玛丽,是我呀……我。（大笑）我的妻子！玛丽！可是我这是在哪儿呀？来人哪,点上灯！

玛丽雅·叶果罗芙娜　走开！您胡说,这不是您！不可能！（用手蒙上脸）这是胡说,这是胡闹！

包尔佐夫　这声调,这动作……玛丽,是我呀！我马上就不再……醉醺醺的了……我的头发晕……我的上帝呀！等一等,等一等……我的脑子里乱哄哄的。（喊叫）妻子啊！（扑倒在她的脚边,痛哭）

　　　[这对夫妻的身边围上一群人。

玛丽雅·叶果罗芙娜　走开！（对马车夫）杰尼斯,我们走吧！我再也不能在这儿待下去了！

美利克　（跳起来,凝视她的脸）跟那张照片一样！（抓住她的胳膊）就是她！喂,大家看呀！这就是老爷的老婆！

玛丽雅·叶果罗芙娜　滚开,乡巴佬！（极力把她的胳膊从他手里挣脱）杰尼斯,你怎么不管呀？

　　　[杰尼斯和季洪跑到她跟前去,抓住美利克的胳膊。

　　这是强盗窝！你放开我的胳膊！我不怕！……走开！

美利克　等一等,我马上就放了你……让我说一句话……我只说一句,你就明白了……等一等……（扭过脸去对着季洪和杰尼斯）你们走开,下流坯,别拉我！我不说完,决不放她！等一等……我马上就说。（用拳头砸他的脑门子）不行,上帝没有给我聪明才智！我想不出该对你说句什么话！

玛丽雅·叶果罗芙娜　（胳膊从美利克手中挣脱出来）你走开！醉鬼……我们走,杰尼斯！（想往门口走）

美利克　（拦住她的路）喂,你至少看他一眼！你至少对他说一句亲热的话嘛,我的上帝呀!

玛丽雅·叶果罗芙娜　把这个……疯子从我身边带走。

美利克　你简直该死,可恶的娘们儿!(抡起斧子来)

　　　　[可怕的骚乱。大家吓得跳起来,又嚷又叫。萨瓦站在美利克和玛丽雅·叶果罗芙娜中间……杰尼斯使劲把美利克拉到一旁去,带着他的女东家走出了酒馆。这以后大家呆站着不动。长时间的停顿。

包尔佐夫　(伸出两只手在空中乱抓)玛丽……你在哪儿啊,玛丽!

纳扎罗芙娜　我的上帝,我的上帝啊……你们这些凶手把我的心都揉碎了!多么可怕的一夜啊!

美利克　(放下拿着斧子的手)我砍死她没有?……

季洪　你得感谢上帝,你的脑袋保住了……

美利克　那么我没有砍死她……(摇摇晃晃地走到他的铺位那儿)命运没有让我死于一把偷来的斧子……(倒在铺位上,痛哭)苦闷呀!我的满腔苦闷呀!可怜可怜我吧,正教徒们!

——幕落·剧终

论烟草之害

独幕独白剧

(1886)

剧 中 人 物

马尔凯尔·伊凡内奇·纽兴——他妻子的丈夫①,他妻子开办一所女子寄宿学校。

〔舞台上是一个内地的俱乐部的讲台。纽兴庄重地上场,鞠躬,整理一下坎肩,庄严地开始讲演。

女士们,先生们! 有人向我的妻子提议,要我为慈善的目的到这儿来做一次通俗的讲演。真正的学问家是谦虚的,不喜欢抛头露面,不过我的妻子由于上述的目的而同意了,于是现在,我就站在你们面前了。我不是教授,而且同学位无缘,可是有一件事对你们诸位来说是不成其为秘密的,那就是我……我(犹豫着,从坎肩的口袋里掏出一个小纸片,很快地看一眼)……三十年来我牺牲身体的健康和生活的福利,一刻也不间断地研究具有严格的学术性质的问题,有的时候还在当地报纸上发表学术论文……前几天我交给编辑部一篇很长的论文,题名是《论喝茶主义和喝咖啡主义对身体之害》。今天我所选定的讲演题目是吸烟给人类带来的害处。当然,要在一次讲演中把这个问题的重要性全部说清楚是困难的,不过我要极力说得简略,只讲最重要之点……我是通俗化的敌人,所以我要保持严格的学术态度,至于你们,听众们,我建议

---

① 讥诮的称呼,意谓他在家里处在从属于他妻子的地位。

要领会这个问题的全部重要性,用应有的严肃态度对待我当前的讲演……凡是思想轻浮的人,凡是害怕严格学术性讲演的枯燥的人,尽可以不听,出去就是!……(做出庄严的姿态,整一整坎肩)那么,我开始了……

  我请求诸位注意……我特别请求在座的医师先生们注意,你们可以从我的演讲当中汲取许多有益的知识,因为烟草除了有害的作用以外,也可在医疗中加以使用。比方说,在一千八百七十一年二月十日①,一个医师就在为我妻子所开的药方里用烟草做灌肠剂(看一眼小纸片)。烟草是一种有机物。按照我的见解,烟草属于 Solaneae 科 Nicotiana Tabacum 植物。它生长在美洲。它的主要成分是可怕的、毁灭性的尼古丁毒素。按照我的见解,它在化学构成上含有十个碳原子,十四个氢原子和两个……氮……原子……(气喘吁吁,抓住胸脯,同时把小纸片掉在地上)我要空气!(为了不跌倒,伸出胳膊,叉开腿,好稳住身子)哎呀!等一等!让我喘口气……等一下……马上就完。……我在用意志的力量阻止病的发作……(用拳头捶胸口)够了!嘿!

  [停顿一分钟,在这一分钟内纽兴在舞台上走来走去,大声喘气。

从很早的时候起……我就害上喘病……哮喘……我这个病是在一千八百六十九年九月十三日开始的……那正是我妻子生下第六个女儿薇罗尼卡的那天……我妻子的女儿一共有九个之多……儿子呢,一个也没有,为此我妻子很高兴,因为在女子寄宿学校里,有儿子就会在许多方面不方便……整个女子寄宿学校里只有一个男人,就是我……不过那些把孩子的命运交托给我妻子的最体面的、最受尊敬的家庭,对我可以完全放心……可是,由于时间不够,我

---

① 这个短剧写于 1886 年。

不想离开讲演的本题太远了……那么,我就在这儿打住了。嘿!哮喘病的发作恰好在最有趣的地方打断了我的话。不过呢,有一弊必有一利。对我来说,对你们来说,特别是对在座的医师先生们来说,这次发作倒可以成为最好的一堂课。在自然界是没有一个结果没有原因的……那么我们就来探讨一下我今天发作的原因吧……(把一个手指头放在脑门子上,思索)对了!治疗哮喘的唯一方法就是少吃难消化的、有刺激性的食物,可是我到这儿来演讲的时候,一时大意,有点饮食过度。应当对你们说明,在我妻子的寄宿学校里今天吃油饼。每个女学生在午餐时候领到一个薄饼,算是代替煎菜。我是我妻子的丈夫,这个高尚的女人似乎不应该由我来赞扬,不过我向你们起誓,再也没有一个地方的伙食像我妻子的寄宿学校里那样合理,合乎卫生,有益于健康的了。我个人能够证明这一点,因为在我妻子的寄宿学校里,我荣幸地担任庶务主任。我采购食品,管理仆人,每天傍晚向我妻子报账,装订练习本,发明除虫药,用喷雾的办法使空气净化,计算衣物,务必做到一把牙刷至多让五个女学生合用,一条手巾至多让十个姑娘用来擦脸。今天我负责把面粉和脂油发给厨娘,其数量严格符合寄宿生的人数。于是今天烙起薄饼来了。应当向你们指出,薄饼是专供女学生吃的。为了我妻子的家庭成员,那得另做烤菜,做烤菜倒是有一条牛犊的后腿,那是从上个星期五起就保存在地窖里的。我妻子和我得出结论:假如我们今天不烤好这条牛腿,明天它就可能坏掉。不过,接着往下讲。你们听一听后来发生了什么事吧!等到薄饼烙好,数清,我的妻子却派人到厨房里来说,有五个女学生因为品行不良而受罚,不准吃薄饼。这样一来就等于我们多烙了五个薄饼。请问,这五个薄饼该怎么发落?怎么发落呢?拿给我们的女儿们吃吗?可是我的妻子不准女儿们吃薄饼。那么,你们看怎么办呢?我们怎样发落的呢?(叹息,摇头)啊,热爱的心灵!

啊,善良的天使!她说了:"你自己把这些薄饼吃了吧,马尔凯沙①!"我就全吃了,而且先喝下一小杯白酒。这就是我发病的原因。Da ist der Hund begraben②!不过……(看一下怀表)我闲话多了点,有些离开本题了。那我们就继续讲下去……那么,在化学构成方面尼古丁含有……(急躁地摸衣袋,用眼睛找那张小纸片)我建议你们记住这个式子……化学式是指路的明星……(看见了那张小纸片,就让一块手绢掉在小纸片上,然后把手绢和小纸片一起拾起来)我忘了告诉你们,我在我妻子的寄宿学校里除了担任庶务主任以外还担任教员的职务,教数学、物理、化学、地理、历史、直观教学。在我妻子的寄宿学校里,除了这些学科以外,还教法语、德语、英语、神学、手工、绘画、音乐、舞蹈、礼节等。

  诸位看得明白,这儿的课程比普通中学的多。而且那种伙食!还有那种舒适!使人惊讶的是有这么多的好处,收费却极其低廉!全寄宿生缴三百个卢布,半寄宿生缴二百个卢布,走读生只缴一百。学舞蹈、音乐、绘画由我的妻子批准要另外收费……这个寄宿学校好得很!它坐落在猫街和五狗巷的拐角上,在上尉夫人妈妈谢奇金娜的房子里。如果要同我的妻子洽谈,那是随时可以在家里找到她的,至于这个寄宿学校的章程,可以在传达室里买到,每份五十个戈比。(看小纸片)那么,我请诸位记住这个式子!尼古丁的化学成分是由十个碳原子、十四个氢原子和两个氮原子合成的。请诸位费心记下来。它是一种无色的液体,有阿摩尼亚的气味。说实话,尼古丁(看看鼻烟壶)对神经中枢和消化管道的肌肉的直接作用,对我们是重要的。啊,主呀!又装上什么东西啦!(打喷嚏)哎,拿这些可恶的、没出息的丫头有什么办法呢?昨天

---

① 马尔凯尔的爱称。
② 德语:问题的症结就在于此!

她们在这个鼻烟壶里装上扑粉,今天装上了一种辣味的、臭烘烘的东西。(打喷嚏,搔鼻子)这真可恶!我一闻这种粉末,我的鼻子里就发生了鬼才知道的变化。呸!……可恶的坏丫头们!从她们这种行为中,你们也许会看出我妻子的寄宿学校里缺少严格的纪律。不,先生们,这不能怪寄宿学校。不!这要怪社会!这要怪你们!家庭应当同学校一致行动,可是我们所看见的却是什么呢?(打喷嚏)不过,我们不要再谈这些了!(打喷嚏)不要再谈这些了。尼古丁使肠胃发生抽搐的情况,也就是痉挛的情况!

[停顿。

可是我在许多人的脸上发现了笑容。显然,并不是全体听众都充分领会到这个与我们利害相关的问题的高度重要性。居然有这样一些人,当别人在讲台上述说为严谨的科学所阐明的真理的时候,甚至会发笑!(叹气)当然,我不敢对你们提出意见,不过……我对我妻子的那些女儿总是说:"孩子们,不要笑那些超越笑话之上的事!"(打喷嚏)我妻子有九个女儿。最大的一个,安娜,二十七岁,最小的一个十七岁。先生们!人世间所有美好、纯洁、高尚的东西都汇合在这九个年轻清白的人身上了。请你们原谅我这样激动,嗓音发颤:你们看到了你们眼前站着一个最幸福的父亲!(叹息)不过呢,在我们这个时代,要把她们嫁出去是多么困难。非常困难!凭一张第三次的典契去借钱,都比给任何一个女儿找丈夫容易。(摇头)唉,年轻人呀,年轻人!你们由于顽固,由于唯物主义的思潮而丧失了一种崇高的快乐,家庭生活的快乐!……但愿你们能知道这种生活有多么好!我跟我的妻子共同生活了三十三年,我可以说这是我一生中最好的岁月。这些岁月像幸福的一刹那似的过去了。(哭)我那些弱点惹得她多么经常地伤心呀!我的可怜的人呀!虽然我乖乖地接受惩罚,可是我用什么去报答她的震怒呢?

［停顿。

我妻子的女儿们这么久嫁不出去,是因为她们怕羞,也因为她们永远见不到男人。我妻子不愿意开晚会,她也从来不请谁来吃饭,不过……我可以私下里告诉你们(走近脚灯,小声说):每逢大节期,就可以在她们的姨妈娜达丽雅·谢敏诺芙娜·扎威尔丘兴娜的家里,也就是那个害癫痫病而且收藏古钱的女人的家里见到她们。那儿常常预备下凉菜来待客。不过,由于时间不够,我就不离题太远了。刚才我讲到痉挛。可是(看一下怀表),下次再谈吧!(整一整坎肩,庄严地下)

——幕落·剧终

天 鹅 之 歌①

（卡尔卡斯）②

独幕戏剧小品

---

① 据传说,天鹅一生中仅在临死前才鸣叫一次。
② 希腊史诗中的预言家和祭司,曾随希腊人向特洛伊进军。

剧 中 人 物

瓦西里·瓦西里伊奇·斯威特洛维多夫——喜剧演员,老人,六十八岁。

尼基达·伊凡内奇——提词员,老人。

[事情发生在一个内地剧院的舞台上,夜间,在演出以后。普通的内地剧院的空荡荡的舞台。右边是一排没上油漆的、胡乱钉成的房门,这几扇门通往化装室;左边和舞台深处堆着杂物。

[舞台中央有一张翻倒的凳子。深夜。黑暗。

一

[斯威特洛维多夫穿着卡尔卡斯的戏装,手里拿着一支蜡烛,从化装室里走出来,哈哈大笑。

斯威特洛维多夫 真没想到!不料出了这样的事。我居然在化装室里睡着了!戏早就散场了,大家全都离开这个剧院走了,我呢,却心平气和地打呼噜,睡大觉了。唉,老家伙,老家伙!你这条老狗啊!这么说来,我是喝醉了酒,坐着就睡着了!你真行!真有你的,老兄。(喊叫)叶果尔卡!叶果尔卡,鬼东西!彼得鲁希卡!他们都睡着了,鬼东西,巴不得叫车杠塞到你们嘴里去才好,一百个魔鬼和一个巫婆!叶果尔卡!(把凳子摆好,在凳子上坐下,把蜡烛放在地板上)什么也听不见……只有回声在响……今天叶果尔卡和彼得鲁希卡挺卖力气,我给了他们一人三个卢布,如今你就是带着狗也找不着他们的影子了……他们走了,多半还把这个剧院的门锁上了,这些坏蛋……(转动脑袋)我醉了!嘿!今天我为这场福利演出灌了多少葡萄酒和啤酒啊,我的上帝!我全身发烧,嘴里好像有十二条舌头似的……难受得很……

　　[停顿。

这是胡闹……老混蛋一个劲儿地喝,自己也不知道为什么这么高兴……嘿,我的上帝呀!……我腰痛,脑袋要炸开了,周身发冷,可是灵魂里又凉又黑,像是在地窖里一样。就算不爱惜身体吧,可至少也该顾到这么大的年纪呀,小丑伊凡内奇……

　　[停顿。

这么大的年纪了……不管你怎么耍滑头,不管你怎么充好汉,也不管你怎么装傻,反正一辈子算是过去了……六十八年一晃就过去了!拉也拉不回来了……一个瓶子里的东西都已经喝光,只剩下瓶底上的一点点残余了……剩下来的光是沉淀物了……是这样的……就是这么回事,瓦秀沙①……你愿意也好,不愿意也好,反正你已经到了扮演死人的时候了。死神就要来到了……(瞧着前面)可真是,我在舞台上已经干了四十五年了,而夜里看见剧院,好像还是第一次……是的,还是第一次……这实在奇怪,真弄不懂。……(走近脚灯)什么也看不见……哦,提词间倒还可以模模糊糊看得见……那边是

---

① 瓦西里的爱称。

包厢,那边是乐谱架……余下的就是一片漆黑！那是一个没底的黑坑,活像一座藏着死亡的坟墓……哎呀！……好冷！风从场子里吹过来,就像从壁炉的烟囱里吹来似的……这就是真正的招魂场嘛！可怕呀,见鬼……我的背上起鸡皮疙瘩了……(喊叫)叶果尔卡！彼得鲁希卡！你们在哪儿啊,鬼东西？主啊,我怎么老是提到鬼？唉,我的上帝,你别讲这种话了,你该戒酒才是,要知道你老了,到死的时候了……人家到六十八岁就去做晨祷,准备后事了,可是你……啊,主！魔鬼之类的话啦,醉醺醺的嘴脸啦,这种丑角的戏装啦……简直不像样！我要赶快去换衣服……可怕呀！假如就这样在这儿坐下去,真能把人活活吓死……(往他的化装室走去；这当儿,尼基达·伊凡内奇身上穿一件白长袍,从最边上的那个化装室里走出来,出现在舞台深处)

二

斯威特洛维多夫 （看见尼基达·伊凡内奇,吓得大叫,往后退）你是谁？你来干什么？你找谁？(跺脚)你是谁？

尼基达·伊凡内奇　是我！

斯威特洛维多夫　你是谁？

尼基达·伊凡内奇　（慢慢地走到他跟前去）是我……提词员尼基达·伊凡内奇……瓦西里·瓦西里伊奇,是我！……

斯威特洛维多夫　（疲乏地往凳子上一坐,呼呼地喘气,周身发抖）我的上帝！到底是谁啊？是你,……你,尼基杜希卡①吗？你到这儿来干……什么？

---

① 尼基达的爱称。

尼基达·伊凡内奇　我在这儿的化装室里过夜,您老人家。只是请您行行好,您别告诉阿历克塞·佛米奇……我再也没有别的地方可以过夜,请您相信上帝吧……

斯威特洛维多夫　原来是你,尼基杜希卡……我的上帝,我的上帝啊!刚才观众叫幕十六次,送来三个花环和许多东西……大家都兴高采烈,可就是没有一个人叫醒这个醉老头子,把他送回家去……我是老头子了,尼基杜希卡……我已经六十八岁……我有病!我的脆弱的灵魂在受苦……(把他的头倚在提词员的胳膊上,哭)你别走,尼基杜希卡……我老了,无依无靠,该死了……可怕,可怕呀!……

尼基达·伊凡内奇　(温柔而恭敬地)您该回家去了,瓦西里·瓦西里伊奇!

斯威特洛维多夫　我不走!我没有家,没有,没有,没有!

尼基达·伊凡内奇　主啊!您住在哪儿,您自己都忘了!

斯威特洛维多夫　我不想到那儿去,我不想去!那儿只有我一个人……一个亲人也没有,尼基杜希卡!无亲无故,没有老婆子,没有儿女……我孤身一人,像野地里的风一样……我快死了,谁也不会悼念我……孤零零一个人,我害怕……没有人给我温暖,安慰我,看我喝醉了而把我扶上床去……我属于谁?谁需要我?谁爱我?谁也不爱我,尼基杜希卡!

尼基达·伊凡内奇　(含泪)观众爱您,瓦西里·瓦西里伊奇!

斯威特洛维多夫　观众走了,睡了,忘了他们的丑角!是啊,谁也不需要我,谁也不爱我……我没老婆,也没孩子……

尼基达·伊凡内奇　哎,您何必为这种事伤心呢……

斯威特洛维多夫　要知道我是人,要知道我是活人,我的血管里流的是血,不是水。我是贵族,尼基杜希卡,好出身……我没掉到这个深坑里来以前,原在军队里服役,在炮兵部队……那时候我多么潇洒,多么漂亮,多么正直、大胆、热情!上帝啊,这一切都上哪儿去了?尼基杜希卡,后来我又做了什么样的好演员啊,不是吗?(站起来,靠着提词员的胳膊)这一切都上哪儿去了?那个时代在哪儿啊?我的上帝,如今我瞧着这个深坑,我就什么都想起来了,都想起来了!这个深坑吞吃了我四十五年的生命,而且那是什么样的生命,尼基杜希卡!眼下我瞧着这个深坑,就清清楚楚地看见了那些情景,一丝不漏,就像看清你的脸一样。青春的迷恋、信心、热情、女人的爱!那些女人啊,尼基杜希卡!

尼基达·伊凡内奇　您,瓦西里·瓦西里伊奇,该睡觉了。

斯威特洛维多夫　当初我是个年轻的演员,刚进入火热的青春期,我记得,有个女人看了我的表演而爱上了我……她风度优雅,身材匀称,像棵白杨;她年轻,天真,纯洁,热情,像夏天的晚霞!在她那对淡蓝色眼睛的注视下,面对她的动人的笑容,无论什么样的阴影都会一消而散。海浪碰到岩石就碎了,可是峭壁、冰块、大雪块一碰到她的鬈发的波浪却会粉碎!我记得有一次我站在她的面前就跟现在站在你面前一样……那一次她比任何时候都漂亮,她瞧着我的那种眼神,我就是到了坟墓里也忘不了……妩媚、柔和、深情,闪耀着青春的光辉!我神魂飘荡,满心幸福,在她面前跪下,要求幸福。(压低声音说下去)可是她……她说:"您离开舞台吧!"离——开——舞——台!……你明白吗?她能爱上一个演员,可是做他的妻子就办不到了!我记得那天我演……我演的是个糟糕的丑角……我演啊演的,觉得我的眼睛睁开了……那时候我才明白过来:根本就没有什么神圣的艺术,那些话都是胡说,都是欺骗,我是奴隶,是别人消遣的玩物,是小丑,是卖艺的!那时候我才明白观众!从那时候起,鼓掌也罢,花环也罢,赞叹也罢,我都不信了……是啊,尼基杜希卡!他们对我鼓掌,花一个卢布买我的照片,可是在他们看来,我不是他们一流人,我是一团烂泥,和娼妓差不多!他们出于虚荣心而设法认识我,可是决不肯降低身份,把他们的姐妹或者女儿嫁给我……我不相信他们!(坐到凳子上)我不相信!

尼基达·伊凡内奇　您脸色煞白,瓦西里·瓦西里伊奇!简直把我吓坏了……我送您回家去,您想开点吧!

斯威特洛维多夫　到那时候我才恍然大悟……而这种恍然大悟叫我付出了很高的代价啊,尼基杜希卡!自从出了那件事以后……自从那个姑娘说过这话以后……我就瞎逛荡,胡乱地混日子,不再朝前看了……我扮演丑角和爱讥诮人的角色,怪模怪样,败坏才智,可我原是个出色的艺术家,很有才能的人!我埋葬了我的才能,弄得我的台词庸俗难听,不像样子了……这个黑坑吃掉我,吞下了我!我以前没有感到过,可是今天……我醒过来,回头一看,我的身后已经有六十八年了。直到现在我才明白自己已经衰老!好时光已经过去了!(痛哭)好时光已经过去了!

尼基达·伊凡内奇　瓦西里·瓦西里伊奇!我的老爷子,亲爱的……哎,您安静下来吧……主啊!(喊叫)彼得鲁希卡!叶果尔卡!

斯威特洛维多夫　可是我当初有多少才能,有多大的力量啊!你再也想不到我的口齿有多么清楚,感情有多么丰富,姿态有多么优雅,有多少心弦……(捶自己的胸口)在这个胸膛里!简直能叫人透不过气来!……老头,你听着……等一等,让我换口气……比方说《鲍里斯·戈都诺夫》①里的一段:

---

①　指普希金的诗剧《鲍里斯·戈都诺夫》。

伊凡雷帝的阴魂收我做儿子，
　　在坟墓里封我做德米特里，
　　鼓动百姓起来为我造反，
　　使得鲍里斯成了我的牺牲品。
　　我是王子。够了。我羞于
　　在骄傲的波兰女人面前低声下气！

怎么样，不好？（活跃）等一等，我来一段《李尔王》①吧……你知道，漆黑的天空，雨，雷，轰隆隆！……闪电，咝……划破天空，这时候：

　　风啊，你逞凶吧！吹破你的双颊，吹吧！
　　你，瓢泼大雨啊，翻江倒海，
　　淹没塔楼和塔楼上的风信旗吧！
　　你，流矢般的硫黄的怒火，
　　　　雷的先驱啊，
　　像劈开橡树一样照直打到我的
　　　　白头上来吧！
　　震撼一切的天雷呀，
　　一下子砸扁这个大地球，
　　打碎造物的模型，
　　轰散那些生下忘恩负义的人的种子吧！

　　（焦急）快念丑角的台词！（顿脚）快念！我等不及了！

---

① 指莎士比亚的悲剧《李尔王》。

尼基达·伊凡内奇　（表演丑角）"怎么样，老爷子？在屋里坐着，我想，总比淋着雨逛荡好吧？说真的，大叔啊，你还是跟女儿们讲和的好。在这样的夜晚，聪明人和糊涂人都一样不好受！"

斯威特洛维多夫

> 使足了劲怒吼吧！
> 刮风吧，下雨吧，打雷吧，闪电吧！
> 何必怜惜我？雷和雨，
> 火和风，都不是我的闺女！
> 我不怪你们狠心：
> 我没有赐给你们领土，
> 没有称你们为子女。

这就是力量！才能！艺术家！再来一点什么……再念一点这样的……仍旧照以前那样……（发出幸福的笑声）咱们演一段《哈姆雷特》①！好，我来开始……演哪一段好呢？啊，来这段吧……（表演哈姆雷特）"啊，笛子来了！把你的笛子给我！（对尼基达·伊凡内奇）我觉得你们老是在追赶我，好像要把我赶进罗网似的。"

尼基达·伊凡内奇　"请您相信，王子，我对您的热爱和对国王的热忱是这一切的原因。"

斯威特洛维多夫　"我不大明白你的意思。你给我吹个曲子吧！"

尼基达·伊凡内奇　"我不会吹，王子。"

斯威特洛维多夫　"给我一点面子吧。"

---

① 指莎士比亚的悲剧《哈姆雷特》。

尼基达·伊凡内奇　"我真的不会吹,王子!"

斯威特洛维多夫　"看在上帝面上,你吹吧。"

尼基达·伊凡内奇　"可是我根本不会吹笛子!"

斯威特洛维多夫　"然而这跟说谎一样容易。你照这样拿着长笛,把嘴放在这儿,把手指按在那儿,就吹吧!"

尼基达·伊凡内奇　"我根本就没有学过。"

斯威特洛维多夫　"现在你想想看:你把我当成什么人了?你想玩弄我的灵魂,可是你连玩这个笛子,吹一个曲子都不会。难道我比这支笛子还不如,还简单吗?随你把我看成什么东西!你尽可以折磨我,可就是别玩弄我!"(大笑,鼓掌)好哇!再来一次!好哇!哪里显得衰老呀,见鬼!一点也说不上老,那都是胡说,瞎扯!力量从所有的血管里往外涌,像喷泉一样,这是青春、朝气、生命!凡是有才能的地方,尼基杜希卡,就没有衰老!你吓一跳吧,尼基杜希卡?你愣住了吧?主啊,让我也清醒一下吧……啊,我的上帝呀!你再听一听:多么柔和,多么优美,多么悦耳!嘘……肃静!

　　　乌克兰的夜晚安静异常。
　　　天空透明,繁星闪亮。
　　　空气不愿意克制
　　　昏昏的睡意。银色的白杨
　　　树叶微微摇荡……

　　[传来开门的响声。

　这是什么声音?

尼基达·伊凡内奇　多半是彼得鲁希卡和叶果尔卡来了……真是天才,瓦西里·瓦西里伊奇!天才!

斯威特洛维多夫 （转过脸去，向着发出开门声的方向，喊叫）上这儿来，我的棒小伙子！（对尼基达·伊凡内奇）咱们去换衣服吧……一点也说不上衰老，这都是胡说，废话……（快活地大笑）你怎么哭了？我的好傻瓜，你干什么哭天抹泪呀？哎，这不好！这可真不好！得了，得了，老头，别这样！为什么要这样？得了，得了……（含着泪拥抱他）不要哭了……凡是有艺术的地方，凡是有才能的地方，就既没有衰老，也没有寂寞，也没有疾病，连死亡也不算什么了……（哭）不，尼基杜希卡，我们的歌已经唱完了。我算是什么天才呀？无非是一个挤干了的柠檬，一个假奶头，一只生锈的钉子，你呢，是戏院里的老耗子，提词员……咱们走吧！

〔两人同行。

我算是什么天才呀？在严肃的戏里我只配做福丁勃拉斯①的侍从……而且演这角色也嫌老了……对了……你记得《奥赛罗》②里的那一段吗，尼基杜希卡？

> 永别了，安宁，永别了，我的满足！
> 永别了，你们插着羽毛的大军
> 和把功名心看作英勇精神的豪迈战役，
> 一切的一切，永别了！
> 永别了，我的嘶鸣的马，
> 号角的声音，鼓声的隆隆，
> 军笛的尖叫，威严的旗帜，
> 辉煌的战争的一切威仪、一切荣耀、

---

① 《哈姆雷特》里的次要人物，挪威王子。
② 指莎士比亚的剧本《奥赛罗》。

一切庄严以及轰轰烈烈的大场面!

尼基达·伊凡内奇　天才啊!天才啊!
斯威特洛维多夫　或者,还有这一段:

出了莫斯科!我再也不会回来。
我奔跑,头也不回,走遍世界寻找一个地方,
好让被侮辱的感情有个地方躲藏!
给我一辆马车!一辆马车!

[他同尼基达·伊凡内奇下。

——幕徐徐落下·剧终

伊凡诺夫

四幕正剧

剧 中 人 物

尼古拉·阿历克塞耶维奇·伊凡诺夫——农务局的常务委员。
安娜·彼得罗芙娜——他的妻子,原名萨拉·阿勃拉木松。
玛特威·谢敏诺维奇·沙别尔斯基——伯爵,伊凡诺夫的舅舅。
巴威尔·基利雷奇·列别杰夫——地方自治局执行处主席。
齐娜伊达·萨维希娜——他的妻子。
萨霞——列别杰夫夫妇的女儿,二十岁。
叶甫根尼·康斯坦丁诺维奇·李沃夫——地方自治局的青年医师。
玛尔法·叶果罗芙娜·巴巴金娜——年轻的寡妇,女地主,富商的女儿。
德米特利·尼基契奇·柯绥赫——消费税税吏。
米哈依尔·米海洛维奇·包尔金——伊凡诺夫的远亲,他的田庄的总管。
阿芙多恰·纳扎罗芙娜——没有固定职业的老妇人。
叶果鲁希卡——列别杰夫家的食客。
客人一。客人二。客人三。客人四。
彼得——伊凡诺夫的听差。
加甫利拉——列别杰夫家的听差。
男女宾客,仆人们。

[事情发生在俄罗斯中部的某一个县里。

第 一 幕

　　[伊凡诺夫田庄的花园。左边是带凉台的住房正面,有一扇窗子开着。凉台前边是一个宽阔的半圆形场地,有两条林荫路从这儿通到花园里,一条是照直通过去,一条是在右边。右面有一些花园里用的桌椅。一张小桌上点着灯。天色近黄昏。幕启的时候,从正房里传出练习钢琴和大提琴二重奏的声音。

一

　　[伊凡诺夫和包尔金。

　　[伊凡诺夫坐在桌旁,正在看书。包尔金穿着大靴子,拿着一管枪,在花园深处出现,微微有点醉意,看见伊凡诺夫,就踮着脚向他走过去,到了他跟前,突然举起枪来瞄准他的脸。

伊凡诺夫　(看见包尔金,打了个哆嗦,跳起来)米沙①,上帝才知道这是怎么回事……您把我吓坏了……我本来就心神不定,而您还要开这种愚蠢的玩笑……(坐下)吓了我一跳,他就高

---

① 米哈依尔的爱称。

兴了……

包尔金 （大笑）得了,得了……对不起,对不起。（挨着他坐下）我以后再也不干了,不干了……（脱掉帽子）天热呀。您相信不,我的老兄,也就三个钟头,我跑了十七里……累极了……您摸摸看,我的心跳得多么厉害……

伊凡诺夫 （看书）好,待一会儿再说……

包尔金 不,您现在就摸。（拿起他的手,放在自己的胸口上）您听见了吗？突、突、突、突、突、突。这是说我有心脏病。说不定什么时候我会突然死掉。您听我说,要是我死了,您会难过吗？

伊凡诺夫 我在看书……等一会儿再说……

包尔金 不,说正经的,要是我突然死了,您会难过吗？尼古拉·阿历克塞耶维奇,要是我死了,您会难过吗？

伊凡诺夫 别纠缠我！

包尔金 亲爱的,告诉我：您会难过吗？

伊凡诺夫 您满嘴喷酒气,我才真难过呢。米沙,这惹人讨厌。

包尔金 （笑）难道会有酒气？怪事……不过呢,这也没有什么可奇怪的。在普列斯尼吉村我遇上法院的侦察官,不瞒您说,我就跟他一块儿干了七八杯。说实在的,喝酒很有害。您听我说,不是有害吗？啊？不是有害吗？

伊凡诺夫 这简直叫人受不了……您要明白,米沙,这是在耍弄人……

包尔金 得了,得了……对不起,对不起！上帝保佑您,您一个人坐着吧……（站起来,走开）怪人,连跟他谈谈天都不行。（走回来）哦,对了！我差点忘啦……劳驾给我八十二个卢布！……

伊凡诺夫 什么八十二个卢布？

包尔金　明天该付工人的工钱。

伊凡诺夫　我没有。

包尔金　多谢多谢！（学他的腔调）我没有……可是工人的工钱需要付吗？需要吗？

伊凡诺夫　我不知道。我今天一个钱也没有。您等到下月一号我领薪水的时候吧。

包尔金　跟这种人说话可真有意思！……工人们不是下月一号来领钱，而是明天早晨呀！……

伊凡诺夫　那么要我现在怎么办呢？好，您宰了我，把我锯成碎块吧……而且您养成了多么可恶的习惯，总是在我读书、写字，或者……的时候来纠缠我。

包尔金　我问您：该不该付工人工钱？哎，跟您说这些有什么用！……（挥一下手）还算是个地主，土地所有者呢，见鬼……什么合理化经营……有一千亩土地，可是口袋里却一文钱也没有……酒窖倒有，可是开酒瓶的拔塞器反而没有……明天我不管三七二十一，把那辆三套马的马车卖掉算了！是啊！……燕麦还没收就卖掉了，那明天索性把黑麦也卖掉。（在舞台上走来走去）您当是我会讲客气吗？是吗？哼，不对，那您可是看错人了……

二

［人物同前，加上沙别尔斯基（在幕后）和安娜·彼得罗芙娜。

［从窗口传来沙别尔斯基的声音：“简直没法跟您一块儿合奏……您的听觉比一条填了馅儿的狗鱼还要差，而您弹钢琴的指法简直让人生气。”

安娜·彼得罗芙娜　（在打开的窗口出现）刚才是谁在这儿说话？是您吗，米沙？您干吗这样走来走去？

包尔金　跟您的这位 Nicolas-voilà① 说话哪能不走来走去。

安娜·彼得罗芙娜　您听我说，米沙，请您吩咐人把干草送到球场上去。

包尔金　（挥挥手）劳驾，您躲开我……

安娜·彼得罗芙娜　瞧瞧，这是什么口气啊……这种口气在您可是完全不恰当的。如果您希望女人喜欢您，那您就永远也不要当着她们的面发脾气，不要神气活现……（对丈夫）尼古拉，咱们到干草上去翻跟头玩吧！……

伊凡诺夫　你，安纽达②，站在敞开的窗口可不好。你走开吧，千万……（喊叫）舅舅，关上窗子！

　　〔窗子关上。

包尔金　此外，您不要忘记，过两天就得付列别杰夫利息了。

伊凡诺夫　我记得。今天我要到列别杰夫家里去，请求他延期……（看怀表）

包尔金　您什么时候到那儿去？

伊凡诺夫　马上就去。

包尔金　（活跃）等一等，等一等！……要知道，今天好像是舒罗契卡③的生日……喷喷喷……我倒给忘了……这叫什么记性！（蹦跳）我要走啦，我要走啦……（唱）我要走啦……我去洗个澡，口里嚼嚼纸烟，来上三滴阿摩尼亚水，那一切就重新

---

① 法语：亲爱的尼古拉。
② 安纽达和下文的安尼雅均为安娜的爱称。
③ 萨霞、舒罗契卡和下文的萨涅琪卡、萨宪卡、舒拉、舒尔卡均为亚历山德拉的爱称。

开始啦……好人,尼古拉·阿历克塞耶维奇,我的亲亲,我心中的天使,您老是烦躁,诉苦,经常忧郁,可是如果咱们合伙干,鬼知道能干出多少了不起的事来啊! 我为您什么都肯干……您愿意我为您而跟玛尔福沙①·巴巴金娜结婚吗? 她的陪嫁,一半归您……不,不是一半,您全拿走,全拿走! ……

伊凡诺夫　您别再胡扯了……

包尔金　不,我说的是正经话! 您愿意我娶玛尔福沙吗? 她的陪嫁咱们对半分……不过,为什么我对您说这些呢? 难道您会懂吗? (学伊凡诺夫的腔调)"别再胡扯了。"您是好人,聪明人,可是您缺少那么一种冲劲,您明白,那么一种魄力。应当放开手大干一场,叫魔鬼都感到恶心……您是个精神病人,是个哭天抹泪的人,如果您是个正常的人,那您过上一年就会有一百万了。比方说,要是眼下我有两千三百卢布,过上两个星期我就会有两万。您不信吗? 照您看来,这是胡扯吗? 不对,这不是胡扯……现在您给我两千三百卢布,过一个星期我就给您送上两万。奥甫夏诺夫正在出卖河对岸的一块地,恰好就在我们田地的对面,要价两千三百卢布。要是我们买下这块地,河两岸就都归我们所有了。真要是两岸都归我们所有,那么您要明白,我们就有权利修一道拦河坝截住河水。不是这样吗? 那我们就要造一个磨坊,等我们一宣布我们要修拦河坝,那些住在河下游的人就会闹起来,那我们马上就说:Kommen sie hier②,要是你们不乐意我们造坝,就出钱吧。您明白吗? 扎烈甫斯基的工厂就会出五千,柯罗尔科夫会出三千,修道院会出五千……

---

① 玛尔福沙和下文的玛尔福特卡均为玛尔法的爱称。
② 德语:到这儿来。

伊凡诺夫　所有这些,米沙,都是耍手段……要是您不愿意跟我吵架,您就把这些主意留给您自己用吧。

包尔金　(靠着桌子坐下)当然啦!……我早就知道嘛!……您自己什么也不干,又捆住我的手脚不让动……

三

[人物同前,加上沙别尔斯基和李沃夫。

沙别尔斯基　(跟李沃夫一块儿从正房里走出来)医生跟律师差不多,他们只有一个区别,那就是律师光敲竹杠,而医生是又敲竹杠又害人……我说的可不是在座诸君……(在一张沙发椅上坐下)他们是骗子,剥削者……也许在某个世外桃源可以遇上这种普遍法则的例外,然而……我这一辈子为看病花掉两万卢布,可就是没有碰到过一个医生,不让我觉得他是地道的骗子。

包尔金　(对伊凡诺夫)是啊,您自己什么也不干,又捆住我的手脚不让动。所以我们才没有钱……

沙别尔斯基　我再说一遍,我说的可不是在座诸君……也许有例外,不过呢……(打哈欠)

伊凡诺夫　(合上书)大夫,您要说什么?

李沃夫　(回过头去看窗子)还是我早晨说过的那句话:她务必到克里米亚①去。(在舞台上走来走去)

沙别尔斯基　(扑哧一笑)到克里米亚去!……米沙,咱们为什么就不去给人看病呢?这工作简单得嘛!……一个什么安果

---

① 俄国南部的疗养地。

太太或者奥菲丽亚小姐由于烦闷无聊而嗓子发痒或者咳嗽起来,那你就立刻拿来一张纸,照科学的原则开个方子:先是请个年轻的大夫,其次是到克里米亚去一趟,到了克里米亚再找个鞑靼人①……

伊凡诺夫　(对伯爵)哎,你别唠叨了,唠叨鬼!(对李沃夫)要到克里米亚去,就得有钱。就算我弄到钱,她也还是会坚决不去的……

李沃夫　对了,她不肯去。

　　　　〔停顿。

包尔金　您听我说,大夫,难道安娜·彼得罗芙娜病得真那么重,非去克里米亚不可吗?……

李沃夫　(回头看窗子)是的,她得的是肺病……

包尔金　嘘,嘘!……这可不好……我早就从她的脸色看出来她活不长。

李沃夫　不过……说话小声点……屋子里听得见……

　　　　〔停顿。

包尔金　(叹气)我们的生活呀……人的一生好比一朵在野外盛开的花:一只公山羊走过来,一口吃掉,这朵花就没有了……

沙别尔斯基　这都是胡说,胡说,胡说……(打哈欠)胡说,骗人。

　　　　〔停顿。

包尔金　我呢,诸位先生,一直在教尼古拉·阿历克塞耶维奇怎样聚财。我给他出了一个绝妙的主意,可是我的火药照例落在潮湿的土壤上了。他这个人是讲不通的……你们瞧他像个什么样子:忧郁,沮丧,痛苦,愁闷,悲伤……

沙别尔斯基　(站起来,伸懒腰)你这个天才的脑袋为所有的人想

---

① 指鞑靼向导。

办法,教导大家怎样生活,我呢,你至少也得教导一次才好……你给我上一课,聪明人,指一条出路吧……

包尔金　（站起来）我去洗个澡……再见,诸位先生……（对伯爵）您有二十条出路呢……要是我处在您的地位,不出一个星期就会弄到两万。（走）

沙别尔斯基　（跟着他走去）用什么办法呢?好,教教我吧。

包尔金　这没有什么可教的。很简单……（走回来）尼古拉·阿历克塞耶维奇,给我一个卢布吧!

　　［伊凡诺夫默默地把钱给他。

Merci！（对伯爵）您手上还有许多张王牌呢。

沙别尔斯基　（跟着他走去）哦,都是什么样的王牌呢?

包尔金　要是我处在您的地位,不出一个星期,少说也会弄到三万。（同伯爵一块儿下）

伊凡诺夫　（沉吟片刻）这些多余的人,这些多余的话,而对于那些愚蠢的问题又不得不回答,所有这些,大夫,使我厌烦得要生病了。我变得爱发火,急躁,尖刻,小气,弄得我自己都认不得自己了。我一连好几天头痛,失眠,耳鸣……简直要躲也没处躲……要躲也没处躲……

李沃夫　尼古拉·阿历克塞耶维奇,我要认真地跟您谈一谈。

伊凡诺夫　您谈吧。

李沃夫　我要谈安娜·彼得罗芙娜的事。（坐下）她不同意到克里米亚去,不过跟您一块儿,她就会去了。

伊凡诺夫　（想一想）要两个人一块儿去,就得有钱。再说,我不能请长假。今年我已经请过一次假了……

李沃夫　就算这是实情吧。现在再往下谈。肺病的最主要的医疗方法是绝对的安宁,而您的妻子连一分钟的安宁也没有。您对她的态度经常使她焦急不安。对不起,我心情激动,我要直截了当地说了。您的行为正在断送她的性命。

　　　　［停顿。

　　尼古拉·阿历克塞耶维奇,请您让我能把您想得好一点吧！……

伊凡诺夫　所有这些都是实话,实话……我大概罪孽深重,不过呢,我的思路混乱,我的灵魂被一种什么惰性捆得紧紧的,我不能了解我自己。我既不了解别人,也不了解自己……(瞧一眼窗子)人家可能听见我们的话,我们去散散步吧。

　　　　［他们站起来。

　　我,亲爱的朋友,很想跟您从头讲起,可是这件事说来话长,又那么复杂,就是讲到明天早晨也讲不完。

　　　　［他们走去。

　　安纽达是个了不起的、不平常的女人……她为我改变了宗教信仰,丢下父母,抛弃了家财,而且,要是我再要求一百种牺牲,她也会承担下来,连眼睛也不眨一下。而我呢,却一点儿也没有什么了不起的地方,而且什么也没有牺牲过。不过,这事说来就话长了……问题的全部实质,亲爱的大夫(犹豫不决),在于……简单地说吧,当初我结婚是出于热烈的爱情,而且发誓永远爱她,可是……五年过去了,她仍旧爱我,而我……(把两只手一摊)刚才您告诉我她快死了,我既没感到爱恋,也没感到怜悯,却感到一种空虚和疲倦。如果从旁边看我,这多半是可怕的,我自己也不明白我的灵魂起了什么样的变化……

　　　　［他们沿林荫道下。

四

〔沙别尔斯基,后来加上安娜·彼得罗芙娜。

沙别尔斯基 （上场,大笑）说真的,他不能说是骗子,而是思想家,是技艺精巧的能手！应当给他立一个纪念碑才是。在他一个人身上,集合了当代各种各样的脓疮:律师的,医生的,小商人的,出纳员的。(在凉台的底下一层台阶上坐下)可是他好像从来也没有在什么学校里毕过业,这才叫惊人呢……那么,要是他再掌握文化和人文科学,他就会成为一个多么有天才的坏蛋啊！他说:"您不出一个星期就能弄到两万。"他又说:"您手上还有一张王牌爱司呢,那就是您的伯爵头衔。(大笑)随便哪个姑娘都会带着陪嫁嫁给您的……"

〔安娜·彼得罗芙娜推开窗子,朝下面瞧。

他说:"您愿意我给您说媒,跟玛尔福沙结婚吗？"Qui est ce que c′est① 玛尔福沙？啊,这就是那个姓什么巴拉巴尔金娜……或者巴巴卡尔金娜……也就是那个很像洗衣妇的女人。

安娜·彼得罗芙娜 是您吗,伯爵？

沙别尔斯基 什么事啊？

〔安娜·彼得罗芙娜笑。

(用犹太口音讲话)您笑啥？

安娜·彼得罗芙娜 我想起您的一句话。您记得您吃午饭的时候说的话吗？被宽恕的贼啦,马啦……怎么说来着？

---

① 法语:是谁？

沙别尔斯基　改信基督教的犹太人,被宽恕的贼,刚医好病的马,都是一个价。

安娜·彼得罗芙娜　(笑)您连不带恶意地说一句普通的俏皮话也办不到。您是个恶毒的人。(严肃地)不开玩笑,伯爵,您很恶毒。跟您一块儿生活是乏味而可怕的。您老是唠叨,说怪话,在您的心目中,人人都是坏蛋和流氓。您坦率地告诉我,伯爵,您曾经说过谁的好话吗?

沙别尔斯基　这可真是考问!

安娜·彼得罗芙娜　我跟您在一所房子里生活已经有五年了,我一次也没有听见过您心平气和地议论人,不发脾气,不带嘲笑。人家有什么对不起您的地方?莫非您认为您比大家都高明吗?

沙别尔斯基　我根本没有这样想。我跟大家一样也是坏蛋和戴着小圆帽的猪猡。我是 mauvais ton①,是个老混蛋。我老是骂我自己。我算是个什么人?我是干什么的?我以前阔绰,自由,也幸福过一阵子,可是现在呢……我成了食客,寄人篱下,成了任人笑骂的丑角。我气愤,我藐视,可是人家用讪笑回答我;而我一笑,人家又对我悲哀地摇头,说:这个老头子发疯了……不过最常见的情形是人家不理睬我的话,不把我放在眼里……

安娜·彼得罗芙娜　(轻声地)又叫了……

沙别尔斯基　谁在叫?

安娜·彼得罗芙娜　猫头鹰呗。它每天傍晚都叫。

沙别尔斯基　随它去叫吧。反正也不会有比现在更糟的局面了。(伸懒腰)哎,亲爱的萨拉,要是我打牌能赢个十万、二十万

---

①　法语:低级趣味的人。

的,我就会给您一点儿颜色看看!……只是到那时候您就见不到我了。我就会离开这个泥坑,不吃这种别人布施的面包,一直到世界末日也决不会到这儿来了……

安娜·彼得罗芙娜　要是您赢了钱,您要干些什么事呢?

沙别尔斯基　(想一想)我首先要到莫斯科去,听茨冈人唱歌。然后……然后我就跑到巴黎去。我就在那儿租一所房子住下,到俄国教堂去做礼拜……

安娜·彼得罗芙娜　此外还干点儿什么呢?

沙别尔斯基　我会整天坐在我妻子的坟墓旁边沉思默想。我就照这样守着那座坟,直到我咽气为止。我的妻子是葬在巴黎的……

　　　　［停顿。

安娜·彼得罗芙娜　我烦闷极了。我们再去合奏一下吧,好不好?

沙别尔斯基　好,您去准备乐谱吧。

五

［沙别尔斯基,伊凡诺夫和李沃夫。

伊凡诺夫　(同李沃夫一块儿在林荫道上出现)您,亲爱的朋友,去年刚刚毕业,还年轻,朝气蓬勃,我呢,三十五岁了。我有权利给您出主意了。您不要娶什么犹太女人,不要娶有精神病的女人,也不要娶什么女学究,而要挑选一个平常的、不起眼的女人,没有什么鲜明的色彩,也没有什么多余的声音。总之,要按老规矩铺排您的全部生活。背景越是灰色,越是单调,就越好。亲爱的,不要单枪匹马而同千千万万的人作战,不要同风车厮杀,不要用脑门子去撞墙……求上帝保佑您,不要去搞各式各样的合理化经营,不要去办不同寻常的学校,不要发表慷慨激昂的演说……您得把自己封闭在自己的甲壳里,干那种由上帝要您干的小事……这样生活比较舒服,比较正直,比较健康。而我经历过的那种生活却使人多么厌倦呀!啊,多么厌倦呀!我犯过多少错误,干过多少不公平的事,多少荒唐事。(看见伯爵,气愤地说)你,舅舅,老是在人家眼前转来转去,弄得人家没法单独说说话!

沙别尔斯基　(用要哭的声音说)叫鬼逮了我去才好,我连个歇一歇的地方也没有!(急速地向正房走去)

伊凡诺夫　(在他的背后喊叫)哎呀,对不起,对不起!(对李沃夫)我为什么要得罪他呢?是啊,我简直要垮下来了。我得给我自己想点办法才成。是得想办法了……

李沃夫　(激动)尼古拉·阿历克塞耶维奇,我听完了您的话,就要……就要,对不起,直截了当,不兜圈子地说一说。在你的语气中,姑且不谈您说的话,流露出您多么自私自利,没有心肝,多么冷酷无情啊……一个跟您最亲近的人由于跟您亲近而快要死了,她的日子屈指可数了,可是您……您居然没有一点爱人之心,还若无其事地到处给别人出主意,装腔作势。我对您也说不清我的想法,我缺少说话的才能,不过……不过我深深地厌恶您!……

伊凡诺夫　也许是,也许是……您是旁观者清……很可能您了解我……大概我有很大很大的罪过……(倾听)好像是马车准备好了。我得去换衣服……(向正房走去,站住)您,大夫,不喜欢我,也不隐瞒这一点。您的真诚使人起敬……(走进正房)

李沃夫　(独白)该死的性格啊……我又放过一个机会,没有跟他好好谈一谈……我没法冷静地跟他谈话!我一开口,刚说出一句话,我这个地方(指一指自己的胸口)就开始发闷,不住地翻腾,我的舌头就粘在喉咙上了。我痛恨这个达尔杜弗①,这个第一流的骗子……现在他要坐上马车走了……他那不幸的妻子的全部幸福,就在于他待在她的身边,她少不了他,要求他跟她一块儿哪怕只消磨一个傍晚也好,可是他……他办不到……您瞧,他在家里觉得气闷,觉得天地太小。要是他在家里哪怕只消磨一个傍晚,他也会难过得要开枪自杀。可怜的人啊……他需要广大的天地,那是为了打算干一种新的卑鄙勾当……哼,我知道你为什么每天傍晚坐车到那个列别杰夫家去!我知道!

六

　　[李沃夫,伊凡诺夫(戴着帽子,穿着大衣),沙别尔斯基和安娜·彼得罗芙娜。

沙别尔斯基　(同伊凡诺夫和安娜·彼得罗芙娜一块儿走出正房)尼古拉,这简直是不近人情啊!……你每天傍晚坐车出去,却撇下我们待在家里。我们气闷得八点钟就上床睡觉了。这是胡搞,不是生活!为什么你可以出去,我们就不行?为什么?

安娜·彼得罗芙娜　伯爵,别管他!让他去吧,随他吧……

伊凡诺夫　(对妻子)哎,你这个病人能到哪儿去呢?你有病,日落以后不能出门……你问问大夫嘛。你不是孩子,安纽达,你得明白事理……(对伯爵)你到那儿干什么去呢?

---

① 法国剧作家莫里哀的喜剧《伪君子》中的主人公,一个伪君子。

沙别尔斯基　哪怕叫我到地狱里去找魔鬼,哪怕叫我钻进鳄鱼的嘴里,我都去,只要不待在这儿就成。我闷得慌!我闷得麻木了!我惹大家讨厌。你把我留在家里是免得她一个人寂寞,可是我折磨她,使她更苦恼!

安娜·彼得罗芙娜　别管他了,伯爵,别管他了!要是他觉得在那儿快活,就让他去吧。

伊凡诺夫　安尼雅,何必说这种话呢?你知道我到那儿去不是图快活!我得去谈一谈期票的事。

安娜·彼得罗芙娜　我不明白,你何必辩白呢?你去好了!有谁阻拦你呢?

伊凡诺夫　诸位,我们不要互相争吵吧!难道有这种必要吗?!

沙别尔斯基　(用要哭的声音说)尼古拉,亲人,喏,我求求你,带我一块儿去吧!我要到那儿去看看那些骗子和蠢货,说不定会让我开开心。要知道,我从复活节起就哪儿也没有去过!

伊凡诺夫　(生气)好,我们一块儿去吧!你们这些人也真惹得我讨厌!

沙别尔斯基　是吗?好,merci,merci……(快活地挽住他的胳膊,把他拉到一边去)我可以戴你的草帽吗?

伊凡诺夫　可以,只是要快一点,劳驾!

　　　　〔伯爵跑进正房。

你们这些人多么惹我讨厌!不过,主啊,我在说什么?安尼雅,我在用一种使人难以容忍的腔调跟你说话。我早先从来也没有这样过。好,再见,安尼雅,我一点钟左右回来。

安娜·彼得罗芙娜　柯里亚①,我亲爱的,你留在家里吧!

伊凡诺夫　(激动)我的好人,我的亲人,不幸的人,我求求你,不

---

① 柯里亚和下文的尼古拉沙均为尼古拉的爱称。

要拦阻我傍晚出门。从我这方面来说,这种要求是狠心的、不公平的,不过你就容忍我去做这种不公平的事吧!在家里我沉闷得难受!太阳刚落下去,我的灵魂就开始受到苦恼的煎熬。多么苦恼呀!这究竟是什么缘故,你就别问了。我自己也不知道。我起誓,我真不知道!在这儿我苦恼,可是到了列别杰夫家就更糟;回到家里呢,还是苦恼,整个晚上就是这个样子……简直要命!……

安娜·彼得罗芙娜　柯里亚……那你就留在家里吧!我们照以前那样谈谈天……我们一块儿吃晚饭,看书……我和那个爱发牢骚的家伙为你练熟了许多合奏曲呢……(拥抱他)你留下吧!

　　〔停顿。

我不了解你。这种情况已经有一整年了。你为什么变啦?

伊凡诺夫　我不知道,我不知道……

安娜·彼得罗芙娜　那么你为什么每到傍晚不愿意带着我一块儿出门呢?

伊凡诺夫　既然你要我说,那么,也行,我就说。说这种话是有点残忍的,不过也还是说出来的好……每逢苦恼来煎熬我,我……我就开始不爱你了。在那种时候我就要躲开你。一句话,我非出门不可。

安娜·彼得罗芙娜　苦恼?我明白,我明白……你猜怎么着,柯里亚?你就试一试照以前那样唱唱歌,笑一笑,生会儿气……你别走了,我们来一块儿笑,喝点甜酒,我们就会把你的苦恼一下子赶走的。你要我唱个歌吗?要不然我们就照以前那样到你的书房里去摸着黑坐下来,你就对我诉说你的苦恼……你那双眼睛里流露出多么深切的痛苦呀!那我就瞧着你的眼睛哭泣,我们两个人心里就会轻松多了……(又笑又哭)这究竟是怎么回事呢,柯里亚?花每年春天都开,而欢乐就不行?是吗?那么,你去吧,你去吧……

伊凡诺夫　你为我祷告上帝吧,安尼雅!(走去,停住,思索)不,我办不到!(下)

安娜·彼得罗芙娜　你去吧……(在桌子旁边坐下)

李沃夫　(在舞台上走来走去)安娜·彼得罗芙娜,您得定下一个规则:一打六点钟,您就得进屋里去,到第二天早晨再出来。傍晚的潮湿对您有害。

安娜·彼得罗芙娜　是,先生。

李沃夫　什么"是,先生"!我是在严肃地说话。

安娜·彼得罗芙娜　我却不想严肃。(咳嗽)

李沃夫　您瞧,您已经在咳嗽了……

七

[李沃夫,安娜·彼得罗芙娜和沙别尔斯基。

沙别尔斯基　(戴着帽子,穿着大衣,走出正房)尼古拉在哪儿?马车来了吗?(很快地走过去,吻安娜·彼得罗芙娜的手)晚安,美人儿!(做鬼脸)对不起!请您包涵啦!(很快地下)

李沃夫　小丑!

[停顿,从远处传来手风琴声。

安娜·彼得罗芙娜　多么烦闷无聊啊!……那些车夫和厨娘倒在举行舞会了,而我……我呢,却像一个被抛弃的人……叶甫根尼·康斯坦丁诺维奇,您在那儿走来走去干什么?您到这儿来,坐下吧!……

李沃夫　我坐不住。

〔停顿。

安娜·彼得罗芙娜　厨房里在演奏《黄雀》这个曲子。(唱)"黄雀啊,黄雀啊,你在哪儿?我在山下喝白酒。"

　　〔停顿。

　　大夫,您的父母都在吗?

李沃夫　我的父亲死了,母亲还在。

安娜·彼得罗芙娜　您想念您的母亲吗?

李沃夫　我没有工夫想她。

安娜·彼得罗芙娜　(笑)花每年春天都开,欢乐却不行。这句话是谁对我说的?求上帝赐给我好记性……好像就是尼古拉亲口说的。(倾听)猫头鹰又叫了。

李沃夫　随它去叫吧。

安娜·彼得罗芙娜　大夫,我开始这样想:命运亏待了我。有许多人未必比我好,却很幸福,而且为自己的幸福并没有付出什么代价。我可是为一切都付出代价的,为一切,毫无例外!……而且代价是多么昂贵啊!为什么要从我这儿索取这么吓人的利息呢?……我亲爱的,您对我老是小心谨慎,生怕说出实情,可是您以为我不知道我的病情吗?我知道得很清楚。不过讲这种事是乏味的……(用犹太人的口音讲话)请您包涵吧!您会讲滑稽故事吗?

李沃夫　我不会。

安娜·彼得罗芙娜　尼古拉就会。而我也开始对人们的不公平感到惊奇:为什么不用爱情回报爱情,而用虚假来报答真情呢?您说说吧:我的父母会恨我到什么时候呢?他们住的地方离此地有五十里路,可是我白天黑夜,哪怕是做梦,都能感觉到他们的怨恨。还有,请问尼古拉的苦恼该怎么理解呢?他说只是到了傍晚苦恼来折磨他的时候,他才不爱我。这我倒是明白而且也能够容忍的,可是,您想想看,假定他完全不爱我了,那可怎么办！当然,这是不可能的,不过,万一会这样呢？不,不,关于这一点连想都不该想。(唱)"黄雀啊,黄雀啊,你在哪儿？……"(打了个哆嗦)我的想法多么可怕呀！……您,大夫,还没成家,有很多事情您不会了解……

李沃夫　您惊奇……(挨着她坐下)不,我……我才惊奇呢,我对您感到惊奇！是啊,您说说吧,您向我解释一下吧,您这么一个聪明、正直、几乎可以说圣洁的女人,怎么能容许人家那么无耻地欺骗您,把您拖到这个猫头鹰的窝里来？您何必待在这儿呢？您跟这个冷酷无情的人……有什么共同点呢,不过我们不谈您的丈夫吧！您跟这个空虚庸俗的环境有什么共同点呢？唉,我的上帝！……那个老是发牢骚的、上了锈的、疯疯癫癫的伯爵,那个老奸巨猾、骗子中的骗子,生成一副丑相的米沙……您对我解释一下,您待在这儿干什么？您怎么会跑到这种地方来的呢？……

安娜·彼得罗芙娜　(笑)您讲的话正好跟他以前讲过的一样……一点不差……不过他的眼睛大些,当他开始热烈地讲起什么事来,他那对眼睛就像是两个火红的煤块……您说吧,说下去！……

李沃夫　(站起来,挥一下手)我能说什么呢？您回到房间里去吧……

安娜·彼得罗芙娜　您说尼古拉这样那样、如此这般的。您怎么会了解他呢？难道半年之内就能认清一个人吗？他,大夫,是个了不起的人,可惜您没有在两三年以前认识他。他现在感到苦闷,沉默了,什么也不干了,可是以前……多么可爱呀！……我头一眼看到他,就爱上他了。(笑)我看了他一眼,捕鼠器就啪的一响,把我抓住了！他说:我们一块儿走吧……我就丢开一切,您知道,好比人们用剪子剪掉枯叶一样,我真就走了……

［停顿。

可是现在不是这样了……现在他常到列别杰夫家,找别的女人解闷儿去了,我呢……就坐在这个花园里,听猫头鹰叫……

［传来守夜人的打更声。

大夫,您有弟兄吗?

李沃夫　没有。

［安娜·彼得罗芙娜痛哭。

哎,这是干什么?您怎么啦?

安娜·彼得罗芙娜　(站起来)我受不了啦,大夫,我要到那儿去……

李沃夫　到哪儿去?

安娜·彼得罗芙娜　到他那儿去……我要去……请您吩咐他们准备马车吧。(跑进正房)

李沃夫　不行,我要断然拒绝在这种情况下治病!他们不但一个小钱也不给,而且搅得我心烦意乱!……不行,我不干了!够啦!(走进正房)

——第一幕完

第 二 幕

〔列别杰夫家的客厅；正面有一道门通向花园，左右也有门。贵重的老式家具。枝形吊灯架，枝形烛台，画，这些东西都蒙着罩子。

一

〔齐娜伊达·萨维希娜，柯绥赫，阿芙多恰·纳扎罗芙娜，叶果鲁希卡，加甫利拉，女仆，老年的女客们，小姐们，巴巴金娜。

〔齐娜伊达·萨维希娜坐在一张长沙发上。她两旁的圈椅上坐着老年的女客们；年轻人坐在椅子上。在舞台深处，在通往花园的门口附近，人们在打纸牌，打牌的人当中有柯绥赫、阿芙多恰·纳扎罗芙娜和叶果鲁希卡。加甫利拉站在右门的旁边；女仆用盘子端来糖果分送给大家。在整个第二幕里，客人们从花园到右门不住地来回走动。巴巴金娜从右门里出来，往齐娜伊达·萨维希娜那边走去。

齐娜伊达·萨维希娜　（快活地）亲爱的，玛尔法·叶果罗芙娜……

巴巴金娜　您好,齐娜伊达·萨维希娜!我荣幸地祝贺您小姐的生日……

［她们互吻。

求上帝保佑……

齐娜伊达·萨维希娜　谢谢您,亲爱的,我那么高兴……哦,您的身体怎么样?……

巴巴金娜　多谢您。(挨着她在长沙发上坐下)你们好,年轻人!

［客人们站起来,鞠躬。

客人一　(笑)年轻人……那么莫非您老啦?

巴巴金娜　(叹气)我哪儿算得上是年轻人啊……

客人一　(恭敬地笑)求上帝怜恤,您这是什么话呀……您只不过名义上是寡妇罢了,其实您比随便哪个姑娘都要俊得多呢。

［加甫利拉给巴巴金娜送茶。

齐娜伊达·萨维希娜　(对加甫利拉)你怎么这样送茶的?应当拿点果酱来。醋栗酱什么的……

巴巴金娜　您别费心,多谢您了。

［停顿。

客人一　您,玛尔法·叶果罗芙娜,是坐车穿过穆希金诺村来的吧?……

巴巴金娜　不,我是打扎依米谢村那边来的。那儿的路好走一点。

客人一　是啊。

柯绥赫　两张黑桃。

叶果鲁希卡　帕斯。

阿芙多恰·纳扎罗芙娜　帕斯。

客人二　帕斯。

巴巴金娜　彩票,亲爱的齐娜伊达·萨维希娜,又猛涨啦。这种事真少见:头一期的涨到两百七,第二期的也将近二百五了……

301

这种事可从来也没有过啊……

齐娜伊达·萨维希娜 （叹气）谁手里彩票多,谁就美了……

巴巴金娜 您可别这么说,亲爱的,虽说价钱大,可要是真把钱花在这上头还是不划算。单是保险费就要人的命。

齐娜伊达·萨维希娜 话是不错的,不过,我亲爱的,这到底有个指望啊……（叹气）上帝是仁慈的……

客人三 在我看来,mesdames,我是这样考虑的:这年月有大笔资金不划算。息票的股息非常少,而把钱放出去又非常危险。我是这样理解的,mesdames,这年月有钱的人得担很大的风险,反不如……

巴巴金娜 （叹息）这话是实在的!

〔客人一打了个哈欠。

难道可以当着太太们打哈欠吗?

客人一 Pardon,mesdames,我是无意的。

〔齐娜伊达·萨维希娜站起来,从右门下,长久的沉默。

叶果鲁希卡 两张红方块。

阿芙多恰·纳扎罗芙娜 帕斯。

客人二 帕斯。

柯绥赫 帕斯。

巴巴金娜 （对旁边）主啊,多么气闷,气闷得要死!

二

〔人物同前,加上列别杰夫。

齐娜伊达·萨维希娜 （同列别杰夫一起从右门上,小声说）你在那儿呆坐着干什么? 好像一个歌剧女主角似的! 去陪客人坐

坐！（在原先的位子上坐下）

列别杰夫　（打哈欠）哎,我们罪孽深重啊！（看见巴巴金娜）老天爷,果糕在这儿坐着呢！美味糕！……（打招呼）您的最珍贵的玉体如何呀？……

巴巴金娜　多谢您。

列别杰夫　啊,谢天谢地！……谢天谢地！（在一把圈椅上坐下）是啊,是啊……加甫利拉！

　　〔加甫利拉端给他一杯白酒和一杯水,他喝完白酒,又喝水。

客人一　祝身体健康！……

列别杰夫　哪儿算得上什么健康哟！……总算没断气,这就得千恩万谢了。（对妻子）玖玖希卡①,我们过生日的女儿在哪儿呀？

柯绥赫　（带着哭音）您说说看：是啊,为什么我们总是两手空空啊？（跳起来）是啊,为什么我们总是输,真是见了鬼啦？

阿芙多恰·纳扎罗芙娜　（跳起来,气冲冲地）就因为你啊,老爷。如果你不会打牌,就不该坐下来。你有什么权利垫牌？你瞧,你手里的爱司出不去啦！……

　　〔他们两人都从桌子旁边向台口跑。

柯绥赫　（用要哭的声音说）容我说一句,诸位先生……我手里有红方块的牌：一张爱司、一张老王、一张皇后,另外还有八张方块儿,一张黑桃爱司,还有一张,您知道,一张小点的红桃,可是她,鬼才知道怎么搞的,偏不喊小满贯！……我就说：无将……

阿芙多恰·纳扎罗芙娜　（插嘴）无将是我说的！你说的是无将

---

① 齐娜伊达的爱称。

两副……

柯绥赫　这真气人！容我说一句……您有……我有……您有……（对列别杰夫）您来评评理吧，巴威尔·基利雷奇……我的牌是红方块：一张爱司、一张老王、一张皇后，另外还有八张方块……

列别杰夫　（捂上耳朵）别说了，劳驾……别说了……

阿芙多恰·纳扎罗芙娜　（喊叫）无将是我叫的！

柯绥赫　（狂怒地）要是往后我再跟这条鲟鱼坐下来打牌，我就是混蛋，天打雷劈！（很快地走进花园，下）

〔客人二跟着他走去，牌桌边只剩下叶果鲁希卡。

阿芙多恰·纳扎罗芙娜　呸！……他闹得我浑身发烧了……鲟鱼！你才是鲟鱼呢！……

巴巴金娜　连您也生气了，老太太……

阿芙多恰·纳扎罗芙娜　（看见巴巴金娜，就举起两只手轻轻一拍）我的心肝，美人儿！……原来她在这儿，我这个睁眼瞎却没有看见……亲人儿呀……（吻她的肩膀，挨着她坐下）多么叫人高兴！让我瞧瞧你吧，白天鹅！啐，啐，啐，……但愿你不要遭到毒眼的祸害就好！……

列别杰夫　得了，她又说个没完……还是给她找个新郎的好……

阿芙多恰·纳扎罗芙娜　我会给她找到的！要是我不把她和萨涅琪卡嫁出去，我这个罪人怎么也不肯进棺材！……怎么也不肯进棺材……（叹息）只是如今这号新郎到哪儿去找呢？瞧，他们就是我们的新郎，可是他们坐在那儿无精打采，活像些落汤鸡！

客人三　这是个非常不恰当的比喻。在我看来，mesdames，如果现在的青年人情愿过独身生活，那么这是应当归咎于所谓社会条件……

列别杰夫　得了,得了!……别谈哲学了!……我不喜欢!……

三

[人物同前,加上萨霞。

萨霞　(上场,向父亲跟前走去)这么美妙的天气,可是各位先生,你们却坐在这个闷不通风的地方。

齐娜伊达·萨维希娜　萨宪卡,难道你没看见玛尔法·叶果罗芙娜在我们这儿吗?

萨霞　对不起。(走向巴巴金娜,打招呼)

巴巴金娜　你的架子越来越大了,萨涅琪卡,你的架子越来越大了,哪怕到我家里来一次也好啊。(互吻)我祝贺你的生日,亲爱的……

萨霞　谢谢。(挨着她的父亲坐下)

列别杰夫　是啊,阿芙多恰·纳扎罗芙娜,找新郎的事如今是难办。别说新郎了,就是一个像样的男傧相也没处找啊。这年月,在座诸君可不要见怪,青年们变得萎靡不振、软弱无力,上帝保佑……你没法儿跟他们好好地跳跳舞,谈谈天,喝喝酒……

阿芙多恰·纳扎罗芙娜　哼,他们喝酒倒都在行,只要你让他喝……

列别杰夫　会喝酒算不了什么了不起的事,连马也会喝。不,你喝酒得喝出个样子来!……在我们那个时候,往往整天价绞尽脑汁忙功课,可是一到傍晚,就一溜烟跑到一个热闹的地方去,像陀螺似的转到第二天黎明……又是跳舞,又是引小姐们发笑,又是这个玩意儿(弹自己的脖子①)。我们又是胡扯,又是谈哲学,直到舌头不能动了才罢休……可是如今的年轻人啊……(挥一下手)我不懂……他们既不给上帝供圣烛,也不给魔鬼拨火。我们全县只有一个像样的青年人,而这个人已经结婚了,(叹息)并且看样子,也快发疯啦……

巴巴金娜　这人是谁?

列别杰夫　尼古拉沙·伊凡诺夫。

巴巴金娜　是啊,他是个好男人(做鬼脸),只是不走运!……

齐娜伊达·萨维希娜　亲爱的,他哪能走运呢!(叹息)他呀,可怜的人,做错了事!……当初他娶那个犹太女人的时候,他呀,可怜的人,原本指望她的父母会给她金山银山做陪嫁,结果呢,满不是那回事……自从她改变宗教信仰的时候起,她的父母就不愿意认她,咒骂她……所以他连一个子儿也没拿到。现在他后悔啦,可是已经迟了……

萨霞　妈妈,这是胡说。

巴巴金娜　(激烈地)舒罗契卡,这怎么会是胡说呢?要知道,这是大家都知道的。要不是贪图钱财的话,他为什么要娶一个犹太女人呢?难道俄国女人还少吗?他做错了事,亲爱的,他做错了事……(活跃)主啊,现在她也受够了他的气!这简直是笑话。他从外面一回到家里,就立刻对她说:"你的父母骗了我!你从我的家里滚出去!"可是她有什么地方可去呢?她的父母不会收留她,她只好去当女仆,可是她又干不惯那种活……他就尽找她的碴子,后来总算有伯爵给她挡一下。要不是伯爵的话,她早就送命了……

阿芙多恰·纳扎罗芙娜　有时候他把她关在地窖里,说:"你这没

---

① 暗示喝酒。

出息的娘们儿,吃蒜头吧!"……她吃啊吃的,吃得都呕吐了。

[笑声。

萨霞　爸爸,要知道,这是谣传!

列别杰夫　哦,那有什么关系?随他们去由着性儿胡扯吧……(喊叫)加甫利拉!……

[加甫利拉给他送来白酒和水。

齐娜伊达·萨维希娜　就因为这个缘故,这个可怜的人才破产的。亲爱的,他的境况糟透了……要是没有包尔金照看他的产业,那他和那个犹太女人就没有东西吃了。(叹气)而且,亲爱的,我们为他也遭了殃!……我们简直是大遭其殃,只有上帝才看得见!信不信由您,亲爱的,这三年他欠下我们九千卢布了!

巴巴金娜　(大吃一惊)九千啊!……

齐娜伊达·萨维希娜　是啊……这都是我那宝贝巴宪卡①自作主张借给他的。他也不分一分哪些人可以借,哪些人不可以借。借出去的钱我就不说了,求上帝保佑吧,可是利息总该按期付嘛!……

萨霞　(激烈地)妈妈,这话您已经说过一千遍了!

齐娜伊达·萨维希娜　这关你什么事?你干什么护着他?

萨霞　(站起来)可是人家并没做过什么对不起您的事,您怎么好意思说这些话呢?你倒说说,他做过什么对不起您的事呢?

客人三　亚历山德拉·巴甫洛芙娜,请您让我说几句!我尊敬尼古拉·阿历克塞耶维奇,而且引以为荣,不过,entre nous②,依我看来,他是个冒险家。

---

① 巴宪卡和下文的巴沙均为巴威尔的爱称。
② 法语:我们私下说说。

萨霞　要是您认为这样,那我就给您祝贺了。

客人三　我要举出下面的事实作为证据,这件事是他的 attaché①,或者所谓的 cicérone② 包尔金告诉我的。两年以前,在牲口闹瘟疫的时候,他买下不少牲口,给这些牲口保了险……

齐娜伊达·萨维希娜　是啊,是啊,是啊!我记得这件事。我也听人说过。

客人三　他给牲口保了险,请您注意,然后叫牲口染上瘟疫,他就领到了保险费。

萨霞　哎,这全是瞎扯!瞎扯!谁也没买过牲口,谁也没叫牲口染上过瘟疫!这是包尔金自己想出来的花样,还到处去吹嘘。后来伊凡诺夫知道了这件事,包尔金就向他讨饶了两个星期。伊凡诺夫的过错,只是他性格软弱,不忍心把这个包尔金从家里赶走,他错在他太相信人!他的一切家当都给人偷走私吞了,无论谁,只要有心发财,都可以利用他的慷慨发财的。

列别杰夫　舒拉,冒失鬼!你别说了!

萨霞　那他们为什么胡扯呢?唉,这些话真乏味,真乏味呀!伊凡诺夫,伊凡诺夫,伊凡诺夫,除此以外就没有别的话可讲了。(往门口走去,又回来)我感到吃惊!(对年轻人)我简直对你们的耐性感到吃惊,诸位先生!难道你们这么坐着不觉得乏味吗?要知道空气都因为苦闷而停滞了!你们说些什么吧,逗小姐们开开心,活动一下吧!要是你们除了伊凡诺夫就无话可谈,那你们就笑一下,唱个歌,跳个舞什么的……

列别杰夫　(笑)骂吧,把他们痛骂一顿!

萨霞　好,你们听着,请你们赏个脸吧!要是你们不想跳舞,不想

---

① 法语:随员。
② 法语:向导。

笑,不想唱歌,要是这些都乏味,那么我请求你们,央告你们,哪怕一辈子就这么一次,为了好玩,为了惊人或者为了逗笑,你们打起精神,一下子想出一句俏皮的、精彩的什么话,哪怕说一句放肆的或者庸俗的话,只要逗笑,新鲜就成!要不然,你们就一起搞出点小花样,哪怕不怎么出色,然而至少有点儿像英勇的行为,使得小姐们哪怕一辈子只有一次,也可以瞧着你们,说声"嘿"!你们听着,你们是希望惹人喜欢的,可是为什么你们不极力惹人喜欢呢?唉,诸位先生啊!你们都不对头,不对头,不对头呀!……瞧着你们,连苍蝇都会闷死,油灯都会冒烟子。这不对头,不对头!……这话我以前就对你们说过一千次,以后也永远要说:你们都不对头,不对头,不对头呀!……

四

[人物同前,加上伊凡诺夫和沙别尔斯基。

沙别尔斯基　(同伊凡诺夫一块儿从右门上)是谁在这儿朗诵,啊?是您吗,舒罗契卡?(大笑,跟她握手)我祝贺你,我的天使,求上帝保佑您晚点死,如果死掉,就不要再投胎了……

齐娜伊达·萨维希娜　(高兴)尼古拉·阿历克塞耶维奇,伯爵!……

列别杰夫　哟!我瞧见的是谁呀……原来是伯爵!(迎上前去)

沙别尔斯基　(看见齐娜伊达·萨维希娜和巴巴金娜,向她们伸出手去)两个银行在一张长沙发上啦!……瞧着真让人喜欢!(打招呼。对齐娜伊达·萨维希娜)您好,玖玖希卡!(对巴巴金娜)您好,宝贝儿!……

齐娜伊达·萨维希娜　我真高兴。您,伯爵,是我们这儿的稀客!(喊叫)加甫利拉,端茶来!请坐下!(站起来,从右门下,可是立刻又走回来,显得忧心忡忡的样子。萨霞在原来的位子上坐下。伊凡诺夫默默地同大家打招呼)

列别杰夫　(对沙别尔斯基)你打哪儿来?是什么风把你吹来的?真是意想不到啊!(吻他)伯爵,你简直是个捣蛋鬼!正派人可不是这么行事的!(拉着他的胳膊走到脚灯前)为什么你不上我们这儿来了?生气了还是怎么的?

沙别尔斯基　叫我乘什么车到你这儿来呢?叫我骑着手杖来吗?我自己没有马车,尼古拉又不肯带我一块儿来,吩咐我陪萨拉坐着,免得她寂寞。你派你的马车来接我,那我就会来了……

列别杰夫　(挥手)嗯,是啊!……玖玖希卡宁可送掉命也不肯给马车。我的好人,亲爱的,要知道对我来说你比谁都宝贵,比谁都亲啊!在老一辈人当中只剩下你和我了!我看见你,就想起我往日的痛苦和我那断送掉的青春……说真的,我此刻几乎要哭出来了。(吻伯爵)

沙别尔斯基　你放开我,放开我!你身上冒出一股酒窖里的气味……

列别杰夫　老兄,你再也想象不到我失掉了我那些朋友多么寂寞!我无聊得都想上吊了……(低声)玖玖希卡因为在外头放债而把所有的正派人都赶跑了,剩下来的,您看得明白,只是些祖鲁人①……都是杜德金、布德金之流了……好,喝茶吧……

〔加甫利拉给伯爵端茶来。

齐娜伊达·萨维希娜　(焦急地对加甫利拉)哎,你是怎么送茶的呀?应该送点果酱来……醋栗酱什么的……

———
① 南非的民族。

沙别尔斯基　（大笑,对伊凡诺夫）怎么样,我不是跟你说过了吗？（对列别杰夫）在路上我跟他打了个赌,我说我们一到,玖玖希卡就会立刻请我们吃醋栗酱……

齐娜伊达·萨维希娜　您,伯爵,还是那么喜欢讥诮人……（坐下）

列别杰夫　她做了二十大桶果酱,叫她怎么打发这些东西呢？

沙别尔斯基　（在桌子旁边坐下）您在攒钱吧,玖玖希卡？那么怎么样,已经有一百万了吧？

齐娜伊达·萨维希娜　（叹气）是啊,在外人看来,再也没有比我们阔绰的人了,可是钱从哪儿来呀？那都是人家胡说……

沙别尔斯基　嗯,对啦,对啦！……咱们心里有数！……咱们知道您下棋子的手法很不高明……（对列别杰夫）巴沙,你凭良心说:你们攒下一百万了吧？

列别杰夫　我不知道。你还是问玖玖希卡吧……

沙别尔斯基　（对巴巴金娜）还有这位胖乎乎的宝贝儿也快成为大财主了吧！她不是一天比一天,而是一个钟头比一个钟头漂亮,丰满！这就是钱多的好处……

巴巴金娜　多谢您,伯爵大人,只是我不喜欢讥诮。

沙别尔斯基　我亲爱的银行,难道这是讥诮吗？这纯粹是心灵的呼号,由于感情过于丰富,嘴巴才说出来……对您和玖玖希卡我是无限热爱的……（快活）兴奋啊！……陶醉啊！……我一瞧见你们俩,就不能不动心啊……

齐娜伊达·萨维希娜　你还是老样子。（对叶果鲁希卡）叶果鲁希卡,你去把蜡烛熄掉！既然你们不打牌了,那何必白点着蜡烛呢？（叶果鲁希卡打了个哆嗦,他去熄掉蜡烛,回来坐下。她对伊凡诺夫说）尼古拉·阿历克塞耶维奇,您太太的身体怎么样？

伊凡诺夫　不好。今天医生明确地说,她得了肺病……

齐娜伊达·萨维希娜　真的吗?多么可惜呀!……(叹气)我们大家都那么喜欢她……

沙别尔斯基　胡扯,胡扯,胡扯!……哪儿有什么肺病,这是医生骗人,耍花招。那位大夫喜欢来闲逛,所以才胡诌出肺病来。幸好丈夫不爱吃醋。

〔伊凡诺夫做出不耐烦的动作。

讲到萨拉本人,她的话我一个字也不相信,她的一举一动我都不相信。我这一辈子素来也不相信医生、律师、女人。胡扯,胡扯,这都是骗人和花招!

列别杰夫　(对沙别尔斯基)你是个奇怪的人物,玛特威!……你故意装出一副愤世嫉俗的样子,而且到处喋喋不休地发表你那一套。你是个跟大家一样的人,可是一说出话来,就像舌头上长了个疔疮,或者整条舌头发了炎似的……

沙别尔斯基　怎么,要我去亲骗子和坏蛋的嘴还是怎么的?

列别杰夫　可是你在哪儿看见骗子和坏蛋了?

沙别尔斯基　我,当然,不是指的在座诸君,不过……

列别杰夫　你只好说"不过"了……这都是装样。

沙别尔斯基　装样……像你这样没一点儿人生观的人,倒不错。

列别杰夫　我能有什么人生观呢?我坐在这儿,随时等着死呢。这就是我的人生观。我和你,老兄,已经不是考虑人生观的时候了。是啊……(喊叫)加甫利拉!

沙别尔斯基　你已经叫加甫利拉把你灌得够呛啦……你看你那鼻子红得发紫了!

列别杰夫　(喝酒)没关系,我的好人,反正我又不去举行婚礼。

齐娜伊达·萨维希娜　李沃夫大夫很久没有到我们这儿来了。他把我们完全忘掉啦。

萨霞　他惹我反感。他好像是正直的化身。他即使喝一口水,抽一支烟,也不能不表现一下他那种非同寻常的正直。不管他走路也好,说话也好,他的脑门子上总是写着:我是一个正人君子!跟他相处是乏味的。

沙别尔斯基　他是个狭隘的、头脑简单的医生!(模仿李沃夫的腔调)"给正直的工作让路!"他每走一步路都要像鹦鹉那样嚷叫,自以为算得上杜勃罗留波夫①第二。谁不嚷叫,谁就是坏蛋。他的见解深刻得惊人。要是一个庄稼汉生活优裕,过得像个人样,那他必是坏蛋和富农。我要是穿一件丝绒上衣,而且由听差给我穿衣服,那我就是坏蛋和农奴主。他正直极了,正直极了,简直要给正直胀破了。他处处都看不顺眼。我简直怕他……真是这样!……弄得不好,他出于责任感随时都会给你一个耳光,或者骂你一声坏蛋。

伊凡诺夫　他把我折磨得要命,不过我还是喜欢他,他非常真诚。

沙别尔斯基　好一个真诚!他昨天傍晚走到我跟前,无缘无故地说:"伯爵,我深深地厌恶您!"我感激不尽!而且这话不是随随便便说的,而是有意图的:他的声音发抖,眼睛放光,两腿直打哆嗦……叫这种麻木不仁的真诚见鬼去吧!嗯,他讨厌我,看我不顺眼,这是自然的……我自己也意识到了,可是何必当面说出来呢?我是个无聊的人,可是不管怎么样,我的头发总是白了呀!……这是平庸而无情的正直!

列别杰夫　得了,得了,得了!……你自己也年轻过,你能了解这些。

沙别尔斯基　是的,我年轻过,愚蠢过,当初也扮演过恰茨基②这

---

① 杜勃罗留波夫(1836—1861),俄国批评家,革命民主主义者。
② 见本书第59页注③。

个角色,揭穿过坏蛋和骗子,可是我生平从来也没有当着贼的面骂他是贼,也没有在绞刑犯的家里谈过绞索。我有教养。你们的这个麻木不仁的大夫呢,要是命运给他一个机会,为了原则和社会的理想当众给我一个耳光,或者当胸给我一拳,那他就会感到自己完成了自己最崇高的任务,到达七重天了。

列别杰夫　青年人都有点怪脾气。我有个叔叔,原是黑格尔派……他常常请来满满一屋子客人,大家喝酒,于是他便往椅子上一站,开口说:"你们是无知无识的人!你们是黑暗的势力!新生活的曙光啊!"等等,等等……他数落个没完没了……

萨霞　可是那些客人怎么样呢?

列别杰夫　哦,没什么……他们一边听一边自管喝酒。不过,有一次,我向他挑战,要跟他决斗……跟我的亲叔叔决斗。是由培根①引起的。我记得,求上帝保佑我的记性吧,我记得我就这么坐着,像玛特威一样,我叔叔跟去世的盖拉西木·尼雷奇大概站在尼古拉沙此刻站着的那个地方。……好,老兄,盖拉西木·尼雷奇就提出一个问题……

　　〔包尔金上。

五

　　〔人物同前,加上包尔金(装束漂亮,两只手托着一包东西,从右门上,蹦蹦跳跳,嘴里哼着曲子。他引起一片赞许声)。

---

① 培根,13 世纪英国哲学家。

小姐们　米哈依尔·米海洛维奇！……

列别杰夫　米谢尔·米谢里奇①！我一听就知道是你来了……

沙别尔斯基　交际场中的红人！

包尔金　我来啦！（走到萨霞跟前）高贵的小姐，我斗胆祝贺全世界，因为它诞生了像您这样一朵美妙的花。为了表示我的热诚，我斗胆向您献上（交出那包东西）我亲手制造的烟火和五彩焰火。愿这些焰火照亮夜晚，犹如您驱散了黑暗王国的阴霾。（演戏般地一鞠躬）

萨霞　谢谢您……

列别杰夫　（大笑，对伊凡诺夫）你为什么没把这个犹大赶走？

包尔金　（对列别杰夫）向巴威尔·基利雷奇致敬！（对伊凡诺夫）对我的保护人致敬……（唱）Nicolas-voilà, ho-hi-ho!②（对所有的人打招呼）最受尊崇的齐娜伊达·萨维希娜……虔诚的玛尔法·叶果罗芙娜……最年高的阿芙多恰·纳扎罗芙娜……最显贵的伯爵……

沙别尔斯基　（大笑）交际场中的红人啊……他一来，空气就立刻活跃起来。你们看出来了吗？

包尔金　嘿，我累坏了……好像我跟所有的人都打过招呼了。哦，有什么新闻吗，诸位先生？有没有什么特别吸引人的消息？（活跃，对齐娜伊达·萨维希娜）啊，您听我说，大婶……刚才我到您这儿来……（对加甫利拉）给我拿点茶来，加甫留沙，只是不要醋栗酱！（对齐娜伊达·萨维希娜）刚才我到您这儿来，看见庄稼汉在你们的河边上剥柳树的皮。为什么您不把那些柳树包出去？

---

① 即米哈依尔·米海洛维奇，下同。
② 法语：亲爱的尼古拉，哎哟哟。

列别杰夫 （对伊凡诺夫）为什么你没把这个犹大赶走？

齐娜伊达·萨维希娜 （吃一惊）这倒是实话，可是我压根儿就没往这上面想过！……

包尔金 （伸出胳膊做体操）我不能待着不动……大婶，能不能想出点什么特别的玩意儿？玛尔法·叶果罗芙娜，我浑身是劲儿……我心里发热！（唱）"我又来到了你的面前……"

齐娜伊达·萨维希娜 搞点什么玩意儿吧，大家都挺气闷的。

包尔金 诸位先生，你们真的为什么这么垂头丧气？你们坐在那儿活像一群陪审员！……咱们来想点什么花样吧。你们喜欢什么呢？玩方特①？玩绳圈？逮人？跳舞？放烟火？

小姐们 （把手一拍）放烟火，放烟火！（跑进花园）

萨霞 （对伊凡诺夫）您今天怎么这样烦闷？……

伊凡诺夫 我头痛，舒罗契卡，而且烦闷得很……

萨霞 我们到客厅去吧。

〔他们走进右门；大家都到花园里去了，只剩下齐娜伊达·萨维希娜和列别杰夫。

齐娜伊达·萨维希娜 这样的年轻人我才喜欢：没待上一分钟就逗得大家都有兴致了。（把大灯捻小一点）大家都到花园里去了，那就用不着白费蜡烛了（吹熄蜡烛）。

列别杰夫 （跟在她的身后）玖玖希卡，该给客人们吃点东西了……

齐娜伊达·萨维希娜 蜡烛点了这么多……怪不得人家认为我们有钱呢。（吹熄蜡烛）

列别杰夫 （跟在她的身后）玖玖希卡，给客人们吃点东西才好……都是些年轻人，恐怕已经肚子饿了，可怜的人……玖玖

---

① 一种游戏，参加者抓阄并按其中所提出的题目做一件逗乐的事儿。

希卡……

齐娜伊达·萨维希娜　伯爵没有喝完他这杯茶。这糖算是白糟蹋了。(走进左门)

列别杰夫　呸！……(下,到花园里去)

六

[伊凡诺夫和萨霞。

萨霞　(跟伊凡诺夫一块儿从右门上)大家都到花园里去了。

伊凡诺夫　事情是这样的,舒罗契卡。从前我干很多的活,想很多的事,然而从来也不觉得累;可现在呢,什么也不干,什么也不想,反而身心劳乏。我的良心白天黑夜地受煎熬,我感到自己深深地有罪,可是我的罪过究竟是什么,我又不明白。此外再加上妻子的病、缺钱、吵不完的架、流言蜚语、废话、愚蠢的包尔金……我的家惹得我讨厌,住在家里对我来说比受刑还糟。我老实对你说吧,舒罗契卡,就连我的妻子给我做伴,我都觉得不能忍受了,而她是爱我的。您是我的老朋友,您不会因为我说了实话而怪罪我的。现在我到您的家里来散散心,可是我就连在您的家里也觉得烦闷,我又惦记我那个家了。对不起,我马上就要悄悄地走了。

萨霞　尼古拉·阿历克塞耶维奇,我了解您。您的不幸在于您孤单。您的身边需要有一个为你所爱而又了解您的人。只有爱情才能使您振作起来。

伊凡诺夫　得啦,哪还有这样的事,舒罗契卡！像我这样一个衰老的可怜虫哪儿还能再谈什么恋爱！求上帝叫我避开这种灾难吧！不,我的聪明姑娘,问题不在于恋爱。我像面对着上帝那样告诉您!我什么都能忍受,痛苦啦、精神病啦、破产啦、妻子的死亡啦、我自己的未老先衰啦、孤单啦,可是我经受不住我对我自己的嘲笑,我受不了。我一想到我这么一个健康、强壮的人变成了不知是哈姆雷特①,还是曼弗雷德②,抑或是多余的人……鬼才知道我变成了什么……总之,我一想到我这种变化就羞得要命。有些可怜的人遇上人家叫他们哈姆雷特或者多余的人,就会扬扬得意,可是对我来说,这却是耻辱!这伤害了我的自尊心,我十分羞愧,我痛苦……

萨霞　(含着泪开玩笑)尼古拉·阿历克塞耶维奇,咱们逃到美洲去吧!

伊凡诺夫　我连这道门坎都懒得迈过去,您却说什么到美洲去。

　　〔他们向那通往花园的出口走去。

真的,舒罗契卡,您在这儿生活很痛苦吧!我瞧瞧您周围的那些人,就心里害怕:您在这儿能嫁给谁呢?只有一个希望,那就是一个过路的中尉或者大学生会把您偷偷地带走……

七

　　〔齐娜伊达·萨维希娜(从左门上,手里拿着一罐果酱)。

伊凡诺夫　对不起,舒罗契卡,我随后就来……

　　〔萨霞走进花园。

　　齐娜伊达·萨维希娜,我想求您一件事……

齐娜伊达·萨维希娜　您有什么事,尼古拉·阿历克塞耶维奇?

---

① 莎士比亚所著同名剧本中的主角,一个充满内心矛盾、犹疑不决的人。
② 拜伦的诗剧《曼弗雷德》中的主人公。

伊凡诺夫　（踌躇）您要知道,事情是这样的:我借的款子后天该付利息了。要是您容许我延期付利息,或者把利息加在本金上,您就使得我感激不尽了。现在我一个钱也没有……

齐娜伊达·萨维希娜　（惊骇地）尼古拉·阿历克塞耶维奇,可是这怎么行啊？这算是什么章法呀？不,看在上帝分上,您可别胡思乱想,别折磨我这个不幸的女人啊……

伊凡诺夫　对不起,对不起……（走到花园里去）

齐娜伊达·萨维希娜　哎呀,老天爷啊,他闹得我心惊肉跳！……我浑身发抖……浑身发抖啦……（走进右门）

八

柯绥赫　（从左门走出来,穿过舞台）我手里的牌是红方块:一张爱司、一张老王、一张皇后,另外还有八张方块儿,一张黑桃爱司,还有一张……一张小点子的红桃,可是她,见鬼,偏不喊小满贯！（从右门下）

九

〔阿芙多恰·纳扎罗芙娜和客人一。

阿芙多恰·纳扎罗芙娜　（跟客人一从花园里走来）我恨不能把她撕得粉碎才好,这个守财奴……恨不能撕得粉碎才好！这难道是闹着玩的吗:我从五点钟起就在这儿坐着,她连一块儿陈的咸鲱鱼也不给人吃！……哼,这也算是大户人家！……哼,这也算是料理家务！……

客人一　这儿太乏味了,弄得人简直要跑过去一头撞在墙上！哼,这些人呀,求主怜恤吧!……乏味和饥饿弄得人要像狼似的嗥叫,咬起人来了。

阿芙多恰·纳扎罗芙娜　我这个罪人啊,恨不得把她撕得粉碎才好。

客人一　我要喝点酒,老太太,喝完就回家!你那些打算出嫁的姑娘,我不需要。从午饭起到现在连一杯酒也没喝过,真见鬼,还有什么心思谈情说爱呢?

阿芙多恰·纳扎罗芙娜　咱们自己动手来找吧,怎么样?……

客人一　嘘!……悄悄的!饭厅里好像有烧酒,放在餐具橱里呢。咱们去抓叶果鲁希卡……嘘!……

[他们走进左门。

十

[安娜·彼得罗芙娜和李沃夫从右门上。

安娜·彼得罗芙娜　没关系,人家会欢迎我们的。这儿一个人也没有。多半都到花园里去了。

李沃夫　哎,请问,您何苦把我带到这儿来,带到这老鹰窝里来?这不是我和您该来的地方!正直的人不应该接触这种空气!

安娜·彼得罗芙娜　您听我说,正人君子!陪着一个女人坐车,而一路上尽说自己的正直,这是不礼貌的!也许这也是正直,不过至少总是乏味的。永远也不要对女人讲自己的美德。要让她们自己去领会。我的尼古拉当初跟您一样年轻的时候,遇到跟女人做伴,就是只唱歌,讲故事,然而人人都知道他是个什么样的人。

李沃夫　啊,您别跟我讲您的尼古拉了,我十分了解他!

安娜·彼得罗芙娜 您是个好人,可是什么也不懂。我们到花园里去吧。他从来也没有说过这样的话:"我正直!这种空气使我气闷!老鹰!猫头鹰窝!鳄鱼!"他对动物园是素来避而不提的,每逢他生气了,我也只听见他说:"唉,今天我多么不公道啊!"或者说:"安纽达,我可怜这个人!"他就是这样,而您呢……

［他们同下。

十一

［阿芙多恰·纳扎罗芙娜和客人一。

客人一 (从左门上)饭厅里没有,那么就是在储藏室里。必须找着叶果鲁希卡才是。我们穿过客厅去吧。
阿芙多恰·纳扎罗芙娜 我恨不得把她撕得粉碎才好!……

［他们走进右门。

十二

［巴巴金娜、包尔金和沙别尔斯基(巴巴金娜和包尔金笑着从花园里跑来,沙别尔斯基迈着碎步跟在他们后面,一边笑,一边搓手)。

巴巴金娜 多么沉闷无聊啊!(大笑)多么沉闷无聊呀!大家走来走去,或者直挺挺地坐着,活像吞下了一管尺子!我气闷得根根骨头都发僵了。(跳动)我得活动活动筋骨啦!……

［包尔金搂住她的腰,吻她的脸。

沙别尔斯基　（大笑,弹手指头）见鬼！（清嗓子）在某种程度上……

巴巴金娜　放开,放开手,不要脸的家伙,要不然,伯爵不知会怎么想呢！躲开！……

包尔金　我的天使,我的宝贝儿啊！……（吻她）您借给我两千三百个卢布吧！……

巴巴金娜　不,不,不行！……不管您怎么说,关于钱的事,多谢啦……不,不,不行！……哎,您倒是放手啊！……

沙别尔斯基　（踩着碎步在他们旁边走来走去）宝贝儿……她倒也有她招人喜欢的地方呢……

包尔金　（认真地）得啦,闹够了。咱们来谈正事吧。咱们直截了当地谈一谈,像做生意那样。您得干脆地回答我,不撒娇,不要花招:成就说成,不成就说不成。您听我说！（指指伯爵）喏,他需要钱,一年至少要三千。您需要一个丈夫。您愿意做伯爵夫人吗?

沙别尔斯基　（大笑）脸皮厚得出奇！

包尔金　您愿意做伯爵夫人吗? 成还是不成?

巴巴金娜　（激动）说真的,米沙,您这是想到哪儿去了？……这种事可不能这么办,不能这么冒冒失失的……要是伯爵有心,他自己也能说嘛,我……我不知道怎么会突然间,一下子说起这种事……

包尔金　得了,得了,别摆迷魂阵了！这是桩买卖……到底成不成?……

沙别尔斯基　（笑,搓手）真要这样干吗,啊? 见鬼,莫非真要为自己办这么一件缺德事吗? 啊? 宝贝儿啊……（吻巴巴金娜的脸）美人儿！……小黄瓜！……

巴巴金娜　等一等,等一等,您把我的心闹得乱糟糟的……您走吧,走吧！……不,您别走!……

包尔金　快说！成还是不成？我们可没有工夫……

巴巴金娜　您看这样行吗,伯爵？您到我家里去做两三天客吧……我那儿挺快活,不像这儿……明天您就来吧……(对包尔金)不过,您这是在开玩笑吧？

包尔金　(生气地)谁会拿这种正经的事开玩笑？

巴巴金娜　等一等,等一等……哎呀,我头晕了！我头晕了！伯爵夫人……我头晕了！……我要倒下去了……

〔包尔金和伯爵笑着在两边扶住她,吻她的脸,搀着她从右门下。

十三

〔伊凡诺夫和萨霞,后来加上安娜·彼得罗芙娜。(伊凡诺夫和萨霞从花园里跑来)

伊凡诺夫　(绝望地抱住自己的头)不行！别这样,别这样,舒罗契卡！……哎,别这样啊！……

萨霞　(痴迷)我发疯似的爱您……缺了您,我的生活就没有意义,没有幸福和欢乐！对我来说您是一切……

伊凡诺夫　这是何苦,何苦呀！我的上帝啊,我一点也不懂……舒罗契卡,别这样！

萨霞　在我小的时候,您就是我唯一的欢乐,我爱您和您的灵魂就像爱我自己一样,现在呢……我爱您,尼古拉·阿历克塞耶维奇……我愿意跟您到随便什么地方去,不但到天涯海角,哪怕到坟墓里去也成,只是请您看在上帝分上快一点才好,要不然我就会憋闷死的……

伊凡诺夫 （发出一连串幸福的笑声）这是怎么回事啊？这莫非是新生活的开始？舒罗契卡，是吗？我的幸福呀！（把她搂在自己怀里）我的青春，我的朝气啊……

〔安娜·彼得罗芙娜从花园里走来看见她的丈夫和萨霞，就突然站住，呆若木鸡。

这是说，应该生活下去吗？要再干一番事业吗？

〔接吻。接吻以后伊凡诺夫和萨霞往四下里看，瞧见了安娜·彼得罗芙娜。

（惊骇）萨拉！

——第二幕完

第 三 幕

〔伊凡诺夫的书房。写字台上凌乱地放着纸张、书本、公文封套、小摆设、手枪,纸张旁边放着一盏灯、一瓶白酒、一碟咸鲱鱼、几块面包和黄瓜。墙上挂着地图、画片、长枪、短枪、镰刀、皮鞭等。

〔中午。

一

〔沙别尔斯基、列别杰夫、包尔金、彼得。

〔沙别尔斯基和列别杰夫坐在写字台的两旁。包尔金在舞台中央跨坐在一把椅子上。彼得站在房门口。

列别杰夫　法国的政策是明白而确定的……法国人知道他们需要什么。他们只是要剥德国佬的皮,如此而已,而德国人呢,老兄,就大不相同了。在德国人的眼睛里,除了法国以外,还有许多对头呢……

沙别尔斯基　胡说!……照我看来,德国人是胆小鬼,法国人也是胆小鬼……他们光是在背地里互相恫吓。你要相信我的话,他们只限于在背后逞威风。他们打不起来。

包尔金　其实,依我看来,何必打仗呢？所有那些军火啦,国会啦,开支啦,有什么用？要是换了我,会怎么干呢？我就会把全国的狗都抓来,给它们注射大量的狂犬病病毒,然后把它们放到敌国去,不出一个月,所有的敌人就都发疯了。

列别杰夫　（笑）你瞧瞧,他的脑袋瓜子挺小,可是里面的大主意倒多得不得了,就跟大洋里的鱼一样。

沙别尔斯基　是把能手！

列别杰夫　求主保佑你,你真会逗人发笑,米谢尔·米谢里奇！（止住笑）喏,诸位先生,我们说这说那,可就是一个字也没有提到白酒。Repetatur①！（斟满三杯酒）为我们的健康干杯……

　　　　[他们喝酒,吃菜。

哎呀,咸鲱鱼是最好的下酒菜了。

沙别尔斯基　哦,不,黄瓜更好……自从开天辟地以来,学者们不住地思考,可是比腌黄瓜再妙的东西却一样也没有想出来。（对彼得）彼得,你去再拿点黄瓜来,而且吩咐厨房里煎四个葱馅饼。趁热送来。

　　　　[彼得下。

列别杰夫　拿鱼子下酒也不错。不过应该怎么吃法呢？那就得动脑筋了……拿四分之一磅压实的黑色咸鲟鱼子、两个小嫩葱头,用橄榄油一拌,而且,你知道……浮面上再加点柠檬汁……嘿,香得要命！单是那点香味就能熏得你迷迷糊糊。

包尔金　喝完白酒,来点煎鲍鱼,也很好吃。只是必须会煎。先得把鱼收拾干净,然后放在面包屑里滚一下,在油里煎透,拿牙

---

① 拉丁语:咱们再喝一杯！

一咬就咯吱响……咯吱咯吱地响……

沙别尔斯基　昨天巴巴金娜家里倒有一样挺好的下酒菜:白蘑菇。

列别杰夫　那还用说……

沙别尔斯基　不过那得经过特别的烹调。你知道,那要加上点葱啦,桂叶啦,各种香料啦。锅一揭开,就冒出热气,香味……简直迷人呀!

列别杰夫　好,诸位先生,Repetatur!

　　　　〔他们喝酒。

为我们的健康干一杯……(看表)大概我等不到尼古拉沙来了。我该走了。你说巴巴金娜家里有蘑菇,而我们家里还没见过蘑菇呢。请问,你干什么常往玛尔福特卡家里跑?

沙别尔斯基　(向包尔金那边点一下头)喏,他打算叫我和她结婚……

列别杰夫　结婚?你多大岁数了?

沙别尔斯基　六十二岁。

列别杰夫　正是该结婚的时候。玛尔福特卡也正好跟你配对嘛。

包尔金　问题不在于玛尔福特卡,而在于玛尔福特卡的钱。

列别杰夫　原来你要的是这个:玛尔福特卡的钱……那你想不想要天上的月亮呢?

包尔金　等到人家结了婚,empocher① 装得满满的,那您就明白是不是要天上的月亮了。您就会眼红啦……

沙别尔斯基　要知道他是认真说的。这位天才相信我会听他的话结婚的……

包尔金　不是这样还会怎么样呢?难道您还没拿定主意?

沙别尔斯基　你简直发疯了……我什么时候拿定过主意?呸……

---

① 法语:此指"衣袋"。

包尔金　谢谢您……多谢多谢！这么说来，您是要耍弄我？一会儿要结婚，一会儿不结婚……连鬼都闹不清是怎么回事，可是我已经郑重其事地答应人家了！那么您不结婚啦？

沙别尔斯基　（耸肩膀）他认真起来了……怪人！

包尔金　（愤慨）既是这样，那您何必去搅惑一个诚实的女人？她为伯爵夫人的爵位着了魔，吃不好，睡不着……难道能拿这种事开玩笑吗？难道这样算正派吗？

沙别尔斯基　（弹指作响）那我何不真干一下这种缺德事呢？怎么样？偏来干一回！不管三七二十一，干就是。我说话算数……那才真好玩呢！

　　　［李沃夫上。

二

列别杰夫　向大夫致以最深的敬意……（向李沃夫伸出手去，唱）"大夫老大爷，救救我吧，我怕死怕得要命……"

李沃夫　尼古拉·阿历克塞耶维奇还没有来吗？

列别杰夫　没有，我自己也等了他一个多钟头了。

　　　［李沃夫焦急地在舞台上走来走去。

　　亲爱的，是啊，安娜·彼得罗芙娜的身体怎么样？

李沃夫　不好。

列别杰夫　（叹气）我可以去表一表敬意吗？

李沃夫　不，劳驾别去了。她好像睡着了！……

　　　［停顿。

列别杰夫　她是个可爱的好女人……（叹气）在舒罗契卡生日那天，她在我们家里晕倒的时候，我看一眼她的脸，就明白她，这个可怜的人，活不长了。我不明白她那时候为什么会头晕起来。我跑过去一看:她脸色苍白,躺在地板上,尼古拉跪在她身旁,也脸色苍白,舒罗契卡哭得像泪人儿似的。自从出了那件事以后,我和舒罗契卡足足有一个星期迷迷糊糊,精神失常。

沙别尔斯基　(对李沃夫)请您告诉我,最可敬的科学大师,这究竟是哪一位学者发现的:一个年轻的医生常来给胸部有病的太太们看病,是有益的?这可是个伟大的发现!伟大得很!这应当归在哪一类:是对抗疗法呢,还是顺势疗法?

　　〔李沃夫想答话,可是做了一个轻蔑的动作就走了。

　　多么仇恨的眼神啊……

列别杰夫　魔鬼在支使你的舌头说话呢!你何必得罪他?

沙别尔斯基　(愤激地)那他为什么胡说?什么肺病啦,没有希望啦,就要死啦……他胡说!我受不了这一套!

列别杰夫　为什么你认为他是胡说呢?

沙别尔斯基　(站起来,走来走去)我不能相信这种说法:一个活人会无缘无故地突然死掉……咱们别谈这个了!

三

柯绥赫　(跑上场,上气不接下气)尼古拉·阿历克塞耶维奇在家吗?你们好!(很快地同所有的人握手)他在家吗?

包尔金　他不在家。

柯绥赫　(坐下,又跳起来)既是这样,那就再见!(他喝下一杯白酒,很快地吃了点菜)我还得走……我有事……我累得很……都快站不住了。……

列别杰夫　你从哪儿来?

柯绥赫　从巴拉巴诺夫家里来……我们打了一夜的牌,刚收场……我输了个精光……那个巴拉巴诺夫的牌打得真蹩脚！（含泪）您听我说：我老是出红桃……（扭过脸去对着包尔金，包尔金从他身边赶紧躲开）他打红方块，我又打红桃，他打红方块……喏，我就此没得牌。（对列别杰夫）我们玩的是"四梅花"。我手上有一张梅花爱司、一张王后，另外六张梅花，还有黑桃爱司和十，另外有三张黑桃……

列别杰夫　（捂上耳朵）算了，算了，看在基督分上，算了吧！

柯绥赫　（对伯爵）您要明白：一张梅花爱司、一张王后，另外有六张梅花，还有黑桃爱司和十，另外有三张黑桃……

沙别尔斯基　（挥手叫他走开）您走吧，我不要听。

柯绥赫　突然间我倒了霉：头一次出牌，那张黑桃爱司就完蛋了……

沙别尔斯基　（从桌子上拿过手枪来）走开，我要开枪啦！……

柯绥赫　（挥手）鬼才知道是怎么回事……难道连找个人谈一谈都不成吗？这就如同在澳大利亚生活一样了：既没有共同的兴趣，也没有团结的精神……每个人都单独生活……不过我得走了……是时候了。（拿起帽子）光阴是宝贵的……（同列别杰夫握手）帕斯！……

〔笑声。

〔柯绥赫下，在门口同阿芙多恰·纳扎罗芙娜相撞。

四

阿芙多恰·纳扎罗芙娜　（大叫）该死的，差点把我撞倒！

大家　哎呀呀！……这个到处乱钻的女人！……

阿芙多恰·纳扎罗芙娜　原来他们都在这儿，叫我满屋子好找。

你们好,矫健的雄鹰,面包和盐①……(打招呼)

列别杰夫　你来干什么?

阿芙多恰·纳扎罗芙娜　有事,老爷子!(对伯爵)这事跟您有关系,爵爷。(鞠躬)人家托付我向您致意,问您身体可好……她,我那漂亮的小妞儿,吩咐我告诉您,要是您今天傍晚不到她那儿去,那她就会把眼睛哭肿。她还对我说:"亲爱的,你把他拉到一边去,凑着他的耳朵小声告诉他。"可是何必偷偷地说呢? 这儿都是自家人嘛。这又不是什么偷鸡摸狗的勾当,而是合法的事,双方相爱,情投意合嘛。我这个罪人是从不喝酒的,不过遇上了这样的机会我倒要喝一杯!

列别杰夫　我也要喝一杯。(斟酒)你这个老婆子呀,可真不见老。三十年以前我认识你的时候,你已经是个老太婆啦……

阿芙多恰·纳扎罗芙娜　我的岁数都算不清了……我已经埋葬了两个丈夫,原想再嫁一个丈夫,可是谁也不肯要我这个没有陪嫁的女人了。我有八个子女……(拿起酒杯来)好,求上帝保佑,我们着手办的是一件好事,求上帝保佑这件事办妥! 他们会平平安安地过日子,我们呢,瞧着他们,心里也高兴。祝他们相亲相爱……(喝酒)好凶的白酒!

沙别尔斯基　(大笑。对列别杰夫)不过,你可知道,最好笑的是他们真以为我会……怪事!(站起来)话说回来,巴沙,要不要真的把这件缺德事办成? 有心来那么一下子……就这样,说一声:老狗,你吃吧! 巴沙,怎么样?

列别杰夫　你说废话了,伯爵。老兄,我和你都该想到死了,什么玛尔福特卡啦,钱啦,早就没我们的份儿了……我们的日子到头了。

---

① 意谓"祝你们努力加餐"。

沙别尔斯基　不,我要干!我凭人格担保,我就是要干!

〔伊凡诺夫和李沃夫上。

五

李沃夫　我只求您为我抽出五分钟时间。

列别杰夫　尼古拉沙!(迎着伊凡诺夫走过去,吻他)你好,朋友……我等你足足有一个钟头了。

阿芙多恰·纳扎罗芙娜　(鞠躬)您好,老爷!

伊凡诺夫　(苦恼)诸位先生,你们又把我的书房变成酒馆了!……我对你们所有的人都要求过一千次,不要干这种事……(走到桌子跟前)喏,你瞧,白酒洒在纸上了……还有碎渣子……黄瓜……真惹人讨厌!

列别杰夫　对不起,尼古拉沙,对不起……请你原谅……我,朋友,有一件非常重要的事要跟你谈一谈。

包尔金　我也一样有事要找您谈。

李沃夫　尼古拉·阿历克塞耶维奇,可以跟您谈一谈吗?

伊凡诺夫　(指指列别杰夫)瞧,他也要跟我谈……等一下,过一会儿再跟您谈吧……(对列别杰夫)你有什么事?

列别杰夫　诸位先生,我想单独跟他谈一谈。我请求……

〔伯爵同阿芙多恰·纳扎罗芙娜一块儿走出去,包尔金跟在他们后面,随后李沃夫也走了。

伊凡诺夫　巴沙,你自己尽可以爱喝多少酒就喝多少,这是你的毛病,不过我请求你不要灌我的舅舅。他以前从来也不喝酒。喝酒对他有害处。

列别杰夫　(惊恐)好朋友,我不知道……我甚至没有理会……

伊凡诺夫　要是这个老孩子死了,求上帝保佑他别死才好,那倒霉的不是你们,而是我……你有什么事?……

［停顿。

列别杰夫　你要知道,亲爱的朋友……我不知道该怎样开口才能不太唐突。尼古拉沙,我不好意思,我脸红,我说不出口,不过,好朋友,你设身处地替我想一想,了解我是一个身不由己的人,一个黑人①,一个窝囊废……你要原谅我才好……

伊凡诺夫　到底是怎么回事?

列别杰夫　我妻子打发我来的……请你费心,作为朋友,你把利息付给她吧!信不信由你,她一个劲儿地数落我,催逼我,折磨我!看在造物主分上,你就摆脱她的纠缠吧!

伊凡诺夫　巴沙,你知道,眼前我手里没有钱。

列别杰夫　我知道,我知道,不过我有什么办法呢?她不肯再等了!要是她凭你的借据去打官司,那我和舒罗契卡在你的眼里成了什么人呢?

伊凡诺夫　我自己也感到难为情,巴沙,我真情愿钻到地底下去,可是……可是上哪儿去弄钱呢?你教教我:上哪儿去弄呢?只能等到秋后我卖掉粮食的时候了。

列别杰夫　(喊叫)她不肯等呀!

［停顿。

伊凡诺夫　你的处境是不愉快的,尴尬的,可是我的处境更糟。(走来走去,思索)我一点办法也想不出来……没有什么东西可卖的了……

列别杰夫　你不妨到米尔巴赫家里去一趟,求求他,他欠着你一万六呢。

［伊凡诺夫绝望地挥一挥手。

---

① 借喻"奴隶"。

你听我说,尼古拉沙……我知道你会骂我,不过……给我这个老酒鬼一点面子!照朋友对待朋友那样……把我看作你的一个朋友吧……我和你都做过大学生,都是自由主义者……我们有共同的思想和兴趣……我们俩都在莫斯科大学念过书……Alma mater①……(拿出钱夹)瞧,我有一笔私蓄,家里一个人也不知道这笔钱。借给你吧……(拿出钱来,放在桌上)你丢开自尊心,像朋友那样看待这件事吧……我凭人格担保,我也会拿你的钱的……

〔停顿。

喏,我把钱放在桌子上了,一共是一千一。你今天就坐车到她那儿去,把这笔钱亲手交给她。你就说:拿去吧,齐娜伊达·萨维希娜,让这钱把你活活卡死!不过要当心,别让她看出你借过我的钱,千万千万!要不然,这个醋栗果酱太太可就要给我苦头吃了!(凝视伊凡诺夫的脸)得了,得了,别这样!(赶紧从桌上拿过钱来,收在衣袋里)别这样!我是说着玩的……看在基督分儿上,原谅我!

〔停顿。

你心里不好受吗?

〔伊凡诺夫挥挥手。

是啊,你的情况不妙……(叹气)对你来说,伤心和悲哀的时候到了。老弟,一个人好比一个茶炊。茶炊并不总是冷冷清清地放在架子上的,而是常常得有人往里面放进炭去,它便扑哧扑哧地响起来!这个比喻虽然一点儿也不恰当,不过呢,再合适的比喻我也想不出来了……(叹气)灾难锻炼人的灵魂。我倒不为你难过,尼古拉沙,你总会从灾难中摆脱出来的,事

---

① 拉丁语:母校。

情总会过去,不过,老弟,那些人却惹我生气,惹我心烦……你说说看,那些流言蜚语都是从哪儿来的!老弟,这个县里传遍了种种关于你的坏话,弄得不好,副检察官都会来找你呢……说你是杀人犯,又是吸血鬼,又是抢劫犯……

伊凡诺夫　这都是无聊的事。你瞧,我头痛。

列别杰夫　这都是因为你想得太多了。

伊凡诺夫　我什么也没想。

列别杰夫　你呀,尼古拉沙,别管这些,到我们家里去玩吧。舒罗契卡喜欢你,了解你,看重你。尼古拉沙,她是个正直的好人。她不像妈,也不像爹,大概像个过路的小伙子……老弟,有的时候我瞧着她,都不相信我这个大鼻子酒鬼会有这么一个宝贝。来吧,跟她谈谈高深的问题,散散心。她是个忠厚诚恳的人……

〔停顿。

伊凡诺夫　巴沙,好朋友,你让我一个人待一会儿吧……

列别杰夫　我明白,我明白……(急忙看一下表)我明白。(吻伊凡诺夫)再见。我还要去主持一所学校的祝圣仪式。(向门口走去,又站住)她挺聪明……昨天我跟舒罗契卡一块儿谈起那些闲话。(笑)她随口说出一句格言。"爸爸,"她说,"萤火虫夜里发光只是为了让夜鸟容易看见它们,吃掉它们;好人存在是为了给流言蜚语添材料。"怎么样?她是天才呀!是乔治·桑①!……

伊凡诺夫　巴沙!(打断他的话)你说,我是怎么回事?

列别杰夫　我自己也想问你这句话,可是,老实说,我不好意思问。我不知道,老弟!一方面,我觉得你让各种灾难折磨苦了;另

---

① 乔治·桑(1804—1876),法国女作家。

一方面我又知道你不是那样的人……困苦是压不倒你的。另外还有点什么缘故,尼古拉沙,至于究竟是怎么回事,我也不明白!

伊凡诺夫　我自己也不明白。我觉得或许……可是,不对!

　　　　［停顿。

你要知道,我想说的是这么一种情况。我有个工人叫谢敏,你总还记得。有一次在打谷的时候,他有心在姑娘们面前显示一下他的力气,就把两口袋黑麦背在背上,结果受了内伤。他不久就死了。我觉得我也受了内伤。我先是上中学,上大学,后来经营农务,办学校,订种种计划……我的信仰跟大家不一样,我的婚姻跟大家不一样,我是火暴性子,不怕风险,我的钱呢,你知道,都胡乱花掉了,无论我的幸福和痛苦,在全县当中谁也没有经受过。所有这些,巴沙,就是我背在背上的袋子。我把重担压在我的背上,我的背就给压折了。我们在二十岁的时候都是英雄,什么都干,什么都敢干,可是到三十岁就疲劳不堪,什么也干不成了。这种疲倦你怎样解释呢?不过,也许不是这么回事……不是这么回事,不是这么回事!……你走吧,巴沙,上帝保佑你,我惹得你讨厌了。

列别杰夫　（活跃）你猜怎么着?你,老弟,是被环境害苦了!

伊凡诺夫　这话是愚蠢的,巴沙,而且也不新鲜。去吧!

列别杰夫　确实,这话愚蠢。现在连我也看出这话愚蠢了。我走啦,走啦!……（下）

六

伊凡诺夫　（独白）我是个不好的、可怜的、渺小的人。只有像巴沙那样也是个可怜的、衰颓的、消沉的人,才能够仍然喜欢我,尊敬我。我多么看不起我自己啊,我的上帝!我多么深刻地憎恨我的声音、我的脚步、我的双手、这身衣服、我的思想。是啊,这不是可笑又可气吗?不到一年以前,我还是健康、强壮的,精力充沛,不知疲倦,满怀热情,我就是用这双手工作,讲起话来就连没知识的人听了也会感动得掉泪,看见痛苦就会哭,遇到坏事就愤慨。当我从早到晚坐在桌子边工作,或者用幻想安慰我的心灵的时候,我就知道灵感是什么,也懂得宁静的夜晚的美妙和诗意。我满怀信心,我看着未来如同看着亲娘的眼睛似的……可是现在呢,啊,我的上帝!我厌倦了,丧失信心了,白天黑夜什么事也不做。我的头脑也好,手也好,脚也好,都不听使唤了。我的田产化为尘土,树林在斧子底下噼啪地响。(哭)我的土地像孤儿似的瞧着我。我什么也不指望,什么也不惋惜,我的灵魂一想到未来就害怕得发抖……还有跟萨拉的事呢?我起过誓,说永远爱她,我对她应许过幸福,我在她眼前展示过她连做梦也没见到过的未来。她相信了我。五年来,我只看到她怎样被她的牺牲的重负压得渐渐憔悴,怎样在同她的良心的斗争中已经筋疲力尽,可是,上帝看得见,她从来也没有用不满的眼光看过我,从来也没有对我说过一句责备的话!……结果怎么样呢?我不再爱她了……这是怎么发生的?为什么?什么缘故呢?我不明白。如今她在受苦,她的日子不多了,可是我却像一个最卑劣的胆小鬼那样躲开她的苍白的脸、她的干瘪的胸脯、她的恳求的目光……可耻啊,可耻!

[停顿。

我的不幸打动了萨霞姑娘的心。她向我这个几乎是老头子的人诉说她的爱情,我呢,陶醉了,忘掉世界上的一切,像听音乐听入了迷,竟然叫道:"新生活呀!幸福呀!"可是到第二天,我对这种生活,对这种幸福就不大相信了,如同我不相信鬼神一样……我到底是怎么回事啊?我把我自己推进了一个什么样的深渊?我这种软弱是从哪里来的?我的神经出了什么毛病?只要我那生病的妻子说话伤了我的自尊心,或者仆人做事不顺我的心,或者枪不发火,我就会变得粗暴,凶恶,不像我自己了……

〔停顿。

我不明白,不明白,不明白!我简直想往脑门子里开一枪!……

李沃夫　（上)我要跟您把话谈清楚!尼古拉·阿历克塞耶维奇!

伊凡诺夫　大夫,要是我们天天都得把话谈清楚,那可无论如何也没有那么多的精力。

李沃夫　您愿意听我说完吗?

伊凡诺夫　我天天都在听您说话,可是到现在为止我怎么也弄不明白您究竟要我怎么样。

李沃夫　我讲得清楚而明白,只有没心肝的人才会听不懂我的意思……

伊凡诺夫　讲到我的妻子临近死亡,这我知道,讲到我无可挽救地对不起她,这我也知道,讲到您是个正直而直爽的人,这我也知道!那么此外您还需要明白什么呢?

李沃夫　人的残忍使我愤慨……一个女人快要死了。她有父亲和母亲,她爱他们,想在临死以前见一见他们,他们也明知道她不久就要死了,而且她还爱着他们,可是,该死的残忍啊,他们似乎要用他们那种宗教方面的坚定性来引起人们的惊叹:他们仍旧诅咒她!您这个人呢,她为您牺牲了一切,离开了老家,放弃了良心的平静,您却用毫不掩饰的方式,抱着毫不掩饰的目的,每天坐车到列别杰夫家里去!

伊凡诺夫　哎,我已经有两个星期没到那儿去了……

李沃夫　（不听他的话）跟您这样的人说话,必须开门见山,不绕弯子,要是您不愿意听我说,那就不听好了!我习惯于直言不讳。……您需要她死掉,好去干您的新勾当;即使这样,难道您不能等一等吗?如果您让她自然而然地死掉,不用您那种公然的无耻态度去折磨她,难道列别杰夫家的姑娘和她的陪嫁就会跑掉吗?您这个巧妙的达尔杜弗①不必在现在,不妨等上一两年,照样会弄得那个姑娘昏头昏脑,把她的陪嫁弄到手……您何必着急呢?为什么您要您的妻子现在就死掉,而不等上一个月或者一年呢?

伊凡诺夫　这简直是受难……大夫,要是您认为人能够无限地克制自己,那您就是个太糟糕的医生了。我做了极大的努力才能不回报您的侮辱。

李沃夫　得了,你打算蒙哄谁啊?丢掉您的假面具吧。

伊凡诺夫　聪明人,您好好想一想吧。照您看来,再也没有比了解我更容易的事了!是吗?我同安娜结婚是为了得到大笔的钱……他们没有给我钱,我失算了,于是现在我要弄得她活不成,好再娶一个,弄到陪嫁……是吗?这多么简单明了啊……人就是这样一种简单而不复杂的机器……不,大夫,人身上的齿轮、螺丝、阀门多得很,所以我们相互之间不能凭初步的印象或者两三个外部的征象就做出判断。我不了解您,您不了解我,我们自己也不了解自己。一个人很可能是个极好的医生,同时又完全不了解人。您不要太自信,您要同意我的这个看法。

李沃夫　难道您认为您这么神秘莫测,难道我的头脑就那么差,连

---

① 见本书第293页注。

卑鄙和正直也分不清吗?

伊凡诺夫　显然,我跟您永远也说不到一块儿去……我最后一次问您,请您直截了当地回答吧:您究竟要我怎么样?您要达到什么目的?(生气)我有幸与之交谈的究竟是什么人:是我的检察官呢,还是我妻子的医生?

李沃夫　我是医生,我以医生的资格要求您改变您的行为……这种行为正在断送安娜·彼得罗芙娜的性命!

伊凡诺夫　那么我该怎么办?怎么办?要是您对我比我对我自己还了解得清楚,那就请您明确地说出来:我该怎么办?

李沃夫　至少不要干得那么露骨。

伊凡诺夫　哎,我的上帝!难道您了解您自己吗?(喝水)请您躲开我。我有一千条错处,我自会对上帝负责,不过谁也没有给您权利,让您天天来折磨我……

李沃夫　那么谁给您权利,让您来侮辱我心中的正义感?你折磨和毒害我的灵魂。在我没到这个县里来以前,我只承认天下有愚蠢的、发疯的、着魔的人,可是我素来不相信有人自觉地犯罪,有意识地为非作歹……我向来尊重人,热爱人,可是后来我见到了您……

伊凡诺夫　这种话我已经听过了!

李沃夫　您听过了?(看见萨霞走进来,她穿着骑马服)现在,我看,我们彼此总算彻底了解了!(耸耸肩膀,下)

七

伊凡诺夫　(惊恐)舒拉,是你来啦?

萨霞　对,是我。你好。你没料到吧?为什么你这么久没上我们那儿去?

伊凡诺夫　舒拉,说真的,这太不慎重了！你到这儿来,可能对我的妻子产生很坏的影响。

萨霞　她不会看见我。我是从后门进来的。我马上就走。我担心:你的身体好不好？为什么这么久没来？

伊凡诺夫　我的妻子本来就感到受了侮辱,几乎要死了,偏偏你又跑到这儿来。舒拉呀,舒拉呀,这太冒失,太不近人情了！

萨霞　那我该怎么办呢？你有两个星期没到我们那儿去了,也没回我的信。我难受得很。我觉得你一定在这儿痛苦得不得了,病倒,要死了。我没有一夜睡得安稳……我马上就走……你至少告诉我:你身体好吗？

伊凡诺夫　不好,我在折磨我自己,人家也没完没了地折磨我……我简直没有力量了！偏偏你又来了！这多么糟糕,多么不正常！舒拉,我多么有罪,多么有罪啊！……

萨霞　你多么喜欢说些可怕又可怜的字眼！你有罪？是吗？有罪吗？好,那你就说一说你有什么罪？

伊凡诺夫　我不知道,我不知道……

萨霞　这不是回答。每个罪人都应当知道自己犯了什么罪。你伪造钞票了吗？

伊凡诺夫　这话可不俏皮。

萨霞　是因为不再爱妻子而有罪吗？也许吧,不过人做不了自己感情的主,你本心并不想不再爱她。是因为她瞧见我对你表白爱情,你就有罪吗？不,你并不存心希望她看见啊……

伊凡诺夫　(打断她的话)如此等等……什么爱啦,不再爱啦,做不了自己感情的主啦,这些都是老生常谈,都是陈词滥调了,无济于事……

萨霞　跟你说话真是苦事。(看画)这条狗画得多么好！这是写生吗？

伊凡诺夫　是写生。就连我们的恋爱都是陈腐的俗套：他灰心丧气，意志消沉，于是她出现了，朝气蓬勃，坚强有力，对他伸出了援助的手。这是美妙的，但是只有在长篇小说里才是真实的，而在生活里……

萨霞　在生活里也是一样。

伊凡诺夫　我看，你对生活倒了解得太微妙！我的悲叹在你的心里引起极诚挚的畏惧，你想象，你在我的身上找到了第二个哈姆雷特，可是照我看来，我这种精神变态以及它的种种表现只能成为笑谈的好资料罢了！对我这种装腔作势本来应当笑破肚皮，可是你呢，却大喊"救命"！你要救我，要干一番英雄事业。唉，今天我多么恨我自己。我觉得我今天的紧张状态一定会闹出什么事来……我要么打碎什么东西，要么……

萨霞　是啊，是啊，正该这么办。你就打碎东西吧，砸烂它，或者大声嚷叫吧。你对我发脾气吧，我决定到这儿来就是做了一件蠢事嘛。行，那你就生气，对我嚷嚷，使劲跺脚吧。怎么样？那你就开始发脾气吧……

　　［停顿。

　　怎么样？

伊凡诺夫　这个可笑的姑娘！

萨霞　好极了。我们似乎都有笑容了！那就劳驾，赏一个脸，再笑一回吧！

伊凡诺夫　（笑出声来）我发现：每逢你着手挽救我，指点我，你的脸就变得十分天真，眼睛睁得大大的，好像你在瞧一颗彗星似的。等一等，你肩膀上有灰尘。（拂掉她肩膀上的灰尘）男人天真，就成了傻子。你们女人却有本领，天真起来就能显得又妩媚，又健康，又热情，并不显得愚蠢。不过，你们都有一种什么样的习性呀？当一个男人健康、强壮、高兴的时候，你们一点也不注意他,可是等到他走了下坡路,悲悲切切地诉苦,你们就扑上去搂住他的脖子了。难道做一个强壮勇敢的人的妻子,不如做一个老是流泪的失意者的护士吗?

萨霞　不如!

伊凡诺夫　那是为什么呢?(哈哈大笑)达尔文不知道这个情况,要不然,他就饶不了你们!你们破坏人种嘛。依了你们,世界上不久就会光繁殖抱怨诉苦和精神变态的人了。

萨霞　有很多事情男人是不了解的。姑娘们喜爱失意的人胜过喜爱得意的人,那是因为有所作为的爱情吸引着每个姑娘……你懂吗?有所作为的爱情。男人总是忙于工作,因此在男人那儿,爱情只占极其次要的地位。跟妻子谈谈天啊,陪她到花园里散散步啊,愉快地消磨一下时间啊,到她的坟上哭一场啊,就是这些。可是对我们来说,爱情就是生命。我爱你,这意思就是说,我一心想消除你的苦恼,一心想随着你到天涯海角去……你上山,我就也上山,你掉进深渊,我就也掉进深渊。比方说,通宵给你抄写文章,或者通宵守着你,免得别人来吵醒你,或者跟你一块儿步行一百里,对我来说,就是极大的幸福。我记得三年以前有一次,正是打谷的时令,你到我们家里来,满身的尘土,晒得挺黑,疲惫不堪,要水喝。我就给你端来一杯水,可是你已经在一张长沙发上躺下,睡得像死人一样了。你在我们那儿一连睡了十二个小时,我呢,始终守在门口,免得有人进来。那时候我的心情真好啊!任务越重,爱得就越深,也就是,越是强烈地感觉到爱情。

伊凡诺夫　有所作为的爱情……嗯……这是中了邪,这是姑娘家的哲学,也许,正应该这样吧……(耸肩膀)鬼才知道!(高兴)舒拉,我用人格担保,我是个正派人!……你想一想吧:我素来喜欢高谈阔论,可是我生平从来没有说过:"我们的女人变坏了。"或者说:"女人走上了错误的道路。"我只有感激她们,再没有别的!再没有别的!我的姑娘,好姑娘,你多么会给人解闷啊!我呢,却是一个多么可笑的傻瓜!我惹得人家心神不安,成天价长吁短叹。(笑)哈哈!(很快地走开)不过,你走吧,萨霞!我们有点忘乎所以了……

萨霞　对了,我该走啦。再见!我担心你那正直的医生出于责任感而到安娜·彼得罗芙娜那儿去告密,说我在这儿。你要听我的话:你马上到你的妻子那儿去,坐在那儿,守着她……需要守一年就守一年,需要守十年就守十年。你要尽你的责任。你得悲伤,你得求她原谅,你得哭,该做的都得做。不过主要的是你不要忘了你的工作。

伊凡诺夫　我又有这样一种感觉,仿佛我吃了不少蛤蟆菌①似的!又有这种感觉了!

萨霞　好,求造物主保佑你!关于我,你可以完全不想!每过两个星期你就给我写一封短信,这样我也就满足了。至于我,我自然会给你写信的……

　　　　〔包尔金在门口探头张望。

八

包尔金　尼古拉·阿历克塞耶维奇,我可以进来吗?(看见萨霞)对不起,我没看见……(走进来)Bonjour②!(点头)

萨霞　(发窘)您好……

包尔金　您发胖了,漂亮了。

---

① 一种有毒的蘑菇。
② 法语:您好!

萨霞　（对伊凡诺夫）那我走了，尼古拉·阿历克塞耶维奇。我走了。（下）

包尔金　秀色可餐啊！我是来找散文的，不料碰上了诗歌……（唱）"你来了，好比一只小鸟飞向亮处……"

　　〔伊凡诺夫激动地在舞台上走来走去。

（坐下）她呀，尼古拉，有那么一股子劲头儿，跟别的女人不一样，不是吗？……那是一种特别的……捉摸不透的味道……（叹气）说实在的，她是全县最有钱的大姑娘，不过她妈妈可是个辣萝卜，弄得谁也不愿意跟她打交道。她死后，全部家当就都归舒罗契卡啦，可是在她没死以前，她只会给女儿一万左右，再加上一把烫头发用的火剪和一个熨斗什么的，就是这样，她还要叫你跪下来叩头呢。（摸衣袋）我要抽一根De-los-mahoros①。您想抽一根吗？（把烟盒送过去）挺好的雪茄……可以抽抽。

伊凡诺夫　（气喘吁吁地走到包尔金跟前）从现在起不准您再待在我的家里！从现在起！

　　〔包尔金站起来，手上的雪茄掉在地上。

从现在起滚出去！

包尔金　尼古拉，这是什么意思？您为什么生气啊？

伊凡诺夫　为什么？就说这些雪茄吧，您是从哪儿弄来的？您以为我不知道您天天把那个老人带到哪儿去，又为什么带去吗？

包尔金　（耸肩膀）可是这跟您什么相干？

伊凡诺夫　您简直是个恶棍！您在全县宣扬您那些卑鄙的计划，弄得我在人家的眼睛里成了一个不正派的人！我们丝毫没有共同点，我要求您从现在起就离开我的家！（很快地走来

---

① 一种雪茄烟的名字。

走去）

包尔金　我知道这些话您是一时气愤说出口的,因此我也就不生您的气。您想怎么侮辱我就怎么侮辱我吧……（拾起雪茄烟）讲到您那种忧郁的心情,现在也该丢掉才是。您不是什么中学生了……

伊凡诺夫　我刚才跟您说什么来着？（发抖）您是在耍弄我吗？

〔安娜·彼得罗芙娜上。

九

包尔金　喏,安娜·彼得罗芙娜来了……那我走啦。（下）

〔伊凡诺夫在桌子旁边站停下来,耷拉着脑袋。

安娜·彼得罗芙娜　（沉吟片刻）她刚才到这儿来干什么？

〔停顿。

我问你:她到这儿来干什么？

伊凡诺夫　你别问了,安纽达……

〔停顿。

我罪孽深重。随你想出什么样的惩罚,我都承受,不过……你别问了……我没法说话了。

安娜·彼得罗芙娜　（生气）为什么她到这儿来？

〔停顿。

啊,原来你是这么一个人！现在我才明白。我到底看出来你是个什么样的人了。卑鄙,可耻……你总记得以前你到我那儿去,对我撒谎,说你爱我……我相信了,就丢下我的父母,放弃我的宗教信仰,跟你走了……你对我讲到真理,讲到善良,讲到你的正直的计划,撒了许多谎,我却把每一句话都信以为真了……

伊凡诺夫　安纽达,我从来也没有对你撒过谎。

安娜·彼得罗芙娜　我跟你一块儿生活了五年,我一直受苦,得了病,可是我爱你,一分钟也没有离开过你……你一直是我的偶像……可是结果怎么样呢?在这段时期里你一直用最无耻的方式欺骗我……

伊凡诺夫　安纽达,不要说瞎话。我有错,是的,然而我生平一次也没有说过谎……你不可以在这方面责备我……

安娜·彼得罗芙娜　现在水落石出了……当时你跟我结婚,是想着我的父母会原谅我,给我钱……你想的是这个……

伊凡诺夫　哎,我的上帝啊!安纽达,你竟然这样考验我的耐性……(哭)

安娜·彼得罗芙娜　你闭嘴!你一看见没有钱,就玩新的花招……现在我什么都想起来,什么都明白了。(哭)你从来没有爱过我,对我也从来没有忠实过……从来也没有!……

伊凡诺夫　萨拉,这是胡说!……你想说什么都由你,可是你别胡说来侮辱我……

安娜·彼得罗芙娜　卑鄙,无耻……你欠下列别杰夫的钱,现在你为了赖掉这笔债就想把他的女儿弄得昏头昏脑,像欺骗我那样欺骗她。难道不是这样吗?

伊凡诺夫　(喘气)看在上帝分儿上,你别说了!我管不住我自己了……愤怒憋得我透不过气来,我……我可能要说出伤你的话来了……

安娜·彼得罗芙娜　你素来无耻地欺骗人,而且不止欺骗我一个人……你把所有卑鄙的行径都推在包尔金身上,可是现在我知道这都是谁干的……

伊凡诺夫　萨拉,你别说了,你走吧,要不然有些话我就会忍不住说出口了!我恨不得对你说些可怕的、伤人的话……(喊叫)

闭嘴吧,犹太娘们儿!……

安娜·彼得罗芙娜　我偏要说……你骗得我太久,我不能不说……

伊凡诺夫　那么你不打算闭嘴吗?(内心斗争)看在上帝分儿上……

安娜·彼得罗芙娜　现在你去欺骗列别杰夫家的姑娘吧……

伊凡诺夫　那就叫你知道一下吧,你……不久就要死了……大夫告诉我说,你不久就要死了……

安娜·彼得罗芙娜　(坐下,压低语声)他是什么时候说的?

　　　　〔停顿。

伊凡诺夫　(抱住自己的头)我真是罪孽深重!上帝啊,我真是罪孽深重啊!(痛哭)

——第三幕完

第 四 幕

［第三幕和第四幕之间大约相隔一年。

［列别杰夫家里的一个客厅。前边是一个拱门,把这个客厅同大厅分开,左边和右边是门。古铜器,家族画像。喜庆的装饰。一架钢琴,上面放着一把小提琴,旁边立着一把大提琴。在整个这一幕当中,穿着舞装的客人们在大厅里来往穿梭。

一

李沃夫　（上,看怀表）四点多钟了。大概祝福马上就要开始了……祝福完后,就要送她去举行婚礼了。瞧,美德和真理的胜利哟！他要搜刮萨拉的钱而没有得手,就折磨她而把她送进了棺材,现在他又找到另一个替身了。对这个替身,他又会假仁假义,直到搜刮完她的钱,把她送到可怜的萨拉长眠的地方为止。这是敲骨吸髓的老手法了……

　　［停顿。

他幸福得好比在七重天上,会舒舒服服地生活到衰老之年,而且死的时候良心平平静静。不行,我要揭露你的底细！等我揭掉你那该死的假面具,等到大家认清你是什么路数,你就要从七重天上掉下来,一头栽进深渊,连恶魔也没法把你从那儿拉出来!我是个正直的人,我的任务就是打抱不平,打开瞎子的眼睛。我要尽我的责任,然后,到明天,我就离开这个该死的县!(沉思)可是该怎么办呢?跟列别杰夫家的人说明这件事,那是白费劲。向他挑战,同他决斗吗?闹它一个满城风雨吗?我的上帝啊,我激动得跟小孩子一样,完全丧失了思考的能力。该怎么办呢?决斗吗?

二

柯绥赫　(上,快活地对李沃夫说)昨天我叫了梅花小满贯,想打成一副全满贯!可就是那个巴拉巴诺夫又坏了我的事!我们打牌。我说"无将"。他说"帕斯"。我说两副梅花。他说"帕斯"。我说两副方块……三副梅花……可是您想想吧,您再也意想不到:我喊小满贯,可是他没说有爱司。要是他这个混蛋说有爱司,我就会喊"无将"的大满贯了……

李沃夫　对不起,我不懂牌,所以没法体会您的兴奋。快要祝福了吧?

柯绥赫　多半快了。大家正在稳住玖玖希卡。她大哭大叫,她是舍不得陪嫁。

李沃夫　不是舍不得女儿?

柯绥赫　她舍不得的是陪嫁。事情确实也有点让人气恼。他结了婚,可就不会还债了。人总不能逼着女婿还债呀。

三

巴巴金娜　(装束华丽,神气活现地穿过舞台,经过李沃夫和柯绥赫身边。柯绥赫忍不住扑哧一声笑了出来,巴巴金娜回顾)愚蠢!

〔柯绥赫伸手触了触她的腰,大笑。

乡巴佬!(下)

柯绥赫 (大笑)这个娘们儿完全迷了心窍!当初她没死乞白赖地想当伯爵夫人的时候,她是个普通的娘们儿,跟别的娘们儿一样,可是现在,她架子就大了(学她的腔调),乡巴佬!

李沃夫 (激动)您听我说,请您诚恳地告诉我:您对伊凡诺夫的看法怎么样?

柯绥赫 一个钱也不值。他的牌打得真差劲。去年复活节有过这样的一件事。我们坐下来打牌:有我,有伯爵,有包尔金,有他。我发牌……

李沃夫 (插嘴)他是好人吗?

柯绥赫 他?他是个骗子!诡计多端,世故很深。他和伯爵是一路货。他们鼻子尖,闻得出哪儿有空子可钻。他碰上一个犹太娘们儿,没捞着什么油水,现在呢,又打玖玖希卡的箱子的主意了。我敢打赌,要是过上一年,他不害得玖玖希卡沿街讨饭,就叫我受三次诅咒。他会害苦玖玖希卡,伯爵会害苦巴巴金娜。他们会把钱捞到手,舒舒服服过日子,发家致富。大夫,为什么今天您脸色这么苍白?您脸色不对呀。

李沃夫 哦,没什么。昨天我多喝了点酒。

四

列别杰夫 (同萨霞一块儿上)我们就在这儿谈一谈吧。(对李沃夫和柯绥赫)你们这些祖鲁人①,到大厅里去找女士们吧。我

---

① 见本书第310页注。

们有私事要谈一谈。

柯绥赫　（走过萨霞身边，兴奋地弹指作响）美得像画一样！真是王牌的王后啊！

列别杰夫　走吧，穴居人，走吧！

　　　［李沃夫和柯绥赫下。

坐下，舒罗契卡，这就对了……（坐下，往四下里看）你得恭恭敬敬地仔细听我说。事情是这样：你母亲吩咐我转告你一些话……你懂吗？不是我自己有话要说，而是你母亲吩咐我说的。

萨霞　爸爸，你说得简短一点吧！

列别杰夫　你结婚，陪嫁是一万五千银卢布……就是这样……注意，以后可别嫌多嫌少！等一等，你先别说！这还只是花，另外还有果子呢。你的陪嫁是一万五，可是，考虑到尼古拉·阿历克塞耶维奇欠下你母亲九千，这笔钱里就得扣掉债款……好，其次，除了……

萨霞　你对我说这些干什么？

列别杰夫　你母亲叫我说的！

萨霞　让我安静吧！要是你稍稍尊重我和你自己，你就不会容许自己说这种话。我不需要你们的陪嫁！我没有要求过陪嫁，现在也不要求！

列别杰夫　你干什么冲着我发脾气？在果戈理的小说里，两只耗子还要先闻一闻，再走开，可是你这个解放派妇女，连闻都没闻就发脾气了。

萨霞　你快让我安静吧，你别拿你们那些小算盘来侮辱我的耳朵了。

列别杰夫　（冒火）呸！你们这些人简直要闹得我拿起刀子往自己身上捅，再不就去杀别人！那一个成天价大哭大叫，絮絮叨叨,怨天尤人,尽在小钱上算计,这一个呢,聪明,合乎人情,思想解放,可就是不了解她的亲爹,真见鬼!我侮辱你的耳朵,可是要知道,我到这儿来侮辱你的耳朵以前,早在那边(指一指房门)给人切成小块,砍下了脑袋和四肢。她不能了解我!她的脑袋发昏,糊里糊涂了……滚你们的!(向门口走去,站住)我不喜欢,你们的事我都不喜欢!

萨霞　你不喜欢什么?

列别杰夫　样样事我都不喜欢!样样事!

萨霞　什么样样事?

列别杰夫　莫非要我在你面前坐下来,一五一十地说清楚吗?我什么都不喜欢,就说你的婚礼,我连瞧都不想瞧!(走到萨霞跟前,亲切地说)你要原谅我,舒罗契卡,也许你的婚事决定得聪明,正直,高尚,合乎原则,可是其中总有点不对头的地方,有点不对头!这跟别人的婚事不一样嘛。你年轻,生气蓬勃,像一块玻璃那么纯洁,长得又俊俏,他呢,是个鳏夫,精力衰退,疲疲沓沓。我不了解他,求主保佑他吧。(吻女儿)舒罗契卡,原谅我说实话,反正这件事总有点不明不白。人家都在纷纷议论呢。不知怎的,他那个萨拉这么死了,后来不知怎的他又突然要跟你结婚了,不知打的什么主意……(急忙地)不过呢,这是我犯娘们儿气,犯娘们儿气了。我变得婆婆妈妈,像一条旧裙子了。你别听我的。你别听人家的,你就按你自己的主张办事吧。

萨霞　爸爸,我自己也觉得这事不对头……不对头,不对头,不对头。要是你知道我心头多么沉重就好了!受不了啊!我不好意思承认这一点,也怕承认。爸爸,亲爱的,看在上帝分儿上,你给我打打气……指点我该怎么办吧。

列别杰夫　怎么回事呢?怎么回事?

萨霞　我怕得很,这是从来也没有过的!(回顾)我觉得我不了解他,而且永远也不会了解他。我做他的未婚妻的这些日子里,他一次也没有笑过,一次也没有好好地正眼看过我。他老是抱怨诉苦,老是为一些什么事忏悔,老是暗示他犯了什么罪,老是发抖……我厌倦了。有的时候我甚至觉得我……我不是像应该的那样强烈地爱他了。每逢他坐车到我们这儿来,或者他跟我谈话的时候,我总觉得乏味。这都是怎么回事啊,爸爸?真可怕!

列别杰夫　我的亲亲,我的独生女,你听你老父亲的话。跟他断掉吧!

萨霞　(惊恐)你这是什么话,你这是什么话呀!

列别杰夫　不错,舒罗契卡。这会闹出笑话来,搞得满城风雨,可是与其断送自己的一生,不如闹笑话的好。

萨霞　你别说了,别说了,爸爸!我听都不要听。应当同这些阴暗的想法做斗争。他是个遭遇不幸而又不被人理解的好人,我会爱他,了解他,扶他站起来。我会完成我的任务。事情已经定局了!

列别杰夫　这不是任务,而是心理病态。

萨霞　得了。我对你说的这些话连我对我自己也没有承认过。这些话我对谁也没有说过。我们把它忘掉吧。

列别杰夫　我什么也不明白。要么就是我老糊涂了,要么就是你们这些人变得太聪明,只有我不行,就是把我宰了,我也什么都不明白。

五

沙别尔斯基　(上)叫鬼把大家抓了去才好,连我也在内!真可气!

列别杰夫　你怎么啦?

沙别尔斯基　不,说真的,不管怎样我得干一件缺德事,下流事,为的是不但弄得我自己讨厌,而且惹得大家也讨厌。我一定干。我说话算数! 我已经对包尔金说过,叫他宣布我今天做了未婚夫。(笑)大家都下流,我也要下流。

列别杰夫　你惹得我厌烦了! 你听我说,玛特威,你说啊说的,弄得人家要把你送到疯人院去了——请你原谅我打这么一个比方。

沙别尔斯基　可是疯人院有哪点儿比不上别的房子呢? 你行行好,马上就把我送到那儿去才好。你行行好吧。大家都下流,卑贱,渺小,平庸,我自己都讨厌我自己了,我对我自己的话一句也不相信……

列别杰夫　你猜怎么着,老兄? 你索性往嘴里塞一团麻絮,点上火,向大家喷烟子吧。再不然就拿起帽子来回家去,那样更好。这儿正在举行婚礼,大家都高高兴兴,可是你哇哇地直叫,像乌鸦一样。是啊,真的……

〔沙别尔斯基对着钢琴弯下腰去,痛哭。

玛求希卡①! ……玛特威! ……伯爵! ……你怎么啦? 玛求沙②,我的亲人……我的天使……我的话伤了你……喏,原谅我这条老狗吧……原谅我这个酒鬼吧……你喝点水……

沙别尔斯基　不要了。(抬起头来)

列别杰夫　你哭什么?

沙别尔斯基　哦,没什么……

列别杰夫　不,玛求沙,你别撒谎……究竟为什么? 是什么缘故?

---

①② 玛特威的爱称。

沙别尔斯基　刚才我看见这把大提琴,就……就想起了那个犹太女人……

列别杰夫　哎,你这是在什么时候想起她呀!祝她升天国,永久安息吧,你这个回想太不是时候了……

沙别尔斯基　我同她常常一块儿合奏……美妙出色的女人呀!

　　　　　〔萨霞哭。

列别杰夫　你又怎么啦?你别哭了!主啊,他们俩都哭了,而我……我……你们至少躲一躲吧,客人们会瞧见你们的!

沙别尔斯基　巴沙,太阳一出来,连墓园里都喜气洋洋。人有希望,就是到老年也是痛快的。可是我一点儿希望也没有,一点儿希望也没有!

列别杰夫　对了,你的景况也确实不大好……你又没孩子,又没钱,又没工作……哎,可是那有什么办法呢?(对萨霞)你哭什么呀?

沙别尔斯基　巴沙,给我一点钱。到那个世界我会跟你算清账的。我要到巴黎去一趟,看一看我妻子的坟。我这辈子给人家很多钱,我的家当有一半都散出去了,所以我有权利要钱。再者我是向朋友要钱……

列别杰夫　(张皇失措)好朋友,我连一个小钱也没有!不过,好吧,好吧!那就是说,我答应不下来,可是,你明白……很好,很好!(旁白)他们磨死我了!

六

巴巴金娜　(上)我的伴儿在哪儿呀?伯爵,您怎么能丢下我一个人走了?哼,可恶!(用扇子打伯爵的胳膊)

沙别尔斯基　(嫌恶地)别打扰我!我恨您!

巴巴金娜 （惊慌）什么？……啊？……

沙别尔斯基 走开！

巴巴金娜 （倒在一把圈椅上）哎哟！（哭）

齐娜伊达·萨维希娜 （哭着上）有人来了。……好像是新郎的傧相。到该祝福的时候了……（啜泣）

萨霞 （恳求）妈妈！

列别杰夫 得，大家都哭起来了！简直成了四部合唱！你们别哭鼻子啦！玛特威！……玛尔法·叶果罗芙娜！要知道照这个样子，我就要……我就也要哭了……（哭）主啊！

齐娜伊达·萨维希娜 要是你不要你的母亲，要是你不听话，那……那我也随你的便，我给你祝福就是……

〔伊凡诺夫上，穿着礼服，戴着手套。

七

列别杰夫 岂有此理！这是怎么回事？

萨霞 你来干什么？

伊凡诺夫 对不起，诸位先生，请容许我跟萨霞单独谈一谈。

列别杰夫 在婚礼之前来找新娘，这可不合章法！你该到教堂去才对！

伊凡诺夫 巴沙，我求求你……

〔列别杰夫耸耸肩，他、齐娜伊达·萨维希娜、伯爵、巴巴金娜一同下。

八

萨霞 （严厉）你有什么事？

伊凡诺夫　愤恨憋得我透不过气来,不过我还能冷静地说话。你听我说。刚才我换衣服准备参加婚礼,照了照镜子,不料我的两鬓……有白发了。舒拉,不应该这么办! 趁时候还不算迟,必须停止这出毫无意义的喜剧了……你年轻,纯洁,你前面有生活,而我呢……

萨霞　这些话并不新鲜,我已经听过一千次,都听得腻烦了! 你到教堂去吧,别叫大家久等了。

伊凡诺夫　我马上就回家去,你就对你家里的人宣布,不举行婚礼了。你设法向他们解释一下。现在也该清醒过来了。我演了一阵子哈姆雷特,你演了一阵子高尚的少女,我们也演得够了。

萨霞　(冒火)你这是什么意思? 我不要听。

伊凡诺夫　可是我在说话,而且我还要说下去。

萨霞　你来干什么? 你的怨诉变成嘲弄了。

伊凡诺夫　不,我不是在怨诉! 嘲弄吗? 是的,我是在嘲弄。要是我能够加强一千倍来嘲弄自己,惹得全世界大笑,那我一定会照这样干! 刚才我照了一下镜子,我的良心里就仿佛爆炸了一颗大炮弹! 我嘲笑我自己,再加上羞愧,我几乎要发疯了。(笑)什么忧郁病啊! 高尚的苦恼啊! 不自觉的悲哀啊! 只差写诗了。老是抱怨诉苦,长吁短叹,给别人痛苦,感到自己生活的精力已经永远丧失,生了锈,活过了头,畏畏缩缩,沉湎于可恶的忧郁,而这都是发生在阳光灿烂,连蚂蚁都在忙于运食、对自己颇为满意的时候,不,这样不行! 另外,你又眼见有些人把你看作骗子,有些人怜惜你,有些人伸出援助的手,有些人更糟,带着敬意恭听你的叹息,把你看作第二个穆罕默德,等着你马上对他们宣布一种新宗教……不,谢天谢地,我总算还有自尊心和良心! 我坐车到这儿来的时候,一路上嘲笑自己,而且我觉得鸟雀也在嘲笑……我,树木也在嘲笑我……

萨霞　这不是气愤,这是疯狂。

伊凡诺夫　你认为是这样吗？不,我没有发疯。现在我所看到的正是事情的本来面目,我的思想跟你的良心一样纯净。我们相亲相爱,可是我们不能结婚！我自己爱怎么胡闹和灰心丧气都行,可是我没有权利毁掉别人！我的牢骚毒害了我妻子最后一年的生活。自从你做我的未婚妻以来,你也不再发笑,而且老了五岁。你的父亲对生活中的事情原是看得一清二楚的,如今由于我而变得不再了解人了。我无论去开会也好,做客也好,打猎也好,总之不管我上哪儿,我总是带去沉闷、沮丧、不满。等一等,别打岔！我尖刻,激烈,可是,对不起,气愤憋得我透不过气来,我没法换一个方式说话。我过去从来也没有说过谎话,也没有毁谤过生活,可是自从我爱发牢骚以后,我就违背本性,不知不觉地毁谤生活,抱怨命运,大诉其苦了,于是每一个听我讲话的人就都沾染上对生活的憎恶,也诽谤起来了。而且又是什么样的腔调啊！好像我活着是赏给大自然面子似的。叫鬼抓了我去才好！

萨霞　等一等！……从你刚才所说的话,可以得出结论：你厌恶发牢骚,现在到了开始新生活的时候了！……这才好！……

伊凡诺夫　我看不出有什么好的地方。哪儿有什么新生活呢？我无可挽救地完蛋了！我们俩应该明白这一点才好。什么新生活哟！

萨霞　尼古拉,你清醒过来吧！你从哪儿看出来你完蛋了呢？这真是自暴自弃！不,我既不愿意说话,也不愿意听你说……你到教堂去吧！

伊凡诺夫　我完了！

萨霞　别这么喊,客人们会听见的!

伊凡诺夫　如果一个不愚蠢的、受过教育的、身体健康的人缺乏任何明显的理由而开始长吁短叹,顺着下坡路滚下去,那他就会一路滚下去,拦也拦不住,没法挽救了!是啊,我的救星在哪儿?我怎样才可以得救?喝酒吧,我不会,一喝酒就头痛,写些歪诗吧,我也不会,崇拜精神上的懒散,把它看作一种玄秘高深的境界,我又办不到。懒散就是懒散,软弱就是软弱,我没法给它们另起名字。我完了,完了,这是确切无疑的!(环顾周围)别人可能来打搅我们。你听我说。要是你爱我,那就要帮助我。就是现在,干脆跟我一刀两断!赶快……

萨霞　唉,尼古拉,要是你知道你闹得我多么疲乏就好了!你在怎样折磨我的灵魂啊!聪明的好人,你想想看:是啊,难道能够给我提出这样的难题吗?你每天都在给我出难题,一个比一个困难……我巴望一种积极的爱情,可是这成了受苦受难的爱情啦!

伊凡诺夫　可是等你做了我的妻子,问题就要复杂得多了。你快跟我断掉吧!你要明白:你所表现的并不是爱情,而是由你那正直的性格所产生的顽强的决心!你抱定宗旨无论如何要让我获得新生,要挽救我,你因为自己在做一件英雄事业而感到自慰……现在你想往后退,然而有一种虚假的感情阻止你这样做。你要明白才好!

萨霞　你的逻辑多么古怪,多么荒唐啊!难道我能跟你断掉吗?我怎么能推开你不管?你没有母亲,没有姐妹,也没有朋友……你破产了,你的田产让人家偷光了,四周围的人又在对你造谣中伤……

伊凡诺夫　我跑到这儿来是做了一件蠢事。我应该按我想的去办才成……

〔列别杰夫上。

九

萨霞 （迎着她的父亲跑过去）爸爸,看在上帝分儿上,帮帮我的忙吧,他像疯子似的跑到这儿来折磨我!他要求我跟他断掉,他不愿意毁掉我。你去对他说:我不需要他的慷慨!我知道我在干什么。

列别杰夫 我什么也不明白……什么样的慷慨呀?

伊凡诺夫 婚礼不举行了!

萨霞 要举行!爸爸,你对他说,婚礼要举行!

列别杰夫 等一等,等一等!……为什么你又不愿意举行婚礼了?

伊凡诺夫 我跟她解释过为什么,可是她不想理解。

列别杰夫 不,你不要对她解释,你对我解释吧,而且要解释得能叫我听懂!哎!尼古拉·阿历克塞耶维奇呀!求上帝给你当裁判吧!你把我的生活搅得糊里糊涂,我仿佛生活在奇物陈列馆里似的,我看来看去,什么也不明白……简直是受罪呀……是啊,你叫我这个老头子拿你怎么办呢?跟你决斗还是怎么的?

伊凡诺夫 根本用不着什么决斗。只要肩膀上有脑袋,听得懂俄国话就成。

萨霞 （激动地在舞台上走来走去）这真可怕,可怕!简直像是小娃娃!

列别杰夫 这只能叫人摊开两只手表示惊讶,如此而已。你听我说,尼古拉!依你看来,你这一套都聪明,微妙,合乎心理学的一切原则,不过依我看来,这可是胡闹,是不幸。你最后一次听我这个老头子的话吧!我要跟你说的就是这样一句话:让你的头脑安静下来！像大家那样把事情看得简单点！人间万物都是简单的。天花板是白的，靴子是黑的，糖是甜的。你爱萨霞，她爱你。如果你爱她，你就待在这儿；如果你不爱她，你就走，我们不会强求。总之，这简单得很！你们俩都健康，聪明，有道德，而且谢天谢地，吃得饱，穿得暖……此外你还需要什么呢？没有钱吗？那有什么关系！幸福不在于有钱……当然，我明白……你的田产押出去了，你没有钱付利息，不过我是做父亲的，我明白……妈妈爱怎么办都随她，求上帝保佑她吧，她不给钱，那就算了。舒尔卡说她不要陪嫁。什么原则啦，叔本华①啦……这都是胡扯……我在银行里有一笔私蓄，一万卢布。（环顾四周）关于这笔钱，我家里连狗都不知道……这是你祖母的钱……这笔钱就给你们俩……你们拿去吧，不过有一个条件：给玛特威两千吧……

［客人们在大厅里聚集。

伊凡诺夫　巴沙，多谈也无益了。我要按我的良心吩咐我的去做。
萨霞　我也是按我的良心吩咐我的去做。你爱怎么说就怎么说，反正我不放你。我去叫妈妈了。（下）

十

列别杰夫　我怎么也弄不懂……
伊凡诺夫　你听我说，可怜的人……我不想向你解释我究竟是个什么样的人，是正直呢，还是卑鄙，是身心健康呢，还是精神变态。我不会把你说通的。当初我年轻，热情，诚恳，不愚蠢；没有人像我那样爱过，恨过，信仰过，我一个人像十个人那样工

---

① 德国哲学家。

作和希望,我同风车搏斗,用脑门子撞墙;我没有衡量自己的力量,没有经过思考,不了解生活,却把一副重担放在自己的身上,而这副重担一下子把我的背脊压折,使我的筋骨扭坏了;我急急忙忙在青年时期就把我的精力耗尽,我陶醉,兴奋,工作,丝毫不加节制。你说,难道能不这样吗?要知道我们人数很少,而工作很多很多!上帝啊,多极啦!现在呢,我对生活做过斗争,生活就残酷地来报复我了!我元气大伤!我才三十岁就已经像喝醉了酒似的头重脚轻,我老了,已经穿上家常的长袍了。我头脑昏沉,灵魂懒散,筋疲力尽,元气大伤,意志消沉,没有信仰,没有爱情,没有目标,像个影子一样,在人们当中彷徨,不知道自己是个什么人,为什么活着,指望什么。我已经觉得爱情无谓,温存腻味,工作毫无意义,歌唱和激烈的演说都庸俗而陈腐。无论到哪里,我都带去苦恼,冷冰冰的苦恼,带去不满,带去对生活的憎恶……我无可挽救地完蛋了!在你面前站着的这个人,三十五岁就已经疲惫不堪,幻想破灭,被自己的毫无价值的努力压垮,他羞愧得心如火烧,他嘲笑自己的软弱……啊,我胸中的自尊心受到多么大的伤害,狂怒憋得我透不过气来!(踉跄)哎,我把自己折磨成什么样子了!我连站都站不稳……我衰弱了。玛特威在哪儿?让他把我送回家去吧。

[大厅里的人声:"男傧相来啦!"

十一

沙别尔斯基　(上)我穿着别人的旧礼服……手套也没有……这招来多少嘲讽的目光、愚蠢的俏皮话、庸俗的讥笑啊……这些讨厌的家伙!

包尔金　（手里拿着一束花,穿着礼服,戴着傧相的花,匆匆上）嘿！他在哪儿啊？（对伊凡诺夫）大家早就在教堂里等您了,您却在这儿高谈阔论。这可真是个滑稽演员！真的,滑稽演员！要知道,您不应当跟新娘一块儿去教堂,而是单独去,跟我一块儿,至于新娘,我自会从教堂来接她的。莫非您连这都不懂吗？简直是个滑稽演员！

李沃夫　（上,对伊凡诺夫）哦,您在这儿？（大声）尼古拉·阿历克塞耶维奇·伊凡诺夫,我当着大家的面宣布:您是坏蛋！

伊凡诺夫　（冷冷地）感激之至。

　　　　〔全体骚动。

包尔金　（对李沃夫）先生,这是下流！我向您挑战:跟您决斗！

李沃夫　包尔金先生,我认为,对我来说,不但跟您厮打,就是跟您说话也是有损尊严的！不过,如果伊凡诺夫愿意,我倒乐于奉陪。

沙别尔斯基　先生,我要跟您决斗！……

萨霞　（对李沃夫）这是为什么？您为什么侮辱他？诸位先生,对不起,让他对我说明:这是为什么？

李沃夫　亚历山德拉·巴甫洛芙娜,我侮辱他不是无缘无故的。我是以一个正直的人的身份到这儿来,为了让您睁开眼睛。我请求您仔细听完我的话。

萨霞　您能讲些什么呢？讲您是个正直的人吗？这可是全世界都知道的！您最好凭着清白的良心告诉我:您了解不了解自己？您此刻以正直的人的身份到此地来,给了他可怕的侮辱,差点把我吓死。早先您像影子似的跟踪他,妨碍他生活,您也是相信您在尽您的责任,您是个正直的人。您干涉他的私生活,毁谤他,责难他,只要有可能,您就给我和所有的熟人写匿名信,而且您始终认为您是个正直的人。大夫,您甚至不放过他的害病的妻子,用您那些猜疑闹得她一刻也不得安宁,而且您认为这样做是正直的。不管您干出什么强暴的事,不管您干出什么残忍的下流事,您总觉得您是个异常正直而且进步的人!

伊凡诺夫　(笑)这不是婚礼,而是议会!好哇,好哇!……

萨霞　(对李沃夫)现在您也该好好想一想了:您了解不了解自己?这些麻木不仁、没有心肝的人!(挽住伊凡诺夫的胳膊)我们躲开这儿,尼古拉!爸爸,我们走了!

伊凡诺夫　我们到哪儿去呀?等一等,现在我要把这一切来个了结!青春在我的胸中觉醒,往日的伊凡诺夫又要说话了!

(取出一支手枪)

萨霞　(尖叫)我知道他要干什么!尼古拉,看在上帝分儿上!

伊凡诺夫　我在下坡路上滚了很久,现在该停住了!人总得识趣!你们走开!谢谢你,萨霞!

萨霞　(喊叫)尼古拉,看在上帝分儿上!你们拦住他呀!

伊凡诺夫　你们别管我!(跑到一旁,开枪自杀)

——幕落·剧终

蠢 货

独幕笑剧

献给尼·尼·索洛甫佐夫[①]

[①] 索洛甫佐夫(1856—1902),俄国柯尔希剧院的演员,契诃夫的朋友。

剧 中 人 物

叶连娜·伊凡诺芙娜·波波娃——年轻的寡妇,女地主,双颊有酒窝。
格利果利·斯捷潘诺维奇·斯米尔诺夫——年纪不老的地主。
路卡——波波娃的老听差。

〔波波娃的庄园里的客厅。

一

〔波波娃(穿着丧服,目不转睛地凝视着一张照片)和路卡。

路卡　这样不好啊,太太……您简直在糟蹋自己……使女和厨娘都出去采果子了,各种活物欢蹦乱跳的,就拿猫说吧,连它都知道找乐子,满院子跑来跑去抓小鸟。您呢,成天价关在房间里好像进了修道院似的,一点儿乐趣也没有。是啊,真的!您不出家门差不多已经有一年了!……
波波娃　我再也不会出门了……出去干什么呢?我的生活已经结束了。他躺在坟墓里,我埋在这四堵墙里……我们俩都死了。
路卡　瞧您说的!我都不爱听呢,真的。尼古拉·米海洛维奇死了,那也是在劫难逃,上帝的旨意,祝他升天堂吧……您伤心一阵,也就够了,应当有分寸嘛。总不能哭上一辈子,穿一辈子丧服啊。想当初我的老太婆死了……那又怎么样?我伤心一阵,哭了个把月,也就丢开算了;要是我一辈子哭天抹泪,老太婆也不配。(叹气)您把邻居全忘了……您自己不去串门,又不肯让人家上门。说句不中听的话,我们生活得像蜘蛛一样,不见天日。我的制服都丢在那儿让耗子啃坏了……要是周围没有好人,倒也罢了,其实这个县里到处都是上流人……雷勃洛沃村驻扎着部队,那些军官都是些讨人喜欢、衣着漂亮的人,叫人瞧都瞧不够!兵营里每到星期五就有舞会,军乐队差不多天天都奏乐……哎,我的好太太!年轻,俊俏,面色白里透红,正该活个痛快嘛……要知道,人的俊俏可不能保住一辈子不变!过上十年光景,您自己还想跟孔雀那么神气,招得军官老爷们迷迷糊糊,那可已经晚了。

波波娃　(坚决)我要求你以后不要跟我再说这种话!你知道,自从尼古拉·米海洛维奇死后,生活在我就失去了一切价值。你觉得我还活着,不过那只是你么么觉得罢了!我自己起过誓:我到死也不脱掉这身丧服,不看一眼外界……听见了吗?让他的阴魂瞧见我多么爱他……不错,我知道,而且这对你来说也不是什么秘密,他对待我常常不公道,狠心,而且……甚至在外面搞女人,不过我到死都不会变心,我要对他证明我多么爱他。在那边,在坟墓里,他会看见我完全跟他去世以前一样……

路卡　您与其说这些话,还不如到花园里去走走,再不然,吩咐人把托比或者大高个子①套上车,到邻居家里去串门也好……

波波娃　唉!……(哭)

---

① 马的名字。

路卡　太太！……好太太！……您怎么了？求基督保佑您！

波波娃　他那么喜欢托比！往常他出门到柯察金家和符拉索夫家去总要让托比拉车。他赶车的本领多么高明！每逢他使出全身力气拉紧缰绳，他那气派显得多么优雅啊！你记得吗？托比呀，托比！你去吩咐他们今天多给它加一把燕麦吧。

路卡　是！

〔急促的门铃声。

波波娃　（打哆嗦）这是谁？你就说我什么人也不见！

路卡　是，太太！（下）

二

〔波波娃（独自一个人）。

波波娃　（看照片）你，尼古拉，会看见我多么爱你，原谅你……我的爱情要到我这颗可怜的心停止跳动的时候，才跟我一起消灭。（含着泪笑）那你能不害臊吗？我这个规矩人，忠实的妻子，把自己关在家里，到死对你不变心，那你……你这个胖子，能不害臊吗？你对我变过心，大吵大闹，一连几个星期把我孤零零地撇在家里……

三

〔波波娃和路卡。

路卡　（上，惊慌）太太，外头有人找您。他要见您……

波波娃　可是你没说我自从丈夫死后什么人也不见吗？

371

路卡　我说了,可是他根本不肯听。他说有很要紧的事找您。

波波娃　我——不——见!

路卡　我对他说了,可是……他,这个鬼东西……不住地骂人,而且照直往房间里闯,已经站在饭厅里了……

波波娃　(生气)好,那就请他进来……简直是大老粗!

〔路卡下。

这些人多么难缠!他们要我怎么样?他们何苦来搅扰我的安宁?(叹气)是啊,看起来,我确实非进修道院不可了……(沉思)对,索性到修道院去……

四

〔波波娃,路卡,斯米尔诺夫。

斯米尔诺夫　(上,对路卡)笨蛋,你就喜欢说些废话!……蠢驴!(看见波波娃,用尊严的腔调说话)夫人,我荣幸地自我介绍:我是退伍的炮兵中尉,地主格利果利·斯捷潘诺维奇·斯米尔诺夫!我有一件非常重要的事,不得不来打搅您……

波波娃　(没有伸出手去同他握手)您有什么贵干?

斯米尔诺夫　我荣幸地熟识您的去世的丈夫,他欠下我一千二百卢布,开了两张借据。明天我得付土地银行的利息,所以我要求您,夫人,今天务必把钱还给我。

波波娃　一千二……我丈夫怎么会欠下您这笔钱?

斯米尔诺夫　他买了我的燕麦。

波波娃　(叹气,对路卡)那么你,路卡,别忘了吩咐他们给托比多加一把燕麦。(路卡下。对斯米尔诺夫)既然尼古拉·米海洛维奇欠您的钱,那么,不用说,我会还账;可是,请您原谅,今天我没有闲钱。我的管家后天从城里回来,我会吩咐他把该还的账还给您,此刻我没法满足您的愿望……再说,今天正好是我的丈夫去世整整七个月的忌日,按我目前的情绪,我完全没心思管金钱方面的事。

斯米尔诺夫　不过,按我现在的心境,要是我明天不付利息,我就得两条腿朝上从烟囱里飞出去了①。我的庄园就要被查封啦!

波波娃　后天您会收到您的钱。

斯米尔诺夫　我不是后天需要钱,而是今天。

波波娃　请您原谅,今天我不能还您的账。

斯米尔诺夫　可是我不能等到后天。

波波娃　既然我现在没有钱,那怎么办呢!

斯米尔诺夫　那么您不能还账?

波波娃　我办不到……

斯米尔诺夫　哦!……这是您最后的答复吗?

波波娃　对了,最后的答复。

斯米尔诺夫　最后的答复?能肯定吗?

波波娃　能肯定。

斯米尔诺夫　多谢多谢。那就记录在案吧。(耸肩膀)人家还要我态度冷静呢!刚才我在路上碰见一个税吏,他问我:"为什么您老是生气,格利果利·斯捷潘诺维奇?"可是,求上帝怜恤,我怎么能不生气?我急着等钱用,急得要命……昨天一清早,天刚亮我就出门,走遍所有欠我钱的人家,可其中连一家还账的也没有!我累得跟狗似的,昨天晚上鬼才知道我在哪儿过的夜,在一个犹太人的小客店里挨着一个酒桶睡了一

---

① 意谓"破产"。

觉……最后我来到这儿,离家七十里,我原希望拿到钱,可是人家又用什么"情绪"来给我一闷棍。我怎么能不生气?

波波娃　我好像已经说得很明白:等我的管家从城里回来,您就会拿到钱了。

斯米尔诺夫　我又不是来找管家,我是来找您的!原谅我说句粗话,您的管家关我屁事!

波波娃　请您原谅,先生,我听不惯这种古怪的说法,听不惯这种腔调。我不想再听您说下去了。(很快地下)

五

［斯米尔诺夫(独自一个人)。

斯米尔诺夫　真是邪乎!什么情绪啦……七个月以前丈夫死啦!可是我要不要付利息呢?我问您:要不要付利息?哦,您的丈夫死了,还有您的情绪,这个那个的……您的管家又出外到什么地方去了,见他的鬼,可是请问,那我该怎么办呢?坐着气球飞上天去,躲开我的债主还是怎么的?再不然,一口气跑过去,一头撞在墙上吗?我坐车去找格鲁兹杰夫,他不在家;去找亚罗谢维奇呢,他躲起来了;至于库利曾,我跟他吵得要死,差点把他从窗子里扔出去;到玛祖托夫那儿,他又得了什么霍乱;而这一位呢,又是情绪不好。这些混蛋没有一个还钱的!这都是因为我太纵容他们,因为我太好说话,太软弱,婆婆妈妈的!我对他们太客气了!好,你们等着就是!你们会认识我的!我可不容人家耍弄我,见它的鬼!她不还钱,我就在这儿待下去泡着!嘿!……今天我多么气愤,多么气愤啊!气得我两条腿直打哆嗦,气都透不过来了……哎哟,我的上帝啊,我简直头晕啦!(喊叫)来人哪!

六

〔斯米尔诺夫和路卡。

路卡　(上)您有什么事?
斯米尔诺夫　给我拿点克瓦斯①或者水来!
　　〔路卡下。

是啊,这是什么逻辑!人家缺钱用,急得想上吊,她呢,不给,因为,您猜怎么着,她没心思管金钱方面的事!……这可是地道的妇道人家的胡搅蛮缠的逻辑!就因为这个缘故,我素来不喜欢跟女人谈话,现在也还是不喜欢。对我来说,坐在火药桶上都比跟女人谈话轻松得多。嘿!……我甚至浑身打哆嗦,这个婆娘把我气到这步田地!我哪怕远远看见这么一个富有诗意的人物,也会气得小腿肚子抽筋。我简直恨不得喊救命才好。

七

〔斯米尔诺夫和路卡。

路卡　(上,端来水)太太病了,她不见客。
斯米尔诺夫　走开!
　　〔路卡下。

---
① 俄国的一种清凉饮料。

病了,不见客!那没关系,不见就算了……你不给钱,我就留在这儿泡着。你生一个星期的病,我就泡一个星期……你病一年,我就泡一年……反正我得拿到我的钱,小娘们儿!你身上的丧服和脸蛋上的酒窝都打动不了我的心……咱们见识过这些酒窝!(对窗外喊叫)谢敏,把马车上的马卸下来!我们不会马上就走的!我留在这儿了!你到马棚那边去,叫他们给马喂点燕麦!你这个畜生,左边那头拉边套的马又让缰绳缠住了腿!(学谢敏的腔调)"不要紧"……我要给你点厉害瞧瞧,叫你知道什么叫"不要紧"!(离开窗口)这可真糟……天热得难熬,谁也不还账,晚上又睡不好,再加上这个一身丧服、情绪不佳的婆娘……我头都痛了……喝点白酒怎么样?也好,喝点吧。(喊叫)来人哪!

路卡　(上)您有什么事?

斯米尔诺夫　给我拿一杯白酒来!

　　　〔路卡下。

哎!(坐下,环顾周身)不用说,我这模样好得很!满身的尘土,靴子上全是烂泥,脸也没洗,头也没梳,背心上粘着干草……这位年轻的太太多半把我当作土匪了。(打哈欠)照这个样子跑到人家的客厅里来是有点不礼貌,不过呢,这也没什么……我到这儿来又不是做客,我是来讨债的,债主该穿什么衣服并没有规定嘛……

路卡　(上,送来白酒)您太不客气了,老爷……

斯米尔诺夫　(生气)什么?

路卡　我……我,没什么……我,说实在的……

斯米尔诺夫　你是在跟谁说话?闭上你的嘴!

路卡　(旁白)这个妖怪,他缠住我们不放了……是魔鬼支使他来的……

〔路卡下

斯米尔诺夫　啊,我多么生气!我一肚子的气,恨不得把全世界磨成粉才好……我简直要昏倒了。(喊叫)来人哪!

八

〔波波娃和斯米尔诺夫。

波波娃　(上,垂下眼睛)先生,我与人世隔绝,早已听不惯人的声音,受不了大声喊叫了。我恳切地要求您:不要搅扰我的安宁!

斯米尔诺夫　您把钱还给我,我就走。

波波娃　我已经用俄国话对您说过:眼前我没有现款,您要等到后天。

斯米尔诺夫　我也荣幸地用俄国话对您说过:我不是后天要钱用,而是今天。要是您今天不给我钱,明天我就非上吊不可。

波波娃　可是既然我没有钱,那叫我怎么办呢?这真奇怪!

斯米尔诺夫　那么您现在不给钱?不给?

波波娃　我没法给……

斯米尔诺夫　既是这样,我就留在这儿坐等,直到拿到钱为止……(坐下)后天才给钱吗?好得很!我就照这样一直坐到后天。我就这么坐着不走……(跳起来)我问您:我明天要不要付利息?……莫非您以为我是在说着玩吗?

波波娃　先生,我请求您不要大声嚷嚷!这儿不是马房!

斯米尔诺夫　我不是问您马房的事,而是问您明天要不要付利息?

波波娃　您不会跟女人打交道!

斯米尔诺夫　不,太太,我很会跟女人打交道!

波波娃　不,你不会! 您是个没有教养的粗人! 正派人不会这样跟女人说话!

斯米尔诺夫　嘿,这可是怪事! 请问,我该怎么跟您说话呢? 说法国话还是怎么的? (气愤,柔声柔气)夫人,je vous pris①……您不还我钱,我太高兴了……啊,请原谅我打搅您! 今天天气好极啦! 您穿着这身丧服多么合适啊! (并足敬礼)

波波娃　这不聪明,这是撒野。

斯米尔诺夫　(戏弄)这不聪明,这是撒野! 我不会跟女人打交道! 太太,我这一辈子见过的女人比您见过的麻雀还多得多呢。我为女人决斗过三次,我丢开过十二个女人,有过九个女人丢开我! 是啊,太太! 想当初,我也装疯卖傻,故作多情,说许多甜言蜜语,讲许多讨好巴结的话,碰一下脚跟行礼……我爱过,痛苦过,对着月亮叹气,心里发软,迷迷糊糊,浑身凉酥酥的……我爱得热烈,发疯,使出各种招数,见它的鬼,像喜鹊那样喊喊喳喳地大讲妇女解放,把半个家当都花在温柔的感情上,可是现在啊,敬谢不敏了。现在您可没法引我上钩啦! 够了! 什么黑眼珠啦,热情的眼睛啦,鲜红的嘴唇啦,脸颊上的酒窝啦,月亮啦,低声悄语啦,羞怯的叹息啦,太太,现在我为这一切连一个小钱也不肯花了! 我说的可不是在座诸君啊,可是所有的女人,不分老少,都喜欢装腔作势,矫揉造作,播弄是非,满腔怨气,漫天撒谎,手忙脚乱,气量狭窄,心肠狠毒,蛮不讲理;至于讲到这个东西(拍自己的脑门子),那么原谅我说话直爽,就连麻雀也比任何穿裙子的哲学家高明得多! 你瞧瞧某个富有诗意的人物吧:裹着一层薄纱,轻飘飘,像个仙女,千娇百媚,可是你往她的灵魂里一看,原来是一条最平

---

① 法语:我请求您。

常的鳄鱼！(抓住椅背,椅子咔嚓一响,裂开了)然而,最可气的是不知什么缘故这条鳄鱼认为温柔的感情是它的拿手好戏,是它的特权,是它的专利！见它的鬼,您把我两脚朝上挂在这颗钉子上吧:难道女人除了爱巴儿狗以外还能够爱什么人吗？……她在恋爱中只会唉声叹气,哭哭啼啼！在男人痛苦、做出牺牲的时候,她的全部爱情却光是表现在摆动她的长裙裾,极力抓住他不放。您不幸是个女人,那么您从自己身上就可以知道女人的本性。您凭良心告诉我:您这一辈子见过一个诚恳、忠实、不变心的女人吗？没见过！忠实和不变心的只有老太婆和丑娘们儿！遇见有犄角的猫或者白色的丘鹬倒比遇见一个不变心的女人容易得多呢！

波波娃　请容我说一句,照您看来,在爱情方面谁忠实而不变心呢？莫非是男人吗？

斯米尔诺夫　对了,太太,是男人！

波波娃　男人！(冷笑)在爱情方面男人倒忠实,不变心！嘿,这可是新闻！(激烈)您有什么权利说这种话？男人倒忠实,不变心！既然说到这儿,那我就要告诉您,在我过去和现在所认识的一切男人当中,最好的一个就是我那去世的丈夫……我热烈地爱他,全身心地爱他,只有年轻的、有思想的女人才能这么爱一个男人;我的青春、幸福、生命、我的财产,统统都献给他了,我把我的心贴在他的心上,我把他当作偶像那样崇拜,可是……可是,那又怎么样呢？这个最好的男人时时用最没良心的方式欺骗我！他死后,我在他的书桌里找到满满一抽屉情书。他生前呢,回想起来真是可怕,他常常一连几个星期把我孤零零地撇在家里,他当着我的面向别的女人献殷勤,对我变心,他挥霍我的钱财,玩弄我的感情……可是尽管这样,我还是爱他,对他忠实……而且,他死了,我也仍旧对他忠实,不变心。我一直把我自己埋在这四堵墙里,到死也不脱掉这身丧服……

斯米尔诺夫　(发出轻蔑的笑声)丧服!……我不懂,您把我看成什么人了?倒好像我不知道您干什么穿着这身黑外套,把自己埋在这四堵墙里似的!可不是!这样才神秘,才富有诗意哟!一个什么士官生或者一个半吊子的诗人路过这个庄园,往窗户里瞧一眼,就会暗想:"这儿住着一个神秘的达玛拉①,她因为爱她的丈夫而把自己埋在这四堵墙里了。"咱们可见识过这套把戏!

波波娃　(冒火)什么?您怎么敢对我说这种话?

斯米尔诺夫　您把您自己活埋了,可是,您瞧,您并没有忘记往脸上搽粉啊!

波波娃　您怎么敢跟我这样说话?

斯米尔诺夫　劳驾,您别嚷,我可不是您的管家!请您容许我实话实说。我不是女人,我习惯于直爽地发表意见!请您别嚷!

波波娃　不是我嚷,是您在嚷!请您不要在这儿打搅我的安宁!

斯米尔诺夫　您给我钱,我就走。

波波娃　我才不给您钱呢!

斯米尔诺夫　不,您得给!

波波娃　为了气您,我要叫您一个小钱也拿不到!请您躲开我!

斯米尔诺夫　我还没有做您的丈夫或者未婚夫的荣幸,因此,劳驾,不要跟我吵吵闹闹的。(坐下)我不喜欢这一套。

波波娃　(气得直喘)您倒坐下了?

斯米尔诺夫　坐下了。

波波娃　我请求您走开!

---

① 俄国诗人莱蒙托夫的长诗《恶魔》中的女主人公。

斯米尔诺夫　那您得给钱……（旁白）哎,我气坏了！我气坏了！

波波娃　我不愿意跟一个无赖说话！请您滚出去！

　　　［停顿。

　　您还不走？不走？

斯米尔诺夫　不走。

波波娃　不走？

斯米尔诺夫　不走！

波波娃　好吧！（摇铃）

九

　　　［人物同前,加上路卡。

波波娃　路卡,把这位先生带出去！

路卡　（走到斯米尔诺夫跟前）先生,既然主人家吩咐了,就劳驾走吧！不必待在这儿了。……

斯米尔诺夫　（跳起来）闭嘴！你这是在跟谁说话？我要把你打成肉酱！

路卡　（抓住胸口）老天爷！……上帝的侍者！……（坐倒在一把圈椅上）哎呀,我头晕,头晕！我喘不过气来了！

波波娃　达霞在哪儿？达霞！（喊叫）达霞！彼拉盖雅！达霞！（摇铃）

路卡　哎！她们都出去采浆果了……家里没有人！……我头晕啊！给我水喝！

波波娃　请您滚出去！

斯米尔诺夫　您就不能客气一点吗？

波波娃　（捏紧拳头,跺脚）您是个乡巴佬！粗野的蠢货！丘八！

冒失鬼!

斯米尔诺夫　怎么着?您说什么?

波波娃　我说您是蠢货,是冒失鬼!

斯米尔诺夫　(走上前去)对不起,您有什么权利侮辱我?

波波娃　对,我侮辱了……哼,那又怎么样?您当是我怕您吗?

斯米尔诺夫　您以为您是个富有诗意的人物,您就有权利侮辱人而不受惩罚吗?是吗?我挑战,跟您决斗!

路卡　老天爷!……上帝的侍者!……水啊!

斯米尔诺夫　用枪决斗!

波波娃　您的拳头有劲儿,嗓门儿像牛,您当是我就怕您了吗?啊?好一个丘八!

斯米尔诺夫　决斗!我不容许任何人侮辱我,不管您是女人,是个弱女子!

波波娃　(极力提高嗓门压过他)您是蠢货!蠢货!蠢货!

斯米尔诺夫　现在也该抛弃那种认为只有男人才必须为侮辱付出代价的成见了!要平等就得真平等,见它的鬼!去决斗!

波波娃　您要用枪决斗吗?行!

斯米尔诺夫　马上就干!

波波娃　马上就干!我丈夫死后,留下了几把手枪……我现在就去拿来……(匆匆走去,又回来)我要把一颗子弹打进您的糊涂脑袋里去,那是多么痛快啊!叫鬼抓了您去才好!(下)

斯米尔诺夫　我会一枪打中她就跟打中一只小鸡子一样!我可不是什么小孩子,也不是什么多愁善感的小崽子,对我来说根本不存在什么弱女子!

路卡　亲爱的老爷!……(跪下)你发发慈悲,可怜我这个老头儿,你离开这儿吧!你已经把我吓得要死,现在又想要决斗了!

斯米尔诺夫　（不理他）决斗,这才叫平等,这才叫妇女解放！这才是男女平等！我是根据原则开枪打她的！不过,这个女人怎么样？（学她的腔调）"叫鬼抓了您去才好……把一颗子弹打进您的糊涂脑袋里去……"如何？她脸蛋绯红,眼睛发亮……她接受了我的挑战！说实话,我生平还是头一次看见这样的女人呢。

路卡　老爷,你走吧！让我永生永世为你祷告上帝吧！

斯米尔诺夫　这才称得上是女人！我这才明白！这是个地道的女人！她可不是无病呻吟的人,不是窝囊废,她是一团火,是炸药,是爆竹！打死这样的女人甚至下不了手呢。

路卡　（哭）老爷……亲爱的,你走吧！

斯米尔诺夫　她简直招我喜欢！简直招我喜欢！她脸上有酒窝,也招人喜欢！我甚至不想要她还债了……我的气也消了……了不起的女人啊！

十

〔人物同前,加上波波娃。

波波娃　（拿着两支手枪上）瞧,手枪拿来了……不过,在我们决斗以前,请您费心指点我,这枪怎么打法……我这辈子一次也没有拿过手枪呢。

路卡　救救我们吧,主啊,怜恤我们吧……我得去找花匠和马车夫……怎么会有这么一场祸事飞到我们头上来了……（下）

斯米尔诺夫　（察看手枪）您要知道,手枪有好几种……有一种专门用来决斗的莫尔提麦尔式手枪,有火帽。不过,您这两支手枪是斯密特和魏逊式的,三响,有退壳器,中央射效……挺好的手枪！……这样的一对手枪至少要九十个卢布……手枪要这样拿……（旁白）她那双眼睛，那双眼睛！火一般的女人啊！

波波娃　是这样吗？

斯米尔诺夫　对，是这样……其次，您扳起扳机……照这样瞄准……头稍稍往后仰！……把胳膊伸得笔直……喏，照这样……然后，用这个手指头按一按这个小东西就行了……只是主要的一条规则是不要急躁，要不慌不忙地瞄准……极力不要让手发抖。

波波娃　好……在房间里决斗不方便，我们到花园里去。

斯米尔诺夫　我们走吧。不过我预先声明：我要对空射击。

波波娃　岂有此理！这是为什么？

斯米尔诺夫　因为……因为……反正这是我的事！

波波娃　您胆怯了？是吗？哎呀呀！不行啊，先生，您要赖可赖不掉！劳驾跟着我走吧！我不把您的脑门子打出一个窟窿来就不罢休……喏，就是这个脑门子，我恨透了它！您胆怯了吗？

斯米尔诺夫　对，我胆怯了。

波波娃　胡说！为什么您不愿意决斗了？

斯米尔诺夫　因为……因为我……喜欢您。

波波娃　（冷笑）他喜欢我！他居然说什么他喜欢我！（指着门口）请吧！

斯米尔诺夫　（默默地放下枪，拿起帽子走，可是在门口站住，两个人默默地互相看了半分钟，然后他迟疑不定地走到波波娃跟前）您听我说……您还生气吗？……我也气得要命，不过，您要知道……怎么说好呢……事情是这样，您明白，是这么一回事，老实说……（喊叫）哎，难道我喜欢您也是我不对吗？（抓住一把椅子的椅背，椅子咔嚓一响，断裂了）鬼才知道您这儿的家具多么脆！我喜欢您！明白吗？我……我几乎爱上您了！

波波娃　您躲开我,我恨您!

斯米尔诺夫　上帝呀,这是一个什么样的女人呀!这样的女人我这辈子从来也没见过!我没希望了!我完蛋了!我像耗子似的落到捕鼠器里去了!

波波娃　您走开,要不然我就开枪了!

斯米尔诺夫　您开枪吧!您没法明白,死在这双漂亮眼睛的目光下,死在这只柔软的小手拿着的手枪下,那是多么幸福……我都疯了!您考虑一下,马上决定吧,因为,如果我从这儿走出去,我们就再也见不到面了!您决定吧……我是个贵族,是个正派人,一年有一万的进款……我会一枪打中一个扔到半空中的小钱……我有极好的马……您愿意做我的妻子吗?

波波娃　(愤慨,摇晃手枪)用枪决斗!去决斗!

斯米尔诺夫　我都疯了……我什么也弄不明白了……(喊叫)来啊,拿水来!

波波娃　(喊叫)去决斗!

斯米尔诺夫　我疯了,我像小伙子,像个傻瓜似的掉入情网了!(一把抓住她的手,她痛得叫起来)我爱您!(跪下)我从来也没有这么爱过!我丢掉十二个女人,有九个女人丢掉了我,可是我爱其中任何一个都不及爱您这么深……我神魂颠倒,动了感情,不能自制……我跪在这儿像个傻瓜似的,向您求婚……真是丢脸,耻辱啊!我有五年没恋爱了,我赌过咒,不料突然间我又掉进坑里了,就像一根车辕装到别的车身上去了!我求婚了。到底行不行?您不愿意吗?那就算了!(站起来,很快地往门口走去)

波波娃　您等一下……

斯米尔诺夫　(站住)怎么?

波波娃　没什么,您去吧……不过,您等一下……不,您走吧,走吧！我恨您！哦，不，……您别走！啊呀，要是您知道我多么生气，多么生气就好了！（把手枪丢在桌子上）这个讨厌的东西把我的手指头都弄肿了！……（气得扯手绢）您干什么还站着不动！出去！

斯米尔诺夫　再见。

波波娃　是啊，是啊，您走吧！……（喊叫）您上哪儿去？等一下……不过，您去吧。啊，我多么生气！您别走到我跟前来，别走到我跟前来！

斯米尔诺夫　（走到她跟前）我多么气我自己呀！我像个中学生似的搞恋爱，跪着……我身上都起鸡皮疙瘩了……（粗鲁地）我爱您！我才没心爱您呢！明天就要付利息，而且割草也已经开始了，不料现在添了个您……（搂住她的腰）我永远也不会原谅我自己这件事……

波波娃　您走开！放开手！我……恨您！去决……决斗！

［长吻。

十一

［人物同前，加上路卡（举着斧子），花匠（举着草耙），马车夫（举着大叉子）和工人们（举着棍棒）。

路卡　（看见这一对接吻的人）老天爷啊！

　　　［停顿。

波波娃　（低下眼睛）路卡，你去告诉马棚里的人，就说今天不要给托比喂燕麦了。

——幕落·剧终

求 婚

独幕笑剧

剧 中 人 物

斯捷潘·斯捷潘诺维奇·楚布科夫——地主。
娜达丽雅·斯捷潘诺芙娜——他的女儿,二十五岁。
伊凡·瓦西里耶维奇·洛莫夫——楚布科夫的邻居,一个健康,结
　　实,而十分神经质的地主。

　　　〔事情发生在楚布科夫的庄园里。
　　　〔楚布科夫家里的客厅。

一

　　　〔楚布科夫,洛莫夫(上,穿着燕尾服,戴着白手套)。

楚布科夫　(迎着洛莫夫走过去)亲爱的,我瞧见的是谁呀!伊
　　凡·瓦西里耶维奇!非常高兴!(握手)这简直是出乎意外
　　的事,老兄!……近来过得怎么样?
洛莫夫　谢谢您。您过得怎么样?
楚布科夫　托您的福,过得还可以,如此这般,我亲爱的。请
　　坐……是嘛,忘掉邻居是不好的,老兄。不过,亲爱的,您干什
　　么穿戴得这么讲究?穿着燕尾服,戴着手套,诸如此类。莫非
　　您要到哪儿去吗,亲爱的朋友?
洛莫夫　不,我是专程到您这儿来的,可敬的斯捷潘·斯捷潘

内奇。

楚布科夫　那您干什么穿燕尾服呢,漂亮人?好像来拜年似的!

洛莫夫　您知道,是这么回事。(挽着他的胳膊)我来找您,可敬的斯捷潘·斯捷潘内奇,是因为有件事要请求您,来打搅您。我已经荣幸地不止一次来找您帮忙,您总是,不妨说……可是,请您原谅,我心里激动。我要喝点水,可敬的斯捷潘·斯捷潘内奇。(喝水)

楚布科夫　(旁白)他是来借钱的吧!我不借!(对他)是怎么回事呢,美男子?

洛莫夫　您要知道,可敬的斯捷潘内奇……对不起,斯捷潘·可敬美奇①……也就是,您看得清楚,我激动得不得了……一句话,只有您才能帮我的忙,不过,当然,我是一点也不配的,而且……而且我没有权利指望您帮忙……

楚布科夫　唉,您别讲得太长了,老兄!您照直说吧!怎么回事?

洛莫夫　我马上就说……现在就说。事情是这样,我是来向您的女儿娜达丽雅·斯捷潘诺芙娜求婚的。

楚布科夫　(高兴)亲爱的!伊凡·瓦西里耶维奇!您再说一遍,我没听清楚。

洛莫夫　我荣幸地请求……

楚布科夫　(打断他的话)我的好人……我真高兴……是嘛,这真叫我高兴。(拥抱他,吻他)我早就希望这样。这是我的宿愿。(落泪)我素来喜欢您,我亲爱的,把您看作亲儿子一样。求主让你们俩相亲相爱,和和睦睦,诸如此类的,我十分希望这样……不过,我干什么在这儿像木头似的站着?我高兴得

---

① 洛莫夫一时激动,把"可敬的斯捷潘·斯捷潘内奇"说成"斯捷潘·可敬美奇"了。

发呆了,真的发呆了!啊,我打心里高兴……我去叫娜达丽雅来,如此这般的。

洛莫夫 (感动)可敬的斯捷潘·斯捷潘内奇,您认为我可以指望她答应吗?

楚布科夫 像您这么一个美男子,她……她还能不同意!恐怕她已经像猫似的爱上您了,如此这般……我马上去!(下)

二

[洛莫夫(独自一个人)。

洛莫夫 我发冷……我浑身打哆嗦,好像要参加考试似的。主要的是必须拿定主意。要是考虑太久,摇摆不定,说很多话,等待理想的女人或者真正的爱情,那就永远也结不成婚了。嘿!……好冷!娜达丽雅·斯捷潘诺芙娜是个好主妇,长得不坏,受过教育……那么此外我还需要什么呢?不过,我激动得耳朵里嗡嗡地响起来了。(喝水)反正我不能不结婚了……第一,我已经三十五岁,可以说是到了心理急骤变化的年龄了。第二,我需要过一种正当的、有规律的生活……我有心脏病,经常心跳,脾气急躁,老是激动得不得了……现在,你瞧,我的嘴唇就在发抖,右眼皮不住地跳动……不过,最可怕的是睡觉。我上了床,刚刚要睡着,突然左肋部不知有个什么东西使劲一扯!而且一直痛到肩膀和脑袋上……我就像疯子似的跳起来,走动一会儿,再躺下去,可是刚要睡着,我肋部又是使劲一扯!照这样子总有二十次……

三

〔娜达丽雅·斯捷潘诺芙娜和洛莫夫。

娜达丽雅·斯捷潘诺芙娜　（上）嘿,瞧！原来是您啊,可是爸爸说:你去吧,那边有个商人来办货了。您好,伊凡·瓦西里耶维奇！

洛莫夫　您好,可敬的娜达丽雅·斯捷潘诺芙娜！

娜达丽雅·斯捷潘诺芙娜　对不起,我系着围裙,穿着家常衣服……我们在剥豌豆,准备晒干。为什么您这么久没来了？请坐吧……

〔他们坐下。

您想吃早饭吗？

洛莫夫　不,谢谢您,我已经吃过了。

娜达丽雅·斯捷潘诺芙娜　您抽烟吧……火柴在这儿……今天天气真好,昨天下了一场大雨,弄得工人们一整天什么事也没做。您那儿的草割了几垛了？我呢,您猜怎么着,太贪心啦,吩咐他们把整个草场都割完了,而现在我却并不高兴,生怕我那些干草会烂掉。还是等一等的好。可是,这是怎么回事？您似乎穿着燕尾服呢！这可是新闻呀！您是去参加舞会还是怎么的？顺便说一句,您变得漂亮了……说真的,您为什么穿得这么讲究？

洛莫夫　（激动）您要知道,可敬的娜达丽雅·斯捷潘诺芙娜……事情是这样的,我决意要求您听我讲一讲……当然,您会惊讶,甚至会生气,不过我……（旁白）冷得不得了！

娜达丽雅·斯捷潘诺芙娜　是怎么回事呢？

［停顿。

您说呀！

洛莫夫 我要极力说得短一点。可敬的娜达丽雅·斯捷潘诺芙娜，您知道，我从小时候起，很早就荣幸地认识您一家人。我那去世的姑姑和她的丈夫，您知道，也就是由我继承他们土地的那两位老人家，素来就深深地尊敬您的父亲和您的去世的母亲。洛莫夫一家和楚布洛夫一家素来保持着最和睦的关系，甚至可以说是亲如一家。再说，您知道，我的土地紧挨着您的土地。您大概记得，我的沃洛维草地跟您的桦树林交界。

娜达丽雅·斯捷潘诺芙娜 对不起，我要打断您的话。您说"我的沃洛维草地"……可是那块草地难道是您的吗？

洛莫夫 是我的，小姐……

娜达丽雅·斯捷潘诺芙娜 咦，这是什么话！沃洛维草地是我们的，不是您的！

洛莫夫 不，那是我的，可敬的娜达丽雅·斯捷潘诺芙娜。

娜达丽雅·斯捷潘诺芙娜 这在我倒是个新闻。那怎么会是您的？

洛莫夫 什么"怎么会"？我说的是沃洛维草地，它像一个楔子，插在您的桦树林和戈烈雷沼泽中间。

娜达丽雅·斯捷潘诺芙娜 嗯，是啊，是啊……那块草地是我们的呀……

洛莫夫 不，您弄错了，可敬的娜达丽雅·斯捷潘诺芙娜，那块草地是我的。

娜达丽雅·斯捷潘诺芙娜 您清醒一下吧，伊凡·瓦西里耶维奇！莫非它早就归您所有了吗？

洛莫夫 什么"早就"？我记得，它压根儿就是我们的。

娜达丽雅·斯捷潘诺芙娜 哦，那就只好请您原谅了！

洛莫夫　这从文据上可以看出来,可敬的娜达丽雅·斯捷潘诺芙娜。关于沃洛维草地早先有过争论,这是实情;不过现在大家都知道这块草地是我的。这没有什么可争论的。请您想一想,我姑姑的祖母把这块草地交给您爸爸的祖父的农民使用,没有限期,不取报酬,因为他们给她烧砖。您爸爸的祖父的农民把这块草地占用了大约四十年,没有付过报酬,日久天长,便认为这块草地是他们的,后来呢,颁布农奴解放法令的时候……

娜达丽雅·斯捷潘诺芙娜　这事情完全不像您说的那样!我的祖父和曾祖父都认为他们的土地伸展到戈烈雷沼泽,那就是说沃洛维草地是我们的。这有什么可争论的呢?我不懂。这简直气人!

洛莫夫　我可以拿文据给您看,娜达丽雅·斯捷潘诺芙娜!

娜达丽雅·斯捷潘诺芙娜　不,您纯粹是跟我开玩笑,或者是耍弄我……这也太出人意外了!这块地归我们所有将近三百年了,现在却突然有人口口声声对我们说,这块地不是我们的!伊凡·瓦西里耶维奇,对不起,我甚至不相信我的耳朵了!……我并不稀罕这块草地。它总共也就是五亩地,值三百卢布上下,然而惹我愤慨的是这种不公平。您爱说什么就说什么,可是我受不了这种不公平。

洛莫夫　您听我说,我求求您!您爸爸的祖父的农民,我已经荣幸地跟您说过,给我的姑姑的祖母烧砖。我姑姑的祖母想叫他们高兴一下,就……

娜达丽雅·斯捷潘诺芙娜　什么祖父啦,祖母啦,姑姑啦……我一点也听不懂!这块草地是我们的,就是这么回事。

洛莫夫　是我的,小姐。

娜达丽雅·斯捷潘诺芙娜　是我们的!哪怕您照这样说上两天,

提出种种证明,哪怕您穿上十五件燕尾服,可是这块草地还是我们的,我们的!……您的东西我不要,我的东西我也不愿意丢掉……您爱怎么说就怎么说吧!

洛莫夫　我并不是非要这块草地不可,娜达丽雅·斯捷潘诺芙娜,我这是出于原则。不过,如果您想要,那么遵命,我把它送给您就是。

娜达丽雅·斯捷潘诺芙娜　我也能把它送给您,它是我的嘛!……这至少是怪事,伊凡·瓦西里耶维奇!到现在为止,我们一直认为您是好邻居,是朋友,去年还把我们的脱谷机借给您,为此,我们只好拖到十一月间才打完谷子,可是您对待我们却像对待茨冈人一样。您居然把我的地送给我。对不起,这可不像邻居的样子!依我看来,不瞒您说,这简直是蛮不讲理!……

洛莫夫　依您看来,我岂不成了霸占别人土地的人了?小姐,别人的地我从来也没有侵占过,我不容许任何人给我妄加这个罪名……(很快地走到水瓶那儿,喝水)沃洛维草地是我的!

娜达丽雅·斯捷潘诺芙娜　不对,是我们的!

洛莫夫　是我的!

娜达丽雅·斯捷潘诺芙娜　不对!我要证明给您看。今天我就派我们的割草人到那块草地上去!

洛莫夫　什么,小姐?

娜达丽雅·斯捷潘诺芙娜　今天我们的割草人就会到那儿去!

洛莫夫　那我就把他们撵走!

娜达丽雅·斯捷潘诺芙娜　您敢!

洛莫夫　(抓住胸口)沃洛维草地是我的!您明白吗?是我的!

娜达丽雅·斯捷潘诺芙娜　您别嚷,劳驾!您在自己家里自管发脾气,大嚷大叫,可是在这儿,我请求您掌握点分寸!

洛莫夫　小姐,要不是因为这种厉害的、痛苦的心跳,要不是因为我的两鬓的血管跳个不停,我就会换一个样子跟您说话了!(喊叫)沃洛维草地是我的!

娜达丽雅·斯捷潘诺芙娜　是我们的!

洛莫夫　是我的!

娜达丽雅·斯捷潘诺芙娜　是我们的!

洛莫夫　是我的!

四

［人物同前,加上楚布科夫。

楚布科夫　(上)怎么回事啊?你们嚷嚷什么?

娜达丽雅·斯捷潘诺芙娜　爸爸,劳驾,你向这位先生说明一下沃洛维草地归谁所有,是我们的还是他的?

楚布科夫　(对洛莫夫)小鸡子,那块草地是我们的!

洛莫夫　得了吧,哪能呢,斯捷潘·斯捷潘内奇,那块草地怎么会是你们的?您至少应该是个明白事理的人!我姑姑的祖母暂时不取报酬,把这块草地交给您的祖父的农民使用。那些农民使用这块草地有四十年,习以为常,就把它看成自己的了,不过后来颁布了农奴解放法令……

楚布科夫　让我说一句,亲爱的朋友……您忘了,那些农民没给您的祖母租钱,就是因为当时这块草地有争论,如此这般……现在连每一条狗都知道:是嘛,这块草地是我们的。您想必没有见过地形图!

洛莫夫　可是我能向您证明这块草地是我的!

楚布科夫　您没法证明,我的宝贝。

洛莫夫 不,我能证明!

楚布科夫 老兄,干什么哇哇地嚷叫呀?是啊,嚷一阵,什么也证明不了。您的东西我不想要,我的东西我也不打算让出去。凭什么让出去?要是事情弄到这个地步,我的心肝,要是您打算争这块草地,如此这般的,那我就宁可把它送给农民们,也不给您。就是这样!

洛莫夫 我不懂!您有什么权利把别人的财产送人?

楚布科夫 请您容许我来断定我有没有权利。是嘛,年轻人,我不习惯人家用这种腔调如此这般地跟我讲话。我,年轻人,比您年长一倍,我请求您跟我说话不要激动,如此这般。

洛莫夫 不,您纯粹是把我当作傻瓜,嘲笑我!您把我的地说成是您的地,而且还希望我冷静下来,像平常那样跟您说话!好邻居可不这么干,斯捷潘·斯捷潘内奇!您不是邻居,而是霸主!

楚布科夫 什么?您说什么?

娜达丽雅·斯捷潘诺芙娜 爸爸,马上派割草人到那块草地去!

楚布科夫 (向洛莫夫)您说什么,先生?

娜达丽雅·斯捷潘诺芙娜 沃洛维草地是我们的,我不让,我不让,我不让!

洛莫夫 那我们走着瞧吧!我要在法庭上证明它是我的!

楚布科夫 法庭?您自管去打官司,如此这般的,先生!您自管去!我知道您,是嘛,您专门在等待机会,好跟人打官司,诸如此类的……爱闹是非的天性!你们一家人都爱打官司!一家人!

洛莫夫 我请求您不要侮辱我的家族!洛莫夫家的人个个正直,像您叔叔那样贪污而受审判的一个也没有!

楚布科夫 你们洛莫夫家的人全是疯子!

娜达丽雅·斯捷潘诺芙娜　全是,全是,全是!

楚布科夫　您的爷爷拼命灌酒。您的小姑姑娜斯达霞·米海洛芙娜呢,是啊,跟一个建筑师私奔了,诸如此类的……

洛莫夫　可是您的母亲是歪肋骨。(抓住胸口)我的左肋抽痛……脑袋发昏……老天爷!……拿水来!

楚布科夫　您的父亲是赌徒,又贪吃。

娜达丽雅·斯捷潘诺芙娜　而且您的姑姑是一个天下少有的长舌妇!

洛莫夫　我的左腿麻木了……您是个阴谋家……哎呀,我的心脏!……而且谁都知道您在选举以前……我的眼睛在冒火星了……我的帽子在哪儿?

娜达丽雅·斯捷潘诺芙娜　下流!不老实!可恶!

楚布科夫　是嘛,您自己就是个阴险的、两面三刀的、诡计多端的人!一点也不错!

洛莫夫　帽子找着了……我的心脏啊……往哪儿走?房门在哪儿?哎呀!……我好像要死了……这条腿走不动了。(往门口走去)

楚布科夫　(对他的背影)从今以后不准您的脚踩进我的家门!

娜达丽雅·斯捷潘诺芙娜　你去打官司好了!咱们走着瞧吧!

〔洛莫夫踉踉跄跄下。

五

〔楚布科夫和娜达丽雅·斯捷潘诺芙娜。

楚布科夫　见鬼去吧!(激动地走来走去)

娜达丽雅·斯捷潘诺芙娜　简直是坏蛋!这以后叫人怎么相信这

样的好邻居!

楚布科夫　坏蛋!胡闹的小丑!

娜达丽雅·斯捷潘诺芙娜　好一个丑八怪!他霸占了人家的土地,还敢骂人。

楚布科夫　这个怪物,是嘛,这只瞎眼鸡,居然还敢来求婚之类的!你信不信?求婚!

娜达丽雅·斯捷潘诺芙娜　什么求婚?

楚布科夫　可不是!他到这儿来是向你求婚的。

娜达丽雅·斯捷潘诺芙娜　求婚?向我?那你为什么不早告诉我呢?

楚布科夫　就因为这个缘故他才穿燕尾服嘛!好一个丑八怪!瘦猴儿!

娜达丽雅·斯捷潘诺芙娜　向我?求婚?哎呀!(倒在一把圈椅上,呻吟)把他找回来!把他找回来!哎!把他找回来呀!

楚布科夫　把谁找回来?

娜达丽雅·斯捷潘诺芙娜　快点,快点!我头晕!找回来!(发癔病)

楚布科夫　这是怎么回事?你怎么了?(抱住自己的头)我这个倒霉的人啊!我要开枪自杀了!我要上吊!他们把我折磨苦了!

娜达丽雅·斯捷潘诺芙娜　我要断气了!把他找回来!

楚布科夫　呸!我马上去。你别大哭大叫了!(跑出去)

娜达丽雅·斯捷潘诺芙娜　(独自一个人,呻吟)我们这是怎么搞的?把他找回来!找回来呀!

楚布科夫　(跑进来)他马上就来,如此这般,见他的鬼!哼!你自己去跟他谈吧;是嘛,我可不愿意……

娜达丽雅·斯捷潘诺芙娜　(呻吟)找回来呀!

楚布科夫 （喊叫）我跟你说,他来了!唉,上帝啊,当一个成年女儿的父亲是多么麻烦的事啊!我要抹脖子了!我一定要抹脖子!骂人家,侮辱人家,把人家撵走,这都是你干的……你干的!

娜达丽雅·斯捷潘诺芙娜　不,是你干的!

楚布科夫　是嘛,我倒落了个罪名!

〔洛莫夫在门口出现。

好,你自己跟他谈吧。(下)

六

〔娜达丽雅·斯捷潘诺芙娜和洛莫夫。

洛莫夫　（走进来,筋疲力尽）我心跳得厉害。……一条腿僵了……肋部旁边抽痛……

娜达丽雅·斯捷潘诺芙娜　对不起,我们都动了点肝火,伊凡·瓦西里耶维奇……我现在才想起来:沃洛维草地确实是您的。

洛莫夫　我的心跳得厉害……那块草地就是我的……我的眼皮乱跳……

娜达丽雅·斯捷潘诺芙娜　那块草地是您的,是您的……请坐……

〔他们坐下。

我们先前说错了。

洛莫夫　我是出于原则……对我来说,土地倒不宝贵,可是原则是宝贵的……

娜达丽雅·斯捷潘诺芙娜　确实是原则……我们来谈点别的吧。

洛莫夫　尤其是因为我有证据。我姑姑的祖母把它交给您爸爸的祖父的农民……

娜达丽雅·斯捷潘诺芙娜 行了,行了,不谈这些了……(旁白)我不知道该从哪儿说起才好……(对他)您不久就要去打猎吗?

洛莫夫 我想,可敬的娜达丽雅·斯捷潘诺芙娜,等割完麦子以后开始打松鸡。唉,您听说了吗?您看,我多么倒霉呀!我那条狗乌加达依您是知道的,如今它腿瘸了。

娜达丽雅·斯捷潘诺芙娜 多么可惜!怎么会腿瘸了呢?

洛莫夫 我也不知道……一定是脱骱了,再不然,就是让别的狗咬坏了……(叹气)那是一条极好的狗,更别说那价钱了!要知道,我给米罗诺夫一百二十五个卢布才把它买来的。

娜达丽雅·斯捷潘诺芙娜 您给多了,伊凡·瓦西里耶维奇!

洛莫夫 可是依我看来,这很便宜。那条狗好极了。

娜达丽雅·斯捷潘诺芙娜 我爸爸买下他那条狗奥特卡达依才花了八十五个卢布,而奥特卡达依比您的乌加达依不知好多少呢!

洛莫夫 奥特卡达依比乌加达依好?您这是什么话!(笑)奥特卡达依倒会比乌加达依好!

娜达丽雅·斯捷潘诺芙娜 当然好啊!不错,奥特卡达依还小,没长壮实,不过论模样,论灵活,就连沃尔恰涅茨基家的狗也没有一条及得上它的。

洛莫夫 请容我说一句,娜达丽雅·斯捷潘诺芙娜,您大概忘了这条狗是短下颚,这样的狗逮野兽总是不灵的!

娜达丽雅·斯捷潘诺芙娜 它是短下颚?这我还是头一次听见!

洛莫夫 我向您担保,它的下颚就是比上颚短。

娜达丽雅·斯捷潘诺芙娜 那么您量过吗?

洛莫夫 量过。当然,讲到追野兽,它还行,可要是讲到逮住野兽,那就未必了……

娜达丽雅·斯捷潘诺芙娜　第一，我们的奥特卡达依是良种，毛又长又密，它是扎普利亚加依和斯塔美斯卡两只狗生的，而您那只红褐色的花斑狗，连品种也弄不清……其次，它又老又丑，像一匹劣马……

洛莫夫　它老，可是拿它去换五条像您的奥特卡达依那样的狗，我都不干……难道能换吗？乌加达依称得上是一条狗，奥特卡达依呢……就连跟它比都是可笑的……像您的奥特卡达依那样的狗，每一个管猎狗的猎人都有的是。二十五个卢布就算是最高的价钱了。

娜达丽雅·斯捷潘诺芙娜　今天，伊凡·瓦西里耶维奇，有个闹别扭的鬼在您的心里作怪。您一会儿异想天开，说那块草地是您的，一会儿又说乌加达依比奥特卡达依好。我不喜欢人家嘴里说的跟心里想的不一样。您明明知道奥特卡达依比您的……那只蠢狗乌加达依好一百倍。那么您何必说相反的话呢？

洛莫夫　我看得出来，娜达丽雅·斯捷潘诺芙娜，您把我当作瞎子，或者当作傻子了。您得明白您的奥特卡达依下颚短！

娜达丽雅·斯捷潘诺芙娜　不对。

洛莫夫　它下颚短！

娜达丽雅·斯捷潘诺芙娜　（喊叫）不对！

洛莫夫　您嚷什么，小姐？

娜达丽雅·斯捷潘诺芙娜　为什么您胡说八道？这真可气！您的乌加达依已经到了该一枪打死的时候，您却拿它来跟奥特卡达依相比！

洛莫夫　对不起，我不能继续争论下去了。我的心跳起来了。

娜达丽雅·斯捷潘诺芙娜　我发现凡是懂得最少的猎人反而最爱

争论。

洛莫夫　小姐,我求求您,停住嘴吧……我的心要炸开了……(喊叫)停住嘴!

娜达丽雅·斯捷潘诺芙娜　您不承认奥特卡达依比您的乌加达依好一百倍,我就不停嘴。

洛莫夫　坏一百倍!您的奥特卡达依,巴不得叫它死了才好!我的太阳穴……我的眼睛……我的肩膀啊……

娜达丽雅·斯捷潘诺芙娜　至于您那只蠢笨的狗乌加达依,倒用不着死,因为它不死也已经等于死了!

洛莫夫　(哭)停住嘴吧!我的心要裂开了!!

娜达丽雅·斯捷潘诺芙娜　我偏不停嘴!

七

[人物同前,加上楚布科夫。

楚布科夫　(上)又怎么啦?

娜达丽雅·斯捷潘诺芙娜　爸爸,你凭清白的良心诚恳地说一句:到底是哪条狗好,是我们的奥特卡达依呢,还是他的乌加达依?

洛莫夫　斯捷潘·斯捷潘诺维奇,我求求您,您只说一句就行:您的奥特卡达依是不是下颚短?是不是?

楚布科夫　就算是吧,那又怎么样?有什么了不起的!反正在全县,比它再好的狗就没有了,如此这般。

洛莫夫　可是我的乌加达依不比它好吗?您凭良心说!

楚布科夫　您别激动,宝贝儿……请容我说几句……是嘛,您的乌加达依自有它的好处……它是纯种狗,腿结实,体格壮,诸如此类的。可是,美男子,要是您愿意知道的话,这只狗却有两个很大的缺点:它老了,而且嘴脸短。

洛莫夫 对不起,我心跳得厉害……我们要根据事实……请您回想一下,在玛鲁辛的树林里,我的狗乌加达依跟伯爵的狗拉兹玛哈依并排往前走,您的狗奥特卡达依却落在后面整整一里呢。

楚布科夫 它落在后面,是因为那个给伯爵管猎狗的人打了它一鞭子。

洛莫夫 那也是该打。所有的狗都在追一只狐狸,唯独奥特卡达依在咬一只羊!

楚布科夫 不对!……好朋友,我容易发脾气,是啊,我请求您停止这场争论。他打那只狗是因为人人都嫉妒别人的狗……对了!所有的人都仇视别人的狗!您呢,先生,也不例外!是嘛,您一发现谁家的狗比您的乌加达依好,就立刻说这样那样……如此这般的……要知道我全记得!

洛莫夫 我也记得!

楚布科夫 (学他的腔调)"我也记得"……您记得什么?

洛莫夫 心跳啊……腿麻了……我支持不住了。

娜达丽雅·斯捷潘诺芙娜 (学他的腔调)心跳啊……您哪能算是猎人呢?您应该在厨房里的炉台上躺着,捻死蟑螂,而不应该去打狐狸!什么心跳啦……

楚布科夫 真的,您哪能算是猎人呢?是嘛,您既是心跳,就该在家里坐着,而不该骑着马出来逛荡。要是您出来打猎,倒也罢了,可是您跑到这儿来纯粹是为了吵架,管别人的狗的闲事,诸如此类的。我容易发脾气,我们别再谈下去了。是嘛,您根本算不得猎人!

洛莫夫 那么难道您算得是猎人?您出去打猎光是为了拍伯爵的

马屁,搞阴谋……我的心脏啊!……您是阴谋家!

楚布科夫　什么?我是阴谋家?(喊叫)闭嘴!

洛莫夫　阴谋家!

楚布科夫　顽童!狗崽子!

洛莫夫　老耗子!阴险的家伙!

楚布科夫　闭嘴,要不然我就拿一管蹩脚的手枪来崩了你,就像打死一只沙鸡一样!你这个二流子!

洛莫夫　大家都知道……哎呀,我的心哟!……大家都知道您那去世的老婆常打您……我的腿……我的太阳穴……我眼睛里直冒金星……我要倒下去,我要倒下去了!……

楚布科夫　你呢,乖乖地听你那管家婆的命令!

洛莫夫　哎呀,哎呀,哎呀……我的心要炸开了!我的肩膀脱臼了……我的肩膀在哪儿?我要死啦!(倒在一把圈椅上)找大夫来!(昏厥)

楚布科夫　顽童!乳臭小儿!二流子!我头晕!(喝水)我头晕!

娜达丽雅·斯捷潘诺芙娜　您算什么猎人?您连马都不会骑!(对父亲)爸爸!他怎么啦?爸爸!你瞧瞧,爸爸!(尖叫)伊凡·瓦西里耶维奇!他死啦!

楚布科夫　我头晕呀!……我透不过气来了!……我要空气!……

娜达丽雅·斯捷潘诺芙娜　他死啦!(拉一下洛莫夫的袖子)伊凡·瓦西里耶维奇!伊凡·瓦西里耶维奇!我们这是怎么搞的啊?他死啦!(坐落在一把圈椅上)找大夫来,找大夫来!(发癔病)

楚布科夫　哎呀!……怎么回事?你怎么啦?

娜达丽雅·斯捷潘诺芙娜　(呻吟)他死啦!……死啦!

楚布科夫　谁死了?(看一眼洛莫夫)他确实死了!天哪!拿水

405

来！去请大夫！（端着一杯水送到洛莫夫嘴边）喝吧！……不，他不喝……可见他死了，如此这般……我真是个倒霉透顶的人！我为什么不把一颗子弹射进我的脑门子？我为什么直到现在还没抹脖子呀？我在等什么呢？给我刀子！给我手枪！

﹝洛莫夫略微动一动。

他好像活过来了……您喝水！……这就行了……

洛莫夫　我眼睛里直冒金星……我迷迷糊糊的……我是在哪儿啊？

楚布科夫　你们快点结婚吧，见你们的鬼！她答应了！（把洛莫夫和他女儿的手拉在一起）她答应了，如此这般的。我来给你们祝福，诸如此类的。只是求你们别再搅扰我了！

洛莫夫　啊？什么？（起来）祝福谁啊？

楚布科夫　她答应啦！怎么样？接吻吧……见你们的鬼！

娜达丽雅·斯捷潘诺芙娜　（呻吟）他活了……对，对，我答应了……

楚布科夫　你们接吻呀！

洛莫夫　啊？跟谁呀？（同娜达丽雅·斯捷潘诺芙娜接吻）很愉快……对不起，这是怎么回事？哦，对了，我明白了……我的心……眼睛里冒金星……我幸福啊，娜达丽雅·斯捷潘诺芙娜……（吻她的手）我的腿麻木了……

娜达丽雅·斯捷潘诺芙娜　我……我也幸福……

楚布科夫　我好比从肩膀上卸下一座山似的……哎！

娜达丽雅·斯捷潘诺芙娜　可是……您现在还是得同意：乌加达依比不上奥特卡达依！

洛莫夫　比它好！

娜达丽雅·斯捷潘诺芙娜　比不上！

楚布科夫　得,家庭幸福开始啦! 拿香槟来!

洛莫夫　比它好!

娜达丽雅·斯捷潘诺芙娜　比不上! 比不上! 比不上!

楚布科夫　(极力提高嗓门压过大家)拿香槟来! 拿香槟来!

——幕落·剧终

一个被迫当悲剧角色的人

(别墅生活片段)

独幕笑剧

剧 中 人 物

伊凡·伊凡诺维奇·托尔卡巧夫——一家之长。
阿历克塞·阿历克塞耶维奇·穆拉希金——他的朋友。

　　〔事情发生在彼得堡穆拉希金的住宅里。穆拉希金的书房。舒适的家具。穆拉希金坐在写字台边。托尔卡巧夫走进来,怀里抱着一个玻璃灯罩、一辆玩具自行车、三个帽笼、一大包衣服、一袋子啤酒和许多小包。他茫然地向四周看看,疲惫不堪地坐落在沙发上。

穆拉希金　你好,伊凡·伊凡内奇！我多么高兴啊。你从哪儿来？
托尔卡巧夫　（喘气）好人,我亲爱的……我有件事来求你……我请求你借给我一把手枪,明天就还。请你看在朋友分儿上！
穆拉希金　你要手枪干什么？
托尔卡巧夫　有用处……哎,天哪！……给我点水喝……快拿水来！……有用处……今天晚上我得穿过一个黑树林,所以我……以防万一。行行好,借给我吧！
穆拉希金　哼,你胡说,伊凡·伊凡内奇！哪儿有什么黑树林？你多半想入非非了？我从你的脸色看得出来你在打什么坏主意了！不过,你这是怎么了？你头晕吗？
托尔卡巧夫　别忙,让我喘口气……哎呀,我的妈。我累得不得了。我浑身上下,我的脑袋里,有这么一种感觉,好像我给做

成了烤羊肉串似的。我再也受不住了。你看在朋友分儿上,
什么也别问,别再深究……把手枪借给我!我求求你了!

穆拉希金　哎,得啦!伊凡·伊凡内奇,这是多么懦弱呀!你还是
一家之长,是五品文官呢!你该害臊才是。

托尔卡巧夫　我算是什么一家之长?我是个苦命人!我是驮重物
的牲口,我是黑人,奴隶,我是一个还在盼望着什么东西而不
肯到那个世界去的下流坯!我是废物,是蠢货,是呆子!我干
吗活着?为了什么?(跳起来)是啊,你告诉我,我为什么活
着?经受这种不间断的一连串精神上和肉体上的痛苦,究竟
为了什么?我了解为思想而受苦的人,是啊!可是为鬼才知
道的东西,为女人的裙子和灯罩受苦,不,在下无法从命!不
行,不行,不行!我受够了!受够了!

穆拉希金　你别嚷嚷,邻居会听见的!

托尔卡巧夫　就让邻居们听见好了,我完全不在乎!你不借给我
手枪,别人会借,反正我不预备活在人世了!这已经决定了!

穆拉希金　慢着,你把我的一个纽扣揪掉了。你冷静点说。我仍
旧弄不懂:你的生活哪点儿不好呢?

托尔卡巧夫　哪点儿?你问哪点儿吗?好吧,我就对你说说!好
吧!我在你面前说出来,也许我的心会轻松一点。我们坐下
吧。喏,你听着……哎,妈呀,我这份喘劲!……打个比方,就
拿今天来说吧。对,就说今天。你是知道的,从早上十点到下
午四点我得坐在办公室里干苦差事。天热,又闷,苍蝇也多,
再加上极端的混乱,我的老兄。秘书休假了,赫拉波夫去办婚
事了,办公室里那些小公务员一心想着别墅,想着风流韵事,
想着业余演戏。大家都犯困,乏得要命,无精打采,什么事也
干不成……代理秘书职务的是一个左耳朵聋了的、正在搞恋
爱的家伙;那些来接洽公事的人呢,老是傻头傻脑的样子,急

急匆匆,慌慌张张,好像要赶往什么地方去似的,他们发脾气,威胁人,总之,乱七八糟,闹得人要喊救命。一片混乱,满屋子乌烟瘴气。讲到工作,可真是苦:老是那一套,老是那一套,查案卷,写公函,查案卷,写公函,单调得好比海上的波浪。你要知道,眼睛简直要从眼眶子里蹦出来了。给我点水喝……等你走出衙门,已经筋疲力尽,累得要命了,这时候应该去吃顿饭,躺下睡个觉才是,可是,办不到!你得记住你是个住别墅的人,也就是说你是奴隶,是贱货,是屠头,是草包,对不起,你得像兔崽子似的马上东奔西跑,去替人家办事。在咱们的别墅区有一种可爱的风气:要是有一个住别墅的人到城里去一趟,那么别说他的老婆,任何一个住别墅的混蛋都有权柄和权利硬要他为他们办一大堆事。我的老婆要求我到女裁缝那儿去骂她一顿,说她把胸部做肥了,肩膀又做瘦了;索涅琪卡要调换她的皮鞋,小姨子叫我照样子去买二十戈比的大红丝线和三尺绦子……喏,等一等,我索性给你念一遍。(从衣袋里拿出一张字条,念)灯罩一个,火腿肠一磅;丁香和肉桂五个戈比;米沙吃的蓖麻油;砂糖十磅;从家里取出铜盆和研沙糖用的铜钵;石碳酸,波斯粉①、扑粉十个戈比;啤酒二十瓶;醋精和香索小姐的八十二号胸衣一件……哎!还要到家里去取出米沙的秋大衣和套鞋。这是我的老婆和家里人的命令。现在再说那些可爱的熟人和邻居托办的事,叫鬼抓了他俩去才好。符拉辛家的沃洛佳明天过命名日,他要买一辆自行车;中校夫人维赫陵娜怀孕了,因此我得每天乘车去找助产士,请她来。如此等等。我的衣袋里有五张字条,我的手帕打满了结子。于是,老兄,在上班和坐火车之间的那段时间里,我就得

---

① 驱除臭虫用。

像一条狗,上气不接下气地满城跑,跑个没完,不住地咒骂生活。从商店出来进药铺,出了药铺又到时装店,出了时装店再到腊肠店,从那儿一出来又进了药铺。你在这儿绊个跟头,在那儿丢了钱,在第三处又忘了付钱,弄得人家追上你,大闹一场,在第四处又踩了一位太太的长后襟……呸!这样一奔走,就弄得你一肚子的气,而且浑身散了架,事后整夜骨头酸痛,梦见鳄鱼。好,托办的事都完成了,东西都买到了,现在请问,该把这许多玩意儿怎么包装呢?比方说,你怎么能把沉甸甸的铜钵外加铜杵,同灯罩放在一块儿,或者怎么能把石碳酸和茶叶放在一块儿呢?你怎么能把那些啤酒瓶和那辆自行车捆在一起呢?这可是极艰难的工作,是伤脑筋的任务,难猜的谜!不管你怎么绞脑汁,不管你怎么想种种招数,可是到头来你还是会砸碎和散落什么东西,你站在车站和火车上都得张开胳膊,叉开腿,伸出下巴顶住一个什么包袱,你浑身上下满是小蒲包、硬纸盒和其他的废物。火车一开,乘客们就把你的东西往四处扔:你的那些东西占了人家的位子嘛。他们大嚷大叫,把列车员喊来,威胁说要把我赶下车去,可是我有什么办法呢!我只好站在那儿,瞪大眼睛,活像一头挨了打的驴。现在你再往下听。我总算回到自己的别墅了。既然辛辛苦苦劳累了一阵,在这儿总该好好地喝几盅,吃一顿,打着呼噜睡一觉,不是吗?然而,偏偏办不到。我那老婆早就盯住我了。我刚喝了几口菜汤,她就一下子抓住我这个上帝的奴隶,发话了:"您能赏光,到某处去观看业余演出,或者参加舞会吗?"要表示反对,那是不行的。你是丈夫,"丈夫"这个词翻译成别墅的语言,就是不会说话的牲口,任凭人骑,你在它背上随便放多少东西,它都得驮,而且不必担心动物保护协会的干涉。你就去了,睁大眼睛看戏:什么《贵族家庭的丑闻》啦,什么《莫嘉》啦,一边看戏一边按照老婆的吩咐鼓掌,同时你浑身发软,虚弱不堪,随时等着一下子中风,死掉了事。如果是去参加舞会,你就看人家跳舞,给你的老婆找舞伴,要是缺舞伴,那就对不起,你得自己去跳卡德里尔舞。你过了半夜从剧院或者舞会上回来,已经没有人样,而成了一头毫无用处的死牲口了。不过你总算达到目的,脱掉衣服,躺上床了。好极了,闭上眼睛睡觉吧……你瞧,一切都那么好,饶有诗意,温暖,隔壁没有孩子啼哭,老婆也不在,你的良心又清白,真是再好也没有了。你刚要睡着,可是忽然……忽然听见:嗡嗡嗡!蚊子!(跳起来)蚊子,该死的,巴不得叫它遭到三次诅咒才好,该死的蚊子!(挥拳头)蚊子!这真是大灾大难,好折磨人!嗡嗡嗡!……它叫得那么凄凉,那么悲切,倒好像在讨饶似的,不过这个坏东西,它叮你一口,就会弄得你事后要搔一个钟头的痒。你又吸烟,又拍打蚊子,又蒙头盖上被,可还是在劫难逃!最后你就吐口唾沫,索性让它去叮:你们吃了我吧,该死的!你还没有习惯这些蚊子,不料又来了新的大灾大难:你的老婆跟一个男高音在客厅里练起抒情歌曲来了。他们白天睡觉,晚上练歌,准备参加业余音乐会。哎,我的上帝啊!这个男高音比蚊子更叫人受不了。(唱)"你不要说什么青春已经毁灭……""我重又站在你的面前,神魂颠倒……"哎,这些下——流——坏!他们闹得我烦死了!为了多少压下一点他们的歌声,我就想出一个鬼把戏:用手指头敲我耳朵上面的鬓角。我就这么敲到四点钟,直到他们散了为止。哎呀,老兄,再给我点水喝……我支持不住了……好,就这么,我一夜没睡,就在六点钟起床,到火车站赶火车去了。我一路奔跑着,生怕误了车,可是路上尽是烂泥,大雾弥漫,天又冷,够呛!你回到城里,老一套就又从头来起。就是这么回事,老兄。这种生活,我告诉你吧,糟透了,这样的生活我都不希望我的仇人过上。你可知道,我得病了!气喘啦,胃气痛啦,我老是担心要出问题;消化不良啦,视力模糊啦……信不信由你,我的神经出毛病了……(环顾四周)咱们背地里说一句……我正打算去找切巧特或者美日热耶夫斯基看一下病。老兄,我得了一种怪病。比方说,每逢蚊子叮我或者男高音唱歌,我心里烦恼,脑袋发木的时候,我就会突然眼睛模糊,突然跳起来,像中了煤气毒似的满房子乱跑,嘴里嚷着:"我要杀人!杀人!"逢到这种时候我也确实想拿起一把刀子来捅谁一下,或者抡起一把椅子来朝着谁的脑袋砸过去。瞧,别墅生活居然会弄到这种地步!而且谁也不怜惜你,谁也不同情你,倒好像这是理所当然的。人家甚至讪笑你。可是你得明白,我是个活人,我要生活呀!这不是轻松喜剧,这是悲剧!你听我说,即使你不给我手枪,你至少也该同情我才是!

穆拉希金　我同情你。

托尔卡巧夫　我看得出来你怎样同情我……再见。我要去买鲱鱼,买香肠……另外还得买牙粉,然后到火车站去。

穆拉希金　你住的别墅在什么地方?

托尔卡巧夫　在死河旁边。

穆拉希金　(高兴)真的吗?你听我说,你知道那儿有一个住别墅的女人奥尔迦·巴甫洛芙娜·芬别尔格吗?

托尔卡巧夫　我知道。甚至还认得她呢。

穆拉希金　你这话当真吗?这可是个机会!这太凑巧,太麻烦你了……

托尔卡巧夫　怎么回事?

穆拉希金　好朋友,亲爱的,有一个小小的请托,求你办一下!请你看在朋友分儿上!喏,你要保证一定办到!

托尔卡巧夫　怎么回事？

穆拉希金　俗语说得好：不是论公事，而是论交情！我求求你了，好朋友。第一，请你问候奥尔迦·巴甫洛芙娜，就说我活着而且健康，吻她的小手。第二，请你给她带一个小东西去。她托我给她买了一架手摇式缝纫机，没人给她送去……你带去吧，亲爱的！顺便，你把这个装着金丝雀的笼子一块儿捎去……不过你得小心一点，要不然笼子的小门会碰坏的。你干什么这样瞧着我？

托尔卡巧夫　缝纫机……金丝雀和笼子……黄雀，苍头燕雀……

穆拉希金　伊凡·伊凡内奇，你到底怎么啦？你为什么脸涨得通红？

托尔卡巧夫　（跺脚）把缝纫机拿给我！笼子在哪儿？你自己也索性骑到我身上来吧！你把人吃掉！把人撕碎！打死他吧！（捏紧拳头）我要杀人！杀人！杀人！

穆拉希金　你发疯了！

托尔卡巧夫　（向他扑过去）我要杀人！杀人！

穆拉希金　（害怕）他疯啦！（喊叫）彼得鲁希卡！玛丽雅！你们在哪儿？来人啊，救救我吧！

托尔卡巧夫　（追着他满房间跑）我要杀人！杀人！

——幕落·剧终

婚 礼

独幕剧

剧 中 人 物

叶甫多吉木·扎哈罗维奇·席加洛夫——退休的十四品文官。
娜斯达霞·季莫费耶芙娜——他的妻子。
达宪卡——他们的女儿。
艾巴米农德·玛克西莫维奇·阿普隆包夫——新郎。
费多尔·亚科甫列维奇·烈伏诺夫-卡拉乌洛夫——退伍的海军中校。
安德烈·安德烈耶维奇·纽宁——保险公司代理人。
安娜·玛尔狄诺芙娜·兹美尤金娜——助产士,三十岁,穿一身鲜红的连衣裙。
伊凡·米海洛维奇·亚契——电报员。
哈尔拉木皮·斯皮利多诺维奇·迪木巴——希腊籍糖果商。
德米特利·斯捷潘诺维奇·莫兹果沃依——义勇船队的水手。傧相、舞伴、仆役等。

〔事情发生在小安德罗诺夫饭馆的一个大厅里。大厅里灯光明亮。一张摆晚饭的大桌子。穿燕尾服的仆役们在桌子旁边忙碌。乐队在舞台后面奏卡德里尔舞曲的最后一段。
〔兹美尤金娜、亚契和傧相穿过舞台。

兹美尤金娜 不行,不行,不行!
亚契 (跟在她身后)可怜可怜我吧! 可怜可怜我吧!

兹美尤金娜 不行,不行,不行!

傧相 (匆匆追上他们)诸位先生,这可不行!你们到哪儿去?那么,"格郎——龙?格郎——龙,西尔——乌——普莱!"①

〔三人下。

〔娜斯达霞·季莫费耶芙娜和阿普隆包夫上。

娜斯达霞·季莫费耶芙娜 您说种种的话闹得我心神不安,还不如去跳舞的好。

阿普隆包夫 我可不是什么斯宾诺莎②,东倒西歪地扭一扭舞步就成了。我是个讲究实际的人,有志气,感到这种无益的娱乐并没有什么乐趣。然而问题不在于跳舞。对不起,妈妈,您的行为有许多地方我弄不懂。比方说,您为您的女儿答应送给我的东西,除了家庭必需品以外还有两张彩票。这些彩票在哪儿呢?

娜斯达霞·季莫费耶芙娜 我头痛得厉害……大概是天气不好……是解冻的时令了!

阿普隆包夫 您别拿话来搪塞。今天我才知道您的彩票已经抵押出去了。对不起,妈妈,只有剥削者才干这种事。要知道我说这话不是出于利己主义,我并不要您的彩票,我是坚持原则,我不容许任何人欺骗我。我已经让您的女儿得到幸福,要是您今天不给我彩票,我就把您的女儿吞了!我是个高尚的人!

娜斯达霞·季莫费耶芙娜 (环顾饭桌,数餐具)一,二,三,四,五……

仆役 厨师问冰激凌怎么上:是跟罗姆酒③一起上,跟马德拉酒④

---

① 法语的译音,意思是:"大环舞呢?请你们去跳大环舞吧!"
② 17世纪荷兰哲学家。
③ 罗姆酒是一种甜酒。
④ 马德拉酒,见本书第25页注⑤。

一起上呢,还是什么也不用?

阿普隆包夫　跟罗姆酒一起上。还有告诉老板,说酒不够。叫他再拿点上等的法国葡萄酒来。(对娜斯达霞·季莫费耶芙娜)你还答应过,而且讲定了:今天晚饭席上会有一位将军。请问,他在哪儿?

娜斯达霞·季莫费耶芙娜　这可不能怪我,亲爱的。

阿普隆包夫　那该怪谁呢?

娜斯达霞·季莫费耶芙娜　该怪安德烈·安德烈伊奇……昨天他来过,答应带来一个地地道道的将军。(叹气)大概他到处也找不着,要不然,就带来了……难道我们舍不得钱吗?我们为亲生的孩子没有什么舍不得的。要请一位将军就请一位将军……

阿普隆包夫　再说……大家,连您也在内,妈妈,都知道在我向达宪卡求婚以前,那个电报员亚契一直在追求她。那您为什么请他来呢?难道您不知道我会不愉快吗?

娜斯达霞·季莫费耶芙娜　哎呀,怎么说你好呢?艾巴米农德·玛克西梅奇,你结婚还没满一天,就已经用种种的话来折磨我和达宪卡了。那么过上一年会怎么样呢?你惹人厌烦,哎,惹人厌烦!

阿普隆包夫　你不喜欢听实话吗?啊?问题就在这儿了!可是您做人要高尚!我只要求您一点:要高尚!

　　〔一对对跳大环舞的人从一个门口进来,穿过大厅,从另一个房门出去。领头的一对是傧相和达宪卡,殿后的一对是亚契和兹美尤金娜。最后这一对停下来,留在大厅里。席加洛夫和迪木巴走进来,向饭桌那边走去。

傧相　(喊叫)散了!先生们,散了!(在后台)散了!

　　〔一对对舞伴下。

亚契 （对兹美尤金娜）可怜可怜我吧！可怜可怜我吧，迷人的安娜·玛尔狄诺芙娜！

兹美尤金娜 唉，您这个人啊……我已经跟您说过今天我的嗓子不成。

亚契 我求求您，唱吧！只唱一个曲子就成！可怜可怜我吧！只唱一个曲子就成！

兹美尤金娜 您惹得我腻烦了。（坐下，扇扇子）

亚契 不，您简直是残忍！说句不怕您见怪的话，这么残忍的人却有这么美妙的歌喉！有这样的歌喉，说句不怕您恼的话，就不应该做助产士，而应该在公开的音乐会上唱歌！比方说，那段花腔您唱得多么妙……就是这一段……（哼歌）"我爱过您，而这爱情却枉然……"美极了！

兹美尤金娜 （哼歌）"我爱过您，而爱情也许还在……"是这段吗？

亚契 就是这段！美极了！

兹美尤金娜 不行，今天我的嗓子不成。喏，您给我扇扇子吧……好热！（对阿普隆包夫）艾巴米农德·玛克西梅奇，您怎么这样忧郁？难道新郎可以这样吗？您多么不害臊啊，讨厌的人！那么您在想什么呢？

阿普隆包夫 结婚是终身大事！应当把一切事情全面而仔细地考虑好。

兹美尤金娜 你们这些人都是些讨厌的怀疑主义者！跟你们在一块儿，我都透不过气来了……给我空气！您听见了吗？给我空气！（哼歌）

亚契 美极了！美极了！

兹美尤金娜 给我扇扇子，扇吧，要不然，我觉得我的心马上就要炸开了。您说说看，为什么我觉得这么闷呀？

亚契　这是因为您出了汗的缘故……

兹美尤金娜　呸,您多么俗气!不许您说出这种话来!

亚契　对不起!当然,说句不怕您见怪的话,您习惯于贵族社会,而且……

兹美尤金娜　哎,您别搅扰我了!给我诗意,给我兴奋吧!扇呀,扇呀……

席加洛夫　(对迪木巴)再来一杯,怎么样?(斟酒)酒随时都可以喝。要紧的是别忘了正事,哈尔拉木皮·斯皮利多内奇。俗语说得好:喝自管喝,可是别喝糊涂了。……既然讲到喝酒,那何不喝一杯呢?可以喝嘛。……为您的健康干杯!(两人喝酒)你们希腊有老虎吗?

迪木巴　有。

席加洛夫　那么狮子呢?

迪木巴　狮子也有。在这儿,在俄国,啥也没有,可是在希腊,样样都有。那儿,有我的父亲,有叔叔,有兄弟们,而在这儿啥也没有。

席加洛夫　哦……那么希腊有鲸鱼吗?

迪木巴　样样都有。

娜斯达霞·季莫费耶芙娜　(对丈夫)怎么随随便便地吃喝起来了?现在大家也该入席了。不要拿叉子去叉大螯虾……那是给将军准备的。说不定他还要来呢……

席加洛夫　希腊有大螯虾吗?

迪木巴　有……那儿样样都有。

席加洛夫　哦……那么有十四品文官吗?

兹美尤金娜　我想得出来希腊有什么样的空气!

席加洛夫　大概骗钱的事很多。要知道希腊人跟阿美尼亚人或者茨冈人一样。他卖给你海绵或者金鱼,总是想多敲你一点竹杠。再来一杯怎么样?

娜斯达霞·季莫费耶芙娜　干什么平白无故地再来一杯?大家也该入席了。快十二点啦……

席加洛夫　入席就入席。诸位先生,请吧!请!(喊叫)开晚饭了!年轻人!

娜斯达霞·季莫费耶芙娜　贵宾们,欢迎你们!入席吧!

兹美尤金娜　(挨着桌子坐下)给我点诗意吧!"他,这个不安定的人,寻求暴风雨,好像暴风雨里有安宁。"①给我暴风雨吧!

亚契　(旁白)了不起的女人啊!我爱上她了!我发疯般地爱上她了!

〔达宪卡、莫兹果沃依、傧相、舞伴们、小姐们等上。大家闹哄哄地入座。停顿片刻,乐队奏进行曲。

莫兹果沃依　(站起来)诸位先生!我必须对你们做如下的声明……为了庆祝,我们准备了很多酒,还有发言。我们不预备久等,马上就开始。诸位先生,我建议为新婚夫妇祝酒!

〔乐队奏庆祝的乐曲。欢呼。碰杯。

苦啊!②

众人　苦啊!苦啊!

〔阿普隆包夫和达宪卡接吻。

亚契　妙极了!妙极了!我必须向你们说明,诸位先生,我得说句公道话:这个大厅,一般说来,是个极好的场所!漂亮,迷人!不过你们知道还差什么东西就十全十美了?说句不怕诸位见怪的话,还差电灯!世界各国都安上电灯了,唯独俄国落后了。

---

① 引自俄国诗人莱蒙托夫的诗《孤帆》。
② 按俄国习俗,在婚礼上喊"苦",就是要新婚夫妇接吻。

席加洛夫 （深思）电灯……嗯……照我看来,电灯啊……纯粹是骗人的玩意儿……他们往那里头塞一小块红炭,就以为能蒙哄人了。不行啊,老兄,你真要装一盏灯,就不能给一小块红炭了事,而要给一种实在的东西,一种什么特别的、抓得住的东西!你得给我们亮光,明白吗?一种真的亮光,不是脑子里想出来的亮光!

亚契 要是您见过电池,见过它是怎么配制成的,那您的想法就不一样了。

席加洛夫 我可不愿意去看那东西。那是骗人的玩意儿。他们欺哄老百姓……他们要在老百姓身上榨出最后一滴油水来……咱们见识过他们这号人……您呢,年轻的先生,与其给骗人的事辩白,不如自己喝点酒,也给别人斟点酒的好。是啊,说实在的!

阿普隆包夫 您的话,爸爸,我完全同意。何必谈学问上的事呢?我自己也乐于谈谈科学方面的各种发明,可是这种事可以另找时间谈嘛!(对达宪卡)你怎么想呢,ma chère①?

达宪卡 他们想显摆自己的学问,总是说些别人听不懂的事。

娜斯达霞·季莫费耶芙娜 谢天谢地,我们没有学问也过了一辈子,如今把第三个女儿嫁给一个好人了。不过,要是照您看来我们没有学问,那您何必到我们这儿来呢?您应当去找您那些有学问的人嘛!

亚契 我,娜斯达霞·季莫费耶芙娜,素来尊重您一家人,我谈电灯,那也并不见得我是出于骄傲。瞧,我十分乐意干一杯。我全心全意希望达丽雅·叶甫多基莫芙娜有一个好新郎。在我们这个时代,娜斯达霞·季莫费耶芙娜,嫁一个好人很难。如

---

① 法语:我亲爱的。

今结婚的人个个都存心图利,贪财……

阿普隆包夫　这可是话里有音啊!

亚契　(胆怯)这根本不是什么话里有音……我说的不是在座诸君……我这是随便说说……泛泛而论……求上帝怜恤吧!大家都知道您结婚是出于爱情……陪嫁不值一提。

娜斯达霞·季莫费耶芙娜　不对,不是不值一提!你说话自管说话,先生,可就是别胡扯。我们除了给一千现款以外,还陪送三件女大衣、床上的被褥和全套家具。你到别处去找一找这样的陪嫁看!

亚契　我不是这个意思……家具确实很好,而且……而且女大衣,当然也好,我说那话是因为他们恼我话里有音。

娜斯达霞·季莫费耶芙娜　那您就不要话里有音。我们看在您的爹妈分儿上敬重您,请您来参加婚礼,可是您说出各式各样的话来。要是您知道艾巴米农德·玛克西梅奇结婚是图利,那您早先为什么闭口不说呢?(含泪)我呢,就是嘛,把她养大,喂大,心肝宝贝地拉扯大……把她,我这乖孩子,看得比钻石、绿宝石还贵重……

阿普隆包夫　您真相信啦?这可感激之至!多谢多谢!(对亚契)您呢,亚契先生,虽然跟我很熟,可是我不允许您在别人家里干出这种不像样子的事!请您出去!

亚契　这是什么意思?

阿普隆包夫　我希望您像我一样做一个正直的人!一句话,请您出去!

〔乐队奏庆祝的乐曲。

男舞伴们　(对阿普隆包夫)你别管他了!算了!唉,犯得着吗?坐下!别管他了!

亚契　我什么也没说呀……其实我……甚至我都不明白这是怎么

回事……遵命,我走就是……只是,说句不怕您见怪的话,您得先还给我五个卢布,去年您在我这儿借这笔钱去做了一件凸纹布背心。我再喝一杯,就……就走,不过您得先把这笔债还清。

男舞伴们　哎,得了,得了!够啦!为一点儿小事犯得着吗?

傧相　(喊叫)为新娘的父母叶甫多吉木·扎哈雷奇和娜斯达霞·季莫费耶芙娜的健康干杯!

　　　　〔乐队奏庆祝的乐曲。欢呼。

席加洛夫　(感动,向四周围鞠躬)谢谢你们!贵宾们!多谢你们没有忘记我们,也不嫌弃我们,光临参加婚礼!……你们不要以为我是什么骗子,或者我有什么欺诈的意思,这纯粹是出于感情!出于内心的正直!我对好人是什么钱都舍得花的!我们感激之至!(相互接吻)

达宪卡　(对母亲)妈妈,您哭什么呀?我真幸福啊!

阿普隆包夫　妈妈正在为马上要分别而激动。不过我劝她最好记住我们前不久的谈话。

亚契　您别哭了,娜斯达霞·季莫费耶芙娜!您想一想吧:人的眼泪是什么东西?无非是神经病患者软弱的表现而已!

席加洛夫　那么希腊有松乳菇吗?

迪木巴　有。样样都有。

席加洛夫　那么,白蘑菇恐怕就没有。

迪木巴　白蘑菇也有。样样都有。

莫兹果沃依　哈尔拉木皮·斯皮利多内奇,轮到您讲话了!诸位先生,让他讲话吧!

众人　(对迪木巴)说吧!说吧!轮到您了!

迪木巴　为啥?我不明白……这是怎么一回事啊?

兹美尤金娜　不行,不行!不许您推脱!轮到您了!您站起来!

迪木巴 （站起来，慌张）我只能说这个……有一个俄国，有一个希腊……有俄国人，也有希腊人……海上有"卡拉维耶"航行，俄国话就是"海船"，陆地上有各式各样的铁路。我知道得很清楚……我们是希腊人，你们是俄国人，我啥也不要……我能说这个……有一个俄国，有一个希腊。

［纽宁上。

纽宁 慢着，诸位先生，先别吃！等一等！娜斯达霞·季莫费耶芙娜，有句话要跟您说！请到这边来！（把娜斯达霞·季莫费耶芙娜拉到旁边，喘吁吁地）您听我说……将军马上就来……总算找到了……简直累死人了……他是个地道的将军，挺庄重，年纪老了，怕有八十岁，要不然，就有九十了……

娜斯达霞·季莫费耶芙娜 他什么时候来呀？

纽宁 马上就来。您会一辈子感激我的。他不能说是将军，而简直是马林果，是布朗热①！他不是步兵，不是陆军，而是海军！论军衔，他是海军中校，不过照他们海军的规矩，这跟少将一样，要是跟文官比，就是四品文官了。那是完全一样的。甚至还高一点呢。

娜斯达霞·季莫费耶芙娜 你不是蒙哄我吧，安德留宪卡②？

纽宁 好说，我是骗子还是怎么的？您自管放心吧！

娜斯达霞·季莫费耶芙娜 （叹气）我不愿意白花钱啊，安德留宪卡……

纽宁 您放心吧！他不能说是将军，简直是一幅画呢！（提高嗓音）我还说："您把我们完全忘了，大人！把老相识都忘了，这可不好啊，大人！娜斯达霞·季莫费耶芙娜对您很不高兴呢！

---

① 当时法国的一个将军。
② 安德留宪卡和下文的安德留沙均为安德烈的爱称。

（走到桌子跟前，坐下）不过他说："哪能呢，我的朋友，我不认得新郎，那我怎么能去呢？"我就说："哎，得了，大人，何必拘礼呢？新郎是个极好的人，性子直爽得很。他在一家当铺做估价员，不过，大人，您不要以为他是个穷瘪三或者无赖。如今，贵族家庭的女人也在当铺里工作呢。"他拍拍我的肩膀，我和他都抽了哈瓦那雪茄烟。他马上就要来了……等一下吧，诸位先生，先别吃了……

阿普隆包夫　他什么时候才到呢？

纽宁　马上就到。我从他家里出来的时候，他正在穿套鞋。等一下吧，诸位先生，先别吃了。

阿普隆包夫　那么应该吩咐乐队奏进行曲……

纽宁　（喊叫）喂，乐队！进行曲！

〔乐队奏了一会儿进行曲。

仆役　（通报）烈伏诺夫－卡拉乌洛夫老爷到！

〔席加洛夫、娜斯达霞·季莫费耶芙娜、纽宁跑过去迎接。烈伏诺夫－卡拉乌洛夫上。

娜斯达霞·季莫费耶芙娜　（行礼）欢迎您，大人！很高兴见到您！

烈伏诺夫　我也非常高兴！

席加洛夫　我们，大人，不是贵族身份，不是上层人物，而是普通人，不过您不要认为我们会干什么骗人的勾当。在我们这儿，好人总是坐首席，我们没有什么吝惜的。欢迎！

烈伏诺夫　非常高兴！

纽宁　请您容我介绍一下，大人！这位是新郎艾巴米农德·玛克西梅奇·阿普隆包夫，跟他的新的……也就是跟新婚的夫人！这位是伊凡·米海洛维奇·亚契，电报局的职员！这位是希腊籍的外国人哈尔拉木皮·斯皮利多内奇·迪木巴，做糖果生意的!这位是奥西普·路基奇·巴别尔曼杰勃斯基!等等,等等……此外的人都无足轻重。入席吧,大人!

烈伏诺夫　非常高兴!对不起,诸位先生,我要跟安德留沙说几句话。(把纽宁拉到一旁去)我,老弟,有点难为情……为什么你叫我"大人"①?要知道我不是将军啊!我是海军中校,这甚至比上校还低呢。

纽宁　(凑着他的耳朵,像对聋子说话那样)我知道,不过,费多尔·亚科甫列维奇,请您不要介意,让我们称呼您大人吧!您要知道,这是一个老派的家庭,他们尊重老年人,敬仰有官品的人。

烈伏诺夫　哦,既是这样,那自然……(向饭桌走去)非常高兴!

娜斯达霞·季莫费耶芙娜　请您入席,大人!劳驾!请吃吧,大人!只是对不起,您在自己家里吃惯讲究的菜肴,而我们这儿却是太平常了!

烈伏诺夫　(没听清楚)什么?哦……是啊,

〔停顿。

是啊……在老早以前,人们一直生活得朴实,而且挺满足。我是个有官职的人,可我还是生活得朴实……今天安德留沙到我家里去,约我到这儿来参加婚礼。我说:我不认识他们,怎么能去呢?这不合适嘛!可是他说:"他们是朴实的人,老派人,什么客人都乐于接待……"我就说:"哦,既是这样,那自然又当别论了……何尝不可以去一趟呢?我是很高兴去的。在家里,我孤零零一个人,闷得慌,要是我出席婚礼能够给人

---

① 此处一般译作"阁下",是旧俄对中将、少将和三四品文官的尊称,为了便于表达,译作"大人"。

家增添一点乐趣,那就遵命吧……"

席加洛夫　这样说来,您是真心实意的,大人,不是吗?我敬重您!我自己就是个朴实的人,一点骗人的意思也没有,我也敬重这样的人。请吃吧,大人!

阿普隆包夫　您早就退职了吗,大人?

烈伏诺夫　啊?是啊,是啊……这是实在的。是啊……不过,对不起,这是怎么回事?鲟鱼是苦的……面包也是苦的。吃不得呀!

众人　苦啊!苦啊!

　　　〔阿普隆包夫和达宪卡接吻。

烈伏诺夫　嘻嘻嘻……祝你们健康。

　　　〔停顿。

　　是啊……在很早以前,一切都朴实,大家都心满意足……我喜欢朴实……要知道我年纪大了,我是在一千八百六十五年退职的……我七十二岁了……是啊。当然,就是从前,人们遇到机会也难免喜欢摆一下排场,可是……(看见莫兹果沃依)您……嗯……是水手吧?

莫兹果沃依　是的,大人。

烈伏诺夫　啊哈……是这样……是啊……海上的工作永远是艰难的。总有些事要思考,要费脑筋。每一个不起眼的字眼都有所谓的特别的含意!比方说,"桅楼兵顺着桅索爬到前桅帆和主帆上去!"这是什么意思?水手恐怕懂得吧!嘻嘻。奥妙得很,简直跟数学一样!

纽宁　为费多尔·亚科甫列维奇·烈伏诺夫-卡拉乌洛夫大人的健康干杯!

　　　〔乐队奏迎宾曲。欢呼。

亚契　刚才,大人,您费心讲起海上工作的艰难。不过,难道电报工作容易吗？现在,大人,一个人要是不懂法文和德文,也不会写,那就不能干电报工作。不过,在我们的工作里最难的还要算是拍电报。难得要命啊！请您费神听一听。(用餐叉敲桌子,模仿电报机的声音)

烈伏诺夫　这是什么意思？

亚契　这是说:大人,我为了您高尚的品德而尊敬您。您当是这容易吗？再听一下。(敲桌子)

烈伏诺夫　您大点声……我听不见……

亚契　这是说:太太,我把您搂在怀里,我多么幸福啊！

烈伏诺夫　您指的是哪个太太？是啊……(对莫兹果沃依)现在,比方说,要顺着大风行船,必须……必须升起上桅帆和顶桅帆！那就得下这样的命令:"桅楼兵靠近护桅索升上桅帆和顶桅帆……"而他们在横桁上扬帆的时候,下边的人就在高帆和顶帆缭绳、张帆索和转桁索旁边停住……

傧相　(站起来)诸位先生和诸位女……

烈伏诺夫　(打断傧相的话)是啊……各式各样的口令多的是……是啊……"拉紧高帆和顶帆缭绳,松张帆索！！"这个口令美妙吗？不过这是什么意思呢？很简单嘛！您要知道,这就是拉紧高帆和顶帆缭绳,升起张帆索……两件事一块儿办！而且,在升起的时候,把顶帆缭绳和顶帆的张帆索拉齐,同时,根据需要,再放松这些帆的转桁索;因而等到缭绳拉紧,张帆索升到了规定的位置,那么,高帆和顶帆的转桁索就绷直,横桁就顺着风向转过去了……

纽宁　(对烈伏诺夫)费多尔·亚科甫列维奇,女主人要求您谈点别的事情。这种事客人们听不懂,觉得没意思……

烈伏诺夫　什么？谁没意思？(对莫兹果沃依)年轻人！喏,比方说,一条船迎着前侧风航行,右舷受风,而又必须改为顺风航行。应该怎么下命令呢？就要这样下："吹哨召集全体官兵到上边去,调转船头顺风航行！……"嘻嘻……

纽宁　费多尔·亚科甫列维奇,够了！您吃菜吧。

烈伏诺夫　等到大家都跑出来,就立刻下命令:各就各位,调转船头顺风航行！嘿,这就是生活！你一边下命令,一边亲眼看见水手们像闪电似的各人跑到各人的岗位上,有的拉帆,有的拉转桁索。于是你忍不住喊起来:这些小伙子真是好样的！（呛着,咳嗽）

傧相　（赶紧利用眼前的间歇）今天我们聚集在一起,庆祝我们的亲爱的……

烈伏诺夫　（打断他的话）是啊！要知道,这些都得记住！比方,拉开前桅帆帆角索和主帆下后角索！……

傧相　（生气）他干什么打岔？照这样子我们连一篇演说也发表不成了！

娜斯达霞·季莫费耶芙娜　我们都是无知无识的人,大人,这种事我们一点也不懂,您最好还是给我们讲点关于……

烈伏诺夫　（没听清）我已经吃过了,谢谢。您是说鹅吗？谢谢……是啊。我在回想老早的事……那真是愉快,年轻人！你在海洋上航行,心里没有一点烦恼,而且……（嗓音发颤）您回想一下抢风行驶的时候那种激动人心的场面吧！哪个水兵回想这种操演能不心里发热啊?！要知道,上边一发出命令,"吹哨召集全体官兵上来,抢风行驶",所有的人就好像通了电一样。从舰长到水兵,大家都精神焕发了……

兹美尤金娜　真没意思！真没意思！

　　　〔普遍的抱怨声。

烈伏诺夫　（没听清）谢谢,我吃过了。（讲得入迷了）大家就都准备好,眼睛盯住高级军官……于是高级军官下命令:"前桅帆转桁索和主帆转桁索右向,后帆转桁索左向,对面转桁索左向。"这些命令一下子就都执行了……"放松前桅帆下后角索和船头三角帆下后角索……转向右舷!"(站起来)这条船就迎风行驶,最后船帆开始吧吧地拍响。高级军官就下命令:"管住转桁索,管住转桁索,别大意。"他自己也盯紧主上桅帆。等到这个帆也拍动,换句话说,转弯的时候到了,雷鸣般的口令声就响起来:"解开主帆桅盘支索,放松转桁索!"于是一切东西都飞起来,咔嚓咔嚓响,真是天翻地覆!一切命令都准确无误地执行了。调向成功啦!

娜斯达霞·季莫费耶芙娜　(生气)您是将军,可是您太不像话了……这么大的年纪,应该害臊才是!

烈伏诺夫　肉饼吗?不,我没吃……谢谢您。

娜斯达霞·季莫费耶芙娜　(大声)我是说,您这么大的年纪,应该害臊才是!您是将军,可是您太不像话了!

纽宁　(慌张)诸位先生,得了……犯得着吗?说真的……

烈伏诺夫　第一,我不是将军,而是海军中校,论军衔相当于陆军中校。

娜斯达霞·季莫费耶芙娜　既然不是将军,那您为什么收下钱呢?我们给您钱不是要您来捣乱!

烈伏诺夫　(大惑不解)什么钱?

娜斯达霞·季莫费耶芙娜　什么钱,您心里有数。您想必收到了安德烈·安德烈耶维奇付给您的二十五个卢布了吧……(对纽宁)你呢,安德留希卡,也不对!我不是要你去雇这样一个人来!

纽宁　得了……算了!犯得着吗?

烈伏诺夫　雇人……给钱……这都是怎么一回事?

阿普隆包夫　不过,容我说一句……您不是从安德烈·安德烈耶维奇手里收到二十五个卢布了吗?

烈伏诺夫　什么二十五个卢布?(明白过来)原来是这么回事啊!现在我都明白了……多么肮脏的勾当!多么肮脏的勾当啊!

阿普隆包夫　您不是拿到钱了吗?

烈伏诺夫　我什么钱也没拿过!走开!(离席)多么肮脏的勾当!多么下流的勾当!这样侮辱一个老人,一个海军军人,一个有功绩的军官!……如果是在上流社会,我还能要求决斗,可是现在我有什么办法?(茫然)房门在哪儿?该往哪边走?来人啊,把我带出去!来人啊!(走)多么下流的勾当!多么肮脏的勾当!(下)

娜斯达霞·季莫费耶芙娜　安德留希卡,那二十五个卢布上哪儿去了?

纽宁　得了,这样的小事值得一提吗?没什么了不起的!这儿大家都高高兴兴,您却讲这种鬼才知道的事……(喊叫)为新婚夫妇的健康干杯!乐队,奏进行曲!乐队!

　　〔乐队奏进行曲。

为新婚夫妇的健康干杯!

兹美尤金娜　我气闷啊!给我空气吧!跟你们在一块儿,我闷得气都透不过来了。

亚契　(赞叹)美妙的女人!美妙的女人啊!

　　〔喧哗声。

傧相　(极力压过喧哗声)诸位先生和诸位女士!今天……

——幕落·剧终

题 解[1]

---

[1] 本题解根据苏联国家文学出版社 1963 年版 12 卷本《契诃夫文集》第 9 卷所附的"注释"译出,朱逸森译。

[无题名的剧本]

四幕剧

剧本的完成时间是根据一些间接的资料来确定的。保存在苏联中央国家文学艺术档案馆的手稿上没有指明日期,也没有卷头页,因而迄今不明剧本的题名。按作家的笔迹判断,这部手稿属于契诃夫的早期作品。作家的弟弟米·巴·契诃夫在一篇文章中讲到过契诃夫写于大学年代的一个不为人知的剧本,而且扼要地转述了它的内容,它与本剧的内容在某种程度上是相符的。"当他还是一个大学生的时候,"米·巴·契诃夫回忆说,"他写了一个剧本,并希望在莫斯科小剧院上演,为此他将剧本送给著名演员玛·尼·叶尔莫洛娃审阅。这个剧本内容庞杂,其中写到了铁路,火车,盗马贼,向茨冈人施用私刑……"(安·巴·契诃夫,《书信集》,第二版,作家书籍出版社,莫斯科,一九一七年,第二卷,第四页)。

在另一篇文章中,米·巴·契诃夫更确切地说明了剧本的写作时间:"这个剧本由安东·巴甫洛维奇本人送给玛·尼·叶尔莫洛娃阅读,当时他是大学二年级学生。"(亚·拉扎烈夫-格鲁津斯基:《契诃夫的失传的小说和剧本》,《动力》文集,第三册,彼得堡,一九一四年版,第一六四页)安·巴·契诃夫在一八八〇至一八八一年是大学二年级学生,因此可以推测这个剧本是在这两年里写成的。

手稿是一份清稿。不同的笔迹、校订时用的蓝色或黑色的铅笔和墨水——这一切都表明，这份文稿已经校订过数次。更正的内容主要是对原文的删节，例如，第一幕的第十五场几乎全部被勾销，一些人物的台词被删除，一些冗长的对白被代之以简练的，等等。剧本初次发表时，这许多修改之处全都保留下来。见：中央国家档案馆，《文学史和社会舆论文献》，第五辑，《安·巴·契诃夫的一个未发表的剧本》，新莫斯科出版社，一九二三年（剧本由尼·费·别利契诃夫整理发表）。本版的剧文按照作者的校订本刊印。

《在大道旁边》

独幕戏剧小品

这个剧本由契诃夫的短篇小说《在秋天》（一八八三）改写而成。一八八五年九月，这个短剧遭到书报检查机关的查禁。查禁的理由我们可以从检查官的报告中得知一二："剧情发生在夜间，在大道旁的一个小酒铺里。在各式各样到小酒铺来取暖或宿夜的流浪汉和骗子中居然出现了一个破产的贵族，他乞求酒馆老板给他赊账喝酒。从交谈中得知，这个贵族的妻子在结婚的当天就将他抛弃，从此他就以酒浇愁。凑巧的是，一位太太因躲雨来到了小酒铺，不幸的酒徒认出她就是他的背信弃义的妻子。小酒铺的一个顾客同情酗酒的贵族，向太太抡起了斧头，但人们把他劝阻住了。剧本就以杀人未遂告终。我认为，不该允许这个阴郁和肮脏的剧本上演。——剧本检查官凯泽尔·封·尼利克海姆。"在检查官的报告的上角是出版事务总局局长的批示："禁演。叶·费奥克蒂斯托夫。一八八五年九月二十日。"（《俄罗斯同时代人》，一九二四年，第二期）

此戏剧小品的手稿复本保存在列宁格勒国立卢纳察尔斯基戏剧图书馆里。复本的扉页上有检查官写下的字样:"被认作不宜上演。一八八五年九月二十日。"

《论烟草之害》

独幕独白剧

这个独幕独白剧写于一八八六年。契诃夫在同年二月十四日写给维·比里宾的信中说:"我刚写完一个舞台独白剧《论烟草之害》。这个戏是我在内心深处预定为喜剧演员格拉多夫-索科洛夫写的。由于可供我支配的时间只有两个半小时,我糟蹋了这个独白剧……意图是好的,但效果却不妙……"

这个独白剧发表在一八八六年二月十七日第四十七期的《彼得堡报》上。经过作家修改,它被收入契诃夫的作品集《形形色色的故事》的第一版,圣彼得堡,一八八六年。后来作家又做了一些新的修改和删节,由 С.И.纳波伊金出了一个石印本(一八八七年一月三十一日获书报检查机关批准)。一八八九年由 С.И.纳波伊金和 Е.Н.拉索欣娜出了两个相同的石印本(这是修订过的第二个石印本)。

《天鹅之歌》(卡尔卡斯)

独幕戏剧小品

剧本《天鹅之歌(卡尔卡斯)》是根据安·巴·契诃夫的短篇小说《卡尔卡斯》(一八八六)写成的。

一八八七年一月十四日，契诃夫告诉玛·符·基塞列娃："我在四张四开纸上写了一个剧本，可供演出十五至二十分钟。它是世界上最小的剧本。著名的达维多夫将参与演出，他现在在柯尔什剧院工作。剧本刊登在《季节》上，因此它将广泛传播。一般说来，写小东西比写大作品好得多：意见少，但受欢迎……难道这不正是最需要的吗？我写这个剧本花了一小时零五分钟……"

一八八八年十月十七日契诃夫写信给阿·尼·普列谢耶夫，请他去皇家剧院管理处领导的戏剧-文学委员会领取一张上演《天鹅之歌》的许可证。剧本通过了委员会的检查，一八八八年十月二十五日，契诃夫又写信给普列谢耶夫，感谢他所给予的帮助。十月二十六日，剧本转到了小剧院演员亚·巴·连斯基手中，契诃夫在写给连斯基的信中说："今天我到过您家，留下了《卡尔卡斯》和它的一个复本……我把《卡尔卡斯》叫作《天鹅之歌》。这个剧名长了一些，有些又酸又甜的味儿，但我想不出别的什么标题来，尽管我已经想了好久。"

剧本发表在由Н. Д. 基切耶夫主编的配有插图的艺人文集《季节》上，第一辑，莫斯科，一八八七年。用的标题是：《卡尔卡斯。独幕戏剧小品》。

经过检查官检查的本子的标题也是这样的，上面写着一八八八年十一月九日获准的字样。

在《季节》文集里，剧本是以尼基达·伊凡诺维奇的话结束的："瓦西里·瓦西里伊奇！天哪，亲爱的……安下心来吧……上帝啊！（喊叫）彼得鲁希卡！叶果尔卡！谁在这儿？上帝啊，蜡烛快熄灭了！"而在经过检查的本子上，在这几句话后面，还有一段借自《奥赛罗》的独白。一个本子上的独白是："如果天公乐意的话……"另一个本子上的则是"永别了，安宁，永别了，我的满足……"

不久，剧本以《天鹅之歌（卡尔卡斯）》为标题由 E. H. 拉索欣娜的莫斯科戏剧图书馆出了石印本，扉页上标着"一八八八年二月十九日在柯尔什剧院的舞台上首次演出"的字样。

在一八八八年的石印本中，剧本是以摘自《奥赛罗》的一段独白结束的："永别了，安宁，永别了，我的满足……"

《演员》杂志的出版者 Ф. A. 库玛宁向契诃夫征稿，契诃夫在一八八九年九月五日回信说："在我的为数不多的剧本中，可以发表的剧本只有一个：《天鹅之歌（卡尔卡斯）》……这个剧本曾发表在基切耶夫主编的《季节》上，但并非全文，而是经过删节的，我所提供的只是第一个独白的部分。我现在提及的《天鹅之歌》您可在拉索欣娜处得到。"后来《演员》杂志在一八九九年十月第二期上发表的剧本所依据的正是拉索欣娜的石印文本。

一八九七年，契诃夫在圣彼得堡将《天鹅之歌》收入他的《戏剧集》，对取自《奥赛罗》的那段独白做了少许改动。在这个版本里，加上了尼基达·伊凡内奇的对白和恰茨基的独白的结尾（参看本书第 74 页）。此外，斯威特洛维多夫的年龄有了更改，由原来的五十八岁改成六十八岁，与此相应，"我在舞台上已经干了三十五年"一句话中的"三十五年"也改成了"四十五年"。

在契诃夫生前问世的《文集》第一版（一九〇一）和第二版（一九〇二）中，《天鹅之歌》付印时未做改动。

《伊凡诺夫》

四幕正剧

剧本《伊凡诺夫》写于一八八七年九月末和十月初（见契诃夫在一八八七年十月五日写给 Д. M. 叶若夫的信）。

一八八七年九月十三日契诃夫在给玛·符·基塞列娃的信中写道:"我到柯尔什剧院去过两次,柯尔什两次都恳求我给他一个剧本……演员们则认定我能把剧本写好,因为我善于给人以刺激。"

剧本的最早文本是用打字机打印的,其标题是:伊凡诺夫,四幕五场喜剧。"喜剧"一词被画去,而在它的上端写着:"正剧"。书报检查机关通过的日子是一八八七年十一月六日,在日期后有附言:"该做一些删节。"这个本子现在保存在列宁格勒国立卢纳察尔斯基戏剧图书馆里。

在这个用打字机打印的文本里,书报检查官在两个地方做了一些删除。第一处是第三幕第五场中列别杰夫对伊凡诺夫的独白中的一些词(被删去的词用仿宋体排出。——译者):"(讥讽地)……是啊,你的情况不妙……说你是杀人犯……(变节分子)……"第二处是该幕第六场中李沃夫所说的一段话:"人的残忍使我愤慨……他们似乎要用他们那种宗教方面的坚定性来引起耶和华的惊叹:他们仍旧诅咒她!"

在做了不多的改动后,这个文本由 E. H. 拉索欣娜的莫斯科戏剧图书馆出了个石印本。书报检查机关通过的日期是一八八七年十二月十日。

最初这个剧本在外省的舞台上上演,这是在萨拉托夫,在一八八七年十一月中旬。当年十一月十五日在莫斯科首次演出,这是在柯尔什剧院,是为扮演包尔金角色的演员 H. B. 斯韦特洛夫举行的一次纪念演出。

一八八七年的最初文本在许多方面不同于最终的文本。剧本的改写工作经历了好几个阶段。

彼得堡亚历山德拉剧院的导演 Ф. A. 费奥多罗夫－尤尔科夫斯基要求上演一场《伊凡诺夫》,作为对他的纪念演出,这是促使契诃夫对剧本做第一次修改的原因。一八八八年十月十一至十二日,契诃夫写信给阿·谢·苏沃陵:"我读了自己写的《伊凡诺夫》。我觉得,如果另外写一个第四幕,同时还删去一些什么和加上一个早就印在我脑海中的独白,那么这剧本将会是完美的,会给人以深刻印象。我将在圣诞节前将它修改好并寄给亚历山德拉剧院。"十月底,契诃夫又写信告诉他:"我彻底修改了《伊凡诺夫》的第二和第四幕,还给伊凡诺夫加上了一段独白,对萨霞做了一番修饰,等等。如果人们现在仍不能理解我的《伊凡诺夫》,那么我一定会将它付之一炬,另写一部题名为《够啦!》的中篇小说。"

十二月九日,契诃夫将《伊凡诺夫》的新文本寄给苏沃陵,让他转交亚历山德拉剧院剧目部主任 A. A. 波捷欣。同《伊凡诺夫》的第一个文本相比,新修订本中有一些大的变动。

在第一个文本中,第四幕有两场,剧中有不少日常生活细节,在事件的开展上也有所不同。在剧情的进程中,伊凡诺夫对自己的否定态度表现得弱一些,而在遭到李沃夫的侮辱后他并未开枪自杀,只是震惊得慢慢地死去,口中喃喃自语着:"为什么,为什么……"

在第二个文本中,第四幕不再分作两场。有些场景完全取消了,另一些也有所调整,并做了一些小的结构和文体方面的修改。杜德金和柯绥赫两人关于嫁妆的对话删去了,加上了柯绥赫同李沃夫之间的对话,而在列别杰夫和萨霞的对话中,则加上了一段:萨霞承认他不理解伊凡诺夫和列别杰夫劝她拒绝伊凡诺夫。在这个文本的结尾部分,萨霞离开了伊凡诺夫,由于这个缘故,萨霞和列别杰夫的全部对话以及随之而来的全部剧情发展都具有了独特的内容,既完全不同于最初的文本,也根本区别于最终的文本。

第一个文本中表现了这样一种想法:如果周围的人们关心伊凡诺夫,善意地对待他,他会有可能摆脱忧郁的念头,而在遭到李沃夫侮辱之前他正处在"复原"之中。在第二个文本里,伊凡诺夫完全处于悲剧性的毫无出路的境地。他成了孤家寡人:当婚礼正要举行之际,萨霞在伊凡诺夫的请求下,离开了他,列别杰夫也屏弃了他:"上帝才是你的法官,尼古拉,我可不能审判你,但是请你原谅,我们已经不再是朋友。好,你走吧,你愿意上哪儿就去那儿,走吧……"至于李沃夫给伊凡诺夫的侮辱,那不过是了结他本已走投无路的处境的最后一击。

不久,契诃夫从苏沃陵给他的信件中发现,苏沃陵自己和戏剧界其他一些人对《伊凡诺夫》的理解与他本人不同。在一八八八年十二月三十日写给阿·谢·苏沃陵的长信中,契诃夫对主要的剧中人做了详尽的注释。在做了种种解释之后,契诃夫又补充说:"如果剧本中没有上述的一切,那就根本谈不上把它搬上舞台。也就是说,我写出了并非我要写的东西。请您把剧本取回吧。"关于拒绝上演的打算,契诃夫也同时写信告诉了伊·列·谢格洛夫(一八八八年十二月三十一日)和阿·尼·普列谢耶夫(一八八九年一月二日)。可是,彼得堡方面仍然坚持要上演,阿·谢·苏沃陵发电报告诉契诃夫:已最终决定将《伊凡诺夫》搬上亚历山德拉剧院的舞台。

契诃夫重新着手修改剧本。一八八九年一月十五日他写信给阿·尼·普列谢耶夫说:"为剧本我忙了整整一个星期:写了几种异文,进行了修改和补充,写出了一个新的萨霞(是给萨维娜演出写的),将第四幕改得面目一新,对伊凡诺夫这个形象也进行了琢磨,可把我苦死了,以至我恨起自己的剧本来了,我打算用金的话来结束它:"用棍子打伊凡诺夫,用棍子打!"在这个新的文本中,整部剧作,其中包括它的第四幕在内,已经具有了它在最终文本中才具有的面目。

一八八九年一月三十一日,这个文本的《伊凡诺夫》在亚历山德拉剧院的舞台上演出。

契诃夫对剧本进行加工的第二阶段是他为在《北方通报》一八八九年第三期上发表剧本而做准备工作。杂志上发表的文本区别于前一个文本的不过是一些修辞性的变动。

在又做了一些不大的删节和修辞性变动后,剧本被收入了契诃夫的《戏剧集》(一八九七年,圣彼得堡)。后来作家几乎不做修改就将它收入了《文集》(第七卷,一九〇一年)和《文集》第二版(一九〇二年)的同一卷。

剧本的主题思想在第一个文本中就已经确定了。主人公伊凡诺夫的戏剧性遭遇并非由于什么特殊情况引起的,而是整个现实造成的。葬送伊凡诺夫的"疾病"的病根是俄国的全部生活条件,正是这些生活条件摧折了他的意志,使他没有信念和产生绝望。许多人(和李沃夫)只从表面观察伊凡诺夫,他们觉得伊凡诺夫是一个不诚实的坏蛋。但是,剧情的全部进程表明,一方面伊凡诺夫有软弱和放弃思想探索的过错,但另一方面,他又是现实生活的牺牲品。这个形象不仅具有暴露的意义,而且也有戏剧性的意义。

在一八八七年十月二十四日写给兄长亚历山大·巴甫洛维奇的信中,契诃夫指出了《伊凡诺夫》在用戏剧创作阐释现实方面的新意:"当代的戏剧家们总是用天使、痞子和丑角来开始他们的剧本,但你倒在整个俄国找找这些分子看,找也许能找到,但不会是戏剧家们所需要的那种极端的样子……我想来它一个与众不同:我没有写一个恶棍,也没有写一个天使(虽说我忍不住写了几个丑角);我没有指责任何人,也没有为任何人辩护"……契诃夫的话("我没有指责任何人,也没有为任何人辩护")并非指剧本中没有作者对人物和生活的评判,而是讲剧本中戏剧冲突的特色。在剧本中没有直接的罪人。在同社会现实进行的斗争中,伊凡诺夫力量不足,很快就"厌倦了"。由此出发,剧本展示了他的行为的其他特点:他没有旨在使坏的意向,没有不道德的卑鄙目的。伊凡诺夫的行为成了别人不幸的根源(如安娜·彼得罗芙娜的遭遇等等),但即使在这种情况下仍是一个无罪的罪人,因为灾难和不幸并非来自他的不良动机,而是由于他"无法支配"的感觉和情绪。在契诃夫看来,伊凡诺夫在生活中是不中用的("他有病"),但他并非像李沃夫所说的那样,是个"卑鄙的人"。伊凡诺夫的作为使周围的人们有种种理由指责他动机卑劣,但同时对伊凡诺夫所做的内部透视却表明,他完全不是这种人。他的"疾病"的后果对他本人和周围的人们来说是可怕的。他无用,有害,不招人喜欢,但从道德的意义上来说,他是无罪的,过错在于生活本身,是它使他成为一个废物。契诃夫认为,必须在剧本中指出,除了伊凡诺夫之外,那些不了解和指责伊凡诺夫的人主观上同样没有什么道义上的罪责。"他的侮辱,"伊凡诺夫在讲到李沃夫时说,"几乎将我置于死地,但这不该归咎于他!……无论是妻子、朋友、仇敌,还是萨霞和这些先生们,没有一个人理解我。我正直还是卑鄙?聪明还是愚蠢?身心健康还是精神变态?我是在爱还是在恨?——谁都不知道,大家都揣摩不透……"

在最初的几场演出(一八八七年十一月)之后,剧本引起了强烈的兴致和争议。"戏迷们都说,"契诃夫在给兄长亚历山大·巴甫洛维奇的信中写道,"他们从来没有见过剧场里人们如此激动,或鼓掌,或喝倒彩;他们以往从未听见过像我的剧本所引起的那么众多的争论"(十二月二十日)。

《新时报》的一位评论家也谈到了同样的情形(一八八七年第四二一五期):"暴风雨般的鼓掌声,邀请演员谢幕声和喝倒彩的嘘嘘声,赞扬和否定交杂在一起,这种情形是近期任何一个作家的剧本初演时都未曾出现过的。"

米·巴·契诃夫回忆说:"对演出的反映是各种各样的,一些人发出嘘嘘的喝倒彩声,另一些人(他们是多数)则大声鼓掌和邀请演员谢幕,但是,总的说来,人们并不理解《伊凡诺夫》,很久以后,报纸才来说明主人公这个人及其性格。"(米·巴·契诃夫,《安东·契诃夫和他的题材》,莫斯科,一九二三年,第四十页)

契诃夫在一八八八年十二月三十日写给阿·谢·苏沃陵的长信中对有关《伊凡诺夫》的一切指责和曲解做了回答。他谈到了伊凡诺夫由于担负了力不从心的任务而"疲惫",并以此解释他的怀疑和沮丧:"他才三十或三十五岁,就已经开始感到疲惫和忧闷。他还只是个黄口孺子的时候,就已经以权威的口气说话:'别娶老婆,我的老兄……请相信我的经验。'他还说:'从本质上看,什么是自由主义呢?我只是在我们之间说说,卡特科夫常常是对的。'他已经准备把地方自治会、合理化经营、科学和爱情等也加以否定。这就是这些早衰的人的口吻……

"他身上发生的变化伤害了他的正派性。他在外部寻找原因,未能找到,他就开始在自己身上找,只找到了一种模糊的罪过感……

"除了疲倦、忧闷和罪过感之外,还应该加上一样有害的东西,那就是孤独。伊凡诺夫是孤独的。漫长的冬天,漫长的夜晚,荒芜的花园,空荡荡的房间,爱发牢骚的伯爵,生病的妻子……无处可去。于是有一个问题时刻折磨着他:上何处去?……像伊凡诺夫这样的人,他们解决不了问题,只能倒在问题的重压下面。他们茫然失措,无可奈何,他们焦躁不安,抱怨诉苦,尽做蠢事,直至最终控制不住脆弱和娇纵的神经,失去立足点,落到'沉沦的''得不到了解的'人们的行列。"

在这封信中也谈到了李沃夫医生:"这是正直、诚实、热心,但又见解狭隘和头脑简单的人的典型。对李沃夫来说,凡是宽阔的视野和自然的情感一类的东西都是格格不入的。这是死板公式的化身,是偏见的体现。

"李沃夫正直,诚实,做事不加思索,不惜生命。如果需要的话,他会将炸弹扔向马车,会打视察员的嘴巴,会骂人是下流东西。他什么事都能干出来……这种人是需要的,而且他们中的大多数是引人同情的。把他们漫画化的做法是不正派的,即使是为了舞台效果,再说也没有必要这么做。诚然,漫画更加突出,因而也就更容易理解,但画得不到家总比玷污好一些……"

"萨霞是个最新型的姑娘,"契诃夫解释道,"她聪明、正派、有教养……常言道,无鱼之地,视虾为鱼,正因为这样,萨霞才赏识三十五岁的伊凡诺夫,认为他比所有的人好。当她还是小姑娘时她就认识了他,在他尚未疲惫的时候,她对他的活动就有所了解。"

有一个使命在激励着萨霞:"使已经倒下的伊凡诺夫获得新生,使他站起来,给他以幸福……她爱的并不是伊凡诺夫,而是这个使命……萨霞为伊凡诺夫折腾了整整一年,但他没有'获得新生',他消沉得更加厉害了。"

读者和演员们难以理解《伊凡诺夫》,契诃夫倾向于把这一点看作自己缺乏戏剧创作经验的结果。关于这一点,他在写给苏沃陵的同一封信中写道:"我未能写出好作品。当然,很遗憾。在我的想象中,伊凡诺夫和李沃夫是活生生的人。我真诚地向您说一句良心话,在我的头脑里,这些人并非出自海水泡沫,不是来自先入为主的观念和抽象的理论,他们不是偶然产生的,而是我观察研究生活的结果。他们生活在我的脑海中,我感到,我一点儿也没有撒谎和自作聪明,如果说,写到纸上后他们显得不生动和不鲜明,那么过错不在于他们,而在于我不善表达自己的思想。就是说,我动笔写剧本为时尚早。"

在一八八九年的报刊评论中,对这个在亚历山德拉剧院上演和在《北方通报》上发表的剧本大多给予肯定的评价。如,《彼得堡报》写道:"这是十足的成功,是真正的卓越天才的胜利……成功是巨大的,这在我们的戏剧舞台上很少见……"(一八八九年二月一日,第三十一期)

符·阿·吉洪诺夫在一八八九年二月五日《周报》第六期上著文,讲到了"精巧勾勒的生活画面","大量鲜明和典型的人物",讲到了剧本的"清新"和"大胆"。为这个评价,契诃夫在一八八九年三月七日给符·阿·吉洪诺夫写信致谢。刊登在《周报》上的另一篇文章(一八八九年第十一期)认为,《伊凡诺夫》是当时的演出季节里戏剧文学生活中最精彩的一页。评论的作者认为,伊凡诺夫的形象"绝妙地反映了我们中间占统治地位的情绪,它使我们有权把契诃夫归入那种善于刻画和描绘一代人的内心面貌的艺术家之列"。

作家尼·谢·列斯科夫的儿子在日记中写下了他父亲对《伊凡诺夫》的评价:"一部有教益的剧本。一切都好:构思,典型和语言。所有的人物都有各自的生动的语言。剧本的名称也是富有概括性和最有类型性的……令人遗憾的是,我们这里'伊凡诺夫'太多了,这种人脆弱,不果断,无论干什么事他们都起败坏作用。深奥的剧本,了不起的戏剧天才!"(安·尼·列斯科夫:《札记和追忆片段》,载《同时代人回忆契诃夫》,莫斯科,一九四七年,第三一三页)

尼·米哈依洛夫斯基在一八八九年《俄罗斯新闻》第一三三期上把伊凡诺夫的一些说法当作契诃夫本人的号召(号召人们过"平庸的生活",号召人们弃绝斗争),并据此谴责了这部剧本。反动报刊上也登载了一些激烈否定剧本的评价(《日报》,一八八九年,第二四七期;《祖国之子报》,一八八九年,第三十二期;《莫斯科新闻》,一八八九年,第三十六期;《公民报》,一八八九年,第五十四期)。契诃夫本人在一八八九年二月十八日写给伊·列·谢格洛夫的信中说,作为戏剧家,他这次初露头角获得了成功,虽说不是众口一词、毫无争议的绝对成功。他写道:"您在信中为《伊凡诺夫》安慰我。谢谢您,但我向您保证:我心情平静,我对自己已经做了的和已经获得的感到满意。我做了我能够做的,因而我是对的,每个人都有他能达到的最高限度,而我所获得的比我应得的为多。就以莎士比亚来说,他未必能听到那些我听到的赞扬话。我还需要什么呢?至于彼得堡有那么百把个人在那儿耸肩,讪笑,摆头,唾沫四溅或伪善地说假话,那么这一切我都看不见,因而也不能使我不安。在莫斯科根本没有彼得堡的那种气氛,我每天要遇上百来个人,但我连一句关于《伊凡诺夫》的话也听不到,好像我未曾写过这个剧本似的。我觉得,彼得堡的热烈欢呼和成功是一场不平静的梦,我已经从这个梦中完全清醒过来了。

"顺便再说一句,成功和欢呼——这一切是如此的喧嚣和不甚令人满意,以至到头来除去疲劳和逃跑的愿望外什么都没有了。"

《蠢货》

独幕笑剧

献给尼·尼·索洛甫佐夫

契诃夫于一八八八年二月写完这个剧本(参阅一八八八年二月二十二日致亚·彼·波隆斯基的信和致伊·列·谢格洛夫的信)。同年八月三十日,《新时报》发表《蠢货》。契诃夫在一八八八年九月十四日写给谢格洛夫的信中提到:"您喜欢《蠢货》吗?如果喜欢,那么我就把它送审。"十月十一或十二日契诃夫告诉阿·谢·苏沃陵:《蠢货》已获得书报检查部门许可(好像不是无条件地许可),它将在柯尔什剧院上演。索洛甫佐夫渴望演这个戏。"十月二十七日,契诃夫又写信给苏沃陵:"明天柯尔什剧院将演出我的《蠢货》。"也是在十月里,E.H.拉索欣娜出版了《蠢货》的石印本,书上印有如下的字样:"获书报检查机关许可,一八八八年十月四日,圣彼得堡。"原文根据石印本,未做任何修改,被转载在《演员》杂志(一八九〇年二月,第六期)和《闹钟》杂志(一八九三年,第四十至四十二期)上;后来稍加订正后,剧本被收进安·巴·契诃夫的《戏剧集》(一八九七年,圣彼得堡)。以后作者又做了一些不大的修改,将它收入《文集》(第七卷,一九〇一年)和《文集》第二版的同一卷(一九〇二年)。

《蠢货》很受欢迎。阿·尼·普列谢耶夫和伊·列·谢格洛夫都著文指出,这个剧本不落俗套,令人欢快,富有生气。契诃夫本人也提到观众们很欢迎这个戏:"《蠢货》在莫斯科引起哄动,在外省它也会获得热烈的反响。瞧,可真是不知道,你将在何处得,又将在何处失。"(致阿·尼·普列谢耶夫,一八八八年十一月十三日)在写给玛·基塞列娃(十一月二日)、尼·亚·列依金(十一月五日)和伊·列·谢格洛夫(十一月二日)的信中契诃夫也都谈到了这一点。《戏剧与生活》的评论家写道:"《蠢货》是个地地道道的笑剧,它以一则'不可能的'笑话作基础,不要求表现'生活'或'真实'……这非常荒唐,但同时又十分可笑……因此常常在观众中引起不可遏止的大笑。"(一八八八年十月三十日,第一七二号)《闹钟》对这个独幕剧也做出了肯定的评价(一八八八年,第四十三期)。

后来契诃夫把《蠢货》交给彼得堡亚历山德拉剧院上演,之后,剧本又在外省演出,始终受到欢迎(参阅契诃夫十一月七日、十一日和十二月二十八日写给阿·谢·苏沃陵以及一八八九年九月十八日写给伊·列·谢格洛夫的信)。

《求婚》

独幕笑剧

　　写完《蠢货》后不久，契诃夫写了《求婚》一剧（参阅契诃夫一八八八年十月二十七日致阿·谢·苏沃陵的信和一八八八年十一月七日致伊·列·谢格洛夫的信）。一八八八年十一月十日，剧本获书报检查机关批准。同年十二月，这个独幕剧由 E. H. 拉索欣娜出了石印本，一八八九年五月三日，剧本未做多大修改，发表在《新时报》上。契诃夫在《戏剧集》中转载这个独幕剧时对场景的先后做了变动（一八九七年，圣彼得堡）。这个本子被作家收入《文集》第七卷（一九〇一年）和《文集》第二版第七卷（一九〇二年）。

　　一八八九年五月二十二日，阿·尼·普列谢耶夫写信给契诃夫说："我在《新时报》上读了《求婚》。太可笑了！在舞台上它将比《蠢货》更加有趣。读这个剧本不可能不哈哈大笑。"（《语言》文集，第二册，莫斯科，一九一四年）伊·列·谢格洛夫在私人剧场把这个独幕笑剧搬上了舞台（参阅契诃夫在一八八九年三月十一日和四月十二日写给他的信）。后来这个戏在小剧院上演，获得很大的成功（参阅一八九一年二月二十二日契诃夫写给 A. M. 康德拉季耶夫的信）。Д. 马科维茨基在一九〇六年十月二十二日的日记中写下了托尔斯泰如下的话："《求婚》的滑稽是有节制的，在这个剧本中，没有法国式的荒谬的突然性。"（《大家族》，第一至二辑，莫斯科，一九二二至一九二三年）

　　关于剧本中一些打猎用语的来源，请参阅亚·拉扎列夫-格鲁津斯基的回忆录（《俄罗斯语言》，一九一四年七月二日，第一五一号）。

《一个被迫当悲剧角色的人》

（别墅生活片段）

独幕笑剧

独幕笑剧《一个被迫当悲剧角色的人》写成于一八八九年五月，以契诃夫的短篇小说《像这样的，大有人在》（一八八七）为基础。这个剧本是为演员康·阿·瓦尔拉莫夫写的（参阅契诃夫分别写给阿·谢·苏沃陵和伊·列·谢格洛夫的信，一八八九年五月四日和五月六日）。作者的手稿保存在国立卢纳察尔斯基戏剧图书馆，上面写有"一八八九年五月十四日经书报检查部门通过"的字样。剧院演出的文本由 B. A. 巴扎洛夫出版石印本（一八八九年，圣彼得堡），上有书报检查机关批准的日期：一八八九年六月一日，圣彼得堡。这个文本又由 E. H. 拉索欣娜重印（一八八九年，莫斯科），书报检查机关批准的日期是：一八八九年十一月二十二日，莫斯科。在一八九〇年第七期的《演员》杂志上发表这个独幕笑剧时，契诃夫对剧本做过一些不大的修改。一九〇二年，作家将这个剧本收入《文集》第二版第七卷。

《婚礼》

独幕剧

这个剧本由短篇小说《有将军做客的婚礼》（一八八四）改写而成，其中有一些情节则取自短篇小说《结婚季节》（一八八一）和《贪图钱财的婚姻》（一八八四）。

《婚礼》写成于一八八九年十月。保存有两份作者的誊清稿,但文本不尽相同,虽说书报检查机关通过的日期是一样的:一八八九年十一月二日。显然,保存在莫斯科国立列宁图书馆的一份手稿(上有书报检查机关第二次批准的日期:一八九〇年四月二十五日)是契诃夫在稍晚一些时候准备的,与保存在列宁格勒国立卢纳察尔斯基戏剧图书馆的那份手稿相比,这份手稿的文本有删节。这个文本在一八九〇年四月二十五日获得书报检查机关的批准后由 С.Ф.拉索欣付之石版印刷。

在编辑《文集》时,契诃夫又对剧本做了修改和删节(主要是对烈伏诺夫的独白)。这些改动也反映在刊载于契诃夫的戏剧集《婚礼,纪念日,三姊妹》(一九〇二年,圣彼得堡)以及《文集》第二版第七卷中的文本里。